W0331206

Alison Lurie
im Diogenes Verlag

»Alison Lurie ist die literarische Verhaltensforscherin der Denkmoden, der Konkurrenz- und Sexualgewohnheiten ganz normaler mittelständischer Stadtneurotiker.«
Sigrid Löffler / profil, Wien

»Ihr Interesse an den widerstrebenden Kräften der Menschen und ihrem täglichen Kampf um die richtige Balance erinnert an den Blick der Patricia Highsmith, an deren äußerlich angepaßten, aber gerade deswegen auf eine abschüssige Bahn geratenen Durchschnittsbürger. Aber Alison Luries Neugier gilt nicht den Motiven eines Verbrechens, sondern den nicht weniger gefährlichen Jagdgründen des intellektuellen Alltags, insbesondere aber den Narben, die die Liebe hinterläßt.«
Matthias Wegner /
Frankfurter Allgemeine Zeitung

Affären
Eine transatlantische Liebesgeschichte
Aus dem Amerikanischen von Otto Bayer

Liebe und Freundschaft
Roman. Deutsch von Otto Bayer

Varna oder Imaginäre Freunde
Roman. Deutsch von Otto Bayer

Ein ganz privater kleiner Krieg
Roman. Deutsch von Hermann Stiehl

Die Wahrheit über Lorin Jones
Roman. Deutsch von Otto Bayer

Nowhere City
Roman. Deutsch von Otto Bayer

Von Kindern und Leuten
Roman. Deutsch von Otto Bayer

Frauen und Phantome
Erzählungen. Deutsch von Otto Bayer

AUSSORTIERT

Dick Francis

Winkelzüge

Dreizehn Geschichten

Aus dem Englischen von Michaela Link

Diogenes

Titel der 1998 bei
Michael Joseph Ltd., London,
erschienenen Originalausgabe:
›Field of 13‹
Copyright © 1998 by Dick Francis
Umschlagzeichnung von
Tomi Ungerer

EKZ-02

Gemeindebücherei · Blaichach ·
048

Alle deutschen Rechte vorbehalten
Copyright © 2000
Diogenes Verlag AG Zürich
150/00/52/1
ISBN 3 257 06236 2

Für die Recherchearbeit danke ich

Mary, Merrick, Felix,
Jocelyn, Andrew, Jeffrey, Jenny
und den Anwälten Galore

Inhalt

Prolog

Erzähl mir eine Geschichte, eine mitreißende, flotte Geschichte. Erzähl mir eine Geschichte, nach der ich noch schlafen kann. Keine blutigen Leichen, kein Horror, keine erhängten, gestreckten und gevierteilten Helden.

Ich kann nicht versprechen, daß es keine Todesfälle geben wird. Aber auf Leichen kommt es mir nicht an.

Amüsiert euch, freut euch, widersprecht, laßt Angst und Schrecken von euch Besitz ergreifen. Stoßt ein Fenster auf, schaut euch an, was dahinter vorgeht. Zieht die Vorhänge wieder zu. Versucht es im nächsten Haus, werft dort einen Blick in den Kühlschrank, laßt euch die Eiswürfel daraus den müden Nacken hinuntergleiten.

Dreizehn unterschiedliche Gerichte. Rezepte je nach Aufwand. Laßt euch ein auf ihre Verschiedenartigkeit. Hier einmal dreitausend Worte und dort vielleicht achttausend. Zeitungen und Zeitschriften kürzen die Erzählungen, damit sie genau den vorhandenen Platz ausfüllen. (Versteht mich nicht falsch, ich spiele das Spiel gerne.) Also sind einige der Ausflüge länger und andere kürzer. Manche kommen schlank daher, andere etwas behäbiger.

Manche stammen aus ferner Vergangenheit, manche sind erst kürzlich entstanden. Trefft ein paar alte Freunde wieder. Schaut mal, ob ihr neue Freundschaften schließt.

Acht dieser dreizehn Geschichten wurden ursprünglich von verschiedenen Zeitungen und Zeitschriften in Auftrag gegeben, die freundlicherweise nur die Länge und nicht den Inhalt vorgaben. Die anderen fünf Geschichten sind neu und entsprechen nach Länge und Inhalt meiner Wahl.

Als die dreizehn Teilnehmer des Rennens beisammen waren, bereit für die Parade an den Start, da erhob sich wie überall im Leben die Frage: »Wer kommt als erster?« Sollte das Buch mit der zuerst geschriebenen Geschichte beginnen? Sollte das Erstgeburtsrecht bestimmend sein?

Überlassen wir es dem Zufall, sagten wir schließlich und veranstalteten eine improvisierte Ziehung.

»Wir«, das hieß in diesem Falle die vier, die sich friedlich zu einem vormittäglichen Drink zusammengefunden hatten. »Wir«, das sind meine Frau Mary, mein Sohn Felix, mein Literaturagent Andrew Hewson und ich selbst.

Wir schrieben die Titel der dreizehn Geschichten auf dreizehn Aufkleber und falteten diese sorgfältig zusammen, steckten sie in einen gläsernen Champagnerkühler, den meine Frau und ich von Phyllis und Victor Grann als Einweihungsgeschenk für unsere Wohnung in der Karibik geschenkt bekommen hatten. (Mrs. Phyllis Grann ist die Präsidentin von Penguin Putnam Inc., des Verlages von D. Francis in den USA.)

Abwechselnd schüttelten wir den Champagnerkühler und zogen jeweils einen der zusammengefalteten Aufkleber heraus.

Dieser wurde dann auseinandergefaltet, vorgelesen und auf ein Brett geklebt. Dreizehn Aufkleber... Dreimal durfte jeder ziehen, den dreizehnten und letzten nahm ich selbst heraus.

Wir zogen völlig unbekümmert. Um ehrlich zu sein, dachten wir, wir würden uns an dem Resultat doch noch zu schaffen machen. Aber zu unserem Erstaunen ergab es sich in etwa so, wie wir es angeordnet hätten, so daß wir die Reihenfolge unverändert übernahmen.

Die Geschichten dieses Bandes folgen genau in der Ordnung aufeinander, mit der wir die Titel aus dem Champagnerkühler zogen... Und ja, danach kam Champagner in diesen Kühler... Und wir tranken ihn aus bis zur Neige... Was hätte man sonst erwarten können?

Bombenalarm in Kingdom Hill

Die Zeit macht sich auf unheimliche Weise über das Ersonnene und Erzählte lustig. Die Ereignisse im Zusammenhang mit einer Bombendrohung in Kingdom Hill – einer imaginären Rennbahn – wurden im Jahre 1975 zur sommerlichen Unterhaltung der Leser der Times erfunden. Jahre später sollte dann die Grundidee der Erzählung Wirklichkeit werden: Aufgrund eines falschen Bombenalarms wurde 1997 das Grand National Steeplechase in Aintree abgesagt.

Seit Tricksy Wilcox' Geistesblitz hat sich bei den Sicherheitsvorkehrungen vieles geändert, und auch der Wert des Geldes ist nicht mehr der alte. In Kingdom Hill *wie auch in den übrigen Erzählungen dieses Bandes habe ich Geldbeträge und mancherlei anderes den Verhältnissen der Jahrtausendwende angeglichen.*

Am Donnerstagnachmittag kratzte Tricksy Wilcox sich geistesabwesend unter den Achseln und kam zu dem Schluß, daß es sich nicht lohnte, im Zwei-Uhr-dreißig-Rennen auf Claypits zu setzen. Tricksy Wilcox räkelte sich in einem ausgeleierten Sessel, eine halb ausgetrunkene Bierdose in bequemer Reichweite, und ein großer Farbfernseher lieferte ihm die genauen Einzelheiten des Eröffnungslaufs der drei Renntage von Kingdom Hill. Nur Schwachköpfe, dachte er selbstzufrieden, legten bei einer solchen Julihitzewelle, die der Sahara alle Ehre gemacht hätte, eine volle Schicht von neun bis fünf hin. Vernünftige Burschen wie er saßen mit geöffneten Fenstern und bloßem Oberkörper zu Hause und ließen sich Bärte wachsen, während der schwüle Nachmittag dem Abend entgegendämmerte.

Im Winter, fand Tricksy, mühten sich nur Schwachköpfe durch Schnee und Graupel zur Arbeit, während vernünftige Burschen vorm Fernseher in der warmen Stube blieben und auf die Springer wetteten; im Frühling hatte man mit dem Regen zu tun und im Herbst mit dem Nebel. Mit vierunddreißig Jahren hatte Tricksy die Arbeitslosigkeit zu einer hohen Kunst entwickelt und hielt den Gedanken an ein volles, ehrliches Tagewerk für absurd. Es war Tricksys Frau, die bei jedem Wetter zu ihrer Arbeitsstelle im Supermarkt ging, Tricksys Frau, die die Miete für die Sozialwohnung aufbrachte und das abgezählte Geld für den Milchmann daließ. Nach elf Jahren Tricksy war sie immer noch fröhlich, unverdrossen und pragmatisch. Sie hatte während seiner beiden neunmonatigen Gefängnisstrafen ungerührt ausgeharrt und akzeptiert, daß er sich eines Tages wieder einfinden würde. Ihr Dad war ihre ganze Kindheit über mal drinnen und mal draußen gewesen. Die kleinkriminelle Gesinnung war ihr vertraut.

Tricksy sah zu, wie Claypits das Zwei-Uhr-dreißig-Rennen mit beleidigender Leichtigkeit gewann, und spülte sein angeschlagenes Selbstbewußtsein mit dem letzten Bier herunter. In letzter Zeit ging aber auch verdammt noch mal alles, was er anfaßte, in die verdammte Hose, dachte er düster. Er war entschieden knapp bei Kasse und hatte sich sogar ein- oder zweimal beim Nötigsten wie Alkohol und Zigaretten einschränken müssen. Jetzt brauchte er einen netten kleinen Dreh, einen netten kleinen Kitzel, um ein paar arglose Trottel dazu zu bringen, ihre Brieftaschen zu öffnen. Zum Beispiel so was wie die Masche mit den knappen Eintrittskarten, auf die er jahrelang stolz gewesen war, bis die Bullen ihn in Wimbledon mit einem Stoß gefälschter Karten hoppgenommen hatten. Und die Touristen waren heutzutage so gerissen wie nur was; man konnte ihnen keine Abos mehr für nichtexistente Pornozeitschriften andrehen, ganz zu schweigen von der London Bridge.

Er konnte hinterher selbst nicht mehr sagen, was ihn auf die großartige Idee mit der Trittbrettfahrerei gebracht hatte. Eben sah er sich noch friedlich das Drei-Uhr-Rennen in Kingdom Hill an, und im nächsten Augenblick raubte ihm eine wilde, überschwengliche und unheilige Ausgelassenheit schier den Atem.

Er lachte laut. Er klatschte sich auf die Schenkel. Er stand auf und tanzte durchs Zimmer, denn die Kühnheit seiner Gedanken war im Sitzen kaum zu ertragen. »O Moses«, sagte er und schnappte nach Luft. »So einfach geht das. Kingdom Hill, ich komme.«

Tricksy Wilcox gehörte nicht zu den hellsten Köpfen.

Am Freitagmorgen begab sich Major Kevin Cawdor-Jones, der Geschäftsführer der Rennbahn von Kingdom Hill, mit seiner Aktentasche zu der turnusmäßigen Sitzung seines Vorstands, dessen Mitglieder einander größtenteils verabscheuten. Die Rennbahn, deren Eigner und Betreiber eine kleine, ständig in Vorstandskriege verstrickte Privatgesellschaft war, litt unter den Konsequenzen von haßdiktierten, destruktiven Entscheidungen und warf daher nie den Profit ab, den sie hätte hergeben können.

Die Anstellung von Cawdor-Jones war ein typisches Beispiel der Mißwirtschaft. Als Nummer drei auf der Liste möglicher Kandidaten und mit weit geringeren Fähigkeiten als Nummer eins und zwei war er nur deswegen gewählt worden, weil irgendein Ausweg aus der Pattsituation gefunden werden mußte, in die sich die Parteien der Kandidaten eins und zwei gebracht hatten. So war Kingdom Hill zu einem nur mittelmäßigen Geschäftsführer gekommen, dessen vernünftigere Vorschläge zudem gewöhnlich von den zerstrittenen Vorständen vereitelt wurden.

Als Soldat war Cawdor-Jones impulsiv, unbeschwert und von überstürzter Tapferkeit gewesen, Eigenschaften, die sichergestellt hatten, daß ihm die wichtige Beförderung zum Oberst versagt blieb. Als Mensch war er faul und liebenswert, als Geschäftsführer ein Weichling.

Bei der Freitagssitzung dauerte es für gewöhnlich nicht lange, bis der Schlagabtausch in vollem Gange war.

»Massiver Ausbau der Sicherheitsvorkehrungen«, wiederholte Bellamy rechthaberisch. »Allerhöchste Priorität. Muß sofort in Angriff genommen werden. Heute.«

Der dünne Bellamy mit den scharfen Gesichtszügen sah sich aggressiv in der Runde um, und wie gewöhnlich schickte Roskin sich mit gedehnter Stimme an, ihm zu widersprechen.

»Sicherheit kostet Geld, mein lieber Bellamy.«

Roskin bediente sich eines herablassenden Tonfalls, denn er wußte, daß nichts Bellamy mehr erzürnte. Bellamys Gesicht wurde dunkel vor Zorn, und die Sicherheit der Rennbahn wurde wie so vieles andere zum Spielball eines persönlichen Zwistes.

Bellamy ließ nicht locker: »Wir brauchen größere Absperrungen, zusätzliche Spezialschlösser an allen Innentüren und die doppelte Anzahl von Polizisten. Das muß sofort in Angriff genommen werden.«

»Die Besucher von Rennbahnen sind keine Hooligans, mein lieber Bellamy.«

Cawdor-Jones stöhnte innerlich auf. Ihm waren seine Inspektionsrundgänge an den rennfreien Tagen wahrlich schon lästig genug, und er neigte ohnehin dazu, sich nicht peinlich genau an die bereits bestehenden Sicherheitsvorkehrungen zu halten. Größere Absperrungen zwischen den einzelnen Bereichen würden bedeuten, daß er nicht mehr darüberklettern oder sich hindurchzwängen konnte, sondern einen langen Umweg in Kauf nehmen mußte. Mehr Schlösser bedeuteten mehr Schlüssel, mehr Zeitverschwendung, mehr lästigen Ballast. Und das alles wahrscheinlich nur, um den wenigen Schnorrern das Handwerk zu legen, die versuchten, auf bessere Plätze zu kommen, ohne dafür zu bezahlen. Er zog da den Status quo bei weitem vor.

Um ihn herum erhitzten sich die Gemüter, und die Stimmen wurden lauter. Resigniert wartete er darauf, einmal zu Wort zu kommen. »Ehm...«, sagte er und räusperte sich.

Sowohl die erhitzte Pro-Bellamy-Fraktion als auch die höhnische Pro-Roskin-Clique wandte sich ihm hoffnungsvoll zu. Cawdor-Jones war ihrer beider Ausweg – es sei denn, muß eingeschränkt werden, seine Lösungsvorschläge waren wirklich konstruktiv. In diesem Falle erhoben beide

Gruppen Einspruch, weil sie wünschten, sie wären selbst auf die Idee gekommen.

»Viele zusätzliche Sicherheitsmaßnahmen würden mehr Arbeit für unser Personal bedeuten«, sagte er zaghaft. »Sie müßten vielleicht ein oder zwei zusätzliche Leute einstellen, um damit fertig zu werden... und nach den großen Anschaffungskosten wäre da immer noch die Wartung zu bedenken... und... ehm... also, welchen echten Schaden kann man schon einer Rennbahn zufügen?«

Dieses dünne Öl glättete die Wogen immerhin so weit, daß beide Seiten den Rückzug antraten, ohne dabei ihre Positionen oder Meinungen aufzugeben.

»Sie haben da mit dem Personal nicht ganz unrecht«, räumte Bellamy widerwillig ein, denn er wußte, daß zwei zusätzliche Leute erheblich mehr kosten würden als Schlösser und daß die Rennbahn sie sich nicht leisten konnte. »Aber ich bleibe dabei, daß strengere Sicherheitsmaßnahmen notwendig und mehr als überfällig sind.«

Cawdor-Jones war in seiner unbekümmerten Art insgeheim anderer Meinung. Bisher war nie etwas passiert. Warum sollte in Zukunft etwas passieren?

Die Diskussion grollte noch eine halbe Stunde aus, und es wurde nicht das Geringste unternommen.

Am Freitagnachmittag ging Tricksy Wilcox zum Rennen; er hatte die Ferienkasse seiner Frau – die sie in ihrer besten Teekanne aufbewahrte – halb leergeräumt. Es war eine Erkundungsfahrt mit dem Ziel, die Lage zu peilen, und Tricksy, der seine gierigen Augen weit aufgerissen hatte, kicherte unwillkürlich vor sich hin. Ein- oder zweimal ging es ihm durch den Sinn, daß sein unbekümmerter Alleingang reine Verschwendung war: Professionelle Gauner hätten alles gewiß minutiös geplant und auf ihre humorlose Art und Weise alle Eventualitäten bedacht. Aber Tricksy war ein Einzelgänger, der sich nie einer Bande angeschlossen hatte, weil das zu sehr nach harter Arbeit aussah; man wurde die ganze Zeit herumgeschubst und hatte obendrein nicht mal Pensionsansprüche.

Er gönnte sich an verschiedenen Theken ein kleines Bier und setzte unbedeutende Beträge am Toto. Er sah sich die Pferde im Führring an, erkannte Jockeys, deren Gesichter ihm vom Fernsehen vertraut waren, und beobachtete aufmerksam die Rennen. Gegen Ende des Nachmittags machte er sich kichernd und dank einiger bescheidener Gewinne immer noch flüssig auf den Heimweg.

Am Freitagnachmittag verkaufte Mrs. Angelisa Ludville zwei Totoscheine an Tricksy Wilcox – und an hundert andere Leute, die sie genausowenig kannte. Sie war in Gedanken nicht bei ihrer Arbeit, sondern bei dem beängstigenden Stapel unbezahlter Rechnungen auf ihrem Bücherregal zu Hause. Das Leben hatte sie seit ihrem fünfzigsten Geburtstag unfreundlich behandelt; die Sorgen hatten sie unansehnlich gemacht, und eine Blondine hatte sich ihren Ehemann geschnappt. Sitzengelassen, geschieden und kinderlos hätte sie sich trotzdem zufrieden an ein Leben allein gewöhnen können, wenn damit nicht drastische Einschränkungen verbunden gewesen wären. Der unablässige, aufreibende Kampf, den es bedeutete, jeden Pfennig umdrehen zu müssen, fraß ihren natürlichen Optimismus und ihre gute Laune allmählich auf.

Angelisa Ludville warf einen sehnsuchtsvollen Blick auf das Geld, das sie durch ihr Totofenster in Empfang nahm. Bündelweise ging das Zeug jeden Arbeitstag durch ihre Hände, und schon ein kleiner Bruchteil dessen, was das Publikum auf das Spiel verschwendete, würde all ihre Probleme wunderbar lösen, fand sie. Aber Ehrlichkeit war ihr zu einer eingefleischten Gewohnheit geworden, und außerdem war es unmöglich, den Toto zu bestehlen. Die Einnahmen für jedes Rennen wurden sofort eingesammelt und überprüft. Jeder Diebstahl wäre augenblicklich aufgeflogen. Angelisa seufzte und versuchte, sich mit der bevorstehenden Sperrung ihres Telefons abzufinden.

Am Samstagmorgen kleidete Tricksy Wilcox sich mit großer Sorgfalt für den vor ihm liegenden Job an. Seine Frau hätte ihm, wäre sie nicht im Supermarkt mit dem Aufstapeln gebackener Bohnen beschäftigt gewesen, von den fluoreszierenden, orangefarbenen Socken abgeraten. Tricksy, der sich im Schlafzimmerspiegel nur bis zu den Knien hinunter sehen konnte, war felsenfest davon überzeugt, daß der dunkle Anzug, die gedämpfte Krawatte und der braune Filzhut ihm das Aussehen eines ordentlichen, vornehmen Rennbesuchers gaben. Er hatte sich sogar ohne Widerstreben sein Haar um fünf Zentimeter gekürzt und seinen üppigen Schnurrbart entfernt. Mit einem übergroßen Fernglasfutteral über der Schulter betrachtete er mit beifälligem Grinsen seine Verwandlung und machte sich leichten Schritts auf den Weg zum Zug nach Kingdom Hill.

Auf dem Rennplatz drehte Major Kevin Cawdor-Jones wie an jedem Renntag und mit dem gewohnten Mangel an

Gründlichkeit seine Inspektionsrunde. Die Schluderigkeit seiner Geschäftsführung hatte außerdem zur Folge, daß das Polizeiaufgebot eine halbe Stunde zu spät und nicht in notwendiger Stärke auf dem Rennplatz erschien; außerdem waren beim Drucker nicht genug Rennkarten bestellt worden.

»Macht doch nichts«, wehrte Cawdor-Jones das Ganze mit einem Achselzucken ab.

Mrs. Angelisa Ludville fuhr mit fünfzig Kollegen in dem totoeigenen Bus zum Rennplatz. Sie sah sich durchs Fenster die vorbeifliegenden Vororte an und dachte trübsinnig über den Preis für Elektrizität nach.

Am Samstagnachmittag um halb drei war sie ganz in das Einerlei ihrer Arbeit versunken, gab Wettscheine aus, nahm Geld entgegen, konzentrierte sich auf ihre Tätigkeit und war einigermaßen glücklich. Sie ordnete ihre Kasse für das Drei-Uhr-Rennen, das größte Rennen des Tages. Schon bald würden sich die besonders langen Schlangen draußen bilden, und Geschwindigkeit und Geschicklichkeit beim Abfertigen der Wetten waren nicht nur ihre Aufgabe, sondern in der Tat ihr Stolz.

Um 14.55 Uhr befand sich Cawdor-Jones in seinem Büro neben der Waage und versuchte, das Durcheinander der Löhne für die Aushilfsarbeiter zu entwirren. Um 14.57 Uhr klingelte sein Telefon ungefähr zum zwanzigsten Mal seit zwei Stunden. Als er den Hörer aufnahm, waren seine Gedanken immer noch bei den fraglichen Stundenlöhnen für die Leute, die die herausgerissenen Grasplacken wieder in die Bahn steckten.

»Cawdor-Jones«, sagte er automatisch.

Ein Mann mit irischem Akzent begann mit leiser Stimme zu sprechen.

»Was?« sagte Cawdor-Jones. »Sprechen Sie doch bitte lauter. Es ist hier drin so laut... ich verstehe Sie nicht.«

Der Mann mit dem irischen Akzent wiederholte seine Botschaft in demselben leisen, fast flüsternden Tonfall.

»Was?« sagte Cawdor-Jones. Aber sein Anrufer hatte bereits aufgelegt.

»O mein Gott«, sagte Cawdor-Jones und streckte die Hand nach dem Schalter aus, der ihn mit der rennbahneigenen Lautsprecheranlage verband. Er blickte gehetzt auf die Uhr. Ihre Zeiger tickten auf 14.59 Uhr zu, und in diesem Augenblick wurden die vierzehn Starter für das Drei-Uhr-Rennen in die Startboxen geführt.

»Ladies und Gentlemen«, sagte Cawdor-Jones, dessen Stimme aus jedem Lautsprecher auf der Rennbahn schallte. »Wir haben eine Warnung bekommen, daß irgendwo auf der Tribüne eine Bombe versteckt worden sei. Würden Sie sich bitte alle sofort von Ihren Plätzen erheben und in die Mitte der Bahn begeben, die Polizei wird eine Durchsuchung in die Wege leiten.«

Der Augenblick ungläubigen Schreckens dauerte weniger als eine Sekunde: Dann strömte die gewaltige Menge der Zuschauer wie ein Fluß die Treppen hinunter, aus den Unterführungen herauf, durch die Türen hinaus, rannte, stürmte und kämpfte sich mit Ellbogen der Sicherheit des freien Raumes auf der tribünenfernen Seite der Rennbahn zu.

Die Bars leerten sich dramatisch, halbvolle Gläser wurden in der Panik umgeworfen und zerbarsten. Die Menschenschlangen am Toto schmolzen augenblicklich dahin, und die Wettscheinverkäufer liefen ihnen Hals über Kopf hinterher. Die Rennaufsicht verließ ihr abgelegenes Büro in würdevollem Laufschritt hügelabwärts, und die Journalisten eilten holterdiepolter den Ausgängen zu, ohne sich die Zeit zu nehmen, ihre Zeitungen zu verständigen. Die Redaktionsbüros zu Hause konnten eine halbe Stunde warten. Bomben warteten nicht.

Binnen zwei Minuten hatten die wogenden Menschenmengen sämtliche Gebäude der Rennbahn verlassen. Nur sehr wenige blieben zurück, zuvorderst Kevin Cawdor-Jones, dem es noch nie an persönlichem Mut gemangelt hatte und der es nun als seine soldatische Pflicht ansah, auf seinem Posten zu bleiben.

Die unterbesetzte Polizeitruppe sammelte sich nach und nach vor der Waage – keiner unter ihnen, der nicht seine natürliche Angst hinter einer zuversichtlichen Miene verborgen hätte. Vielleicht wieder so ein dämlicher Scherz, meinte man untereinander. Es war immer ein Scherz. Oder fast immer. Ihr Vorgesetzter übernahm die Organisation der Durchsuchung und wies den Zivilisten Cawdor-Jones an, sich in Sicherheit zu bringen.

»Nein, nein«, sagte Cawdor-Jones. »Während Sie nach der Bombe suchen, werde ich feststellen, ob auch wirklich alle gegangen sind.« Er lächelte ein wenig nervös und verschwand mit energischem Schritt in der Waage.

Alles in Ordnung hier, dachte er und warf noch einen hastigen Blick in den Waschraum der Jockeys. Alles in Ordnung im Richterturm, der Dunkelkammer für die Entwicklung der Zielfotos, den Küchen, dem Boilerraum, dem Toto, den Büros, den Lagerräumen... Er hetzte von Gebäude zu Gebäude, denn er kannte alle Hinterzimmer, kannte jeden Winkel, in dem ein tauber Mitarbeiter der Rennbahn oder ein betrunkener Besucher ahnungslos herumsitzen konnte.

Er sah keinen Menschen. Er sah keine Bombe. Er kam etwas außer Atem wieder vor der Waage an und wartete auf einen Bericht der langsameren Polizei.

Währenddessen setzte Tricksy Wilcox seine erstklassige Idee nachlässig in die Tat um. Er grinste bei der Erinnerung an den irischen Akzent, der gut genug für einen Eintritt in die Schauspielergewerkschaft gewesen war, und eilte mit schnellem Schritt von Bar zu Bar, von Tür zu Tür, und füllte sein großes, leeres Fernglasfutteral mit Futter. Es war doch erstaunlich, dachte er kichernd, wie sorglos die Leute sich in Panik verhielten.

Zweimal fand er sich Auge in Auge mit einem Polizisten wieder.

»Alles in Ordnung da drin, Officer«, sagte er bestimmt und zeigte jedesmal auf den Raum, aus dem er gekommen war. Jedesmal glitt der Polizeiblick arglos über die Melone, den dunklen Anzug, die gedämpfte Krawatte und hielt ihn für einen Mitarbeiter der Rennbahn.

Nur die orangefarbenen Socken verhinderten, daß er ungeschoren davonkam. Ein Polizist, der seinem entschwindenden Rücken nachsah, runzelte unsicher die Stirn, als ihm die leuchtenden Abschnitte zwischen Hosenbein und Schuh auffielen, und ging langsam hinter ihm her.

»He...«, sagte er.

Tricksy drehte sich um, sah das Gesetz in Gestalt des

Polizisten auf sich zukommen, verlor die Nerven und stürmte los. Tricksy gehörte eben nicht zu den hellsten Köpfen.

Am Samstagnachmittag um vier Uhr machte Cawdor-Jones eine weitere Durchsage.

»Es sieht so aus, als sei die Bombendrohung nur ein Scherz gewesen. Sie können sich jetzt gefahrlos wieder zurück zur Tribüne begeben.«

Die Menge strömte wieder zurück und strebte in die Bars. Die Barmädchen kehrten auf ihre Posten zurück und erhoben augenblicklich Hände und Stimmen zu einem kreischend schrillen Refrain beleidigten Entsetzens.

»Jemand hat sämtliche Einnahmen geklaut!«

»Was für eine Unverschämtheit! Alles weg, auch unsere Trinkgelder!«

In den verschiedenen Totogebäuden standen die Wettscheinverkäufer entgeistert da. Der größte Teil der gewaltigen Einnahmen für das wichtigste Rennen des Tages war einfach verschwunden.

Angelisa Ludville betrachtete ihre geplünderte Bargeldkasse mit fassungslosem Staunen. Weiß und zitternd stimmte sie in das Getöse der Stimmen ein. »Das Geld ist weg.«

Cawdor-Jones nahm mit dem Ausdruck ängstlicher Verzweiflung Bericht um Bericht entgegen. Er wußte, daß nach der Massenflucht Richtung Rasen keine einzige Tür abgesperrt worden war. Er wußte, daß keinerlei Sicherheitsmaßnahmen ergriffen worden waren. Der Rennplatz war für eine solche Situation nicht gerüstet. Das Komitee würde zweifellos ihm die Schuld geben. Würde ihm vielleicht sogar kündigen.

Um sechzehn Uhr dreißig hörte er sich mit erstaunter Erleichterung an, was die Polizei Neues zu berichten hatte – ein Mann war festgenommen worden und versuchte zu erklären, wieso sein Fernglasfutteral überquoll von benutzten Banknoten, die vielfach noch das frische, von der Benutzung eines feuchten Bierglases als Briefbeschwerer herrührende Wasserzeichen trugen.

Am Montagmorgen erschien Tricksy Wilcox mit düsterer Miene vor einem Richter und wurde für sieben Tage in Untersuchungshaft geschickt. Die große Idee war doch nicht so toll gewesen, und diesmal würden sie ihn zweifellos für mehr als neun Monate in den Bau schicken.

Nur ein einziger Gedanke hellte seine Zukunft auf. Die Polizei hatte das ganze Wochenende versucht, eine Information aus ihm herauszubekommen, und er hatte den Mund fest geschlossen gehalten. Wo, wollten sie wissen, hatte er den größten Teil seiner Beute versteckt?

Tricksy sagte nichts.

In dem Fernglasfutteral war nur für ein Zehntel des gestohlenen Geldes Platz gewesen. Wo hatte er den Hauptteil versteckt?

Tricksy sagte es ihnen nicht.

Er würde besser wegkommen, hieß es, wenn er den Rest dem Gericht aushändigte.

Tricksy glaubte es nicht. Er grinste hämisch und schüttelte den Kopf. Tricksy wußte aus Erfahrung, daß es ihm als dem Besitzer eines großen, versteckten Schatzes in nächster

Zeit weit besser gehen würde. Man würde ihn respektieren. Mit geziemender Ehrfurcht behandeln. Er würde einen gewissen Status haben. Nichts auf Erden hätte ihn dazu bewegen können, alles auszuplaudern.

Am Montagmorgen ging Major Cawdor-Jones mit hochrotem Kopf zu einer Krisensitzung seines Vorstandes und stimmte hilflos Bellamys in scharfem Tonfall wiederholter Meinung zu, daß die Sicherheitsvorkehrungen der Rennbahn eine Schande waren.

»Ich habe Sie gewarnt«, bemerkte Bellamy zum zehnten selbstgerechten Mal. »Ich habe Sie alle gewarnt. Wir brauchen mehr Schlösser. Es gibt hervorragende Schnappschlösser für die Bargeldkassen im Toto zu kaufen. Ich habe mir sagen lassen, daß man das ganze Geld binnen fünf Sekunden sicher verschließen kann. Ich schlage vor, daß diese Vorrichtungen umgehend überall auf der Rennbahn angebracht werden.«

Er blickte streitlustig vom einen zum anderen. Roskin hielt den Blick gesenkt und schürzte lediglich die Lippen, und Kingdom Hill traf jetzt, da das Kind in den Brunnen gefallen war, den Entschluß, alles sicher zu verriegeln.

Am Montagabend schenkte Angelisa Ludville sich einen doppelten Gin ein, schaltete den Fernseher ein und legte die Füße hoch. Neben ihr lag ein Stapel abgestempelter und adressierter Umschläge, deren jeder einen Scheck für eine der gefürchteten Rechnungen enthielt. Sie seufzte zufrieden. Nie, dachte sie, würde sie den Schock beim Anblick ihrer leeren Kasse vergessen. Nie würde sie den Schrecken verwinden, den sie ausgestanden hatte. Nie würde sie die

Woge der Erleichterung vergessen, als ihr klar wurde, daß alle ausgeraubt worden waren, nicht nur sie allein. Weil sie nämlich ganz genau wußte, daß es eine der anderen Kassen gewesen war, deren Einnahmen sie hatte mitgehen lassen, als alle zum Ausgang gerannt waren. Es wäre schlicht und einfach dumm gewesen, das Geld aus ihrer eigenen Kasse zu stehlen. Sie konnte ja nicht wissen, daß es noch einen anderen, ehrgeizigeren Dieb gegeben hatte. Es wäre schlicht und einfach töricht gewesen, ihre eigene Kasse zu bestehlen. Außerdem war an dem anderen Schalter viel mehr Bargeld zu holen gewesen.

Am Montagabend saß Kevin Cawdor-Jones in seiner Junggesellenwohnung und dachte über die zweite Durchsuchung von Kingdom Hill nach. Den ganzen Sonntag lang hatte die Polizei noch einmal jede Ecke und jeden Winkel untersucht, aber langsam diesmal und ohne Furcht, weil sie nicht Zunder, sondern Zaster suchten. Cawdor-Jones hatte ihnen willig seine Unterstützung angeboten, aber man hatte nicht das Geringste gefunden. Das Geld war spurlos verschwunden.

»Tricksy muß einen Partner gehabt haben«, sagte der mit dem Fall betraute Polizeibeamte verdrossen. »Aber wir kriegen kein Sterbenswort aus ihm raus.«

Cawdor-Jones, ungekündigt in seinem Verwaltungsposten, lächelte sanft bei der Erinnerung an diese letzten Tage. Er war ein impulsiver Mensch, mutig und von schnellem Entschluß, und er hatte das Beste aus der Gelegenheit gemacht, mit der Tricksy Wilcox ihn versorgt hatte.

Cawdor-Jones, an dessen Nervenkraft nie gezweifelt werden konnte, war am Samstagabend ungehindert mit dem Jackpot vom Toto im Wagen heimgefahren.

Er beugte sich über die Armlehne seines Sessels und fuhr mit einer zärtlichen Geste über seine prall gefüllte Aktentasche.

Rot, rot, tot

Obwohl die Erzählung an dieser Stelle das erste Mal veröffentlicht wird, spielt ›Rot, rot, tot‹ in der Vergangenheit (in den Jahren 1986 und 1987, um genau zu sein), zum Teil deshalb, weil die Vorschriften zur Mitnahme von Handfeuerwaffen vom europäischen Festland nach England durch das Feuerwaffengesetz von 1988 verschärft wurden.

Émile Jacques Guirlande, ein Franzose, fürchtete sich auf eine Weise vorm Fliegen, die an Phobie grenzte. Selbst Werbeplakate, auf denen Flugzeuge zu sehen waren, und insbesondere laufende Flugzeugmotoren, führten bei ihm zu unangenehm beschleunigtem Herzschlag und trieben ihm winzige Tröpfchen kalten Schweißes auf die Stirn. Infolgedessen reiste er zu Land und zu See, wenn seine weltweiten unternehmerischen Aufgaben ihn aus seinem Pariser Haus fortriefen. Überdies paßte diese geruhsamere Art des Reisens auch besser zu seinem vorsichtigen Wesen. Er ging seine Arbeit gern mit Bedacht an und plante für jede Eventualität voraus. Panikreaktionen auf unvorhergesehene Schwierigkeiten waren für einen Mann von seinem methodischen Denken die Torheit von Amateuren.

Émile Jacques Guirlande war Mörder von Beruf, ein Killer, der weder verdächtigt noch gefangen wurde, ein ruhiger, gesitteter Mann, der jede Aufmerksamkeit mied, der aber im Alter von siebenunddreißig Jahren erfolgreich sechzehn Zielpersonen aus dem Weg geräumt hatte, genauer: sieben Geschäftsmänner, acht Ehefrauen und ein Kind.

Er war natürlich teuer. Und auch verläßlich, einfallsreich und herzlos.

Mit sieben verwaist und nie adoptiert, aufgewachsen in Institutionen, war er selbst nie von Herzen geliebt worden, noch hatte er jemals für ein lebendes Wesen (mit Ausnahme eines Hundes) freundschaftliche Zuneigung empfunden. Beim Militärdienst in der Armee hatte er schießen gelernt, und eine angeborene Sachkundigkeit im Umgang mit Feuerwaffen, vereint mit einem wachsenden Hunger nach Macht, hatten ihn anschließend veranlaßt, eine Stelle als Teilzeitlehrer in einem Schießsportverein anzunehmen, wo Gespräche über den Tod wie Kordit in der Luft schwelten.

›Gelegenheiten‹ wurden Émile Jacques per Post über einen nicht identifizierten Mittelsmann angetragen, den er nie kennengelernt hatte. Bevor er einen Auftrag annahm, unterzog er ihn einer gründlichen Untersuchung. Émile hielt sich für erste Klasse. Der amerikanische Ausdruck »Totschläger« war für einen Mann von seiner Gesinnung unbedingt vulgär. Émile nahm einen Auftrag erst dann an, wenn er sich sicher war, daß sein Kunde zahlen konnte, zahlen würde und nicht nachher von weinerlicher Reue überwältigt zusammenbrach. Überdies bestand Émile auf der Konstruktion wasserdichter Alibis für jeden Kunden, auf den ein überwältigender Verdacht fallen mußte. Und obwohl das durchaus einfach klang, war dies bisweilen der

Faktor gewesen, der allein über Tun oder Lassen entschieden hatte.

So war es auch an einem bestimmten Dienstag im Dezember 1986. Das unentbehrliche Alibi schien perfekt zu sein, so daß Émile den Auftrag annahm und sorgfältig seine Taschen für eine kurze Reise nach England packte.

Émiles Englisch, das eher zweckmäßig als kunstvoll war, hatte ihn bisher drei englische Morde in vier Jahren unbeschadet überstehen lassen. Die Paradestücke der Touristenwörterbücher – (*»Mon auto ne marche pas«;* »Mein Wagen ist stehengeblieben«) – hatte ihn nicht nur vor der gefährlichen Neugier anderer bewahrt, sondern es ihm auch ermöglicht, seine Mission vorausschauend zu verwerfen, wenn ihn vor der Tat ein Gefühl der Unsicherheit plagte. Tatsächlich hatte er schon zweimal in einem späten Stadium den bereits begonnenen Job abgebrochen: einmal wegen schlechten Wetters, ein anderes Mal aus Unzufriedenheit über die Erbärmlichkeit des vorgeschlagenen Alibis.

»Pas bon«, sagte er sich. »Nicht gut.«

Sein Klient, der ein halbes Vermögen im voraus gezahlt hatte, wurde angesichts der Verzögerungen immer ungeduldiger.

An jenem Dienstag im Dezember 1986 jedoch war Émile Jacques, das Alibi betreffend, so zufrieden, wie er es nur sein konnte. Er hatte seine Koffer gepackt und sich beim Schießsportverein für die nächsten Tage abgemeldet und machte sich nun in seinem unauffälligen weißen Wagen auf den Weg nach Calais, um von dort aus die winterliche See des Ärmelkanals zu überqueren.

Wie gewöhnlich führte er die Werkzeuge seines Gewerbes offen mit sich: Handfeuerwaffen, Ohrenschützer sowie mannigfache Zertifikate, die seine Anerkennung als zugelassener Lehrer in einem hochklassigen Pariser Club bewiesen. Das Ganze hatte er in einem verschlossenen, mit Schaumgummi ausgepolsterten Koffer aus Metall, wie Fotografen ihn besaßen. Es sollte noch zwei Jahre dauern, bis Handfeuerwaffen in England verboten wurden, so daß seine Geschichte von einer beabsichtigten Teilnahme an einem Wettbewerb nicht in Frage gestellt wurde. Hätte man ihm bei der Einreise Schwierigkeiten gemacht, hätte er nur resigniert gelächelt und wäre nach Hause gefahren.

Émile Jacques Guirlande, von Beruf Mörder, bekam an jenem Dienstag im Dezember 1986 keine Schwierigkeiten. Nachdem er die Hürde Dover mühelos genommen hatte, fuhr er zufrieden durch die im Winterschlaf liegenden Felder Südenglands und ging im Geiste friedlich noch einmal seinen bösen Plan durch.

In diesem Jahr knisterte es in der Jagdrennszene der britischen Rennplätze. Grund für dieses Knistern war die unmögliche Trainer-Jockey-Allianz zwischen einem langhaarigen Abkömmling echter Zigeuner und dem aristokratischen Neffen aus einem historischen Haus.

Gypsy Joe (genauer gesagt, John Smith) verspürte und zeigte jene beinahe magische Verbundenheit mit Tieren, wie sie bei seinem Volk schon seit Urzeiten existiert. Gypsy Joe zuliebe gruben Vollblüter in ihrem eigenen archaischen Stammesgedächtnis und begriffen, daß die Führung der Herde das Ziel des Lebens war. Der Anführer der Herde gewann das Rennen.

Gypsy Joe gab seinen Pferden mit großer Umsicht das Futter und das Training, das ihren Herzen die größtmögliche Kraft verlieh, und flüsterte ihnen, während er sie für ein Rennen sattelte, rätselhafte Worte der Ermutigung zu. An üblichen Maßstäben gemessen war er durchaus erfolgreich und erfreute sich der widerwilligen Bewunderung der meisten seiner Kollegen, aber für Joe war das nie genug. Er war stets – und vielleicht unrealistischerweise – auf der Suche nach einem Reiter, dessen psychische Schwingungen genau zu dem paßten, was er von seinen Pferden wußte. Er suchte nach Jugend, Mut, Talent und einer unverdorbenen Seele.

Jedes Jahr, während er sich mit den Pferden aus seinem Stall beschäftigte, beobachtete und analysierte er die Rennreiter, die neu auf der Bahn waren. Nach fünf Jahren fand er endlich, wonach er suchte, und verschwendete keine Zeit, es sich öffentlich zu sichern.

Und so erschütterte Gypsy Joe im Spätfrühling des Jahres 1986 die Bruderschaft der Jagdrennjockeys, indem er einem unbeschwerten Amateur – der genau eine Saison lang Rennen geritten und keine bemerkenswerten Siege errungen hatte – einen Jockeyvertrag anbot. Der Amateur brauchte sich, um diesen ungewöhnlichen Vorschlag annehmen zu können, lediglich unverzüglich eine Lizenz als Berufsjockey zu verschaffen.

Red Millbrook (Red für rot; er hatte rotes Haar) hatte dem telefonischen Angebot von Gypsy Joe mit derselben allgemeinen Verwirrung gelauscht, die schon bald etliche andere befallen sollte, angefangen von den Mandarinen des Jockeyclubs bis hin zu kritischen Scharen von Stalljungen in den heimischen Pubs.

Erstens wurden für Jagdrennen nur wenige Reiter fest verpflichtet. Zweitens ritten bereits (wenn auch ohne Verträge) zwei Profis, beides alte Hasen, regelmäßig für Gypsy Joe; beider Resultate wurden weithin als zufriedenstellend betrachtet, da Gypsy Joe auf der Siegertafel der Trainer an fünfter Stelle stand. Drittens konnte man Red Millbrook, der die Schule noch nicht lange hinter sich hatte, als unbedarften Neuling einstufen.

Mit der Selbstsicherheit der Jugend bewarb sich der ›unbedarfte Neuling‹ unverzüglich um eine Lizenz.

Red Millbrook, soeben zum professionellen Jockey aufgestiegen, sah Gypsy Joe zum ersten Mal von Angesicht zu Angesicht, als er vor dem April Gold Cup in Sandown Park voller Neugier in den Führring trat. Gypsy Joe, vierzig und ebenso dickköpfig wie selbstbewußt, wußte, daß er den Spott der Rennszene herausforderte, wenn er diesen beinahe unerprobten Adelssproß in einem großen Rennen zum ersten Mal testete, noch dazu auf einem Pferd, auf dem er nie zuvor gesessen hatte. Kritische Kommentare in verschiedenen Rennzeitungen hatten Joe bereits öffentlich Schelte dafür erteilt, daß er seine beiden nützlichen, getreuen – und wutschnaubenden – Stalljockeys übergangen hatte und »die Hoffnung auf den Gold Cup um eines Publicitygags willen hatte fahren lassen«. Gypsy Joe vertraute seinem Instinkt und ließ sich nicht beirren.

Der junge Red Millbrook sah in Gypsy Joe, als er ihn im Führring traf, einen großen, ungepflegten, langmähnigen Kerl von einem Mann und bedauerte schon die spontan eingegangene Verpflichtung zu reiten, wann immer und wo immer der Trainer es ihm auftrug.

Die beiden so schlecht zusammenpassenden zukünftigen Verbündeten schüttelten einander zaghaft und unter den Augen von Tausenden von Fernsehzuschauern die Hände, und Red Millbrook dachte, der Schauder, der ihn durchlief, sei nur auf die Erregung des Augenblicks zurückzuführen. Gypsy Joe lächelte jedoch zufrieden vor sich hin und war vielleicht der einzige Zuschauer, den es nicht überraschte, als sein Starter sich mit einer halben Länge Vorsprung das Gold sicherte.

Nicht daß Red Millbrook in seinem kurzen Leben je schlecht geritten wäre: In der Tat hatte er alle freien Stunden seiner Jugend auf dem Pferderücken zugebracht, obwohl diese freien Stunden zielgerichtet von elterlicherseits aufgenötigter Schulbildung begrenzt worden waren. Seine mit Adelstiteln geschmückten Eltern konnten durchaus Stolz für ihren Sohn als *Amateur* aufbringen, schraken aber entsetzt vor dem Wort ›professionell‹ zurück. Wie eine Nutte, stöhnte seine Mutter.

Red Millbrook sah in seinem neuen Profistatus einen Schritt nach oben, nicht nach unten. Ängstlich bestrebt, in Sandown eine gute Figur zu machen, ging er mit grimmiger Entschlossenheit zur Startmaschine und entdeckte über dem ersten Hindernis eine unerwartete geistige Verbundenheit mit dem Pferd in sich. Noch nie in seinem Leben hatte er etwas Ähnliches empfunden. Sein ganzer Körper reagierte. Er und das Pferd erhoben sich wie ein einziges Wesen über sämtliche Hindernisse, die dazu ersonnen und aufgestellt waren, den Schnellsten unter ihnen zu bestimmen. Red Millbrook, eins mit dem Pferd, flog um die letzte Kurve und reckte sich nach vorn über den letzten Hügel. Er teilte den Willen und die Entschlossenheit seines tierischen Partners. Als er siegte, war es nicht Staunen, das ihn erfüllte, sondern das Gefühl, sein gottgegebenes Königreich betreten zu haben.

Im Absattelring des Siegers lächelten Gypsy Joe und Red Millbrook einander leise zu, als seien sie einer privaten Bruderschaft beigetreten. Gypsy Joe wußte, daß er seinen Reiter gefunden hatte. Red Millbrook sah voller Freude seiner Zukunft entgegen.

Oben auf der Tribüne beobachteten die beiden übergangenen Stalljockeys mit wachsendem Zorn das Rennen und den Sieg. Normalerweise hätte einer von ihnen auf dem Pferd gesessen.

Davey Rockman fühlte sich in seiner Wut durch und durch gerechtfertigt. Mit Gypsy Joe war nicht gut Kirschen essen für jene, die für ihn arbeiteten (fand Davey Rockman), aber seine Pferde starteten häufig, waren gut trainiert und hatten ihn – Davey – während der letzten fünf Jahre mit Luxus und Mädchen versorgt. Davey Rockmans Appetit auf Frauen, einst der Skandal der Rennbahnen, war inzwischen lange als normal akzeptiert worden; man wußte eben, daß ›Rock‹, ein dunkler Typ, mit seinem guten Aussehen alles, was Röcke trug, in seinen Bann schlug. Davey Rockmans Ärger über das Geld, das der Sieg in diesem großen, angesehenen Rennen ihm eingetragen hätte, war eine Nichtigkeit im Vergleich zu der Kränkung seines sexuellen Egos.

Nicht ein einziges Mal kam ihm der Gedanke, daß das Pferd, wenn er es geritten hätte und nicht der Thronräuber Red Millbrook, vielleicht gar nicht gewonnen hätte.

Nigel Tape, der zweite Stalljockey, verzehrte sich in treuem Groll um Rocks willen. Nigel Tape, vom Schicksal nicht dazu auserkoren, selbst als Star zu glänzen, sonnte sich gewohnheitsmäßig in seiner Stellung als Kumpan von Rock. Er pflegte dieselben Enttäuschungen zu beklagen, dieselben Triumphe zu feiern, erging sich in denselben unrealistischen Nörgeleien. Als hätte es ihn selbst getroffen, war er wie Davey Rockman empört darüber, durch einen anderen ersetzt worden zu sein, und blähte das Ärgernis zu Dimensionen auf, die nach Rache verlangten. Davey the Rock fühlte sich geschmeichelt von Nigel Tapes geradezu fanatischer Hingabe und erkannte ihre Gefahren nicht.

Am Montag nach dem April Gold Cup betrachtete Gypsy Joe die finsteren Mienen seiner beiden langjährigen Jockeys, als diese zum Morgentraining in seinen Stallhof kamen.

Ungerührt und mit geschäftsmäßigem Tonfall erklärte er ihnen: »Wie ihr wahrscheinlich schon gemerkt habt, wird von jetzt an Red Millbrook mein erster Jockey sein. Sie, Davey, haben die Möglichkeit, als ausbildender Jockey hierzubleiben, ein Job, in dem Sie sehr gut sind, und gelegentlich ein Rennen zu reiten. Wenn es Ihnen lieber ist, können Sie natürlich versuchen, bei einem anderen Trainer wieder erster Jockey zu werden.«

Davey Rockman lauschte in erbittertem Schweigen. Sein Status als Gypsy Joes erster Jockey hatte ihm in der Jagdrennwelt zu angenehm hohem Ansehen verholfen. Die Degradierung, die ihm soeben durch den Trainer zuteil geworden war, bedeutete nicht nur einen ernsten Verlust, was Gesicht und Einkommen betraf, sondern auch das buchstäbliche Ende seiner Anziehungskraft auf die Damenwelt. Er war es gewohnt, die Macht seiner Stellung auszunutzen, um Frauen zu beherrschen. Es gefiel ihm, sie ein wenig herumzustoßen, bis sie um Gnade bettelten. Er fühlte sich überlegen. Er stolzierte häufig in seinen Jockeystiefeln herum, die er als Symbol der Manneskraft betrachtete.

Sich einen Job mit vergleichbarem Ansehen zu suchen war kaum eine ernsthafte Möglichkeit: Es gab einfach nicht genug gute Anstellungen für Stalljockeys auf dem Markt. Davey Rockman sah Gypsy Joes unbekümmerter Entschlossenheit, ihn zu degradieren, direkt in die Augen und spürte das erste Aufwallen von mörderischem Haß.

Nigel Tape fragte mit aggressivem Unterton: »Und was ist mit mir?«

»Sie können weitermachen wie bisher«, antwortete der Trainer ihm.

»Und die Brosamen aufsammeln? Das ist nicht fair.«

»Das Leben ist niemals fair«, entgegnete Gypsy Joe. »Ist Ihnen das noch nicht aufgefallen?«

Gypsy Joes archaische Instinkte erwiesen sich auf spektakuläre Weise als richtig. Red Millbrook und Gypsy Joes Pferde verschmolzen miteinander, elektrisierten einander auf einer Rennbahn nach der anderen, während sonst das Jagdrennprogramm gegen Sommer immer unspektakulärer wurde. Der Applaus für den einen Sieg war kaum verklungen, wenn schon der nächste anschwoll. Die Besitzer waren außer sich vor Begeisterung: Jeden Tag boten neue Besitzer ihre Pferde an. Als die nächste zehnmonatige Saison im August langsam anfing, hatte der Trainer etliche weitere Ställe angemietet, und der Jockey pfiff in glücklicher Selbsterfüllung vor sich hin, während er seinen Wagen von einem Erfolg zum anderen fuhr. Im September, im Oktober und im November sah es so aus, als könne er nichts falsch machen. Er war die Nummer eins auf der Jockeyliste.

Seine Eltern söhnten sich langsam mit seiner »Nuttenhaftigkeit« aus und prahlten statt dessen mit ihm, aber seine beiden älteren, unverheirateten Schwestern neideten ihm seinen Ruhm. Er wohnte noch immer in seinem Elternhaus in London, das seine anspruchsvolle Mutter so sehr dem Dasein in einem feuchten alten Landhaus vorzog. Red begnügte sich mit ihrem Londoner Luxus, während er gleichzeitig plante, sich von seinen Sieggeldern ein eigenes Haus zu kaufen, das im übrigen nicht unbedingt auf Gypsy Joes Schwelle stehen mußte. Das Leben von Jockey und Trainer verlief in verschiedenen Bahnen, genauso wie es gewesen war, bevor ihre Partnerschaft in Sandown besiegelt worden war, aber die Schwingungen zwischen den beiden Männern blieben unverändert. Sie lächelten stets dasselbe verstehende Lächeln, setzten sich aber niemals auf ein Glas Wein zusammen.

Red Millbrook – freundlich, unkompliziert, von großzügigem Naturell – verkehrte kaum mit den anderen Jockeys, die sein atemberaubendes Talent in der Regel mit Ehrfurcht erfüllte. Die Mißgunst, die er in Davey Rockmans Augen brennen sah und die ihr Spiegelbild in der grollenden Miene Nigel Tapes fand, ignorierte er frohen Mutes. Da jetzt viel mehr Pferde im Stall waren als zuvor, ritt Davey Rockman, so überlegte Red Millbrook unbekümmert, immer noch ziemlich viele Rennen, auch wenn es sich dabei nicht um die siegverheißende Spitzenklasse handelte und auch wenn ihm nicht dieselbe staunende und kniefällige Aufmerksamkeit der Presse zuteil wurde. Es war nicht seine Schuld, beruhigte er sich, daß Gypsy Joe ihn auserkoren und ihm eine solch großartige und befriedigende Chance gegeben hatte.

Er hatte keine Ahnung, daß es der katastrophale Zusammenbruch seines ausgiebigen Sexuallebens war, der Rock am meisten erzürnte; und Rock seinerseits war blind gegen die Erkenntnis, daß es sein ständiges, verbittertes Murren war, das die Frauen abstieß. Zum ersten Mal in seinem Leben scharten sich die Mädchen um Red Millbrook, der ihre Annäherungsversuche eher komisch fand: Und seine Belustigung erzürnte seinen brodelnden, entthronten Rivalen nur um so mehr.

Als Davey Rockman im Dezember bei einem Rennen stürzte und sich einige kleine Knochen in seinem Fuß brach, schickte Red Millbrook ihm ein paar freundliche Zeilen, in denen er sein Mitleid bekundete. Rock betrachtete das als Beleidigung und antwortete ihm nicht.

Red Millbrook hatte seinen Wagen in der Londoner Straße draußen vor seinem Elternhaus stehen und fuhr von dort aus jeden Tag dorthin, wo er gerade zum Rennen eingeteilt war. Normalerweise brach er Richtung Norden auf, über eine Straße, die ihn durch hohe schwarze Geländer in die rasenbedeckte Weite des Hyde Parks führte. Dort gab es Fußwege und immergrüne Büsche und Bänke für die Rast ermüdeter Spaziergänger. Daneben fanden sich dort mehrere Verkehrsampeln, die einerseits den Fußgängern die Überquerung der Straße erleichtern und es andererseits dem Verkehr ermöglichen sollten, einem komplizierten Muster folgend nach rechts abzubiegen. Eine der Ampeln sprang fast immer auf Rot, sobald Red Millbrook sich näherte. Geduldig wartete er dann auf Grün, während sein Radio den Wagen mit Musik erfüllte.

An einem Freitagmorgen im Dezember trat, während Red vor sich hinsummend an der Ampel wartete, ein Mann an seinen stehenden Wagen heran und klopfte an der Beifahrerseite ans Fenster. Er war gekleidet wie ein Tourist und hatte einen großen Stadtplan bei sich, auf den er mit hoffnungsvoller Gebärde aufmerksam machte.

Red Millbrook drückte auf einen Knopf und öffnete zuvorkommend das elektrisch bediente Fenster. Der Tourist beugte sich mit dem Plan in Händen höflich in den Wagen.

»Entschuldigen Sie bitte«, sagte der Tourist, »wie komme ich am besten zum Buckingham Palace, bitte?«

Er hatte einen ausländischen Akzent, ging es Red Millbrook flüchtig durch den Kopf. Ein Franzose vielleicht. Der Jockey drehte sich zum Fenster um und beugte den Kopf über den Stadtplan.

»Sie gehen...«, sagte er.

Émile Jacques Guirlande erschoß ihn.

Um die Wahrheit zu sagen, Émile Jacques genoß das Töten.

Es erfüllte ihn mit Stolz, in der Lage zu sein, den Tod so sauber und schnell herbeizuführen, daß sein Opfer nicht einmal den Verdacht schöpfte, es könne angebracht sein, sich zu fürchten. Émile Jacques fand, daß er seinen eigenen hohen Ansprüchen untreu würde, falls er jemals Augen sich in verzweifelter Angst weiten sehen oder auch nur die ersten Silben eines jämmerlichen Flehens hören würde. So mancher bezahlte Mörder mochte Gefallen finden am Entsetzen seiner Opfer: Émile Jacques war, für einen Mörder, ein gütiger Mensch.

Red Millbrook hatte ausschließlich auf den Stadtplan gesehen, den Émile Jacques ihm mit der linken Hand halb geöffnet hingehalten hatte. Er hatte keine Zeit gehabt, die neun Millimeter Browning zu sehen, wie sie mit ihrem wirksamen, langen Schalldämpfer anmutig unter dem Stadtplan hervorglitt. Émiles rechte Hand war, wenn er eine Waffe hielt, von einer Schnelligkeit und Eleganz, wie kein Magier sie hätte übertreffen können.

Die glutheiße Kugel zerstörte Red Millbrooks Gehirn binnen eines Augenblicks. Er fühlte nichts, wußte nichts, gab keinen Laut von sich. Das schwache »Plop« der Browning verlor sich im Rhythmus der Radiomusik.

Ohne zu zögern nahm Émile Jacques seinen Stadtplan wieder an sich, und die Pistole verschwand darin. Er machte eine Gebärde des Dankes, für den Fall, daß sie Zuschauer hatten, und ging beiläufig davon.

Er schritt ohne Hast einen Fußweg entlang und umrundete ein Gebüsch, und er war schon ein ganzes Stück entfernt, als er hinter sich lautstarkes Hupen hörte. Die Ampel war, wie er wußte, auf Grün gesprungen, aber ein Auto bewegte sich nicht von der Stelle und behinderte den Verkehr. Als schließlich erzürnte Autofahrer das Blut und die Schädelknochensplitter entdeckten und hysterisch aufschrien, wandte Émile Jacques dem Park bereits den Rücken zu, um wieder in seinen Wagen zu steigen; und als die Metropolitan Police in aller Eile ein Sonderkommando einrichtete, um ihre Ermittlungen anzustellen, war Émile Jacques mit bedächtiger Fahrweise bereits auf dem Rückweg nach Frankreich und auf halber Strecke nach Dover.

Nicht schlecht, dachte er. Am Ende war es nicht schlecht gelaufen, obwohl es schwierig gewesen war, die Sache einzufädeln.

Als man ihm den Job Ende Oktober angeboten hatte, hatte er wie gewohnt unbewaffnet das Terrain sondiert, hatte die Lebensgewohnheiten seines Opfers studiert und die günstige Gelegenheit bemerkt, die die zahlreichen Ampeln an einem bestimmten Eingang des Hyde Parks darstellten. Mit einer Stoppuhr war er die normale tägliche Route seines Opfers wieder und wieder abgefahren, bis er auf die Sekunde genau die maximale und die minimale Zeitspanne kannte, die ein Wagen warten mußte, bis die Ampel von Rot auf Grün sprang. Red Millbrook verließ sein Haus zu unterschiedlichen Zeiten, nahm aber so gut wie immer den Weg über den Park, um allzu dichten Verkehr zu meiden. Alle vier Tage oder häufiger mußte er an der Ampel stehenbleiben. Jedes Mal, wenn die Ampel ihn aufhielt, saß er schutzlos in seinem Auto. Dort konnte er ihn durchaus töten, befand Émile Jacques, wenn er es nur schnell machte.

Zu Hause übte er dann mit einem Stadtplan und einer Pistole an seinem eigenen Autofenster, bis er wußte, daß er den Überfall binnen Sekunden würde ausführen können. Dann nahm er das Angebot, das man ihm gemacht hatte, an, und als er im November die vereinbarte Vorauszahlung erhalten hatte, setzte er von Dieppe nach Newhaven über (zur Abwechslung) und fuhr mit seinem deklarierten Waffenkoffer durch den Zoll.

Von da an ging fast sofort alles mögliche schief. Red Millbrook verließ London und fuhr zu einer zweitägigen Rennveranstaltung in Ayr nach Schottland; von dort aus fuhr er in aller Seelenruhe Richtung Süden, machte bei Freunden und Besitzern Station, um ihnen im ganzen Norden des Landes einen Sieg nach dem anderen einzuheimsen, Émile Jacques saß nervös und hilflos in London und fühlte sich angreifbar, und als Red Millbrook endlich in das Haus seiner Eltern zurückkehrte, kam es zu einem Wettereinbruch mit stürmischem Wind, Hagelschlag und ausgiebigen Regengüssen; die Art von Wetter, bei der kein Tourist herumspazieren und sich mit einem Stadtplan nach dem Weg erkundigen würde.

Zu guter Letzt studierte Émile Jacques mit großer Sorgfalt eine Rennzeitung und fand mit Hilfe seines englisch-französischen Wörterbuchs heraus, daß das ihm versprochene, auf mangelnder Gesundheit fußende Alibi seines Kunden keine Gültigkeit mehr hatte. Da ihm überdies unangenehm bewußt war, daß die Empfangsdame seines kleinen Hotels langsam den Wunsch entwickelte, mit dem ruhigen Gast mit dem französischen Akzent zu flirten, wandte Émile Jacques sich gänzlich von seiner Mission ab und fuhr vorsichtigerweise nach Hause.

Es war drei Wochen später, als das Wetter an einem Freitagmorgen im Dezember kalt, aber sonnig war, daß Red Millbrook an der Ampel stehenblieb und starb.

Die Empörung, die die Rennwelt erschütterte, überraschte Émile Jacques in Frankreich. Ihm war nicht bewußt gewesen, mit welcher Inbrunst die Briten ihren Sporthelden huldigten, und er war ungemein bestürzt zu hören, daß er (der Attentäter) gelyncht werden würde (mindestens), falls man ihn fand. Es wurde ein Fonds eingerichtet, dem in einer Flut von Gefühlen von jeder Rennbahn Gelder zuflossen und aus dessen Quelle ein verlockender Preis auf den Kopf des Mörders ausgesetzt wurde.

Émile Jacques Guirlande saß an seinem gewohnten, unauffälligen Ecktisch in dem Café in der Nähe seiner Wohnung und übersetzte sorgfältig, Wort für Wort, die Nachrufe, die die englische Rennpresse zum Ruhm des toten Wunderkindes veröffentlichte. Émile Jacques schürzte die Lippen und unterdrückte ein Gefühl des Bedauerns.

Der Wirt, ein vierschrötiger Mann mit einer gewaltigen Schürze und einem schweren Schnurrbart, blieb neben Émile Jacques stehen und gab seine Meinung zum besten. »Nur ein Teufel«, sagte er und zeigte auf Red Millbrooks attraktives Foto, »kann einen solchen Prachtburschen töten.« Er seufzte über die Bosheit der Welt und fügte hinzu: »Da ist ein Brief für Sie, Monsieur.« Er bedachte Émile Jacques mit einem verschwörerischen, lüsternen Grinsen und einem Rippenstoß und hielt ihm einen Umschlag hin, der neben der Kasse gelegen hatte. Der Wirt glaubte, die Briefe, die er seinem beständigsten Kunden gelegentlich überreichte, kämen von sexhungrigen Damen, die sich auf diesem Wege heimlich mit ihm verabredeten.

Émile Jacques nahm die Briefe stets mit einem Augenzwinkern entgegen, und niemals raubte er seinem Gastgeber seine Illusionen: Auf diese Weise bekam er am Ende einer Zwischenträgerkette seine Nachrichten, und auf diese Weise verschickte er seine Antworten. An jenem Abend enthielt der Umschlag den pflichtschuldigst gezahlten Rest des vereinbarten Preises für den Millbrook-Job: Kein kluger Mann und keine kluge Frau hätten es je riskiert, einem Killer vorzuenthalten, was ihm zustand.

Man hätte erwarten können, daß der scharfsinnige Superintendent von der Metropolitan Police, der mit der Aufklärung von Red Millbrooks Mord beauftragt war, es nie zu einer Seelenfreundschaft mit Gypsy Joe Smith bringen würde. Gypsy Joe war ein Mann mit Instinkt und einem großartigen Buchhalter. Mit seinem Instinkt gewann er die Rennen, sein Buchhalter machte ihn reich. Gypsy Joe tat, was er tat, aus tiefer Intuition heraus. Der Polizist und der Buchhalter stützten sich bei ihrer Arbeit auf Fakten und logische Schlußfolgerungen.

Der Superintendent glaubte, in der Welt des Rennsports seien alle Leute halbe Betrüger, und Gypsy Joe hatte dieselbe Meinung von der Polizei. Der Superintendent betrachtete Gypsy Joes inbrünstige und echte Trauer mit Argwohn. Gypsy Joe fragte sich, wie ein derart begriffsstutziger Kerl es bis zum Superintendent hatte bringen können.

Sie gingen in Gypsy Joes Stallbüro wie die Bullen aufeinander los, ingrimmig unterstützt von einem hochrangigen einheimischen Polizeibeamten, dessen Hauptsorge die Frage der »Zuständigkeit« zu sein schien.

»Wen schert es, in wessen Bezirk er gestorben ist«, brüllte Gypsy Joe. »Steckt eure dämlichen Köpfe zusammen und findet den Schuldigen.«

Das taten die beiden hohen Polizeitiere denn auch, aber es ging ihnen auch dann kein Licht auf. Sie verhörten ausgiebig die beiden Frauen, die hinter Red Millbrooks Wagen an der Ampel gestanden und, als es Grün wurde, gehupt hatten, anschließend ausgestiegen waren, um ihn anzuschreien, die seinen in sich zusammengesunkenen, blutigen Leichnam gefunden hatten und nie wieder traumlos würden schlafen können.

Sie hatten niemanden gesehen, erklärten sie. Sie hätten sich miteinander unterhalten. Es seien nicht viele Leute im Hyde Park gewesen. Es sei schließlich Winter.

Émile Jacques hatte in Red Millbrooks Wagen keine Anhaltspunkte hinterlassen: keine Fingerabdrücke, keine Fasern, keine Haare. Die hoffnungsvoll aus dem Chassis ausgegrabene Kugel paßte zu niemandes Vorstrafenregister und würde es auch niemals tun. Der vorsichtige Émile Jacques tötete niemals mit einer Waffe, die er für sein vorheriges Opfer benutzt hatte. So sehr sie sich alle auch bemühten, der Fall blieb ungelöst.

Der Superintendent von der Metropolitan Police änderte seine Meinung über Gypsy Joe und begegnete ihm nunmehr mit widerwilligem Respekt. Der Mann, der neben ihm in seinem windigen Stallhof stand, so ging es dem Superintendent durch den Kopf, war der letzte Mensch auf der Welt, der dem toten Jockey auch nur ein Haar gekrümmt hätte, und da dem so war, konnte er ihn um Hilfe bitten. Er glaubte nicht an das zweite Gesicht oder an Wahrsagerei, aber man konnte ja nie wissen... Und Gypsy Joe hatte Red Millbrook praktisch aus der Luft herausgepflückt, hatte sein unentwickeltes Talent erkannt und diesem Talent blühendes Leben eingehaucht. Angenommen... nun, nur mal angenommen, die Intuition des Zigeuners könnte Erfolg haben, wo Polizeimethoden keinen hatten.

Der Superintendent schüttelte den Kopf, um sich von solchen Hirngespinsten zu befreien, und sagte nüchtern: »Ich habe mich umgehört. Es sieht so aus, als wären die meisten Jockeys grün vor Neid auf Red Millbrook gewesen, und die Buchmacher scheinen gehofft zu haben, daß er sich den Hals brechen würde, aber von da ist es ja noch weit bis zu einem Mord.« Er hielt inne. »Man erzählt mir, der Mensch, der ihn am meisten gehaßt hätte, sei die zweite Geige gewesen, Davey Rockman, ihre ehemalige Nummer eins.«

»Er kann es nicht gewesen sein«, erwiderte Gypsy Joe düster. »Er hat ein perfektes Alibi.«

»Er kann es nicht getan haben«, meinte der Superintendent nickend, »weil er zu dem fraglichen Zeitpunkt durch das hiesige Krankenhaus humpelte und Physiotherapie für seinen gebrochenen Fuß bekam.«

»Und sein siamesischer Zwilling, Nigel Tape, kann es auch nicht gewesen sein, weil er hier vor meiner Nase war und meine Pferde beim Trainingsgalopp geritten hat, als Red...« Gypsy Joe brach ab, weil seine Kehle plötzlich wie zugeschnürt war. Die Vergeudung und Zerstörung des himmelstürmenden Talents, das er auf seinen Pferden zur Entfaltung gebracht hatte, brachte Gypsy Joe tagtäglich den Tränen näher, als er es je für möglich gehalten hätte. Er wußte, daß er niemals einen zweiten Red Millbrook finden würde; ein Jockey, der sich auf solche Weise mit seinen Pferden ergänzte, begegnete einem Trainer nur einmal im Leben.

Als der Superintendent gegangen war, brannte Gypsy Joes Haß auf Red Millbrooks Mörder immer weiter in seinem Innern, wie ein beharrliches, unbarmherziges Feuer. Er würde es herausfinden, dachte er. Eines Tages würde er auf jenem unerklärlichen Wege, auf dem sich die Dinge ihm zeigten, herausfinden, wer Red Millbrook getötet hatte, und er würde wissen, was zu tun war.

Seine Pferde mußten in der Zwischenzeit bei den Rennen starten, bei denen sie gemeldet waren. Die Besitzer verlangten das. Das Leben mußte weitergehen. Davey Rockmans gebrochener Fuß heilte wie von Zauberhand, und Gypsy Joe erlaubte seiner Nummer eins mit einem Unbehagen, das er selbst nicht ganz verstand, seinen früheren Platz wieder einzunehmen.

Die Pferde vermißten Red Millbrook. Sie errangen Siege, aber nicht freudvoll und in Scharen. Die Tage des Ruhms waren vorüber. Einige Rennbesucher jubelten, andere weinten. Gypsy Joe verzweifelte.

Es geschah während des Gedenkgottesdienstes für Red Millbrook, daß Rock sich verriet. In der Kirche, nicht ahnend, daß Gypsy Joe grimmig hinter ihm stand, drehte Davey Rockman sich zu Nigel Tape um und *grinste.*

Gypsy Joe sah die erste bösartige Wölbung der hohnverzerrten Lippen und verspürte zunächst nur einfachen Abscheu. Aber am Abend und während der Nacht kamen ihm die tieferen Erkenntnisse, nach denen er gesucht hatte.

Am Morgen rief er den Superintendent der Metropolitan Police an.

»Ein *bezahlter* Mörder?« wiederholte der Polizeibeamte zweifelnd. »Berufsmörder sind dünn gesät, wissen Sie. Es ist unwahrscheinlich, daß wir es in diesem Fall mit so jemandem zu tun haben.« Er dachte bei sich, daß die meisten Mordfälle einen häuslichen Hintergrund hatten – Familienangelegenheiten, impulsive Taten –, und er wußte, daß die meisten Mörder gefaßt wurden. Häufig hatten ungeklärte Todesfälle auch mit Drogen zu tun, aber nicht diesmal, das glaubte er nicht. Die Sache roch einfach nicht danach. Und es gab auch keinerlei Hinweise auf ein politisches Attentat, das normalerweise hohe Wellen schlug und zu einer Verhaftung führte, entweder auf dem Schauplatz selbst oder kurz danach.

»Und wohin führt Sie das?« fragte Gypsy Joe.

»Zu der Notwendigkeit, mir die Unterströmungen in der Familie Millbrook einmal anzusehen. Wir glauben, daß der junge Mann seinen Mörder kannte. Derjenige, der ihn erschossen hat, hat unserer Meinung nach zuvor ans Fenster geklopft, und der junge Mann, der den Betreffenden erkannte, kurbelte die Scheibe runter, um sich mit ihm zu unterhalten. Die Schwestern sind keine Unschuldslämmer...«

»Ich glaube nicht.« Gypsy Joe war seiner Sache sicher. »Er wurde nicht von einem Mitglied der Familie Millbrook getötet. Ich habe gestern beim Gedenkgottesdienst gewalttätigen, zerstörerischen Haß in Davey Rockmans Augen gesehen. Sie unterschätzen die Gewalt von Haß. Das tut fast jeder. Ich habe den *Triumph* gesehen, mit dem Reds Tod ihn erfüllt. Ich bin davon überzeugt, daß er ihn töten ließ. Ich werde mich ihm auf die Fersen setzen und die Dinge ein wenig in Schwung bringen.«

Der Superintendent, der abwechselnd an Gypsy Joes

Auffassung zweifelte und ihr Glauben schenkte, war keineswegs überzeugt davon, daß man sich auf seine Zigeunerintuition verlassen konnte, und daher gab er seinem Informanten lahm den Rat: »Dann passen Sie gut auf sich auf, da läuft ein Mörder frei herum.«

Gypsy Joe nahm die Warnung ernst, stellte sich aber dennoch mit seinem gewaltigen Torso und seiner übergroßen Persönlichkeit jedem in den Weg, von dem er glaubte, er könne ihn vielleicht in die Welt des Verbrechens führen. Niemand sagte ihm direkt, wo er einen Attentäter finden könne, aber als seine Nachfragen schließlich zum Tagesgespräch jeder Rennbahn geworden waren, meinte irgend jemand, er solle doch am besten einmal sehen, was unter seiner eigenen Nase vorging. Nigel Tape, so fand er schließlich heraus, hatte einen Bruder, der einmal wegen Autodiebstahls gesessen hatte. Kaum sehr hilfreich, dachte er. Ein Schmusekätzchen, wo er Ausschau nach einem Löwen hielt.

Ohne daher mehr in der Hand zu haben als einen unverwüstlichen Verdacht, der ihn antrieb, begann Gypsy Joe, Davey the Rock Fragen zu stellen. Endlose, nadelstichspitze Fragen, eine nach der anderen, Tag um Tag.

»Wie hast du einen Killer gefunden? Bei wem hast du dich erkundigt?«

»Wie hast du ihn bezahlt? Hast du ihm einen Scheck geschickt?«

»Er wird dich erpressen, was? Er wird immer mehr und mehr wollen.«

Und so weiter und so weiter.

Er zerfetzte Davey Rockmans Nerven, bot ihm aber nach

wie vor Ritte in Rennen an. Die Fragen peinigten den Jokkey, aber er brauchte die Honorare. Seine Hände begannen zu zittern. Überall flüsterte ihm Gypsy Joe seine Anklage ins Ohr: »Mörder.«

»Ich bin es nicht gewesen«, schrie Rock verzweifelt.

Gypsy Joe wiederholte es dennoch: »Mörder«, wieder und wieder, und er gönnte seinem Jockey keinen Frieden.

Nigel Tape fuhr zusammen mit Davey Rockman zu den Rennen in Warwick, in seinem geleasten Wagen, und hoffte, Rock würde seinen Anteil am Benzin bezahlen. Vergangen waren jene Tage, so schien es, da Rock mit grandioser Geste ganz selbstverständlich die gesamte Summe ihrer gemeinsamen Unkosten hinblätterte. Rock, überlegte Nigel Tape mürrisch, war nicht länger der Held, dem er in all diesen Jahren gehuldigt hatte.

Die dunkle Attraktivität Davey Rockmans hatte ihre geballte Anziehungskraft schnell verloren, seit die glatte, gebräunte Haut über seinem Kinn und seinen Wangenknochen erschlafft und grau geworden war. Der Gockel in Reitstiefeln stolzierte nicht länger mit an Arroganz grenzendem Selbstbewußtsein von der Waage zum Führring. Der Maestro schlug sich nicht mehr mannhaft mit seiner Reitpeitsche auf die Wade. Zuschauer, die noch allzugut den breitbeinigen Gang aus den Tagen vor Red Millbrook in Erinnerung hatten, erkannten in dem verblaßten Mann, der mit gekrümmten Schultern einherschlurfte, kaum mehr den Wolf der Rennbahnen wieder, dieses lüsterne Raubtier, das aufgeschreckte Hennen veranlaßt hatte, schützend hinter ihren Küken herzueilen.

Davey the Rock war unter Gypsy Joes mitleidlosem Sperrfeuer schon mehr als zur Hälfte zusammengebrochen.

»Er ist davon überzeugt, daß ich es getan habe«, stöhnte er. »Keine fünf Minuten läßt er mich in Ruhe. Er will wissen, wer seinen Goldjungen getötet hat, und ich kann mir die Lungen heiser schreien, daß ich es nicht wüßte, aber er fragt einfach immer weiter.«

Nigel Tape bedachte das Wrack seines Freundes mit einem Seitenblick. Er – und mit ihm jedes Augenpaar auf der Rennbahn – konnte deutlich sehen, wie es mit dem kraftvollen Charakter und erst recht mit den Reitkünsten Davey Rockmans bergab ging. Die Pferde taugten nichts mehr unter seiner Hand.

»Du kannst ihm nicht sagen, wer Red Millbrook umgebracht hat, weil du es nicht weißt.« Nigel Tapes Tonfall wandelte sich unmerklich von Beschwichtigung zu Groll. Er hatte dasselbe schon ein dutzendmal gesagt.

»Ich erkläre ihm wieder und wieder, daß ich es nicht weiß«, jammerte Rock. »Er glaubt, ich wäre einfach zu jemandem hingelaufen, der eine Waffe hat, und hätte gesagt: ›Erschießen Sie Red Millbrook für mich.‹ Er ist so einfältig, daß es zum Gotterbarmen ist.«

Gypsy Joe, der weder einfältig noch zum Gotterbarmen war, beobachtete die rückgratlosen Darbietungen seines Jockeys an jenem Nachmittag und sah sich genötigt, sich bei seinen Besitzern zu entschuldigen.

Trotz der beharrlichen Inquisition, der er Rock unterzogen hatte, wußte Gypsy Joe immer noch nicht, wer Red Millbrook getötet hatte. Er begann zu glauben, daß der Jockey wirklich keine Ahnung hatte, wessen Hand die Waffe führte. Das änderte aber nichts an seiner Überzeugung, daß Davey Rockman die eigentliche Schuld traf.

Am Ende von drei unproduktiven Stunden, in denen er immer nur unter ferner liefen über die Ziellinie gegangen war, eröffnete der Trainer seinem Jockey, daß gute Besitzer schwerer zu ersetzen seien als gute Reiter (mit Ausnahme von Red Millbrook). Er habe, so sagte er, Davey Rockman jede Chance gegeben, aber die Besitzer beschwerten sich bitterlich, und genug sei genug, also auf Wiedersehen. »The Rock« war sprachlos, und in seinen Augen schwelte weißglühender Groll. Er konnte noch immer keinen Fehler bei sich entdecken.

»Was ist mit mir?« fragte Nigel Tape. »Bekomme ich Daveys Job? Als erster Stalljockey?«

»Nein, den bekommst du nicht. Du hast nicht den Elan. Wenn du willst, kannst du weitermachen wie zuvor.«

»Das ist nicht fair«, sagte Nigel Tape.

Während der Heimfahrt vom Rennen fluchte Rock heftig, um sich für die öffentliche Schande, seinen Job verloren zu haben, zu rächen.

»Besorg mir diesen Killer«, meinte er. »Sag ihm, daß ich ihn noch einmal brauche.«

Nigel Tape fuhr ruckartig und in besorgtem Schweigen. Blond und mit sonnengebleichten Augenbrauen nahm er sich aus wie der fahle Schatten von Davey the Rock. Nigel spürte schmerzlich, wie seine lange bestehende Verbundenheit schwächer wurde. Er hatte Red Millbrook eigentlich ganz gern gemocht, ging es ihm mit Verspätung auf, und Gypsy Joe war während all der Jahre eigentlich kein schlechter Arbeitgeber gewesen. Ein sicherer Job, besser als die meisten...

»Tu es«, beharrte Rock. »Sag deinem Bruder, er soll die Sache noch einmal einfädeln.«

»Das wird dich was kosten«, erwiderte Nigel Tape lahm.

»Und schieb es nicht auf die lange Bank«, bekam er zur Antwort.

Nigel Tapes Exknacki-Autodieb-Bruder kannte einen Mann, der einen Mann kannte, der Kontakt zu einem Mann hatte, der jemanden kannte, der im Eliminationsgeschäft tätig war. Anfang Februar 1987 holte der Wirt von Émile Jacques' Stammcafé neben seiner Kasse einen hellrosafarbenen Umschlag hervor, der süß nach Nelken duftete.

Der Wirt grinste breit und stieß Émile Jacques in die Rippen. Émile Jacques nahm den Duft wahr und verstaute das *billet-doux* unter ausgiebigem Augengezwinker in seiner Tasche, um es unter Ausschluß der Öffentlichkeit zu lesen.

Später stand Émile Jacques am Fenster seiner wunderschönen, hochgelegenen Wohnung und beobachtete gedankenvoll die kleinen Boote, die geschäftig über die Seine trieben. Der rosa Umschlag hatte nur eine postkartengroße Schwarzweißfotografie von Gypsy Joe enthalten, zusammen mit dessen Namen, Adresse, Alter und Beruf, alles Angaben, die mit Bleistift auf die Rückseite geschrieben waren. Darunter las er in Druckschrift-Kleinbuchstaben: »Davey Rockman, Jockey«.

Dank seiner sorgsamen und erfolgreichen Ermordung des vielversprechendsten Jungen der britischen Jagdrennszene hatte Émile Jacques begonnen, diese Sportart mit einem flüchtigen Interesse zu verfolgen. Gelegentlich erstand er am Nachrichtenkiosk britische Rennzeitungen und vertiefte sich so weit in diese Lektüre, daß er immer seltener zu einem französisch-englischen Wörterbuch greifen mußte. Sein Englisch wurde, soweit es den Rennjargon betraf, zunehmend idiomatisch.

Das Angebot, Gypsy Joe zu töten, fand er ziemlich verführerisch.

Normalerweise lehnte er zwei Abschlüsse innerhalb desselben beschränkten gesellschaftlichen oder geschäftlichen Zirkels ab, weil er der Auffassung war, eine solche Doppelung würde auch sein Risiko verdoppeln. Außerdem sandten zwei in solch kurzer Zeit vom selben Klienten in Auftrag gegebene Ermordungen ihm heftige, warnende Schauer den Rücken hinunter. Davey Rockman, Jockey seines Zeichens, hatte ihn jedoch für Red Millbrooks Tod prompt bezahlt und wußte wahrscheinlich, daß im Wiederholungsfalle mindestens eine entsprechende Summe fällig sein würde.

Émile Jacques interessierte sich nicht für die Motive oder die inneren psychologischen Triebkräfte seiner Klienten, die sich seiner Meinung nach grob unterteilen ließen in Habgier, Wollust oder Haß. Ihn interessierte vielmehr, daß er seinen Job sauber erledigte, unbeschadet davonkam und die Erträge später auf seine verschwiegene Art und Weise bei der Bank einzahlen konnte. Er interessierte sich nicht persönlich für Red Millbrook oder für Gypsy Joe Smith. Émile Jacques Guirlande war stets ein wahrer Söldner, ein kalter Soldat, der seine Dienste feilbot.

Er befand, daß er den Fall Gypsy Joe zumindest ohne Gefahr auskundschaften konnte. Infolgedessen überquerte er mit einer kleinen Reisetasche (ohne Waffen) den Kanal, wobei ihn ausnahmsweise eine unangenehme Seekrankheit befiel, die auf einen plötzlichen Wintersturm zurückzuführen war. Anfang Februar schneite es, und der Schnee legte sich hartnäckig über das südliche England und brachte die Rennwelt somit zu einem Stillstand. Wieder verschwor sich das Wetter, das Leben von Émile Jacques' Zielperson zu verlängern.

Émile Jacques konnte Gypsy Joes Alltag nur sporadisch in Augenschein nehmen, ohne sich irgendwelchem Gerede auszusetzen, aber er machte sich mit der morgendlichen Routine des Trainers vertraut, der mit einem Landrover in die weißbestäubten Downs fuhr und sich ansah, wie die lange Reihe von Pferden beim Training über eine Allwettersandbahn galoppierte. Abends hörte er den Stallburschen in den einheimischen Pubs zu und saugte, neben dem allgemeinen Geplapper über das Stalleben, auch ihre plastische Ausdrucksweise in sich auf.

Er erfuhr, daß Gypsy Joes liebende Fürsorge für seine Pferde einen spätabendlichen Besuch im Stall beinhaltete. Er pflegte sich davon zu überzeugen, daß all seine Tiere aufs beste versorgt und zufrieden waren, und eines Abends näherte Émile Jacques sich auf leisen Sohlen selbst dem Stallhof, um unbemerkt und aus einiger Entfernung das Geschehen zu beobachten.

Gypsy Joe kam um zehn Uhr aus seinem Haus, allein, und machte seine Runden, bevor er seine vielgeliebten Pferde bis zum Morgen allein ließ. Um zehn Uhr am nächsten Abend machte er abermals seine Runden und am darauffolgenden Abend um zehn Uhr wieder.

Dort, auf dem stillen Stallhof, beschloß Émile Jacques, würde eines nicht mehr allzuweit entfernten Abends ein lautloser Tod aus der Dunkelheit hervorbrechen.

An dem Abend, an dem Émile Jacques seine Entscheidung traf, ließ ein Tauwetter England wieder braun und grün werden, und am nächsten Tag begleitete Gypsy Joe seine Starter zu den Rennen in Sandown Park.

Die beiden Monate, die seit Red Millbrooks Ermordung verstrichen waren, hatten Gypsy Joes zornige Trauer keineswegs gedämpft, und er mußte daran denken, daß hier, auf ebenjener Übungsbahn, der schlafende Genius des rothaarigen Jungen zum ersten Mal voll erwacht war. Während er zusah, wie seine Februarstarter mit einem Ersatzjockey bescheidene Erfolge erzielten, beweinte Gypsy Joe die Vergangenheit und schwor, von der Verfolgung Davey Rockmans nicht abzulassen. Wie lange er auch brauchen würde, er würde den schuldigen Schurken so weit bringen, daß er schließlich zusammenbrach und gestand.

Davey war am betreffenden Nachmittag von einem unbedeutenderen Trainer für genau ein einziges Rennen eingesetzt worden. Er ging, in Gedanken nicht bei der Arbeit, sondern anderswo, als Zweitletzter durchs Ziel. Er verwandte seine Zeit darauf, Gypsy Joe mit unvermindertem Haß anzustarren und voller Nervosität auf eine Antwort auf den Auftrag zu warten, den er über Nigel Tapes Bruder erteilt hatte.

Émile Jacques Guirlande ging in der festen Überzeugung, daß niemand ihn erkennen würde, und mit verborgener Belustigung zu den Rennen in Sandown Park und suchte die Nähe beider Männer.

Gypsy Joe, sein Opfer, bedachte den gepflegten, relativ jungen und unauffälligen Rennbesucher, der sechs Fuß von ihm entfernt sein Rennprogramm las, mit einem flüchtigen Blick und verspürte nichts von den übernatürlichen Schaudern böser Ahnung, die seine Vorfahren wohl gewarnt hätten. Gypsy Joe sah Red Millbrooks Mörder und erkannte ihn nicht.

Eine Stunde später, vor dem fünften Rennen, hatte Émile Jacques auf der Tribüne Tuchfühlung mit Davey the Rock und hörte zu, wie er sich mit bissigen Bemerkungen bei Nigel Tape über unbarmherzige Trainer, die langsame Post und die Gehässigkeit undankbarer Huren beklagte.

Émile Jacques, dem der Mann mißfiel, beschloß, sein Honorar drastisch zu erhöhen.

Als Davey the Rock drei Tage später das Angebot erhielt, brodelte er vor Zorn; die erhöhte Vorauszahlung würde den Rest seiner Ersparnisse verschlingen. Aber Gypsy Joes Anklagefeldzug trieb ihn in Trunksucht und Wahnsinn, und er würde alles – *alles* – tun, dachte er, um das gnadenlose Wispern in seinen Ohren loszuwerden: »Mörder. Mörder. Gib zu, daß du einen Mörder auf ihn angesetzt hast.«

Davey Rockman schickte jeden Cent Vorschuß, der verlangt worden war, und hatte keinerlei Reserve mehr. Er wußte, daß er damit ein Risiko einging und daß der Mörder, wenn die Tat getan war, kommen würde, um sich den Rest zu holen.

Eine Woche später, Anfang März, reichte der Wirt des Cafés unter ausgiebigen Rippenstößen zwei Briefe weiter, die an seinen vom Glück gesegneten Kunden mit dem bewegten Sexualleben adressiert waren. Der Gast zwinkerte und lächelte und faßte den Gedanken, sich einen anderen Briefkasten zu suchen, ernsthaft ins Auge.

Émile Jacques ging mit seinen Briefen nach Hause. Einer, eine Art dickes Päckchen, enthielt den gesamten Rest von Rocks hartverdienten Ersparnissen. Der andere trug ihm die beinahe unverzügliche Ermordung eines Politikers in Brüssel an, dessen Tod binnen zehn Tagen – noch vor einer entscheidenden Wahl – eintreten müsse.

Émile Jacques stand an seinem hohen Fenster und blickte auf die Seine herab. Etwas sagte ihm, daß der Brüsselauftrag zu früh kam. Seine Anonymität hing seiner Meinung nach teilweise davon ab, daß er seine Operationen in unregelmäßigen Abständen durchführte.

Er hatte Red Millbrooks Ermordung unbeschadet überstanden, aber nach Gypsy Joes Tod würde man mit verdoppelten Kräften Jagd auf ihn machen. Wegen des hohen Honorars mochte dieses Angebot besonders lohnend sein, aber ein weiterer Mord in Brüssel, sein dritter in kaum mehr als drei Monaten, ein solcher Mord auf die Schnelle würde ihm im Bewußtsein der Polizei vielleicht eine Identität verschaffen. Das letzte, was er wollte, dachte er grimmig, war sein Konterfei auf einem Stück Papier und darunter das Wort »Wanted«.

Aber dennoch, das Angebot aus Brüssel beinhaltete ein mehr als ansehnliches Honorar für prompte Erledigung. Und er war nun einmal, so fand er, der Beste.

Am folgenden Tag zahlte er daher Davey Rockmans Ersparnisse auf der Bank ein, zeigte sich für einen Vormittag im Schießsportverein, wo er den Umgang mit neuen Waffen erklärte, und fuhr am Nachmittag und am Abend quer durch Belgien nach Brüssel. Er würde den Brüsseler Job auskundschaften, beschloß er, und seine Antwort geben, bevor er nach England übersetzte, um Gypsy Joe zu erledigen. Er würde sehr vorsichtig sein und die Sache Schritt für Schritt angehen.

Er verbrachte drei allzu zähe Tage in Brüssel, während derer er seinem Politiker durch die Basare des Europaparlaments hinterherschlich und zu seinem wachsenden Befremden feststellte, daß seine Beute nur selten allein war und selbst auf der Herrentoilette noch gründlich bewacht wurde. Und schlimmer noch, er hatte eine liebevolle Ehefrau und einen Haufen intelligenter Kinder mit scharfen kleinen Augen im Schlepptau. Kinder waren ein Risiko, um das jeder vernünftige Mörder einen weiten Bogen machte.

Émile Jacques, der ungeduldig war und unter Druck stand, nahm das Brüsseler Angebot an und schickte seine Antwort untypischerweise, ohne seinen Hinterhalt minutiös und im voraus geplant zu haben, im festen Vertrauen darauf, daß er genug Zeit hatte, um eine gute Gelegenheit ausfindig zu machen. Während er darauf wartete, daß der Brüsseler Vorschuß kam, wollte er dann Gypsy Joe beseitigen: Er würde das Wochenende in England verbringen und sich das Rockman-Honorar verdienen. Diesem Plan folgend machte er sich auf den Weg, aber fast von Anfang an ging alles mögliche schief. Noch bevor er auch nur die Stadt verlassen hatte, hatte er eine Autopanne. *(»Mon auto ne marche pas.«)* Émile fluchte.

Es war Freitagmorgen. Man sagte ihm, sein Wagen würde

bis Montagmittag repariert sein. Émile Jacques stieß eine gotteslästerliche Verwünschung aus.

Er ging in ein Reisebüro, um seine verschiedenen Möglichkeiten zu erwägen, und fand sich am Schalter einer lächelnden, mütterlichen Madame in mittleren Jahren gegenüber, die Gefallen an ihrem noch relativ jungen Kunden fand und endlose hilfreiche Vorschläge machte.

Monsieur wolle das Wochenende in England verbringen? Nun, dann müsse er natürlich *fliegen.*

Sabena, die belgische Luftlinie, böte jeden Tag regelmäßige Flüge nach Heathrow an.

Madame deutete auf ein Poster an der Wand, das eine Schwadron riesiger, allesamt gerade vom Boden abhebender Flugzeuge darstellte.

Émile Jacques Guirlande schauderte und begann zu schwitzen.

Monsieur könne in Heathrow einen Wagen mieten. Sie, Madame, würde alles Notwendige veranlassen.

Émile Jacques bezwang heroisch seine Neurose und sagte, er wolle übers Meer reisen, mit der Wagenfähre, wie er es beabsichtigt hatte. Madame sagte, auf Grund der Verzögerung werde er zweifellos das Boot verpassen, das er ursprünglich hatte nehmen wollen, aber er könne später über eine andere Route fahren, und sie, Madame, könne veranlassen, daß ihn in Dover ein Mietwagen erwarten würde.

Émile Jacques erklärte sich einverstanden.

Strahlend erledigte Madame einige Telefongespräche, während ihr Kunde sich die Stirn abtupfte.

Sie erklärte ihm freundlich, daß man schon bald durch

den Tunnel nach England würde reisen können. Die Bohrarbeiten würden noch in diesem Jahr beginnen. Ob das nicht ganz wunderbar sei? Binnen eines Augenblicks wuchs sich Émile Jacques' Flugangst zu einer Tunnelklaustrophobie aus.

Madame gab ihm Tickets und Reservierungen und einen Bordpaß, die seiner Vorliebe für das Wasser Rechnung trugen.

Sie sagte: »Ich fürchte, die Überfahrt dauert viereinhalb Stunden, aber ich habe Ihnen einen Mietwagen gebucht, der in Dover für Sie bereitstehen wird. Tut mir wirklich leid, daß Sie solche Probleme mit Ihrem eigenen Wagen hatten.«

Émile Jacques, der noch immer sein Zittern zu unterdrücken suchte, bezahlte sie mit schwachem Lächeln und, aus Gründen der Vorsicht, in bar und fuhr dann, ihren Anweisungen folgend, mit dem Zug zur Kanalküste. Bei sich hatte er seinen Metallkoffer und eine Reisetasche, und die ganze Zeit über redete er sich selbst gut zu. Wenn diese beunruhigende Abweichung von seiner normalen Tötungsroutine auch nur das geringste Risiko zu bergen schien, würde er noch einmal nach England fahren und sich zu einem späteren, ruhigeren Zeitpunkt um Gypsy Joe kümmern.

Er ging an Bord der Fähre, zusammen mit etwa vierhundertfünfzig anderen Passagieren, von denen viele zum Einkaufen für einen Tag aufs Festland gefahren waren und jetzt mit »Duty-Free-Tüten« beladen nach Hause zurückkehrten. Émile Jacques suchte sich einen Sitzplatz an der Bar, bestellte Mineralwasser und hielt seinen Metallkoffer fest zwischen seine Füße geklemmt.

Die Fähre legte am Freitag, dem sechsten März 1987, abends um fünf nach sechs von ihrem Ankerplatz ab. Um sechs Uhr vierundzwanzig passierte das Schiff die Außenmole des Hafens und steuerte mit beschleunigtem Tempo das offene Meer an.

Vier Minuten später sank es.

Auszug aus dem offiziellen Unfallbericht, veröffentlicht vom Königlichen Amt für Drucksachen.

Am sechsten März 1987 fuhr die Roll-on-roll-off-Passagier- und Frachtfähre *Herald of Free Enterprise* um 18.05 MEZ von Liegeplatz Nummer zwölf im inneren Hafen von Zeebrügge ab. Die *Herald* war mit einer achtzigköpfigen Besatzung bemannt und hatte 81 PKWs, 47 LKWs und 3 andere Fahrzeuge geladen.

Es waren ungefähr 459 Passagiere für die Überfahrt nach Dover an Bord gegangen. Die *Herald* passierte die Außenmole um 18.24. Vier Minuten später kenterte sie. Während der letzten Sekunden drehte die *Herald* sich mit großer Geschwindigkeit nach steuerbord und ist nur deshalb nicht ganz gesunken, weil sie backbord in flachem Wasser auf Grund lief. Die *Herald* blieb mit der Steuerbordseite über Wasser liegen. Unter der Wasserlinie füllte sich die Fähre so schnell mit Wasser, daß 150 Passagiere und 38 Mann Besatzung ums Leben kamen.

Die *Herald* kenterte, weil sie sowohl mit geöffneten inneren als auch äußeren Bugtoren in See stach.

Die Bugtore standen offen, weil man sie nicht geschlossen hatte, nachdem die Kraftwagen und andere Fahrzeuge für die Überfahrt nach Dover an Bord gefahren worden waren. Niemand hatte nachgeprüft, ob die Tore geschlossen waren.

Die Fähre füllte sich mit Wasser und kenterte binnen dreißig Sekunden.

Der Rumpf, der über die Oberfläche des Meeres hinausragte, war leuchtend rot gestrichen.

Rot wie eine Ampel.

Rot wie Red Millbrooks Haar.

Rot.

In England lieh sich Davey the Rock unter Tränen des Selbstmitleids am sechsten März um sechs Uhr fünfundzwanzig von Nigel Tape genug Geld, um sich zu betrinken. Pleite, ohne Arbeit, ausgehungert, was Sex betraf, und halb wahnsinnig vor Angst vor einem nur zur Hälfte bezahlten Mörder, gab Rock allen anderen die Schuld.

Als die *Herald* kenterte, rutschte Émile Jacques' mit Waffen beladener Metallkoffer unausweichlich zwischen seinen Füßen weg. Er reckte sich, um den Koffer festzuhalten, und stürzte ein Stockwerk nach unten; das letzte, was der Mörder, der vorm Fliegen Angst hatte, sah, war die Wand aus Wasser, die ihn ertränkte.

Um zehn Uhr an jenem Abend, während die kalte Nordsee noch immer durch das Wrack wirbelte, das sich auf den Meeresgrund gesenkt hatte, verließ Gypsy Joe sein Haus und machte seine stille, normale Runde durch seinen Stall voller dösender Pferde; so wie er es ungefährdet am nächsten Abend tun würde und am übernächsten und am überübernächsten.

Die Sterne funkelten.

Ohne zu wissen warum, war Gypsy Joe mit sich selbst im reinen.

Ein Lied für Mona

Es gibt Verbrechen, auf die weder Gefängnisstrafen noch Geldbußen stehen. Es gibt im Strafgesetzbuch keinen Paragraphen gegen schwere seelische Mißhandlung. ›Ein Lied für Mona‹ erzählt von einer alten Sünde.

Joanie Vine begleitete ihre Mutter zu den Rennen und fand jede einzelne Minute abscheulich. Joanie Vine schämte sich für die Art und Weise, wie ihre Mutter gekleidet war, wie sie sprach und lebte; mit anderen Worten, sie wandte sich mit Grauen ab von dem ausgeblichenen Tweedhut über dem enggegürteten Regenmantel; krümmte sich bei den lauten, unfeinen Vokalen der ländlichen Waliserin und konnte sich nicht dazu überwinden, anderen gegenüber zuzugeben, daß ihre Mutter von Beruf Stallbursche war.

Joanie Vine begleitete ihre Mutter zum ersten Tag des Cheltenham Festivals – eines der prestigeträchtigsten Ereignisse im Jahreskalender der Hindernisrennen – einzig und allein deshalb, weil ihre Mutter an diesem Tag sechzig wurde und Joanie Vine für diese großzügige Selbstaufopferung auf den bewundernden Beifall ihrer Freunde hoffte. Schon vor dem ersten Rennen hatte sie beschlossen, ihre Mutter sobald als möglich im Gewühl zu verlieren. Sie verstand nicht, warum so viele Menschen hier der schlechtgekleideten Frau, die sie ganz automatisch einen Schritt hinter sich gelassen hatte, instinktiv zulächelten.

Mona Watkins – Joanie Vines Mutter – brachte ihrer Tochter pflichttreu Liebe entgegen und hätte sich niemals eingestanden, daß Joanie für sie eine an Haß grenzende körperliche Abneigung empfand. Joanie ließ sich nicht gern von Mona berühren und entzog sich jedem Ansatz einer Umarmung. Wenn Mona darüber nachdachte – das tat sie allerdings nicht oft, weil es ihr zuviel Kummer bereitete –, konnte sie Joanies Entwicklung von jugendlicher Rebellion zu aktivem Haß auf das Erscheinen des dicklichen, selbstgefälligen, dreißigjährigen, glattzüngigen Peregrine Vine in der Laienschauspieltruppe des Ortes zurückführen. Er war Assistent eines Auktionators für Antiquitäten und Kunst.

Peregrine, so hatte Joanie ihre Mutter wissen lassen, stammte aus »einer guten Familie«. Es dauerte nicht lange, bis Joanie Peregrines Oberklassen-Englisch nachahmte und jeden Hauch eines walisischen Akzents streng vermied. Joan (er nannte sie niemals Joanie, weder in der zweiten noch in der dritten Person) war zu einer hochgewachsenen Schönheit mit vollen Brüsten herangereift, und Peregrine ging bereitwillig auf Joanies Bedingung – erst Heirat, dann Sex – ein. Er betrachtete ihr Ultimatum mehr unter dem Gesichtspunkt der Moral als dem der Erpressung.

Joanie, die inzwischen nicht mehr zu Hause lebte und über ein Blumengeschäft waltete, erklärte Peregrine und dessen Eltern, daß ihre Mutter »exzentrisch« sei, eine »Einsiedlerin«, und sie nicht kennenlernen wolle. Peregrine und seine Eltern nahmen es kopfschüttelnd zur Kenntnis.

Joanie lud ihre Mutter nicht zur Hochzeit ein. Und nicht nur das, sie erzählte ihrer Mutter erst gar nicht, daß ihr einziges Kind als Braut in Weiß vor den Altar treten würde. In voller Absicht verweigerte Joanie ihrer Mutter diesen großen Tag mütterlichen Stolzes und Glücks. Sie schickte ihr eine Ansichtskarte aus Venedig: »Letzten Samstag Peregrine geheiratet, Joanie.«

Mona stellte den Dogenpalast gleichgültig auf ihr Kaminsims und prostete dem Paar mit einem Bier zu.

Erst einige Monate später lernte Peregrine Joanies bodenständige Mutter kennen und konnte sich aus erster Hand ein Bild von allem machen: von ihrer Kleidung, ihrer Stimme, ihrem Beruf. Er war, wie Joanie es nicht anders erwartet hatte, entsetzt. Sein Instinkt riet ihm – genau wie Joanie es empfunden hatte –, die Peinlichkeit erst gar nicht ans Licht kommen zu lassen. Sie zogen in die Nachbarstadt. Peregrine erklomm die nächste Sprosse seiner Karriereleiter, und Joanie trat einem exklusiven Tennisclub bei. Ihre gesellschaftlichen Ambitionen setzten zu neuen Höhenflügen an.

Mona, die nach wie vor in ihrem kleinen Reihenhäuschen lebte, dem ehemaligen Zuhause von Joanie, fuhr weiterhin jeden Morgen und Abend mit ihrem quietschenden Fahrrad zu ihrer Arbeit in einer Kinderreitschule, wo sie sich um eine Reihe arg strapazierter Ponys kümmerte. Eines Abends, als sie dort mit ihrem Fahrrad bei den Stallungen vorfuhr, fand sie den Besitzer der Reitschule tot am Boden liegend vor, einer Herzattacke erlegen. Einige schreiende Kinder hatten sich um ihn geschart, und die Ställe standen in Brand.

Mona wurde damit fertig: Sie rettete die Ponys, beruhigte die Kinder, rief die Feuerwehr, bedeckte die Leiche – die einen erschreckenden Anblick bot – mit ihrem alten Regenmantel und wurde für Fernsehen und Presse eine Art Heldin.

»Mona Watkins, die Mutter von Mrs. Joan Vine, der wohlbekannten Gattin des angesehenen Auktionators Peregrine Vine.«

Mona war im Fernsehen zu sehen. Sie stand im Eingang ihres Häuschens und verkündete in ihrem breiten walisischen Dialekt heiter, sie sei »ja so stolz« auf ihre Tochter Joanie, »wissen Sie.«

O Schreck. Welche Demütigung.

Die hochtrabende Ankündigung, daß sie ihre Mutter zur Feier von deren sechzigstem Geburtstag mit zum Rennen nehmen würde, war ein Versuch Joanies, öffentlich ihre Wertschätzung für ihre Mutter unter Beweis zu stellen.

Am Morgen nach ihrem Tag bei den Rennen summte Mona Watkins unmelodisch vor sich hin, während sie das braune Springpferd striegelte, den Champion, dessen Pflege ihr nun oblag.

Sie summte mit geschlossenen Lippen, um nicht den größten Teil des Staubes, den sie aus dem glänzenden Fell des Braunen bürstete, in die Lungen zu bekommen. Sie summte auf die gleiche altmodische Weise, wie es Generationen von Stallknechten schon seit Jahrhunderten getan hatten, und genau wie diese spuckte sie von Zeit zu Zeit aus.

Sie mochte ihre neuen Arbeitgeber sehr, die von sich aus an sie herangetreten waren – auch eine Folge des öffentlichen Aufsehens, den der Brand in der Reitschule erregt hatte. Genau drei Wochen war sie arbeitslos gewesen. Dann hatte sie eines Tages auf ein Klopfen hin die Tür ihres Häuschens geöffnet und sich einem Mann und einer Frau gegenübergesehen – dem olympischen Goldmedaillengewinner im Springreiten, Oliver Bolingbroke, wie sie ungläubig feststellte, und seiner nicht minder berühmten Frau, der durch und durch amerikanischen wie freundlichen Cassidy Lovelace Ward. Sie war eine Country- und Western-Sängerin, die es bereits zu einem Platinalbum gebracht hatte.

Es hatte Zeiten gegeben, da war die monatelange Werbung der beiden umeinander und ihre anschließende impulsive Heirat von den Medien zynisch als bloßer Versuch gewertet worden, Publicity zu machen. Aber vier lange, von stetiger Hingabe geprägte Jahre später konnte die Welt sich kaum noch einen der beiden ohne den anderen vorstellen.

Das glamouröse Paar war in einer überlangen schwarzen Limousine vorgefahren, die wie ein Magnet viele der Anwohner der trostlosen Straße aus ihren Häusern gelockt hatte; es begleiteten sie ein schwarz uniformierter Chauffeur und ein mißtrauischer Leibwächter, dessen aufmerksamer Blick umherwanderte wie ein Radarstrahl auf der Suche nach einem Reflex.

»Mrs. Mona Watkins?« fragte Oliver Bolingbroke.

Mona war sprachlos, sie konnte nur mit offenem Mund nicken.

»Dürfen wir hereinkommen?«

Mona trat in das winzige, zur Straße hin gelegene Zimmer zurück, und ihre Besucher folgten ihr. Sie erhielten einen Einblick in eine Lebensweise, die sich vollkommen von ihrem eigenen sorglosen Wohlstand unterschied, aber zugleich konnten sie Ordnung, Sauberkeit und Stolz registrieren. Mona dirigierte ihre Gäste zu den beiden Sesseln am Kamin und schloß wie betäubt die Tür.

Oliver Bolingbroke, schlank, groß und in jeder Hinsicht kultiviert, ließ seinen Blick langsam einmal rundum schweifen, über die rosafarbene Tapete mit den Rosenknospen, das Linoleum auf dem Boden, die pfauenblauen Satinkissen auf den rostbraunen Sesseln und die glatte Blümchengardine vor den Fenstern. Kein Geld und kein Geschmack, dachte er, aber das hieß in seinen Augen nicht: kein Herz. Er war ein guter Menschenkenner und hatte außerdem überprüft, welchen Ruf Mona als Pferdepflegerin genoß. Es waren ihm nur Loblieder auf sie zu Ohren gekommen. Sie sei ungebildet, hatte man ihn gewarnt. Wenn es hart auf hart käme, könne man immer auf sie bauen, nicht aber, wenn man Fragen zu feinem Betragen habe.

»Mein Mann hält einige Springpferde«, kam die Sängerin direkt zur Sache. In ihren gewöhnlichen Jeans und einem weiten, handgestrickten, cremefarbenen Pullover wirkte Cassidy Lovelace Ward mit ihren zerzausten blonden Locken und ihrem zartrosa Lippenstift gleichzeitig lässig und auf Wirkung bedacht – eine Mischung, mit der Mona auf ihre direkte Art ohne weiteres gut zurechtkam. Mona empfand eine Zuneigung für Cassidy, die nichts mit dem äußeren Glanz zu tun hatte. Cassidy, die das spürte, fühlte sich zu ihrer eigenen Überraschung geschmeichelt. Was die beiden Frauen in der anderen jeweils sahen, ohne sich dessen bewußt zu sein, war Herzensgüte.

Oliver Bolingbroke und seine Frau erklärten, daß sie vor

kurzem ein paar Kilometer außerhalb der Stadt ein Haus mit Stallungen für drei seiner besten Pferde gekauft hätten. Mona, die aus der Zeitung davon wußte, nickte. Sie seien viel auf Reisen, erklärten die Bolingbrokes. Sie gehe auf Tourneen und gäbe Konzerte. Wenn sie beide unterwegs seien, wünschten sie, daß ein Pferdepfleger in der Wohnung sei, die sie in den Stallgebäuden einrichteten. Und wenn Oliver Bolingbroke mit seinen Pferden in größerer Entfernung oder im Ausland an Wettkämpfen teilnehme, solle der vertraute Pferdepfleger ihn und die Pferde begleiten.

Sie meinten, Mona sei zwar nicht mehr die Allerjüngste, aber sie würden sie trotzdem gern einstellen. »Ich möchte mein kleines Haus behalten«, sagte Mona sofort und meinte damit: »Ich will mir meine Unabhängigkeit bewahren.«

»Selbstverständlich«, stimmte Oliver zu. »Wann können Sie anfangen?«

So summte Mona also vor sich hin, während sie den Springchampion, einen Fuchs (und den stabilen, muskulösen Schimmel sowie den lebhaften zehnjährigen Star dieser Truppe, den braunen Gewinner einer olympischen Goldmedaille) striegelte, und sprach mit ihren Schutzbefohlenen auf die gleiche gutmütige Weise, wie sie mit den Ponys gesprochen hatte – und mit vielen anderen Pferden davor. Allerdings mußte sie sich traurig eingestehen, daß ihre drei Schützlinge dazu neigten, als Medaillengewinner etwas hochnäsig auf sie herabzusehen, als sei sie ihr Diener und nicht ihr Freund.

Mona in ihrer instinktiven Klugheit vergab ihnen bekümmert – genauso, wie sie auch keinen Groll gegen Joanie und Peregrine Vine hegte.

Diese beiden kamen (trotz ihres Schachzugs mit dem Rennen in Cheltenham) zu dem Ergebnis, daß ihr geheiligter Status in den erlesenen Zirkeln, die sie für sich erwählt hatten, durch Spott und Hohn irreparabel beschädigt war. Und so zogen sie noch einmal in eine andere Stadt um und stiegen wiederum in eine höhere Kaste auf, ohne noch jemals erwähnen zu müssen, daß Joanies Mutter knietief in Pferdedung arbeitete. (Pferdescheiße, wie Mona sagte.) Peregrine wurde Chefauktionator und legte sich für seine Klienten mächtig ins Zeug. Joanie trat einem Wohltätigkeitskomitee der Damen des Ortes bei und half bei der Organisation luxuriöser Wohltätigkeitsbälle.

Im Laufe der Wochen und Monate entwickelte Mona eine immer größere Zuneigung zu ihren Arbeitgebern, während sie deren Pferden gegenüber lediglich pflichtbewußt blieb. Oliver Bolingbroke fand an der Form seiner drei Pferde, die er geduldig Stunde um Stunde ausbildete, nichts auszusetzen. Ihn beflügelte und bestätigte ihre natürliche Arroganz geradezu. Kein anderer Pferdepfleger, dachte er dankbar, hatte in gleicher Weise dafür gesorgt, daß seinen Pferden die unabdingbare Eigenwilligkeit in solchem Maße erhalten blieb. Kein anderer Pfleger hatte seine Pferde jemals so siegentschlossen in einen Wettbewerb geschickt.

Oliver Bolingbroke behauptete sich weiterhin als einer der besten Reiter des Landes und bewahrte Stillschweigen über Monas Qualitäten – aus Angst, ein Konkurrent könne sie ihm abspenstig machen.

Cassidy Lovelace Ward ließ einen Dekorateur kommen, um die kleine Anderthalbzimmerwohnung, die man in einem leerstehenden Ende der Stallungen abgeteilt hatte, wohnlich einzurichten, aber Mona, die sich selbst bei geringster Andeutung von Luxus unwohl fühlte, kam lieber jeden Morgen mit ihrem quietschenden Fahrrad und fuhr abends damit zurück in die Unabhängigkeit ihres kleinen Häuschens. Cassidy ließ sie gewähren.

Cassidy wurde regelmäßig mit der schweren Limousine nach London ins Studio gefahren und widmete dort den größten Teil ihrer Zeit der Musik. Sie probte, sie machte Aufnahmen. Geduldig ließ sie Kostümanproben über sich ergehen und fand sich widerstandslos mit dem Chauffeur und dem Leibwächter ab, auf denen die vorsichtige Versicherungsgesellschaft in ihrem Fall bestand. Sie unterdrückte tausend gereizte Äußerungen.

Oliver wurde nicht chauffiert, sondern fuhr selbst einen starken, dunkelroten Range Rover mit Vierradantrieb zu Pferdeausstellungen, zu denen Mona mit den Pferden vorausgeschickt worden war. Er setzte seine Unterschrift in die Bücher zahlloser Fans, litt, wenn er nicht gewann, und ertrug alle Ängste der Perfektionisten.

Anders, als es ihr Ruf hätte erwarten lassen, widmeten Oliver und Cassidy die Zeit, die sie privat miteinander verbrachten, nicht nur endloser Liebe, sondern auch der Freiheit, einander in übellaunigen Streitereien anzuschreien. Sie brüllten sich des Geldes wegen oder aus Neid auf den Ruhm des anderen an – die Ursache war meist eine zu starke Anspannung bei ihrer Arbeit. Schon winzige Enttäuschungen konnten solche Szenen auslösen. Sie knallten Türen, sie warfen mit Vasen. Hätte jemand sie so erlebt, hätte er wissend genickt: Ja, die Tage dieser kaum glaubhaften Ehe waren vorüber. Aber sie waren es nicht. Der Zorn verrauchte. Oliver stampfte durchs Haus. Cassidy spielte lautstark Klavier. Und schließlich lachten sie wieder. Dieses schrille Auf und Ab der Emotionen hatte allerdings die Kündigung ihrer Köchin zur Folge, und um Ersatz bemühten sie sich nicht. Statt dessen ernährten sie sich von Fast food. Jeder Ernährungswissenschaftler wäre ohnmächtig geworden, aber Oliver ließ sich von seinen Pferden sicher über doppelte Oxer tragen, und Cassidy sang wie eine Nachtigall.

Mona traf sie eines Abends bei einem besonders heftigen Streit an. Sie hatte Oliver melden wollen, daß der Schimmel sich eine Sehnenentzündung zugezogen hatte. Mona stand baß erstaunt und stocksteif vor Schreck mit offenem Mund da und hörte sich das Gezeter an.

»Stehen Sie nicht einfach so beschissen da herum«, schrie Oliver sie an. »Machen Sie uns ein verdammtes Abendessen.«

»Sie ist nicht die abgewichste Köchin«, kreischte Cassidy.

»Aber sie kann doch ein paar verreckte Eier zusammenhauen, oder nicht?«

Also machte Mona Omelettes. Auf Einladung ihrer Arbeitgeber bereitete Mona drei Omelettes zu und verzehrte sie gleich mit ihnen zusammen am Küchentisch. Oliver grinste sie eine Weile an und lachte schließlich.

Ohne daß offiziell etwas besprochen worden wäre, kochte Mona seitdem von Zeit zu Zeit, während die beiden anderen gähnten und sich entspannten und immer weniger Anlaß fanden, miteinander zu streiten. Mona mit ihrem gerunzelten Landfrauengesicht, ihrem kompromißlosen Akzent, dem Stallgeruch, der ihren Kleidern anhaftete, mit all ihrer

Ungeschliffenheit – Mona ließ irgendwie die Künstlichkeit des Lebens ihrer Arbeitgeber dahinschwinden und verhalf ihnen zu einem grummelnden Frieden, der bis zum Zubettgehen anhielt.

Mona nahm sie wie störrische Pferde, die ihrer Beschwichtigungskünste bedurften. Deren Ruhm in der Welt draußen bedeutete ihr nicht viel: Sie waren Oliver und Cassidy, ihre Familie. Oliver und Cassidy ihrerseits konnten sich ein Leben ohne sie kaum noch vorstellen. Die drei gewöhnten sich an ein Ritual, das ihnen allen entgegenkam.

Joanie Vine und Peregrine beschlossen, auf Kinder zu verzichten, und zu dem Wust der vielen Gründe, die Joanie davon überzeugten, gehörte zweifellos das kleinherzige Vergnügen darüber, daß es Mona auf diese Weise verwehrt bleiben würde, jemals Großmutter zu sein. Und niemals würde sie – Joanie – irgendwelchem neugierigen und redseligen Nachwuchs Monas Existenz vertuschen müssen.

Was Peregrine anbelangte, so liebte er weder Babys noch Kleinkinder, auch keine Teenager oder Heranwachsende, noch irgendein Stadium dazwischen. Peregrine war empfindlich, und es schauderte ihn jedes Mal, wenn er hörte, daß Jungen grob zu ihren Vätern waren. Er konnte nicht verstehen, wie sich Menschen aus freiem Willen auf all die Unannehmlichkeiten von medizinischen Problemen, Schulgeldern, Drogenkonsum und stets drohenden Anklagen wegen sexuellen Mißbrauchs einlassen konnten. Peregrine liebte ein stilles Zuhause, elegante Unterhaltung und Geld.

Und es gelang ihm auch wochenlang, die wahre Herkunft seiner schönen Frau völlig zu vergessen. Joanie erfand eine ganze Reihe blaublütiger Ahnen und war bald selbst von deren Echtheit überzeugt.

Alle fünf, Peregrine, Joanie, Oliver, Cassidy und Mona, verlebten einen langen Sommer in einem persönlich befriedigenden Gleichgewicht. Jeder von ihnen genoß auf seine Weise den Erfolg. Oliver heimste Meisterschleifen und Trophäen gleich reihenweise ein. Cassidys neue Langspielplatte wurde wieder eine Platin-LP. Mona spendierte sich, durchglüht vom Stolz auf die Pferde, leichten Sinns neue Reifen für ihr Fahrrad. Der Fuchs, der große Schimmel und der gertenschlanke Braune waren ihr ganzer Stolz.

Peregrines Auktionen wurden zu gesellschaftlichen Ereignissen: Sowohl Sotheby's als auch Christie's verfolgten sie mit großer Aufmerksamkeit. Die hochgewachsene und in ihren luxuriösen (geliehenen) Ballkleidern wirklich hinreißende Joanie zierte die farbigen Seiten der Hochglanzmagazine.

Mona schnitt in ungekünsteltem Stolz auf ihre Tochter die immer zahlreicher erscheinenden Fotos aus und steckte sie in eine Schachtel mit vielen anderen ausgeschnittenen Artikeln, in denen Loblieder auf Cassidys Silberstimme und Olivers Goldmedaillen im Springreiten gesungen wurden.

Mona schickte Joanie einen Brief, in dem sie in unsicherer Handschrift und Orthographie ihr glückliches Leben mit den Bolingbrokes einschließlich der Kochereignisse in der Küche beschrieb. Joanie zerriß den Brief, ohne ihn zu beantworten.

Getrieben von ihrem unverwüstlichen Stolz, den Joanie gar nicht verdiente, band Mona eines Tages die Schachtel auf den Gepäckträger ihres Fahrrades, bevor sie zur Arbeit fuhr, und zeigte Cassidy, was sie darin aufbewahrte.

»Das ist Ihre Tochter?« fragte Cassidy überrascht.

»Ist sie nicht schön?« Mona strahlte.

»Hier heißt es«, las Cassidy vor, »daß sie mit den Earls of Flint verwandt sei.«

»Das ist so ihre Art«, erklärte Mona versöhnlich. »Sie wurde ganz einfach als Joanie Watkins geboren. Ihr Vater war Stallbursche, genauso wie ich. Ist bei einem Reitunfall umgekommen, der Arme.«

Cassidy erzählte Oliver von den Bildern, und aus purer Neugier schrieb Oliver an Peregrine – c/o Peregrine Vine and Co., Quality Auctioneers – und lud ihn mit seiner Frau zum Mittagessen ein.

Joanie sagte Peregrine sofort, daß sie diese Einladung nicht annehmen wolle, aber dann überlegte sie sich die Sache noch einmal. Oliver und Cassidy Bolingbroke kennengelernt zu haben – mit ihnen *zu Mittag gegessen zu haben* –, würde ihr hervorragende Gelegenheit verschaffen, hier und da diesen Namen fallenzulassen. Monas Existenz konnte dabei ohne weiteres voll und ganz verleugnet werden.

Wie sehr sich Mona auch wünschte, Oliver hätte sie zuerst gefragt: Bei beiden Männern siegte die Neugier über die Zweifel. Am verabredeten Tag fuhren die Vines in ihrem Mercedes bei den Stallungen vor, wo die Bolingbrokes und Mona sie erwarteten.

In dem Moment, als Joanie ihre Mutter überheblich mit »Mona« anredete und Monas Versuch einer Umarmung frostig zurückwies, wußte Oliver, daß er einen schweren

Fehler begangen hatte. Weltgewandt wie immer ignorierte er den peinlichen Augenblick und verfrachtete die ganze Gesellschaft zu einem Aperitif in den Salon. Und zuckte innerlich zusammen, als er bemerkte, daß Peregrine seine Möbel mit geübtem Blick taxierte.

Cassidy hatte sich derweil bei Mona eingehakt und nahm sie entschlossen unter ihre Fittiche. Denn auch sie hatte inzwischen begriffen, welche Katastrophe sich da anbahnte. Monas Widerstreben gegen dieses Treffen war völlig richtig gewesen.

Mona hatte sich wirklich Mühe gegeben: Sie trug eine saubere Cordsamthose und dazu eine weiße Bluse, in die sie über dem obersten Knopf eine kleine Perlbrosche gesteckt hatte – das äußerste, was sie an Feststaat zu bieten hatte. Cassidy zerschmolz vor Mitleid mit ihr und bedauerte – ebenso wie Oliver – die Einladung von Herzen.

Nach einigen Minuten reichlich geschwollener Konversation zwischen den beiden Männern (hauptsächlich über die unterschiedlichen Handelsusancen bei Kommoden und Junghengsten) bugsierte Cassidy ihre Gäste voller Ingrimm, aber äußerlich heiter ins Eßzimmer, wo der Tisch mit Silber und Kristall für fünf Personen gedeckt war.

Spontan sagte Joanie: »Sie erwarten also noch einen Gast?«

»Nein«, erwiderte Cassidy verwirrt, »niemanden außer uns.«

»Aber Mona wird doch bestimmt«, und dabei gingen Joanies Augenbrauen in die Höhe, »wie gewöhnlich in der Küche essen?«

Selbst Joanie wurde angesichts der plötzlich starren, reglosen Mienen ihrer Gastgeber klar, daß sie den für einen Emporkömmling schlimmsten aller Fehler begangen hatte. Hilflos sagte sie: »Ich meine… ich meine«, aber ihre Äußerung war zu durchsichtig gewesen und ließ sich nicht mehr rückgängig machen.

Peregrine räusperte sich nervös und überlegte krampfhaft, was er sagen konnte – irgend etwas.

Oliver, bei weitem der schnellste Denker von allen, regte sich als erster wieder, lachte und rief: »Cass, meine Liebe, was für eine großartige Idee von Joanie. Laßt uns alle zusammen mit Mona in der Küche essen, so wie wir es gewöhnlich tun. Nehmen wir also alle unsere Teller und Servietten und Gläser und gehen wir in die Küche.«

Er raffte zusammen, was für ihn am Kopf der Tafel aufgedeckt worden war, und bedeutete den anderen, es ihm nachzutun. Dann musterte er die ganze Truppe noch einmal kurz und trat hocherhobenen Hauptes durch die Schwingtür in die geräumige, gemütliche Küche, in der er und Cassidy tatsächlich normalerweise mit Mona zusammen aßen.

Aber dennoch war die Mahlzeit eine einzige Qual. Niemand bedauerte den frühen Abschied der Vines, die den Käse unberührt am Rand ihrer Teller zurückließen und auch auf den Kaffee verzichteten. Oliver entschuldigte sich bei Mona, noch bevor der Mercedes der Vines das Fronttor passiert hatte, aber Mona, die wie immer schnell verzieh, machte sich von allen die wenigsten Gedanken über das Debakel.

Cassidy Lovelace Ward führte ein Doppelleben: Sie war einerseits Künstlerin, andererseits Ehefrau. Begonnen hatte ihre Beziehung zu Oliver mit der starken, im wesentlichen sexuellen Anziehung, die Oliver mit seiner ganzen Erscheinung, seiner Haltung und seinem Können auf dem Pferderücken auf sie ausgeübt hatte. Erfahren wie sie war, wußte sie wohl, daß erst ihre eigenen Gefühle für ihn in ihm einen Widerhall dieser Empfindungen geweckt hatten. Die Medien, die die körperliche Anziehung zwischen den beiden zynisch zur Kenntnis nahmen, lagen möglicherweise gar nicht so daneben, wenn sie den beiden schon für die allernächste Zukunft Langeweile und anschließend die Trennung prophezeiten, aber zu ihrer beider Überraschung waren aus dem Reiter und der Sängerin langsam enge und vertraute Freunde geworden.

Sie hatten sich kennengelernt in einer Zeit, in der Cassidy beinahe ständig mit den Mississippi-Liedern aus Nashville, Tennessee, in ihrer Heimat auf Tournee war. Mit dem Bus und in Begleitung von Manager, Musikern und weiteren Helfern ging es von Ort zu Ort. Requisiten, Bühnenbild, Beleuchtung, Kostümbildner und Garderobe folgten ihnen. Die ganze Unternehmung lebte von ihrem Genius, ihrer Energie und ihrer Ausstrahlung, und sie war tatsächlich wie alle großen Künstler des Showbusiness in der Lage, selbst innerlich Feuer zu fangen und ihr Publikum damit im Sturm zu erobern.

Aber diese Lebensweise kostete sie viel Kraft. Oliver war eines Abends beinahe über sie gestolpert, als sie auf einer Korbtruhe – einem Garderobenbehälter – draußen vor dem großen Reisebus saß, der sie in nächtlicher Fahrt in die nächste Stadt, zur nächsten Probe, vor die nächste hungrige, brüllende und applaudierende Meute von Fans bringen würde.

Daß Oliver überhaupt da war, hatte mit der Idee irgendeines klugen Kopfes zu tun, Cassidy solle in der Abendvorstellung in Westerntracht mit Cowboystiefeln, riesigem Hut und klirrenden Sporen auf die Bühne reiten. Ihr Manager – ein Mann ohne jeden Pferdeverstand – besorgte ihr dazu ein lebhaftes Springpferd und nicht etwa einen lethargischen alten Klepper. Oliver war gerade im Haus des Pferdebesitzers zu Gast und ließ sich gutmütigerweise mit in die Sache hineinziehen; man fragte ihn, ob er sich nicht um die Sängerin kümmern könne. Dank seiner knappen Anweisungen war bei Cassidys Debüt zu Pferde alles gutgegangen.

»Kommen Sie doch mit«, sagte sie. »Wir können in jeder Stadt ein Pferd mieten.«

Er setzte sich neben sie auf die Korbtruhe und sagte: »Das ist kein Leben für mich.«

»Zu künstlich, nicht?«

Nach der Tournee hatte sie in England mit Oliver auf dessen Weise gelebt – und dann, als sie dieses Leben nicht mehr befriedigte, ihre alte Lebensweise mit der neuen vermengt und wieder mit straßbesetzten Säumen auf der Bühne geglänzt und atemlose Mengen von Zuschauern begeistert. In ihr pulsierte ständig Musik. Die Geschichten des Lebens waren für sie Harmonien. Am Nachmittag nach dem furchtbaren Mittagessen spielte Cassidy voller Leidenschaft eine Mazurka von Chopin auf ihrem Flügel und schwor sich, Joanie Vine eines Tages dazu zu bringen, die Qualitäten ihrer bemerkenswerten Mutter anzuerkennen.

Oliver verstand intuitiv sowohl die Musik als auch Cassidys Gedanken.

Jedenfalls schlug er vor: »Warum schreibst du nicht einen Song für Mona? Du hast früher mehr geschrieben.«

»Das Publikum will die alten Lieder hören.«

»Auch die alten Lieder waren einmal neu.«

Cassidy zog ein Gesicht und spielte alte Lieder, weil ihr für etwas Neues die Inspiration fehlte.

Mona tröstete Cassidy und Oliver, die ebenso niedergeschlagen über die vergeudete Gastfreundschaft waren wie sprachlos angesichts Joanies brutaler Verachtung ihrer Mutter.

Resigniert gab Mona zu, daß sie seit Joanies Hochzeit daran gewöhnt sei. Oliver und Cassidy waren inzwischen so weit, daß sie Joanie erwürgt hätten, wäre sie noch greifbar gewesen.

»Denken Sie nicht so viel über sie nach«, versuchte Mona sie zu beruhigen. »Ich vermute, daß ich ihr nicht genug geben konnte, als sie klein war. Ich hatte nicht viel Geld, wissen Sie. Das wird es wohl sein. Jedenfalls«, fügte sie hinzu – denn sie war durchaus nicht dumm, wenn es darauf ankam –, »werde ich jetzt doch nicht ihr Leben ruinieren, indem ich bei ihren großartigen Bällen erscheine und mich als ihre Mutter zu erkennen gebe, nicht wahr? Und ich würde es Ihnen auch nicht danken, wenn Sie es täten. Lassen Sie sie gewähren, wenn sie dabei glücklich ist. So, das wollte ich Ihnen noch sagen.«

»Sie sind eine Heilige, Mona«, sagte Oliver.

Es dauerte eine Weile, genauer gesagt mehrere Wochen, bis Oliver, Cassidy und Mona sich bei ihren Abendmahlzeiten in der Küche wieder wohl fühlten. Mittlerweile lagen auch die Bolingbrokes sich wieder in den Haaren, ganz wie zuvor, mit lautstarkem Gebrüll, heftigen Wortwechseln und Wurfgeschossen. Eines Abends nach getaner Arbeit hörte Mona, wie Oliver schwere Anschuldigungen erhob, auf die Cassidy mit kreischendem Trotz reagierte. Sie trat entschlossen in die Küche und stemmte mißbilligend die Hände in die Hüften.

Ihr Erscheinen ließ die Streithähne ungefähr zehn Sekunden lang verstummen, dann knurrte Oliver: »Was zum Teufel tun Sie hier?«

»Verreckte Eier?« schlug Mona vor.

»O Gott.« Cassidy fing an zu kichern. Oliver stolzierte angewidert aus der Küche, kehrte aber postwendend grinsend und mit drei Gläsern Whisky zurück. Mona bereitete Omelettes zu, und Cassidy erzählte ihr, daß es bei dem Streit um eine längere Tournee in Amerika gegangen sei, die sie sich vorgenommen habe. Sie würde etwa zwei Monate lang unterwegs sein, und Oliver gefiel das nicht.

»Gehen Sie doch mit ihr, Junge«, sagte Mona. Friedlich und vernünftig entwarfen sie einen Plan. Oliver würde im ersten Monat seine Springen absolvieren und anderen Verpflichtungen nachkommen, sich für den zweiten Monat Cassidy anschließen und im November mit ihr zurückkehren. Mona sollte inzwischen in dem Apartment in den Stallungen wohnen, um im Haus nach dem Rechten zu sehen; ein weiterer, für die Dauer von Olivers Abwesenheit einzustellender Pferdepfleger sollte ihr dabei zur Hand gehen.

»Es ist alles so einfach«, seufzte Oliver. »Warum haben wir uns bloß gestritten?«

Während die Bolingbrokes noch mit dem Käse beschäftigt waren und über Häagen Dazs urteilten, klingelte ihr Anwalt (sie hatten die Verabredung mit ihm ganz vergessen), der ihre Unterschriften für die komplizierten Vereinbarungen über einen Treuhandfonds benötigte, an der Tür.

Oliver öffnete ihm und brachte ihn gleich mit in die Küche. Der Anwalt besaß ebenso wie Oliver die nötige Bildung und Menschenkenntnis, um auf Anhieb die inneren Werte der dritten Person bei Tisch zu erkennen und gleichzeitig über deren äußerliche, bäuerliche Schlichtheit hinwegsehen zu können.

Mona bot in ihrem tiefwalisischen Dialekt sogleich an, sich zurückzuziehen. Der Anwalt bat sie mit der gleichen Weltgewandtheit, die Oliver gewöhnlich zeigte, nichts dergleichen zu tun. Man benötige schließlich die Unterschrift eines Zeugen. Mona räumte die Essensreste ab und schrieb ihren Namen auf die punktierten Linien.

»Und wie«, sagte der Anwalt frohgemut, »wäre es, Mrs. Watkins, wenn wir uns nun auch einmal der Regelung Ihrer Angelegenheiten zuwendeten?«

Mona fragte verwirrt, worum es dabei wohl gehen solle.

»Ein Testament vielleicht?« schlug der Anwalt vor. »Wenn Sie noch kein Testament gemacht haben, könnten wir doch jetzt eins aufsetzen.«

»Ja, das stimmt«, drängte Oliver, der sich Mona gern für deren Unterschrift erkenntlich zeigen wollte, ohne sie zu verletzen. »Jeder sollte ein Testament haben.«

»Ich habe einmal darüber gesprochen«, sagte Mona. »Peregrine wollte, daß ich alles Joanie hinterlasse.«

Der Anwalt hatte bereits ein einfaches Testamentformular aus seiner dicken Aktentasche zutage gefördert und trug darauf lächelnd nach ihrem Diktat Monas Name und Adresse ein.

Dann fragte er, den Kugelschreiber im Anschlag, nach den Begünstigten.

»Was?« fragte Mona.

»Wer soll nach Ihrem Tod Ihren persönlichen Besitz erben?«

»Zum Beispiel mein Fahrrad«, nickte Mona. »Also ...« Sie hielt inne. »... also, Joanie würde mein altes Rad nicht haben wollen. Ich würde einfach Cass oder Oliver bitten, mein altes Rad irgend jemandem zu geben, der es gebrauchen kann. Kann ich sie nicht einfach bitten, mit meinem alten Krempel so zu verfahren, wie sie es für richtig halten?«

Der Anwalt schrieb den Namen »Cassidy Lovelace Ward« in die Zeile für den »Alleinbegünstigten«; danach begleitete er Mona zusammen mit Oliver zur nächsten Gaststätte, die auf ihrem Heimweg lag, und bat dort zwei Fremde, Monas Unterschrift zu bezeugen – für einen Krug Bier.

Cassidy dachte, daß die Verteilung »ihres alten Krempels«, so wie Mona es gewünscht hatte, das mindeste sei, was sie Mona schuldig war, obwohl sie hoffte, daß sie es niemals wirklich würde tun müssen. Oliver kam mit einem Lächeln aus der Wirtschaft zurück und schleppte seine Frau in bester Laune ab ins Bett.

Schließlich brach Cassidy zu ihrer längeren Tournee nach Amerika auf. Oliver fühlte sich zwar einsam, gewann aber dennoch einen europäischen Grand Prix und wurde zum Sportler des Jahres gewählt. Mona, die mit Oliver reiste, um sich um die Pferde zu kümmern, war glücklich wie noch nie.

Nach der Hälfte von Cassidys Tournee verfrachtete Oliver Mona verabredungsgemäß in die kleine Wohnung in den Stallungen und vergewisserte sich, daß der auf Zeit eingestellte Pferdepfleger (ein erfahrener Kenner der Materie, der älter war als Mona) auch wirklich jeden Tag (auf seinem eigenen Fahrrad) erscheinen würde, um Mona beim Training der Pferde zu helfen. Voller Zuversicht schickte Mona Oliver auf die Reise zu Cassidy und ließ es sich während der nächsten Wochen gut gehen mit einem wohlgefüllten Kühlschrank, einem Farbfernseher und ohne den kleingeldgierigen Stromzähler, den sie ständig füttern mußte, wenn sie kochen und es warm haben wollte. In ihrem eigenen kleinen Häuschen beglich Mona gewissenhaft ihre Miete. Jede Woche zahlte sie etwas bei ihrem Sparverein ein – für »schlechte Zeiten«. Sie war ihr Leben lang mit wenig ausgekommen.

Am Ende ihrer Erfolgstournee vor ausverkauften Häusern, unmittelbar vor dem langen Rückweg nach Hause, schlug Oliver Cassidy vor, Monas Lohn zu erhöhen.

»Wir bezahlen ihr schon mehr, als jede andere Pferdepflegerin bekommt.«

»Und sie ist noch mehr wert«, sagte Oliver.

»Also gut.« Cassidy gähnte. »Und du brauchst ein neues Pferd ... Hast du nicht gesagt, der wackere, große Schimmel sei inzwischen zu alt?«

Mona, die auf der anderen Seite des Erdballs gerade den Stall des schweren, klugen Schimmels ausmistete, war sich traurig der Tatsache bewußt, daß Oliver ihn bald verkaufen würde. Er war inzwischen fünfzehn Jahre alt, und seine Sprungkraft ließ nach.

Mona fühlte sich nicht ganz wohl, während sie sich um den Schimmel kümmerte, so als hätte sie ein leichtes Fieber, dem sie jedoch weiter keine Beachtung schenkte. Wie alle kerngesunden Menschen merkte sie es nicht, wenn sie krank wurde.

Aber ihr auf Zeit eingestellter Kollege sagte ihr am nächsten Morgen, als er ihr gerötetes Gesicht sah, er würde sich um die Pferde kümmern, und sie solle sich auf ihr Rad setzen und zum Arzt fahren. Mona fühlte sich schlecht genug, um zu tun, was er sagte, und war erleichtert zu erfahren, daß das, was mit ihr nicht stimmte, schlicht und einfach eine Grippe war.

»Die grassiert jetzt wieder«, erklärte ihr der überarbeitete Arzt. »Legen Sie sich ins Bett und nehmen Sie viel Flüssigkeit zu sich, dann wird es Ihnen bald bessergehen. Die Grippe wird von einem Virus verursacht. Es gibt kein Mittel dagegen, das ich Ihnen verordnen könnte, denn Antibiotika richten gegen die Viren nichts aus. Nehmen Sie Aspirin. Sehen Sie zu, daß Sie warm genug angezogen sind. Und trinken Sie viel Wasser. Melden Sie sich wieder, falls Sie viel husten müssen. Ansonsten sind Sie eine gesunde Frau, Mrs. Watkins. Legen Sie sich zu Bett, ruhen Sie sich aus und trinken Sie viel, das wird Ihnen helfen.«

Langsam radelte Mona zurück zu den Stallungen der Bolingbrokes und berichtete ihrem Helfer von der Diagnose.

»Dann legen Sie sich sofort hin«, drängte er. »Überlassen Sie die Pferde mir.«

Dankbar zog sich Mona aus, schlüpfte in ihr warmes Nachthemd und kroch unter die Decke. Die Fahrt mit dem Rad hatte ihren Zustand arg verschlechtert. Sie erinnerte sich noch daran, daß sie Aspirin nehmen sollte, aber sie hatte keins. Sie döste ein und erlebte lächelnd noch einmal die fehlerlosen Ritte Olivers beim Europäischen Grand Prix.

Der alte Pferdeknecht war zu zurückhaltend und genant, um Monas kleine Wohnung zu betreten, denn ihr Bett stand keine zwei Meter von der Eingangstür entfernt. Allerdings öffnete er diese Tür jeden Morgen und jeden Abend einen schmalen Spalt, um nachzufragen, wie es ihr ging. Und als sich nach drei Tagen immer noch keine Anzeichen von Besserung zeigten, fuhr er selbst auf dem Fahrrad zum Arzt.

»Mrs. Watkins? Eine Grippe braucht ihre Zeit, wissen Sie.« Er blätterte in der dünnen Krankenakte. »Hier sehe ich, daß sie eine Tochter hat, ihre ›nächste Verwandte‹, Mrs. Peregrine Vine. Vielleicht sollten wir sie um Hilfe bitten.«

Freundlich, wie er war, rief er selbst bei Joanie an, um die Börse des alten Pferdeknechtes zu schonen.

»Grippe!« rief Joanie. »Ich bin sicher, daß Mona alles hat, was sie braucht, wenn Sie sich um sie kümmern.«

Der Arzt runzelte die Stirn. »Sie könnte etwas einfache Pflege gebrauchen. Wechseln Sie ihr die Bettwäsche. Machen Sie ihr einen Tee. Geben Sie ihr Orangensaft zu trinken oder auch Bier. Irgend etwas in der Art. Es ist außerordentlich wichtig, daß sie viel trinkt. Wenn Sie es ermöglichen könnten...«

»Das kann ich nicht«, unterbrach Joanie ihn. »Ich habe

den ganzen Tag lang Komiteesitzungen. Die kann ich nicht absagen.«

»Aber Ihre Mutter...«

»Es geht wirklich nicht«, sagte Joanie bestimmt. »Tut mir leid.«

Nachdem Joanie abrupt aufgelegt hatte, wirkte der Arzt einen Augenblick lang ratlos; dann legte auch er kopfschüttelnd auf, schrieb Joanies Telefonnummer auf eine seiner Visitenkarten und reichte sie dem Pferdeknecht.

Am nächsten Tag rief der Pferdeknecht selbst bei Joanie an und sagte ihr, daß es Mona weder besser noch schlechter gehe, daß er aber glaube, sie benötige die Gesellschaft ihrer Tochter.

»Warum kümmert Cassidy Bolingbroke sich nicht um sie?« fragte Joanie. »Sie mag sie doch so gern.«

Der Pferdeknecht erklärte ihr, daß Mrs. Bolingbroke sich auf dem Weg von Amerika nach Hause befinde, aber erst in zwei Tagen zurückerwartet werde.

»Zwei Tage? Dann ist ja alles in Ordnung«, sagte Joanie und legte auf. Sie fühlte sich tatsächlich erleichtert. Der Gedanke, ihre Mutter zu pflegen, sich auf intimen körperlichen Kontakt mit diesem alten Fleisch einzulassen, bereitete ihr Übelkeit.

Mona, die durchaus nicht unglücklich war, lag still in ihrem Bett und hatte weder Appetit auf etwas zu essen noch zu trinken. Sie nahm vage an, daß es ihr bald besser gehen würde: Bis es soweit war, würde sie schlafen.

Als die Bolingbrokes eintrafen, ging Cassidy sofort in Monas Wohnung. Dort war es überheizt, und die abgestandene Luft stank; Mona selbst wirkte aufgeschwemmt und driftete zwischen Zuständen des Wachens und der Bewußtlosigkeit hin und her. Cassidy tat für sie, was in ihren Kräften stand, schickte aber auch sofort nach dem Arzt. Dieser kam auf der Stelle, voller Angst, und bestellte nach einer kurzen Untersuchung einen Krankenwagen. Immer wieder beteuerte er Cassidy und Oliver: »Aber ich habe ihr doch ausdrücklich gesagt, ich habe darauf bestanden, daß sie viel trinkt. Sie sagt, sie habe seit einer Woche nichts mehr getrunken. Sie hatte nicht mal mehr die Kraft, sich eine Tasse Tee zu machen.« Er klang verzweifelt. »Ich werde Mrs. Vine sofort Bescheid geben, daß die Lage jetzt ernst ist... Darf ich Ihr Telefon benutzen?«

Wie vorauszusehen sah Joanie keinen Grund zur Panik und meinte, sie sei überzeugt, daß ihre Mutter in besten Händen sei. Der Arzt verdrehte die Augen. Trotz allem, was jetzt noch getan werden konnte, trotz Dialyse und Tropf und Cassidys Gebeten trieb Mona ganz still davon und starb noch in der gleichen Nacht im Krankenhaus an völligem Nierenversagen.

Das Krankenhaus informierte Joanie Vine von Monas Tod, nicht die Bolingbrokes. Es war der Arzt am Ort, der es Oliver sagte.

»Es war so unnötig. Die arme Frau. Wenn sie nur Flüssigkeit zu sich genommen hätte. Die Leute begreifen gar nicht, wie gefährlich eine Austrocknung sein kann...«

Er versucht, sich von seiner Schuld zu befreien, dachte Oliver, aber Mona hatte zweifellos seine Anweisung mißachtet.

Oliver und Cassidy saßen in der Küche und trauerten um ihre so wichtige und jetzt fehlende Freundin.

Erst als der alte Pferdeknecht ihnen von seinen eigenen und des Arztes ergebnislosen Telefongesprächen mit Joanie berichtete, wurde aus der Trauer der Bolingbrokes Zorn.

»Joanie hat sie *umgebracht.*« Cassidy ballte, außer sich vor Zorn, die Fäuste. »Sie hat sie buchstäblich umgebracht.«

Oliver überlegte mit etwas mehr Objektivität, daß Joanie das nicht so gewollt hatte: Daß sie nicht gewußt habe, wozu ihre Gleichgültigkeit führen würde. Kein Gericht würde sie für schuldig befinden, nicht der unbeabsichtigten Tötung, geschweige denn des Mordes. Die Sache würde niemals vor Gericht kommen.

Oliver, dem plötzlich wieder Monas einfaches Testament in den Sinn kam, beschloß sofort, ihren nächsten Reihenhausnachbarn zu fragen, was wohl am besten mit Monas »Krempel« zu tun sei, den sie Cassidy vermacht hatte. Wenn der Nachbar etwas mit den Sachen anfangen konnte, wären sie ja schon an eine gute Adresse gelangt. Er ließ Cassidy aufgebracht im Haus zurück, fuhr mit seinem Range Rover in die Stadt und traf vor Monas kleinem Häuschen auf einen Lieferwagen von Peregrines Firma – »Peregrine Vine and Co., Quality Auctioneers«. Arbeiter in Overalls waren eifrig damit beschäftigt, Monas armselige Habseligkeiten und ihr Mobiliar zu verladen.

Monas Nachbarin stand in Lockenwicklern, Pantoffeln und geblümter Schürze über dem Kleid zitternd draußen auf der schon winterlichen Straße; jede ihrer Muskelzuckungen verriet vergeblichen Protest.

Oliver machte dem Exodus ein Ende und redete mit der Nachbarin.

»Mona war noch keine sechs Stunden tot«, sagte sie entrüstet, »als Joanie persönlich herkam, um die Sachen ihrer Mutter durchzugehen. Ich bin überzeugt, daß sie nicht fand, was sie suchte. Sie warf Dinge zu Boden und fuhr im Zorn davon. Deswegen räumen sie das Haus jetzt so schnell aus. Wie Hyänen. Mona hat ihr Heftchen mit den Rentenmarken hiergelassen und ebenso das Geld, das für die Miete eingezahlt werden sollte, solange sie bei Ihnen wohnte. Sie werden doch nicht darauf aus sein, oder? Es ist nicht sehr viel. Was soll ich wegen der Miete unternehmen?«

Oliver sagte, er würde sich um die Miete kümmern und auch um alles andere. Er rief Peregrine von seinem Handy aus an, um ihm mitzuteilen, daß Mona ein Testament hinterlassen habe, und klärte ihn darüber auf, wie dessen Bestimmungen aussähen. »Weisen Sie also bitte Ihre Leute an, mein lieber Freund«, sagte er höflich, aber mit unabweisbarer Autorität, »den Lieferwagen sofort wieder auszuladen.«

Peregrine dachte kurz nach und tat dann, worum Oliver ihn gebeten hatte. Er hatte den Lieferwagen nur geschickt, weil Joanie sich darauf versteift hatte, aber sie hatte ihm nicht erklärt, warum alles so eilig vonstatten gehen müsse: Es gab ja nichts Wertvolles in Monas Wohnung, weit gefehlt, aber mit Joan (so vertraute Peregrine Oliver von Mann zu Mann an) gingen manchmal eben die Pferde durch. Allerdings würde sie ziemlich wütend sein, wenn sie erfuhr, daß Mona ihren wertlosen alten Müll jemand anderem vermacht hatte.

»An Monas Beerdigung«, fuhr Oliver fort, »würden Cassidy und ich gern teilnehmen. Wir hatten sie sehr gern, wie Sie ja wissen.«

Peregrine fragte, welcher Tag ihm passen würde.

»Jeder Tag, außer dem kommenden Mittwoch«, erwiderte Oliver. »Dann fliegt Cassidy zu einem Konzert nach Schottland, und ich muß mittags eine Rede halten, die ich nicht verschieben kann.«

»Es war Monas eigene Schuld, daß sie starb«, sagte Peregrine, der plötzlich in die Defensive ging. »Joan hat ihr angeboten, zu kommen und nach ihr zu schauen, aber Mona wollte das nicht. Sie hat ein paarmal angerufen und Joan gesagt, daß sie bleiben solle, wo sie sei. Das sei sehr verletzend gewesen, sagt Joan.«

Nachdenklich sagte Oliver: »In dem Zimmer, in dem Mona krank zu Bett lag, gibt es kein Telefon. Draußen bei den Ställen war es sehr kalt, glaube ich, und es ist ein ganz schönes Stück bis zur nächsten Eingangstür des Hauses, das während unserer Abwesenheit außerdem ebenfalls ungeheizt war.«

»Was wollen Sie damit sagen?«

»Von wo aus hat Mona angerufen?«

Peregrines Schweigen dauerte so lange, daß schließlich das Gespräch mit einem neuen Thema fortgeführt werden konnte. Er erwähnte Joans Kindheitsfotos. Falls Oliver dergleichen fände...

»Ich bin mir sicher«, beruhigte Oliver ihn, »daß Cassidy Joanie alles geben wird, was sie nach Monas Wunsch hätte bekommen sollen.«

»Beerdigung an jedem Wochentag außer Mittwoch«, bestätigte Peregrine und klang dabei fast freundlich. »Ich lasse Sie den Termin wissen.«

Als Oliver heimkam, saß Cassidy nicht mehr mit gesenktem Kopf am Küchentisch, sondern war in den Salon gegangen, wo sie ihren Gefühlen am Flügel freien Lauf ließ.

Oliver setzte sich still in das weiträumige Treppenhaus, wo er sie hören konnte, ohne selbst gesehen zu werden. Cassidy sang ein neues Lied, ein noch unfertiges Lied, ein Lied mit wenigen Worten, ein Lied der Trauer in Moll-Akkorden.

Alle guten Songs, hatte sie Oliver einmal anvertraut, handelten von Liebe oder Sehnsucht oder Trauer. Cassidys neues Lied war von allen dreien gleichzeitig beseelt.

Als sie Oliver auf den Treppenstufen entdeckte, unterbrach sie abrupt ihr Spiel und setzte sich neben ihn.

»Was hältst du davon?« fragte sie.

»Genial.«

»Es trägt noch keinen Namen...«

»Aber du hast es für Mona komponiert«, vervollständigte Oliver den Satz.

»Ja.«

In Olivers Begleitung fuhr Cassidy am nächsten Tag mit der halbfertigen Melodie zu den Musikern in ihrem Studio in London; ihr oft tiefsinniger Liedtexter unterlegte der Musik, von der er sofort sehr ergriffen war, Worte universeller Trauer und Hoffnung. Cassidy sang den Text so sanft, daß es einem fast das Herz brach, im Flüsterton. Alle im Studio sahen bereits gewaltige Verkaufszahlen vor sich, als sie sie singen hörten.

Cassidy, die wie immer nach kreativer Arbeit total erschöpft war, schlief auf dem Heimweg in der Limousine ein. Ihr Kopf lehnte an Olivers Schulter. Oliver dachte derweil über Pläne nach, die, so nahm er an, Mona nicht gefallen haben würden. Als sie zu Hause angekommen waren, Cassidy sich gähnend zurückgezogen und der alte (jetzt nicht mehr nur vorübergehend angestellte) Pferdeknecht Oliver erzählt hatte, er habe gehört, daß Mona in zwei Tagen beerdigt werden solle, an dem bewußten Mittwoch, wurden aus Olivers unverbindlichen Plänen Absichten von felsenfester Unerschütterlichkeit.

»Mittwoch!« rief er. »Sind Sie sich sicher?«

»So hieß es unten im Gasthaus.«

Oliver telefonierte mit drei Bestattungsinstituten, bevor er das richtige am Apparat hatte.

»Mrs. Watkins? Ja, am Mittwoch.«

Oliver hakte nach. Die Antworten lauteten: »Eine einfache preiswerte Standardbestattung«, und: »Ja, es wären fast alle anderen Wochentage in Frage gekommen, da diese kurze Form der Bestattung nur wenig Vorbereitung braucht, aber die nächsten Angehörigen wollten unbedingt den Mittwoch.«

Olivers bis dahin noch auf Eis liegende Pläne wurden schlagartig dringlich.

Joanie betrog ihre verstorbene Mutter um eine letzte Würde, die Ehre, daß die Berühmtheiten, für die sie gearbeitet hatte, ihren Sarg auf dem Weg zum Grab begleiteten.

Oliver und Cassidy schickten einen großen Kranz von Lilien. Monas Nachbarn erzählten ihnen später, daß Joanie diesen Kranz achtlos beiseite gelegt habe. Joanie hatte den wenigen Trauernden, die sich eingefunden hatten, verkündet, die Bolingbrokes hätten sich schlicht nicht die Mühe gemacht zu kommen.

Monas Asche war auf einem Rosenbeet im Park des Krematoriums verstreut worden, ohne Gedenktafel. Joanie, die insgeheim über ihre Befreiung jubelte, konnte nun ihre Eltern neu erschaffen und »einer reizenden Pferdekennerin der alten Schule«, wie Peregrine es salbungsvoll formulierte, zu posthumem Ansehen verhelfen.

Obwohl Oliver und Cassidy sich dafür entschieden hatten, ihr Leben so privat wie möglich zu führen, waren sie sich natürlich beide der Tatsache bewußt, daß sie für die Öffentlichkeit Stars waren. Beide hatten in der Tat hart dafür gearbeitet, um zu werden, was sie waren, und beide beabsichtigten, diesen Status so lange wie möglich beizubehalten. Nach Monas geiziger Bestattung beschloß Oliver, seinen beachtlichen Einfluß bis zum Äußersten einzusetzen – ganz gleich, ob Mona das so gewünscht hätte oder nicht.

Mit Cassidys Einverständnis wandte sich Oliver an das Organisationskomitee des großen jährlichen Reitspektakels, der fünftägigen Weihnachtsshow im Olympia mit ihren fünf Nachmittags- und fünf Abendveranstaltungen.

Abgesehen vom Hauptspringwettbewerb, in dem er auf jeden Fall teilnehmen würde, war Oliver Bolingbrokes Teilnahme als europäischer Grand-Prix-Gewinner und Sportler des Jahres außerdem beim Finale aller zehn Veranstaltungen, der prestigeträchtigen Parade der Champions, vorgesehen. Die Parade war in der Tat ohne ihn kaum denkbar. Oliver Bolingbroke war also, um es kurz zu machen, jemand, dem das Komitee schon aufmerksam zuhören mußte. Er schlug einen zusätzlichen Programmpunkt am Ende aller zehn Veranstaltungen vor.

Man hörte ihm zu.

Aller Augen weiteten sich. Schließlich nickte man zustimmend.

Oliver schüttelte den Komiteemitgliedern die Hände. Dann kehrte er nach Hause zurück und lehrte seinen klugen alten Schimmel geduldig eine ganze Reihe neuer Tricks.

Cassidys Manager setzte Verträge gleich dutzendweise auf. Ihre Musiker produzierten ein funkelndes Feuerwerk von Klängen. Die Plattenpressen liefen heiß. Cassidys neuer Titel über Liebe, Verlust und Sehnsucht drang langsam in das Bewußtsein der Nation.

Oliver lud Joanie Vine ein, an einer im Fernsehen übertragenen Ehrung ihrer Mutter teilzunehmen. Joanie wäre vor Hysterie beinahe erstickt. Peregrine versuchte, eine gerichtliche Verfügung zu erwirken, um Olivers Projekt aufzuhalten, konnte aber keine vernünftigen Gründe dafür geltend machen. Dieselben Glanzmagazine, die Joanie in deren Ballkleidern zeigten, füllten nun mit »Monas Leben« ihre Seiten, wobei auch Fotos von Monas armseligem Reihenhäuschen gebracht wurden. Peregrine wurde bereits belächelt, wenn auch vorerst noch hinter vorgehaltener Hand.

Bei der ersten der fünf Nachmittagsveranstaltungen war jeder Platz der großen Olympiahalle besetzt. Die Leute saßen sogar in den Gängen. Die Sache hatte sich herumgesprochen. Alle zehn Veranstaltungen waren ausverkauft.

Olivers Stimme verkündete aus stiller Dunkelheit heraus, daß diese kostenlose Vorführung dem Andenken seiner erstklassigen Pferdepflegerin Mona Watkins, einer einfachen Waliserin, gewidmet sei. An der Sorgfalt und dem Sachverstand, die notwendig waren, um ein Pferd der europäischen

Spitzenklasse auf Wettbewerbe vorzubereiten, habe ihr niemand gleichkommen können. »Ich stehe in ihrer Schuld«, sagte er, »und deshalb, meine Damen und Herren, wird jetzt zu ihrem Andenken ihre Freundin, meine Frau Cassidy Lovelace Ward, ihr Lied für Mona vortragen.«

Die Dunkelheit vibrierte plötzlich von Musik aus den gewaltigen Lautsprecheranlagen, die überall rund um die Arena aufgestellt waren; das einfache klare Thema wurde absichtlich vorgespielt, damit die Melodie sich einprägte und jeder sie mitsummen konnte.

Dann erstrahlte ein einzelner Scheinwerfer, schnitt sich durch die brennende Luft und beleuchtete mit dramatischem Effekt den großrahmigen Schimmel, der bewegungslos im Eingang des Rings stand. Auf dem Rücken des Pferdes saß Cassidy – in silberfarbenes Leder gekleidet, im Westernstil, mit glänzenden Fransen, silberbeschlagenen Handschuhen und einem riesigen weißen Hut. Die Aufmachung, die schon das Publikum am Mississippi elektrisiert hatte, fand auch in London spontan Beifall.

Cassidy ritt auf dem Schimmel im Kreis herum; ganze Batterien regenbogenfarbiger Lichter ließen das Silber und Weiß ihres Kostüms wie buntes Glas erscheinen und auf den funkelnden Fransen immer wieder regenbogenfarbige Lichtbrechungen aufflammen. Alle paar Schritte vollführte der Schimmel auf seinen Sprunggelenken hoch aufgerichtet eine schnelle Drehung, während sich Cassidy an ihm festklammerte. Offensichtlich genoß das gealterte Springpferd den Auftritt als Star. Die Menge, die aus einer seitenlangen Einleitung im Programm wußte, mit wem sie es da zu tun hatte, lachte und feuerte den Schimmel an, bis Cassidy nach einer Runde ihren übergroßen Hut zog und ihre silberblonden Locken darunter hervorschüttelte.

Oliver hatte leichte Bedenken gehabt, daß der Glanz und Flitter, der in Tennessee wahre Triumphe hatte feiern können, sich für das Publikum einer Pferdeshow in England als zu künstlich erweisen könne, aber diese Befürchtung erwies sich als unbegründet. Cassidys Leute waren wirkliche Profis – die Musiker, die Beleuchter, die Bühnenarbeiter, alle. Sie hatten versprochen, ein unvergeßliches Ereignis zu inszenieren, und ihr Versprechen gehalten.

Am Ende ihrer vielfarbigen Runde ritt Cassidy in die Mitte des Rings und ließ sich vom Pferd gleiten, übergab Oliver, der dort im Dunkeln wartete, die Zügel. Dann erfolgte eine der Verwandlungen, die normalerweise mit Ahs und Ohs und Füßestampfen aufgenommen wurden – Cassidy streifte ihre Reittracht ab – ein glänzender Kleiderberg fiel in die Arena – und kam ganz in Weiß darunter zum Vorschein, in einem langen, mit Kristallen besetzten Abendkleid. Dann schritt sie die flachen Stufen zu der Plattform hinauf, auf der das Mikrophon wartete.

Cassidy nahm das Mikrophon und sang das Lied für Mona, das Lied von einer Frau, die sich nach einer verlorenen, aber nie vergessenen Liebe sehnte. Sie benutzte im Lied nicht Monas Namen, sondern sang von allen einsamen Menschen, die nach der Wärme des Herzens suchen.

Cassidy sang das Lied gleich zweimal: einmal leise, flüsternd und klagend und dann mit der ganzen Kraft ihrer gewaltigen Stimme, so daß es die ganze Halle erfüllte; sie flehte und beschwor die drei Parzen herauf, sie lud die Hoffnung ein.

Sie hielt den letzten hohen Ton lange an, bis man den Eindruck hatte, ihre Lungen müßten bersten – dann verstummte von einer Sekunde zur nächsten das Sperrfeuer des Supersounds der Lautsprecheranlagen. Die weißen Scheinwerfer ließen ihre Strahlen verlöschen, während Cassidy im dahinschwindenden Licht ihre funkelnden Kleider ablegte, sie als einen Haufen Glitzerkram liegen ließ und in Schwarz aus dem Lichtkreis schlüpfte.

Sie kehrte noch einmal kurz zurück, um den ungestümen Beifall entgegenzunehmen – in schwarzem Umhang mit funkelnden Säumen. Zum Dank winkte sie mit erhobenen Armen und war dann verschwunden. Der alte, in Nashville so wohlbewährte Zauber hatte seine Schwingen ausgebreitet und war im Olympia flügge geworden.

Sentimental, nörgelten einige Kritiker; aber die sentimentalen Lieder waren es, die die Herzen von Millionen erreichten, und dazu gehörte auch Cassidys Lied für Mona. Am Ende der zehn Live-Veranstaltungen im Olympia erklang die ohrwurmartige Melodie überall von CDs und Radios – sie war auf dem Weg zum Klassiker.

Joanie und Peregrine verfolgten die bejubelte Show am Abend mit zusammengebissenen Zähnen am Fernsehen. Wirklich traurig sei es, so gab der Studiosprecher bedauernd bekannt, daß der bekannte Auktionator Peregrine Vine und seine prominente Frau Joan, bei der es sich um Mona Watkins einzige Tochter handele, nicht in der Lage gewesen seien, auch nur an einer der Veranstaltungen teilzunehmen.

Joanie versagte vor Ärger und Verbitterung die Sprache. Peregrine überlegte, ob es wohl möglich sei, in einer anderen Stadt noch einmal von vorn anzufangen: Aber das Lied für Mona wurde überall gesungen, in Konzerten und Karaoke-Lokalen. Peregrine musterte seine schöne, selbstsüchtige Frau und fragte sich, ob sie das Ganze wert war.

Die publikumswirksamen Auftritte im Olympia waren schon eine Weile vorüber, und Oliver und Cassidy kochten und aßen in ihrer Küche, ohne sich zu streiten. Obwohl sie sich an Monas Abwesenheit gewöhnt hatten, war deren Geist doch immer noch zu spüren, wie ihnen schien, und sagte ihnen im Zweifelsfall, daß sie lieber Eier *auf*schlagen statt Porzellan *zer*schlagen sollten.

Nach der Testamentsbestätigung hatte Cassidy Monas gesamten »Krempel« (einschließlich der Perlenbrosche und des Fahrrades) ordnungsgemäß der Nachbarin mit den Lockenwicklern gegeben, die ihn erfreut annahm. Und es war eher beiläufig, daß sich einer der Bolingbrokes fragte, was Joanie am Todestag ihrer Mutter wohl so dringend gesucht hatte.

»Weißt du«, sagte Cassidy beim Pilzomelette, »diese alte Schachtel mit Bildern von Joanie im Ballkleid, die Mona mitgebracht hat... Da waren auch Bilder von uns drin.«

Oliver holte die bis dahin übersehene Schachtel aus dem obersten Fach eines Garderobenschrankes und leerte sie auf dem Tisch aus.

Zwischen den ausgeschnittenen Artikeln und Bildern von Joanie und ihnen selbst fanden sie zwei zusammengefaltete Seiten der inzwischen lange nicht mehr existierenden Lokalzeitung eines kleinen walisischen Landstädtchens. Alt, brüchig und an den Rändern vergilbt.

Oliver faltete sie vorsichtig auseinander, sehr darauf bedacht, sie nicht zu beschädigen, und nun erfuhren die beiden Bolingbrokes, was Joanie Vine so eifrig zu verbergen versucht hatte.

Mitten auf der Frontseite des ersten Blattes sah man ein Foto von drei Menschen: Mona in jüngeren Jahren, ein Kind, das als Joanie erkennbar war, und ein untersetzter, humorloser Mann. Die Schlagzeile daneben lautete:

Einheimischer gesteht Vergewaltigung eines Kindes. Zehn Jahre Gefängnis.

Idris Watkins, Stallbursche, Ehemann von Mona und Vater von Joan, hat sich des Verbrechens für schuldig bekannt und ist ohne weitere Beweisaufnahme verurteilt worden.

Auf der zweiten vergilbten Seite stand ein Bericht ohne Bilder.

Stallbursche durch Sturz in vollem Galopp gestorben.

Idris Watkins, vor kurzem auf freien Fuß gesetzt, nachdem er sechs Jahre einer zehnjährigen Strafe für die Vergewaltigung eines Kindes abgebüßt hatte, starb am Donnerstag an einem Schädelbruch. Er hinterläßt eine Witwe, Mona, und eine Tochter, Joan, dreizehn.

Nach kurzem Schweigen sagte Oliver: »Das erklärt viel, denke ich.«

Er machte Fotokopien von den alten Seiten und sandte die Kopien Joanie.

Cassidy nickte und sagte: »Soll sie nur fürchten, daß wir ihr Geheimnis lüften und ihre Sozialaufsteigerexistenz ruinieren.«

Allerdings taten sie das nicht.

Das hätte Mona nicht gewollt.

Ein strahlend weißer Stern

Eine Provinzzeitschrift, Cheshire Life, *schickte mir einen Brief.*

»Schreiben Sie eine Story für uns«, bat man mich.

Ich fragte: »Was soll sie beinhalten?«

»Dreitausend Worte«, lautete die Antwort.

Es war gerade Winter, und ich fuhr mit dem Wagen regelmäßig über einen Hügel, auf dem einst, in einer Höhle, ein Landstreicher gelebt hatte. Also schrieb ich über einen Landstreicher im Winter.

Diese Story beschreibt, wie man bei einer Auktion ein Pferd stehlen kann.

Tun Sie's nicht!

Der Landstreicher war bis auf die Knochen durchgefroren. Luft- und Bodentemperatur lagen um den Gefrierpunkt, und eine schwere Decke gelblicher Schneewolken hing wie eine Drohung über dem Nachmittag. Schwarze Äste kahler Bäume knarrten im Wind, und die gepflügten Felder lagen nackt, dunkel und wartend da.

Der frierende Landstreicher, der die schmale Straße hinunterschlurfte, hatte Hunger und war von einem starken, diffusen Groll erfüllt. In diesem Stadium des Winters hatte er sich normalerweise sein Nest eingerichtet, in irgendeiner

Kuhle im Boden, im Windschatten eines bewaldeten Hügels, unter einem üppigen Dach aus dem Geflecht starker Äste und dicken braunen Pappkartons. Er lag dann auf einem warmen, behaglichen Bett aus trockenen, toten Blättern, Styropor und Säcken, und das Holzfeuer in der Nähe seiner Türschwelle brannte den ganzen Tag, so daß die Asche die ganze Nacht hindurch rot glühte. Er brachte die Zeit des Frosts und des Schnees und der Regenstürme jeweils in einem behaglichen Heim hinter sich, das er, wenn er im Frühling weiterzog, wieder zertrampelte.

Dagegen gefiel es ihm überhaupt nicht, wenn jemand anderes sein Nest zertrat, wie diese Leute es heute morgen getan hatten. Drei Leute... der Mann, dem das Land gehörte, auf dem er sich niedergelassen hatte, und zwei Leute von der Gemeinde, ein Mann in mittleren Jahren und mit harten Augen und eine steife, herrische Frau mit einem Klemmblock. Ihre lauten Stimmen, ihre dummen Bemerkungen hallten in seinen Gedanken wider und schürten seinen Zorn.

»Ich habe ihm letzte Woche jeden Tag gesagt, daß ich ihn nicht länger auf meinem Land dulden werde...«

»Diese Hütte stellt eine dauerhafte Unterkunft dar und erfordert als solche eine Baugenehmigung...«

»In der Stadt gibt es eine Herberge mit einem Schlafsaal, in dem Obdachlose für eine Nacht unterkommen können...«

Der Mann von der Gemeinde hatte begonnen, sein Zweig- und Pappkartondach in Stücke zu reißen, und die anderen hatten ihm geholfen. Er sah ihnen an, daß sein Geruch sie abstieß, und an der Art, wie sie mit spitzen Fingern zu Werke gingen, merkte er, daß sie nicht gern berührten, was er berührt hatte. Da hatte der langsam brennende Zorn sich in seine Gedanken eingenistet, aber ihm war der Kontakt mit anderen Menschen zuwider, weshalb er niemals sprach, wenn es sich vermeiden ließ. So hatte er sich lediglich abgewandt und war davongegangen, formlos, in seinen zusammengeschnürten Kleidern, schlurfend in seinen zu großen Stiefeln, bärtig und grollend und stinkend.

Dann war er zehn Kilometer weit gegangen, ganz langsam.

Er brauchte etwas zu essen und ein Dach über dem Kopf, wo er vor dem nächsten Schneefall sicher war. Er brauchte ein Nest und Feuer. Seine Wut auf die Menschheit bohrte sich mit jedem bleiernen Schritt tiefer in sein Herz.

Am selben Nachmittag stand in London der Direktor des Sicherheitsdienstes der Rennbahn am Fenster seines Büros im Jockey Club und betrachtete griesgrämig den Verkehr auf dem Portman Square. Hinter ihm in dem behaglichen, hell erleuchteten Raum saß Mr. Melbourne Smith und lag ihm in den Ohren, wie er es jeden einzelnen Tag der vergangenen zwei Wochen entweder persönlich oder telefonisch getan hatte. Es ging um die laxen Sicherheitsvorkehrungen bei der Jährlingsauktion im November, bei der jemand ihm seinen gerade erst gekauften und extrem teuren Hengst gestohlen hatte.

Melbourne Smith ließ so viel Geld in die britische Vollblutindustrie fließen, daß man seine Klagen nicht ignorieren konnte, auch wenn das Ganze streng genommen eine Angelegenheit der Polizei und der Auktionatoren war und nicht des Jockey Clubs. Melbourne Smith, fünfzig, energisch, ein Mann, der gern die Fäden in der Hand hielt, war ebenso erzürnt über die Tatsache, daß jemand es wagte, *ihn* zu bestehlen, wie über den Diebstahl selbst.

»Sie sind einfach mit ihm rausspaziert«, sagte er zum fünfzigsten Mal gekränkt. »Und Sie haben verdammt wenig getan, um ihn zurückzubekommen.«

Der Direktor seufzte. Melbourne Smith war ihm zutiefst unsympathisch, aber er wußte dies geschickt hinter einer rauhen Herzlichkeit zu verbergen. Der Direktor mit seinem scharfen, erfinderischen Verstand hinter dem schnurrbärtigen, tweedverpackten Äußeren fragte sich, was er, abgesehen von einem Gebet um ein Wunder, wohl sonst noch tun konnte, um den verschwundenen Hengst aufzuspüren.

Erstens war die Spur erkaltet, da Melbourne Smith seinen Verlust erst gut einen Monat nach der Auktion bemerkt hatte. Er hatte wie gewöhnlich ungefähr zehn der hochbeinigen jungen Tiere gekauft, die im folgenden Sommer als Zweijährige an den Start gehen würden. Er hatte wie gewöhnlich veranlaßt, daß sie zu dem Trainer gebracht wurden, der sie zureiten, trainieren, satteln, reiten und daran gewöhnen würde, in die Startboxen hineinzugehen. Und wie gewöhnlich war er nach einer entsprechenden Zeit hergekommen, um festzustellen, wie seine Einkäufe sich machten.

Zuerst hatte ihn sein angeblich erstklassiger Junghengst verwirrt. Erst verwirrt, dann argwöhnisch gemacht und dann fuchsteufelswild. Er hatte ein Vermögen für einen gutgewachsenen, aristokratischen Jährling ausgegeben und hatte statt dessen eine spindeldürre Niete mit einem schwachen Hals im Stall stehen. Seine Neuerwerbung und dieser

Wechselbalg hatten nur zwei Dinge gemeinsam: die Körperfarbe, ein dunkles Braun, und den großen weißen Stern auf der Stirn.

»Es ist ein Skandal«, sagte Melbourne Smith. »Ich werde nächstes Jahr mein Geld in Frankreich ausgeben.«

Der Direktor überlegte, daß Diebstähle auf Rennbahnen äußerst selten waren und daß Sicherheit bei Auktionen eher von Papieren abhing als von Riegeln und Gitterstäben: Und normalerweise war der Papierkram Sicherheit genug.

Jedes Vollblutfohlen mußte kurz nach der Geburt eingetragen werden, und das Zertifikat »Eintragungsbescheinigung« gab nicht nur Auskunft über Abstammung und Geburtsdatum, sondern auch über Hauptfarbe und Merkmale und darüber, wo genau am Körper die Haare des Fells Wirbel bildeten. Die Merkmale und Wirbel mußten sorgfältig auf vorschriftsmäßigen Diagrammen von Seiten-, Front- und Hinteransicht der Pferde eingezeichnet werden.

Später, wenn das Fohlen aufgezogen und fürs Rennen bereit war, mußte ein Tierarzt eine zweite Karte mit seinen Merkmalen anfertigen und sie ins Registrationsbüro schikken. Wenn das Fohlenzertifikat und das spätere Zertifikat übereinstimmten, war alles in Ordnung. Wenn nicht, wurde das Pferd gesperrt.

Das Fohlenzertifikat des Jährlings, den Melbourne Smith gekauft hatte, paßte eindeutig nicht zu dem Wechselbalg, den man ihm untergeschoben hatte. Die Farbe und der weiße Stern stimmten, aber die Wirbel saßen an vollkommen anderen Stellen.

Der Direktor hatte seinen Assistenten vor die Mammutaufgabe gestellt, den Wechselbalg mit zwanzigtausend Fohlenzertifikaten in der diesjährigen Registratur zu vergleichen, aber bisher hatten sie keine übereinstimmenden Papiere gefunden. Der Direktor, der den Hengst mittlerweile gesehen hatte, glaubte, daß es sich bei dem Wechselbalg höchstwahrscheinlich um ein Halbblut-Jagdpferd handelte, das von Anfang an keine Qualifikation für einen Eintrag im Zuchtbuch gehabt hatte und von dem sie nirgendwo offizielle Unterlagen finden würden.

»Diese Torkontrolle ist ja zum Lachen«, murrte Melbourne Smith.

Die Männer an den Toren der Versteigerungsringe hatten, das mußte sich der Direktor eingestehen, lediglich den Auftrag zu kontrollieren, daß es für jedes Pferd ein Ausgangszeugnis der Auktionatoren gab und daß die Ziffer, die am Rumpf des Pferdes klebte, mit der auf dem Zeugnis übereinstimmte. Sie hatten nicht den Auftrag zu überprüfen, ob irgend jemand heimlich die Ziffern der Pferde vertauscht hatte. Sie traf keine Schuld daran, daß die Nummer eins-acht-neun, die in Begleitung von Zeugnis eins-acht-neun herausgebracht wurde, eine Niete mit schmächtigem Hals gewesen war und nicht Melbourne Smiths teurer Aristokrat. Es hatte keinen Sinn, sie zu fragen (obwohl der Direktor es getan hatte), unter welcher Nummer genau der teure Aristokrat denn tatsächlich seinen Abgang gemacht hatte. Das konnten sie unmöglich wissen, und sie wußten es auch tatsächlich nicht.

Der Direktor hatte zum Teil herausgefunden, wie der Austausch vonstatten gegangen war, und sich den Rest dazugedacht.

Bei der Auktion wurden die zum Verkauf stehenden

Pferde in Stallblocks untergebracht. Pferd Nummer eins im Katalog wurde Box Nummer eins zugeteilt, und es hatte die Nummer eins an der Hüfte kleben. Nummer eins-acht-neun wäre in Box eins-acht-neun zu finden gewesen und hätte die eins-acht-neun an der Hüfte haben müssen. Entlang der Boxen herrschte ein ständiges Kommen und Gehen von Interessenten, die taxierten und betasteten und beschlossen, ob sie mitbieten würden oder nicht. Wenn ein Pferd verkauft wurde, brachten seine früheren Besitzer es in seine Box zurück, und von dort holten die neuen Besitzer es dann ab. Auf diese Weise kam es ziemlich häufig vor, daß Käufer und Verkäufer einander nie begegneten.

Der Junge, der mit Nummer eins-acht-neun gekommen war, hatte es vom Verkaufsring zurück in seine Box geführt und dort gelassen. Melbourne Smiths Stallbursche hatte das Pferd aus Box eins-acht-neun abgeholt und es zum Trainer geschickt, und es war der Wechselbalg gewesen.

Der Austausch konnte in dem dort herrschenden Gedränge unbemerkt vorgenommen werden (was ja auch der Fall gewesen war).

Der Direktor vermutete, daß die Diebe ihren Wechselbalg für die Auktion eingetragen hatten, und zwar mit einem so lächerlich hohen Reservepreis, daß es niemand kaufen würde. Wahrscheinlich war der Wechselbalg eins von den unverkauften Tieren zwischen den Auktionsnummern 1 und 188 gewesen, aber die Auktionatoren hatten den Direktor nur verständnislos angesehen, als er sie gefragt hatte, ob sie sich noch an eines der vielen Tiere erinnerten. Sie verkauften jede Woche Hunderte von Pferden. Sie stellten keine Fragen, sagten sie, woher die Ware kam oder wohin sie ging; sie führten zwar Buch über Pferde, die keine Käufer gefunden hatten, gingen aber grundsätzlich davon aus, daß ihre Besitzer sie wieder mit nach Hause nahmen.

»Und diese öffentliche Kampagne, die Sie da gestartet haben«, höhnte Melbourne Smith, »lauter heiße Luft und keine Ergebnisse.«

Der Direktor wandte sich müde vom Fenster ab und blickte auf die Zeitung, die aufgeschlagen auf seinem Schreibtisch lag. In einer Woche ohne besondere Schlagzeilen war den Redakteuren die Geschichte willkommen gewesen, die er ihnen mit großer Überzeugungskraft vorgekaut hatte. Kein Leser konnte die Wo-ist-er?-Bilder von dem verschwundenen Wertstück übersehen. Die Regenbogenpresse hatte ein Rührstück daraus gemacht. Die »ernstzunehmenden« Tageszeitungen hatten das Fohlenzertifikat selbst veröffentlicht. In den Fernsehnachrichten war beides gebracht worden. Aber auch zwei Tage flächendeckender, landesweiter Publicity hatten keine Ergebnisse gebracht. Seine »allzeit erreichbare Telefonnummer« blieb ungenutzt.

»Bringen Sie ihn mir zurück«, sagte Melbourne Smith wütend, bevor er endgültig ging. »Oder ich schicke all meine Pferde nach Frankreich.«

Der Direktor dachte an seine Frau und seine Kinder, die an jenem Abend eine Party vorbereiteten und ihn bei seiner Rückkehr mit aufgeregten Gesichtern und lächelnden Augen begrüßen würden. Ich werde zwei Tage lang nicht an diesen verdammten Jährling denken, dachte er. Doch bis dahin gab er klein bei und betete mit Inbrunst um ein Wunder.

»Was ich brauche«, sagte er laut zu seinem friedlichen,

leeren Büro, »ist ein weißer Stern. Ein leuchtend weißer Stern, geostationär am Himmel, der bei einem Stall aufscheint und sagt: ›Hier bin ich. Komm her zu mir. Komm her und finde mich.‹«

Gott vergebe mir meine Lästerung, dachte er; und ging um vier Uhr nach Hause.

Draußen auf dem Land breiteten an diesem Nachmittag Jim und Vivi Turner vier Zeitungen auf dem Küchentisch aus und vertieften sich, mit einem Becher Tee ausgerüstet, in die Lektüre.

»Sie werden ihn doch nicht finden, oder?« fragte Jim.

Vivi schüttelte den Kopf. »Einen Braunen mit einem weißen Stern... was Alltäglicheres gibt's doch gar nicht.«

Ihre Gedanken wanderten zu dem aristokratischen Jährling, der draußen gut eingedeckt in ihrem baufälligen Zwanzig-Boxen-Stall stand. Es war fünf Wochen oder länger her, seit sie ihn gestohlen hatten, und die Zeit hatte ihnen ein gewisses Gefühl der Sicherheit gegeben.

»Und außerdem«, sagte Vivi, »sind diese Zeitungen zwei Tage alt, und nichts ist passiert.«

Jim Turner nickte beruhigt. Er hätte das niemals ohne Vivi durchziehen können, das wußte er. Sie war diejenige, die gesagt hatte, wenn sie ihn als Trainer auf die Beine bringen wollten, bräuchten sie dringender als irgend etwas anderes ein wirklich gutes Pferd. Die Art Pferd, die – sehen wir den Tatsachen ins Auge (sagte sie) – niemand einem frisch abgedankten Hindernisjockey anvertrauen würde, der nie mehr als Mittelmaß erreicht hatte und zweimal gesperrt worden war, weil er sich hatte bestechen lassen.

Da Jim Turner sich jederzeit von jedem bestechen lassen würde, war er mit zwei Sperren noch glimpflich davongekommen. Persönlich hätte er gar nichts dagegen gehabt, sich mit einem Job als Futtermeister in einem großen Stall zufriedenzugeben, wo die Gelegenheiten, Bestechungsgelder zu kassieren, wie pflückreife Beeren wuchsen; aber Vivi wollte die Frau eines Trainers sein, nicht die eines Futtermeisters, und, das mußte man ihr lassen, das Mädchen hatte Grips.

Es war Vivi mit ihren scharfen Augen, die eine Möglichkeit gesehen hatte, wie man bei der Auktion einen hochkarätigen Jährling stehlen konnte. Es war Vivi, eine richtige kleine Lady Macbeth, die Jim weitergetrieben hatte, wenn dieser zauderte, Vivi, die persönlich den Austausch in Box eins-acht-neun vorgenommen hatte. Sie hatte den Aristokraten genommen, und Jim hatte den Wechselbalg dagelassen.

Vivi hatte beschlossen, irgendeinen nicht eingetragenen Ausschuß von Halbblut als ihr Entree zu der Auktion zu benutzen, und hatte für einen Apfel und ein Ei einen beim Abdecker gekauft; einen Braunen mit einem weißen Stern, so alltäglich wie nur was. Bei der Auktion mußte es einfach einen wie ihn geben, hatte sie gesagt. Sie würden ihn gegen irgend etwas Großes eintauschen, das nach ihm im Katalog auftauchte; und tatsächlich, die Nummer eins-acht-neun war perfekt gewesen.

Vivi, eine vorausschauende Natur, wollte Jim im Frühjahr mit all ihren Ersparnissen nach Norden schicken, um ein billiges zweijähriges Vollblut zu kaufen, einen Braunen mit einem weißen Stern, der zumindest passabel aussah.

Dann sollte Jim vom Tierarzt das neue Merkmalzertifikat des Pferdes ausfüllen lassen, das genau mit seinem Fohlenzertifikat im Register übereinstimmen würde; und Jim Turner, Renntrainer, würde in seinem Stall einen Braunen mit einem weißen Stern haben, überprüft, registriert und für Rennen zugelassen.

Jim und Vivi wußten genau wie der Direktor, daß junge Pferde sich veränderten, wenn sie älter wurden, so wie Kinder zu Männern wurden; schon bald würde kaum noch eine Chance bestehen, daß irgend jemand den Aristokraten an äußerlichen Merkmalen erkannte. Er konnte mit seiner neuen Identität bis in alle Ewigkeit Rennen bestreiten, und niemand würde ihn je erkennen. Vivi konnte sich nicht vorstellen, was jetzt noch schiefgehen sollte, und rechnete keine Sekunde lang mit der Zähigkeit des Direktors, der bereits über lästige, gelegentliche Überprüfungen der Haarwirbel bei Braunen mit weißem Stern für die nächsten Jahre nachdachte.

»Im Sommer«, sagte Vivi, »werden wir den Stall ein bißchen aufpeppen. Ein bißchen Farbe. Blumenkübel. Im Herbst, wenn der Hengst die ersten Siege nach Hause bringt und die Leute aufmerksam werden, haben wir dann einen Stall, den die neuen Besitzer ohne weiteres annehmbar finden.«

Jim nickte. Vivi konnte es schaffen. Sie war wirklich klug, Vivi.

»Und dann bist du mittendrin, Jim Turner, und keine von diesen hochnäsigen Kühen von Trainerfrauen wird jemals wieder die Nase über uns rümpfen.«

Direkt vor der Hintertür erklang ein jähes, metallisches

Klappern, und sie beide standen, sofort und zutiefst erschreckt, ruckartig auf und gingen nachsehen.

Draußen stand eine schlurfende, unordentliche Gestalt, ein Mann, der seine Hände im Mülleimer hatte und ihren Haushaltsmüll durchwühlte. Er war bereits hochgeschreckt, um sich hastig zurückzuziehen.

»Es ist ein Landstreicher!« rief Vivi ungläubig. »Der will unseren Abfall stehlen.«

»Verschwinde«, sagte Jim und ging drohend auf den Mann zu. »Los, weg mit dir.«

Der Landstreicher ging ganz langsam ein paar Schritte zurück.

Jim Turner verschwand wieder in seiner Küche und packte die Schrotflinte, mit der er Kaninchen vertrieb.

»Los«, schrie er, als er wieder herauskam und den Lauf auf den Landstreicher richtete. »Verschwinde und komm ja nicht wieder. Ich will keinen Abschaum wie dich hier auf dem Grundstück. Verpiß dich.«

Der Landstreicher ging langsam zurück Richtung Straße, und die Turners kehrten in gerechter Empörung in ihre warme Küche zurück.

Der Landbesitzer bedauerte schon am Nachmittag, was er am Morgen getan hatte. Es war, wie ihm verspätet aufging, kein guter Tag, um einen Mann aus seinem Heim zu vertreiben, selbst wenn sein Heim ein Loch im Erdboden war.

Als sie das Nest in Stücke gerissen hatten, die beiden Gemeindeangestellten und er, hatte er in den Ruinen einen Plastikbeutel voller Zigarettenkippen gefunden. Er war kein phantasievoller Mensch, aber ihm drängte sich der Gedanke auf, daß er dem Landstreicher alles, was er hatte, sein Heim und seine Behaglichkeit, genommen hatte. Er hatte zu dem düsteren Himmel aufgeblickt und geschaudert.

Am Nachmittag unternahm er einen ausgedehnten Spaziergang über sein Land – eine halbentschlossene Suche nach dem Landstreicher, um sein Gewissen zu beruhigen; dennoch war er schließlich beinahe überrascht, als er ihn über einen seiner Grenzwege auf sich zukommen sah.

Der Landstreicher schlenderte langsam weiter; er war nicht allein. Neben ihm ging, genauso langsam wie er, ein Pferd.

Er blieb stehen und das Pferd ebenfalls. Der Landstreicher hielt dem Pferd auf einer schmutzigen Hand ein Zuckerstück hin, und das Pferd fraß es.

Der Landbesitzer betrachtete die beiden voller Verwirrung, den schmutzigen Mann und das gut gepflegte Pferd mit seiner ordentlichen Decke.

»Wo haben Sie den denn her?« fragte der Landbesitzer und zeigte auf den Hengst.

»Gefunden. Auf der Straße.« Die Stimme des Landstreichers war heiser von zu seltener Benutzung, aber die Worte waren klar und deutlich. Und gelogen.

»Hören Sie«, sagte der Landbesitzer verlegen, »Sie können sich dieses Haus da wieder aufbauen, wenn Sie wollen. Bleiben Sie noch ein paar Tage. Wie wär' das?«

Der Landstreicher dachte darüber nach, schüttelte aber den Kopf, denn er wußte, er konnte nicht bleiben, schon wegen des Pferdes nicht. Er hatte das Pferd aus seinem Stall geholt und mitgenommen. Sie würden sagen, er habe es gestohlen, und ihn verhaften. In der Vergangenheit war er zwanghaft aus Institutionen geflohen, aus Kinderheimen und dann von der Armee, und wenn ihm der Gedanke an die Mauern des Obdachlosenasyls schon unerträglich war, fand er den Gedanken an eine Zelle im Kittchen erst recht furchtbar. Kälte und Hunger und Freiheit, ja. Wärme und Essen und eine verschlossene Tür, nein.

Er wandte sich ab, bedeutete dem Landbesitzer unmißverständlich, das Pferd in Empfang zu nehmen, seine Hand auf das Halfter zu legen und zu tun, was recht war. Beinahe automatisch tat es der Landbesitzer.

»Warten Sie«, sagte er, als der Landstreicher sich zum Gehen wandte. »Hm... nehmen Sie das da.« Er zog eine Packung Zigaretten aus der Tasche und hielt sie ihm hin. »Nehmen Sie... bitte.«

Zögernd kam der Landstreicher zurück und nahm das Geschenk an, nickte zur Bestätigung, daß etwas gegeben, etwas erhalten worden war. Dann wandte er sich abermals ab und ging die Straße hinunter, und der lang befürchtete Schnee begann in großen, einzelnen, schwebenden Flocken zu fallen und löschte seine verschwommenen Umrisse in dem ersterbenden Nachmittag aus.

Wo wird er hingehen? fragte sich der Landbesitzer unbehaglich. Und der Landstreicher dachte ohne Angst, daß er die ganze Nacht durch den Schnee wandern würde, um sich warm zu halten. Und am Morgen würde er eine Zuflucht finden und wie gewöhnlich essen, was andere in ihrem Überfluß weggeworfen hatten. Sein glühender Zorn vom Morgen, der aufgelodert war und sich auf Jim Turner konzentriert hatte, war mittlerweile zu Asche heruntergebrannt, und alles, was er empfand, während er sicheren Abstand zwischen sich und diesen Ort legte, war sein normaler, überwältigender Drang, allein zu sein.

Der Landbesitzer sah das Pferd an und den Stern auf seiner Stirn und schüttelte bei dem Gedanken, der ihm kam, hämisch den Kopf. Dennoch, als er das Pferd in eine Scheune hinter seinem Haus gesperrt hatte, fischte er die Zeitung vom Vortag aus dem Papierkorb und betrachtete die Schlagzeile des Revolverblatts – »Suchen Sie den strahlend weißen Stern« – und auch das Faksimile des Fohlenzertifikats in der seriösen Tageszeitung. Dann rief er zögernd bei der Polizei an.

»Sie haben ein Pferd gefunden, ja, Sir?« sagte eine fröhliche Polizistenstimme mit markigem Tonfall. »Da sind Sie nicht der einzige, das kann ich Ihnen versichern. Hier gibt es im ganzen Dorf Pferde. Irgendein Narr hat bei Jim Turner sämtliche Boxen geöffnet und sie alle rausgelassen. Es könnte ein Landstreicher gewesen sein. Turner sagt, er hätte vor ein paar Stunden einen von seinem Hof gejagt. Wir suchen nach dem Kerl, der sich auf Ihrem Land niedergelassen hat. Aber es ist dunkel, und es schneit, und ich habe natürlich viel zu wenig Männer, wo doch Heiligabend ist!«

Heiligabend!

Der Landbesitzer war plötzlich maßlos wütend auf den Landstreicher, dann durchzuckte ihn mit einem Mal die Erkenntnis, daß der Landstreicher das Pferd nicht freigelassen hätte, wäre er nicht zuvor aus seinem Heim vertrieben worden. Er beschloß, dem Sergeant nicht zu sagen, daß der Landstreicher mit dem Pferd auf seinem Hof gewesen war. Und von ihm würde er auch nicht erfahren, in welche Richtung der Mann weitergezogen war.

»Ich rufe Jim Turner an, daß er das Pferd abholen kommt, Sir«, sagte der Sergeant. »Er wird froh sein, es wiederzuhaben. Der ist ganz schön aus dem Häuschen.«

»Ähm«, sagte der Landbesitzer langsam, da es ihm widerstrebte, als Narr dazustehen, »ich weiß nicht, ob Sie in der Zeitung von diesem gestohlenen Pferd gelesen haben, Sergeant, aber statt das Tier sofort an Jim Turner zurückzugeben, könnten wir vielleicht unter dieser ›allzeit erreichbaren Telefonnummer‹ den Direktor des Sicherheitsdienstes der Rennbahn kontaktieren.« Er hielt inne. »Ich nehme nicht an, daß der Direktor an Weihnachtswunder glaubt, aber das Pferd, das ich hier habe, ist ein junger brauner Hengst mit einem weißen Stern auf der Stirn ... und Wirbeln an genau den richtigen Stellen ...«

Auf Kollisionskurs

In dieser Geschichte gibt es keinen Mord. Kein Blut.

STOLZ, jawohl, und VORURTEIL, na schön, aber wir befinden uns hier noch lange nicht im Jane-Austen-Land; es geht um den Kampf eines arbeitslosen Zeitungsredakteurs von heute gegen einen unverfrorenen Unternehmer, der sich mausig macht.

In Hemdsärmeln, einen starken schwarzen Kaffee vor sich, saß der Redakteur der *Cotswold Voice* an seinem Schreibtisch und las die sensationslüsterne Kolumne, die am nächsten Tag als Aufmacher in den Rennseiten der Zeitung erscheinen würde, wenn er nicht sein Veto einlegte. Die Worte verschwammen vor seinen Augen. Gekündigt, wirbelte es durch seine Gedanken.

Zweimal die Woche, dienstags und samstags, fütterte die *Cotswold Voice* von einem wenig inspirierenden, fabrikähnlichen Gebäude in einem Industriepark westlich von Oxford aus die Städte und Dörfer längs der Cotswoldhügel mit einem Strom aufregender Artikel.

Dienstags ging die Tendenz in Richtung Nachrichten, Kommentare und Analysen, während samstags Sport, Mode und unterhaltsame Denksportaufgaben gefragt waren. Etwas für jeden, hieß es in der Zeitung. Etwas für Mamas und

Papas, etwas für den Nachwuchs und etwas für die Tantchen. Geburten, Todesfälle und Kleinanzeigen. Jede Menge Elan. Horoskope, Skandale ... lauter saftige Würmer für einen Habicht.

Der gegenwärtige Chefredakteur der *Cotswold Voice,* bei seiner überraschenden Ernennung neunundzwanzig Jahre alt, hatte in vier kurzen Jahren die Auflage der Zeitung verdoppelt, obwohl man ihn – durchaus nicht grundlos – hätte für den Bürolaufburschen halten können.

Er war klein und dünn, hatte ein außerordentlich scharfes Auge, ein gutes Gehör und einen Geruchssinn, der Öl im Nordwind wahrnahm und Schafe im Westwind. Sein Akzent war eine Mischung aus Berkshire, Wiltshire und der Universität von Cambridge. Er konnte mit Lichtgeschwindigkeit lesen, und sein Gehirn war ein Schwamm. Getauft war er auf den Namen Absalom Elvis da Vinci Williams, und er konnte hochgehen wie eine Rakete. Seine Angestellten, die Autorität erkannten, wenn sie sie zu spüren bekamen, gingen auf Zehenspitzen um ihn herum und nannten ihn auf sein Geheiß hin Bill.

Der Chefredakteur – Absalom Elvis et cetera Williams – überflog den Aufmacher der Rennseite noch einmal. Konzentrier dich, befahl er sich. Geh nicht mit einem Winseln.

Er las:

Warnung an alle Herzpatienten: Bitte nicht weiterlesen. An alle anderen: Gönnt euren Herzklappen ein wenig Aerobic, während ihr euch samstags nachmittags auf der Couch räkelt. Schnappt euch eine Dose Bier. Liegen die Füße hoch? Dann an den Start, und ab geht die Post.

Die Arbeit war in technischer Hinsicht perfekt; sauber getippt, doppelter Zeilenabstand, der makellose Papierausdruck einer Computerdiskette. Dieser Rennsportredakteur verunstaltete seine Seiten niemals mit hingekritzelten Verbesserungen.

Nachdem er sich durch zwei weitere blumige Absätze geackert hatte, kam er endlich zum Kern des Ganzen: der Empfehlung, Anteile an Gemeinschaftseigentum von Rennpferden zu erwerben.

Williams runzelte die Stirn. Gemeinschaftseigentum an Rennpferden waren ein alter Hut. Neu war hier lediglich die Feststellung, daß die betreffenden Pferde nach dem gemeinschaftlichen Ankauf nicht zu einem etablierten Trainer geschickt werden, sondern den Kern eines neuen Stalles mit einem neuen Trainer bilden sollten, einem gewissen Dennis Kinser.

Die *Voice* versicherte ihren Lesern, daß dieses Vorhaben aufregende finanzielle Aussichten bot. Kaufen Sie, kaufen Sie und – ehm – kaufen Sie.

Der Chefredakteur nahm den pulsbeschleunigenden Artikel und ging ohne Hast den langen Redaktionsflur entlang zu seinem federführenden Rennkommentator, der auf ein Urteil wartete. In dem ganzen geschäftigen Raum herrschte eine bemerkenswerte Ruhe – dank dem Chefredakteur, der während seiner ersten Wochen im Amt auch die letzte der klappernden, ratschenden und klingelnden Schreibmaschinen in Pension geschickt und den bei jedem Schritt quietschenden, billigen Fußbodenbelag aus Kunststoff mit dunkelblauen, schalldämpfenden Teppichfliesen belegen lassen hatte. Die in Zeitungsredaktionen übliche hektische Hyperaktivität war mit dem Geklapper erstorben, die Produktivität gleichwohl zu neuen Höhen gelangt. Die alten Hasen sehnten sich nach einer Rückkehr zum Lärm der Vergangenheit.

Der Chefredakteur setzte sich auf einen Drehstuhl vor den Schreibtisch des Rennkommentators, ließ die getippten Seiten vor ihm herunterflattern und fragte ohne Aggressivität: »Worum geht es dabei wirklich?«

»Ehm... um Eignergemeinschaften.« Der Rennkommentator, in mittleren Jahren, mit buschigem Schnurrbart, zeigte auf dem Papier mehr Energie als im wirklichen Leben.

»Dieser Dennis Kinser«, fragte der Chefredakteur, »haben Sie den persönlich kennengelernt?«

»Ehm... nein.«

»Wie sind Sie an die Story gekommen?«

»Ich habe sie von dem Agenten, der die Eignergemeinschaften zusammenbringt.«

»Kennen Sie *den* denn?«

»Nein. Er hat angerufen.«

Der Chefredakteur zog einen roten Kugelschreiberstrich durch den wiederholten Ratschlag, zu kaufen und nochmals zu kaufen, und zeichnete den Rest des Artikels ab, um ihn zur Veröffentlichung freizugeben. Es gab kaum etwas, das von größerem Interesse gewesen wäre: Es war August, Sauregurkenzeit bei Zeitungen ebenso wie beim Rennsport.

»Gehen Sie der Story nach«, sagte er. »Machen Sie einen Hintergrundartikel über Dennis Kinser. Beschaffen Sie sich ein Foto. Wenn es keine größeren Storys gibt und niemand sie mit einem Knüller aussticht, bringen wir die Sache nächsten Samstag.«

»Und wenn er ein Betrüger ist?«

»Betrüger sind Nachrichten«, sagte der Chefredakteur. »Sehen Sie zu, daß Sie Ihre Fakten beisammen haben.«

Der Rennkommentator zuckte zusammen und sah dem Chefredakteur nach, während dieser den Raum verließ. Faul bis auf die Knochen, hatte er einmal einen beißenden, satirischen »Augenzeugen«-Bericht über eine vielbeachtete Parade von Champions geschrieben, die in Wirklichkeit wegen schwerer Regenfälle abgesagt worden war. Der Zorn des Chefredakteurs hatte dem zu Tode erschrockenen Rennsportredakteur Durchfall und Schüttelfrost beschert. Diesmal, überlegte er verdrossen, würde er tatsächlich seinen Hintern bewegen und den Möchtegerntrainer aufspüren müssen. (Der Rennkommentator schrieb nicht nur im Jargon, sondern dachte auch darin.) Der einzige Lichtblick an seinem beschränkten Horizont war der nächste Samstag, an dem der Chefredakteur für eine Woche in Urlaub ging. Der Rennsportredakteur konnte sich viel mehr Nachlässigkeit gestatten, dachte er voller Wohlbehagen, wenn der scharfsinnige kleine Rotstiftfetischist nicht um ihn herumschlich und verlangte, daß er tatsächlich *arbeitete.* Er beschaffte sich seine Informationen gern per Telefon und im Sitzen. Er griff nach dem Hörer und rief den Agenten an, der die Eignergemeinschaften zusammenbrachte.

Bill Williams kehrte an seinen Schreibtisch zurück und trank den Rest seines lauwarmen Kaffees, und seine Gedanken waren genauso bitter und schwarz wie die Flüssigkeit in seinem Becher. Die *Voice* hatte einer Dynastie gehört, deren wohlwollendes Oberhaupt vor kurzem verschieden war. Die Nachfahren hatten, in dem Verlangen, das Bargeld untereinander aufzuteilen, ihren größten Aktivposten an eine facettenreiche Firmengruppe verkauft, für die die Zeitung lediglich ein weiteres lokales Glied in der Kette ihrer kommerziellen Unternehmungen war. Individualismus war bei den neuen Herren nicht erwünscht. Maximaler Profit dagegen schon. Soweit als möglich sollten die Lokalzeitungen ihrer Gruppe ökonomischerweise mit einer Stimme sprechen. Infolgedessen wollten sie an der Spitze der *Voice* einen eigenen, für gut befundenen Chefredakteur sehen. Es traf sich daher günstig, daß Ex-Chefredakteur Williams noch eine Woche Urlaub zustand; er konnte seinen Schreibtisch aufräumen und würde nicht zurückkommen.

Bill Williams hatte gewußt, daß die Familiendynastie eines Tages verkaufen und er dann weiterziehen würde. Er hatte gewußt, daß in der halsabschneiderischen Zeitungswelt eine neue Brutalität Einzug gehalten hatte. Das Wissen allein hatte ihn jedoch nicht auf die Plötzlichkeit des Geschehens vorbereitet, auf die Grausamkeit und das absolute Fehlen auch nur eines Funkens von Höflichkeit von irgendeiner Seite. Es hatte keinen Händedruck gegeben, keine Entschuldigung, schon gar keine guten Wünsche, sondern lediglich eine unverblümte, seine Kündigung betreffende Notiz in seiner privaten E-Mail.

Aus der allgemeinen Ruhe in dem langgestreckten Raum zog er den Schluß, daß die neuen Besitzer bisher nichts über den Herrschaftswechsel hatten verlauten lassen. Ihm konnte das nur recht sein. Seine letzten drei Ausgaben – Samstag, Dienstag und Samstag – würden das Beste sein, dessen er fähig war. Und danach...

Er atmete tief durch und holte sich die Namen sämtlicher

in London veröffentlichter Zeitungen mitsamt deren Besitzern auf den Bildschirm. Er hatte seine Zeit in der Provinz abgedient – wie die Pferde, die den äußeren Ring einer Kreisbahn auf und ab liefen, und fand, er sei jetzt an der Reihe, einmal selbst im Herzen des Geschehens zu sitzen. Wenn er selbst den Zirkusdirektoren nicht erzählte, daß er frei und willig war, dachte er, wobei er seine Metaphern frohen Mutes durcheinandermischte, wie sollten sie dann davon erfahren?

Er telefonierte, schrieb Briefe und E-Mails und schickte Kopien der *Voice* durchs ganze Land. Sein Lebenslauf war beeindruckend, aber die Zirkusdirektoren hatten anscheinend Wahrnehmungsstörungen.

Von einem Mischkonzern, der dafür bekannt war, daß er sein journalistisches Personal ziemlich schlecht behandelte, bekam er endlich ein konkretes Angebot für ein Zusammentreffen. Ein Abendessen für vier Personen in einem Lokal nach Williams Wahl. Außerhalb Londons, schlugen sie vor. Auf Williams Kosten.

Es war mittlerweile der Donnerstag seiner letzten Woche bei der *Voice.* Sobald die Samstagszeitung draußen war, war für ihn Feierabend. Er nahm die Selbsteinladung des Mischkonzerns mit philosophischer Gelassenheit hin und bestellte in einem Restaurant südlich von Oxford, direkt an der Themse, einen Tisch. Sein für Essen und Trinken zuständiger Redakteur hatte einen Monat lang von dem Lokal geschwärmt.

Der Rennsportredakteur der *Voice* hatte nach einer Reihe telefonischer Anfragen den vielversprechenden Dennis Kinser endlich ausfindig gemacht, und da er nicht ahnte, daß dieser Rotstiftfetischist von Chefredakteur ihn nur noch bis Samstag schikanieren konnte, hatte er sich tatsächlich zwecks Erleuchtung durch persönliche Gegenüberstellung zu einer Hundert-Kilometer-Fahrt aufgerafft.

Wenn er sich Mühe gab, war der Rennsportredakteur einer schmerzhaft genauen Einschätzung von Menschen und Pferden fähig – nur darum hatte sich Bill Williams überhaupt mit ihm abgegeben. Der Rennsportredakteur erkannte Schwachstellen und nannte sie beim Namen, und häufig genug behielt er recht.

Er sah Schwachstellen bei Dennis Kinser, die andere vielleicht für Stärken gehalten hätten und deren erste ein überwältigendes Selbstvertrauen war. Kinsers erstes Lebensziel war es, König des Turfs zu werden – danach dann: der ganzen Welt.

Der Rennsportredakteur hörte sich das Geprahle müde und nüchtern an und machte sich auf einem Spiralblock Notizen in Kurzschrift, als sei der Kassettenrekorder noch nicht erfunden. Er hätte Kinser als einen von Neid zerfressenen, wichtigtuerischen, selbstherrlichen Wundermittelverkäufer beschrieben, wäre ihm nicht vollkommen klar gewesen, daß der kleine Rotstiftteufel ihm nur die Bezeichnung »ehrgeizig« würde durchgehen lassen.

Der dreißigjährige Dennis Kinser hatte einen Spielplan für sein Leben entwickelt, der einen schnellen Aufstieg auf der Leiter des Ruhms vorsah, bis er mit jeder erfolgreichen Berühmtheit auf du und du stand. Er würde jedem ererbten Titel mit verhaltenem Respekt begegnen. Er würde Gefälligkeiten erweisen, die die Empfänger seiner Güte zu entsprechenden Gegenleistungen zwingen würden. Er brauchte ein erstes öffentliches Sprungbrett für diesen geplanten Aufstieg, und der Leitartikel in den Sportseiten der *Cotswold Voice* würde ihm diese Hilfestellung geben.

Er erzählte dem Rennsportredakteur mit einer Spur trotzigen Stolzes, daß er zu kräftig gebaut sei, um es als Springjockey bis an die Spitze zu schaffen, und daß er deshalb sechs Jahre als Stallbursche gearbeitet, die obligatorischen zwei Pferde versorgt und in einem schäbigen Gasthaus gewohnt habe.

»War das auch ein Teil des Spielplans?« erkundigte sich der Rennsportredakteur.

»Klar doch«, log Kinser.

Der Rennsportredakteur notierte sich auf seinem Block: »Wenn man sich mit diesem Knaben anfreunden will, ist *jetzt* der richtige Zeitpunkt dafür.« Laut sagte er: »Was haben Sie als nächstes vor?«

Kinser gab ihm erschöpfend Antwort. Er würde die Besitzer der Pferde, die er gepflegt hatte, beschwatzen, ihm einige der Tiere zum Training zu schicken. Ihre Pferde, so würde er ihnen lächelnd versichern, hätten auf Grund seiner kenntnisreichen Pflege gesiegt. Dann würde er die Eignergemeinschaften allgemein bekanntmachen und über den grünen Klee loben und alle Anteilseigner mit offenen Armen willkommen heißen. Man würde ihm eine Trainerlizenz erteilen, weil er alle drei der geforderten offiziellen Kurse der British Racing School absolviert habe – Pferdepflege, Geschäftsführung und Personalmanagement.

»Ein Intrigant ersten Ranges«, notierte sich der Rennsportredakteur und schrieb am Abend dann einen seiner allerbesten Artikel für die *Voice* nach dem Motto: im Zweifel – den dieser selbst wachgerufen hatte – für Kinser.

Bill Williams, der am nächsten Tag, dem Freitag, immer noch Chefredakteur war, ging durch die stille Redaktionsetage, die brillanten Seiten unterm Arm, und zollte seinem Rennsportredakteur aufrichtiges Lob. Dann rief er seine Leute zusammen und erklärte ihnen ohne Emotionen, daß von Sonntag an ein anderer Chefredakteur die Zeitung leiten werde.

Bill Williams, dessen verschrobener Vater ihn mit Absalom, Elvis und da Vinci belastet hatte, hatte seine in billigen Mietwohnungen und staatlichen Schulen zugebrachten Jugendjahre darauf verwandt, seinen Verstand zu verheimlichen, um nicht von seinen Mitschülern gepiesackt zu werden. Seine Lehrer hatten ihm eine rätselhafte Begriffsstutzigkeit attestiert: Da sie selbst nicht dumm waren, sahen sie gelegentlich ein Aufblitzen unterdrückter Intelligenz und stimmten einmütig ein »Ich habe es mir doch immer gedacht« an, als A. E. da V. Williams gegen ihre mäßigenden Ratschläge darauf beharrte, das höchste Ziel anzusteuern, sich für Cambridge zu bewerben, mit Stipendien zugeschüttet wurde und anschließend mit einer Handvoll Einser und Doktortitel dastand.

Als Student hatte A. E. da V. Williams den *Propter* gegründet und herausgegeben, der, wie die *Granta* vor ihm, schnell zur angesehensten aller akademischen Universitätszeitungen wurde. Dr. Williams, MA, PhD und berühmt mit siebenundzwanzig, schlug eine Dozentur ab, ließ Cambridge und die akademische Welt hinter sich, verdingte sich bescheiden als freier Journalist mit Kommentaren und Kritiken, bis die Dynastie der *Cotswold Voice* Gefallen an seinem Stil fand und ihn – ein verlegerisches Wagnis – engagierte.

Da er sein hitziges Temperament durch Neigung und Gewohnheit größtenteils unter Kontrolle gebracht und nach innen gerichtet hatte, verbrachte Bill Williams seine Ferien (und einen großen Teil seines Lebens) allein. Aber im Gegensatz zu vielen Einzelgängern plätscherte bei ihm dicht unter der Oberfläche ein selbstkritischer Sinn für Humor, der ihn daran hinderte, sich selbst allzu ernst zu nehmen: Was auch der Grund war, warum er in jenem August des von ihm später so bezeichneten »Sommers der Verlorenen Voice« beschloß, seine geruhsamen Pläne für den einwöchigen Urlaub nicht zu ändern. Er würde sich trotz allem am Oberlauf der Themse einen Stocherkahn mieten, ganz wie er es beabsichtigt hatte, und ihn mit der Strömung nach Oxford staken.

Es war ein pragmatischer Gedanke, aber da er nun einmal die Dinnerverabredung mit dem wenig zufriedenstellenden Mischkonzern in einem Restaurant getroffen hatte, das von Oxford aus flußabwärts lag, und da er keinen Job hatte, zu dem er eiligst hätte zurückkehren müssen, würde er seine Flußreise zeitlich und streckenmäßig ausdehnen. Er konnte die Gelegenheit nutzen, um seinen angeknacksten Ambitionen eine Ruhekur zu verschaffen und gleichzeitig die Möglichkeiten zu durchdenken, wie man einem steinharten Mischkonzern etwas Saft abpreßte.

In Lechlade, der Stadt am höchsten befahrbaren Punkt der Themse, hatte der Bootsverleiher einen seiner frisch überholten Kähne für Mr. Williams reserviert – eingedenk der Tatsache, daß dieser eine zusätzliche Gebühr dafür entrichtet hatte, nur das Allerbeste zu bekommen. Der Lack auf dem soliden Holz war kräftig und dunkel, und der breite, bequeme Sitz, den man zum Schlafen zu einer Matratze ausziehen konnte, war mit einem neuen, blauen Samtpolster versehen.

Von beiden Enden des Kahns aus konnte man eine Persenning aufspannen, die in der Mitte mit der anderen zusammentraf, um die Nacht und den Regen auszusperren; überdies stellte der Bootsverleih auch Festmacher, eine Gaslampe, Riemen und Dollen als alternativen Antrieb, einen sechs Fuß langen Bootshaken und einen zwölf Fuß langen Staken zum Antrieb des achtzehn Fuß langen Flachbodenkahns zur Verfügung.

Bill Williams hatte das Staken auf den Backs gelernt, dem Altwassersystem des Flusses in Cambridge, und er fühlte sich absolut zu Hause auf diesem Boot ohne Riemen noch Motor, da er das Staken dem Rudern ohnehin bei weitem vorzog. Von tiefer Zufriedenheit erfüllt, roch er den frischen Lack und testete das Gewicht, die Flexibilität und die Balance des langen Stakens. Er stellte Fragen, die die Leute vom Bootsverleih beruhigten, und kaufte sich in deren Laden einige Grundnahrungsmittel. Sie hatten nur selten Kunden, die so weit flußabwärts fahren wollten, wie er es vorhatte, aber sie waren gern bereit, seinen Wagen in ihre Obhut zu nehmen, solange er unterwegs war, und ihn und ihr Boot zurückzuholen, wann immer er genug hatte.

Zur zivilisatorischen Grundausstattung, die ihr Kunde mitnahm, gehörten ein Schlafsack, ein Fernrohr, Badehosen, Stifte und Schreibpapier, saubere Kleidung, ein batteriebetriebener Rasierapparat und zehn Bücher. Nachdem all das sicher verstaut war, zog er seinen Pullover aus und sprang in Jeans, T-Shirt und Turnschuhen leichtfüßig auf die Stakplattform an einem Ende des Boots. Er wirkte jung und bedeutungslos und nicht im mindesten wie der Chefredakteur einer Zeitung, schon gar nicht der florierenden, erfolgreichen *Cotswold Voice.*

Er stakte sein flaches Boot mit einer Mühelosigkeit durchs Wasser, die dem Personal vom Bootsverleih ein anerkennendes Nicken entlockte, und die Leute schauten ihm nach, bis er an der ersten sachten Biegung außer Sicht geriet. Bill Williams, der über die Felder hinweg noch einmal zu der kleinen Stadt mit ihrem im Nachmittagslicht glitzernden Kirchturm zurückblickte, verspürte ein gewaltiges Gefühl der Erleichterung. Kein Mühlrad hing um seinen Hals, keine Krise verlangte seine Rückkehr an den Schreibtisch: Er hatte wohlüberlegterweise nicht einmal sein Handy und die dazugehörige Batterie aufgeladener Akkus mitgenommen – für gewöhnlich die ersten Dinge, die er einpackte.

Zwei Tage zuvor war seine Samstagsausgabe – seine letzte – ein Triumph gewesen, ausverkauft bis auf das letzte Blatt. Er hatte alles an Ideen hineingepackt, was den Lesern gefiel, Ideen, die er in früheren Jahren über den ganzen Herbst verteilt hätte. So aber hatte er mit pulstreibendem Entzücken am Fenster eines Pubs gegenüber einem großen Zeitungskiosk gesessen und am frühen Abend zugesehen, wie eine *Voice*-Ausgabe nach der anderen davongetragen wurde. Mundpropaganda in Reinkultur, hatte er gedacht. Absolut umwerfend, wunderbar.

So stakte Bill Williams am Montag, während die Abenddämmerung des langen Augustabends sich dahinzog, seinen geruhsamen Kahn still und zufrieden über den Fluß, hielt auf einen süßduftenden Abschnitt des Ufers zu und machte dort an einer jungen Weide fest. Die leisen Geräusche der Wasservögel, die sich für die Nacht in einem Schilffeld niederließen, das Wispern des schwachen Windhauchs in den toten, vertrockneten Grasstengeln am Ufer, das sanfte Glucksen der Strömung, während der Fluß friedlich an seinem trägen Boot vorüberstrich, all die winzigen, natürlichen Dinge verschlangen für eine Weile das Getöse der rauhen Außenwelt, mit der man fertig werden, in der man leben und die man – wenn nur irgend möglich – verbessern mußte. Vor langer Zeit hat der junge Dr. A. E. da V. et cetera zu seiner Überraschung zu der Selbsterkenntnis gefunden, daß er um einer gerechten Sache willen sogar jemanden umbringen würde.

Aber dazu kam es in dieser Woche auf der Themse nicht; lediglich die »Flußwut« lernte er kennen, schlechte Manieren wie bei Autofahrern, die sich in erhobenen Stimmen und Fäusteschütteln Luft machten. Der Kahn war langsam. Schnelle Fiberglaskreuzer voller Urlauber glitten eilig und mit dröhnenden Lautsprechern vorbei. Angler, die halb versteckt auf Hockern entlang des Ufers saßen (und geduldig darauf warteten, Uneßbares an den Haken zu bekommen), beschimpften den lautlosen Kahn, der ihre Angelschnüre durcheinanderbrachte. Schleusenwärter unterdrückten ihre Ungeduld, während er das Boot lediglich mit dem Staken durch die schwierigen Strudel am Eingang und Ausgang der Schleusen manövrierte.

Obwohl er sich auskannte, zog Bill Williams allerlei Beschimpfungen auf sich.

Auf der Habenseite standen die Sonnenuntergänge, die er beobachten konnte, wenn auf dem befahrenen Fluß Ruhe einkehrte; er lauschte den Gänsen, die auf den Wiesen oberhalb von Oxford schrien, und aß in einem Gasthaus mit Pfauen auf dem Dach. Einmal bemerkte er sogar, halb ungläubig, das hellblaue Aufblitzen eines der seltenen Eisvögel auf dem Jagdflug.

Er lebte inmitten von Teichhühnern, mit Löwenmäulchen und wildem Mohn direkt neben sich. Er schwamm Augapfel in Augapfel mit übellaunigen, zischenden Schwänen und sah sich dem hochmütigen Blick aufgeschreckter Reiher gegenüber, die geziert ihre Füße hoben und davonstolzierten.

Als Bill Williams die öffentliche Anlegestelle in Oxford erreichte, waren seine Gedanken voller Heiterkeit, und seine Arme waren kräftig und durchtrainiert vom Schwingen und Abstoßen des Stakens. Er hatte einen Leitartikel verfaßt (aus Gewohnheit) und neun Bücher gelesen.

Er ging zum Essen ans Ufer und rief aus einer öffentlichen Telefonzelle den Anrufannahmedienst an, den er in den seltenen Fällen seiner Abwesenheit benutzte. Die meisten Anrufe waren wie gewöhnlich von verstimmten Lesern der *Voice* eingegangen. Angebote oder auch nur Interessensbekundungen von Leuten, die ihm einen Job geben konnten, waren nicht dabei.

In Oxford kaufte er wie gewöhnlich jede Lokalzeitung und jedes Londoner Blatt, das er in die Finger bekommen konnte, und kehrte auf sein Boot zurück.

Es war an einem Dienstag. Er war acht anspruchslose Tage lang den Fluß hinuntergefahren und würde in zwei weiteren Tagen ohne jede Mühe das Restaurant erreichen, in dem er seine Dinnerverabredung mit den Konzernbesitzern hatte. Jetzt, so schien es, hing vieles davon ab, was sie von ihm hielten. Er las ihre Zeitungen zuerst.

Es waren zwei Zeitungen, die *Blondel News* und der *Daily Troubadour*, jeweils in zwei Teile unterteilt, wobei Sport, Kunst und Finanzen an zweiter Stelle kamen.

Er wußte natürlich, daß beide Zeitungen als seriöse Blätter ihre Verantwortung ernst nahmen und nur selten eine entblößte Brust zeigten. Er wußte auch, daß die erbitterten Nahkämpfe um Marktanteile sie veranlaßt hatten, Sonntagsausgaben mit ein wenig mehr Flitter aus der Taufe zu heben. Er kam zu dem Schluß, daß die Dienstagsausgabe des *Troubadour* langweilig sei, und er entdeckte, daß dieselbe Story (identische Absätze) unverzeihlicherweise auf zwei verschiedenen Seiten abgedruckt war. Er fühlte sich nicht im mindesten entmutigt, sondern verspürte eher das Verlangen, den *Troubadour* bei seinem selbstgefälligen Schlendrian zu packen und ordentlich durchzuschütteln.

Als er später behaglich flußabwärts im Halbschatten einer anmutigen Weide saß, las er mit sorgsam unter Verschluß gehaltenen Gefühlen die *Cotswold Voice* vom Tage, ebenfalls eine Dienstagsausgabe. Die beiden Ausgaben der vergangenen Woche, die er in Pubs flußaufwärts gelesen hatte, hatten beide noch seine eigene, unverkennbare Handschrift getragen. Diese Dienstagsausgabe, die dritte unter der Herrschaft des neuen Besitzers, war voll und ganz in den Stil der alten *Cotswold Voice* zurückgefallen, aus Zeiten, bevor der junge da V. Williams die Zeitung in die Finger bekam.

Bill Williams seufzte.

Der Rennsportredakteur der *Cotswold Voice* vermißte den kleinen, armseligen Rotstiftteufel schon empfindlich (wie er es ausdrückte).

Der neue Chefredakteur, ein großer Mann mit schikanösem Temperament, hatte ihm unverzüglich eröffnet, daß die *Voice* in Zukunft einen zentral verfaßten Meinungsbeitrag als Leitartikel auf der Rennseite haben wolle. Die Beiträge des gegenwärtigen Rennsportredakteurs würden an zweiter Stelle kommen, und ja, da es noch immer keine großartigen frischen Neuigkeiten zu geben scheine, dürfe er – wenn auch ungern – in dieser Woche einen weiteren Artikel über Dennis Kinser und seine Eignergemeinschaften schreiben, immer vorausgesetzt, daß die *Voice* selbst es für sich als Erfolg verbuchen konnte, Kinsers Karriere als Trainer gefördert zu haben. Danach würde der Rennsportredakteur keine weiteren Features mehr schreiben, sondern sich darauf konzentrieren, seinen Lesern Renntips zu geben.

Der bekümmerte Rennsportredakteur rief Dennis Kinser an, und gemeinsam kochten er und Dennis Kinser, Anstifter und Angestifteter, einen von Grund auf falschen Bericht über den neuen Trainer zusammen, bei dem aufgeregte Möchtegerngemeinschaftseigner Schlange standen, damit er ihre Pferde übernehme, was selbstverständlich auf die begeisterte Unterstützung von seiten der *Cotswold Voice* zurückzuführen sei.

Der neue Chefredakteur quittierte den Artikel mit einem

weisen Nicken und zeichnete ihn zur Veröffentlichung ab. Der Ex-Chefredakteur schüttelte den Kopf und glaubte, da er seinen Rennsportredakteur kannte, kein einziges Wort von dessen Erguß, den er sich in einer Bar flußaufwärts zu Gemüte führte.

Bill Williams glitt in zwei Tagen von Oxford zu dem Treffpunkt hinunter, einem Restaurant am Flußufer – das einfallsreicherweise den Namen Mainstream Mile trug –, und vertäute im Licht der Spätnachmittagssonne seinen Kahn am Anleger. Er gab seinem Restaurantkritiker sofort recht, daß der Speisesaal von Mainstream Mile zumindest vom Wasser aus einer der schönsten an der Themse war, mit Tischen, die hinter einer Glaswand auf Terrassen standen, so daß die Gäste einen erstklassigen Blick auf das Treiben auf dem Fluß hatten.

Zwischen dem Gebäude und dem Fluß befand sich ein kleiner Rosengarten, durch den sich vom Pier aus ein Pfad nach oben schlängelte. Als Bill Williams am Anleger stand und sich nach seiner langen Reise in seinen Jeans und seinem T-Shirt reckte und die Glieder ausschüttelte, kam ein junger, mit einem dunklen Anzug angetaner Mann ebendiesen Pfad hinuntergelaufen. Mit blasierter Miene forderte er den Besucher auf, unverzüglich wieder zu gehen, da er nicht willkommen sei.

»Wie bitte«, sagte Bill Williams, der das für einen Scherz hielt. »Wie meinen Sie das, ich soll wieder gehen?«

»Der Speisesaal ist für heute abend vollkommen ausgebucht.«

»Oh«, lachte Bill Williams, »dann ist ja alles in Ordnung.

Ich habe vor zwei Wochen einen Tisch für heute abend reservieren lassen.«

»Das ist unmöglich!« Die blasierte Miene des jungen Mannes bekam ihre ersten Risse. »Das kann nicht sein. Wir akzeptieren keine Boote.«

Bill Williams sah sich ungläubig um. Dann sagte er: »Dieses Restaurant heißt Mainstream Mile. Es liegt am Ufer der Themse. Es hat einen öffentlichen Anleger, an dem ich, wie Sie sehen, ordnungsgemäß festgemacht habe. Wie können Sie da behaupten, Sie würden keine Boote akzeptieren?«

»Weil das die Regel des Hauses ist.«

Bill Williams büßte mehr als die Hälfte seiner guten Laune ein. »Dann sagen Sie dem Haus«, erwiderte er nachdrücklich und tippte dem jungen Mann dabei mit dem Zeigefinger auf die Brust, »daß ich vor zwei Wochen einen Tisch hier habe reservieren lassen und mir niemand irgend etwas davon gesagt hat, daß Boote nicht akzeptiert würden.«

Die Redaktion der *Cotswold Voice* wäre nie so töricht gewesen, Einwände zu erheben, wenn Williams einen seiner Anfälle von gerechtem Zorn erlitt. Der junge Mann trat nervös den Rückzug an und sagte: »Auf welchen Namen?«

»Williams. Vier Personen. Acht Uhr. Ich treffe meine drei Gäste um halb acht, hier in der Bar. Und Sie gehen jetzt nach oben und erklären das dem Haus.«

Mrs. Robin Dawkins fuhr von London aus mit schlechter Laune nach Nordwesten, und diese Laune verschlechterte sich noch, weil die untergehende Sonne ihr direkt in die Augen schien.

Neben ihr saß F. Harold Field und hinter ihr Russell Maudsley, der sich auf dem Rücksitz angeschnallt hatte. Wenn es nach Mrs. Dawkins gegangen wäre, hätte nicht sie selbst, sondern der Chauffeur der Gesellschaft bei dieser höchst ärgerlichen Expedition am Steuerrad des firmeneigenen Daimlers gesessen, aber sie war mit der vernünftigen Begründung überstimmt worden, daß die Diskretion des Chauffeurs große Löcher aufwies, wenn man ihm nur genug Bares in Aussicht stellte.

Mrs. Robin Dawkins, Mr. F. Harold Field und Mr. Russell Maudsley besaßen gemeinschaftlich den Zeitungskonzern The Lionheart News Group. Alle drei waren sie knallharte Rechner. Alle drei waren sie fünfzig, gerissen und besorgt. Die Absatzzahlen sämtlicher Zeitungen waren wegen des Fernsehens gesunken, aber in ihrem Falle schlimmer als bei den meisten anderen. Der Vorstand lag sich ständig in den Haaren. Jeder der drei Eigner hatte eine starke Abneigung gegen die beiden anderen, und es waren die ständigen Fehden zwischen ihnen, die zu der letzten katastrophalen Ernennung eines Chefredakteurs für den *Daily Troubadour* geführt hatten.

Mrs. Robin Dawkins hielt es für absolut sinnlos, ein Vorstellungsgespräch mit einem Dreiunddreißigjährigen aus der finstersten Provinz zu führen, und einzig die Verzweiflung hatte sie dazu gebracht, diesen Weg einzuschlagen.

Der Daimler der Lionheart News Group fuhr um 19 Uhr 35 vor dem Restaurant »Mainstream Mile« vor, und die Besitzer begaben sich steifbeinig in die Bar. An verschiedenen kleinen Tischen saßen Leute zusammen, von denen auf den ersten Blick keiner Mrs. Robin Dawkins' Vorstellung von einem Chefredakteur entsprach. Ihr Blick glitt über den jungen Mann, der mit einem Aktenordner in der Hand in einer Ecke stand, und als der Mann zögernd auf sie zukam, wurde ihr niederschmetternd bewußt, daß diese fleischgewordene Zeitverschwendung die Person war, die zu treffen sie den ganzen weiten Weg in Kauf genommen hatten.

F. Harold Field und Russell Maudsley schüttelten ihm die Hand, stellten sich vor und waren beide entsetzt von seiner Jugend. In dunklen Hosen, weißem Hemd und marineblauem Jackett schien er durchaus passend zu sein für einen Donnerstagabend an der sommerlichen Themse, aber vollkommen ungeeignet, ihrer Meinung nach, um eine Zeitungsbelegschaft auf Trab zu bringen. Bill Williams, den seine Berufsaussichten nervöser machten, als er es zugegeben hätte, war zudem von der fortgesetzten Feindseligkeit des Restaurants ihm gegenüber aus der Ruhe gebracht worden, denn er sah keinen logischen Grund dafür. Warum, um Himmels willen, sollte er nicht in einem Kahn hier ankommen?

In der Bar ließ Bill Williams seine Gäste an einem kleinen Tisch Platz nehmen und bestellte Drinks, die lange auf sich warten ließen. Die Bar füllte sich mit Gästen und leerte sich wieder, während der Oberkellner in offiziellem Dinnerjackett Speisekarten zu verteilen begann, Bestellungen entgegennahm und Gäste zu ihren Plätzen im Speisesaal führte. Andere Gäste: nicht die von Williams.

Verärgert darüber, daß man ihn übersah, bat Bill Williams den Oberkellner um Speisekarten, als dieser gerade mit einigen lächelnden Kunden im Schlepptau vorüberging.

Der Oberkellner sagte: »Aber gewiß«, runzelte die Stirn und brauchte fünf Minuten, um wiederzukommen.

Mrs. Robin Dawkins ärgerte sich maßlos über die nachlässige Behandlung und wartete wutschnaubend darauf, daß ihr Gastgeber sich durchsetzen würde. Bill Williams verlangte zweimal nachdrücklich, daß der Oberkellner sie zu ihren Plätzen führen möge, aber er und seine Gäste waren die letzten, die die Bar verließen, und die letzten, die im Speisesaal ankamen, und man führte sie zu dem schlechtesten Tisch, einem Ecktisch. Bill Williams war nahe daran, dem Oberkellner seine Selbstgefälligkeit mit einem Boxhieb aus dem Gesicht zu schlagen.

Unglaublich, dachte Mrs. Robin Dawkins. Das Essen, das sie bestellte, kam spät und war kalt. F. Harold Field und Russell Maudsley versuchten sich Klarheit darüber zu verschaffen, ob dieser Junge, Williams, eine Zeitung leiten könne, was schließlich der Grund ihres Besuchs hier war, aber auch sie wurden von dem schlechten Service des Restaurantpersonals immer wieder abgelenkt.

Bill Williams verlangte wütend mit geballten, aber hilflosen Fäusten, daß die Manieren des Kellners sich besserten, was jedoch nicht geschah. Als Mrs. Robin Dawkins einen Kaffee bestellte, bekam sie den Bescheid, daß sie ihn in der Bar trinken könne.

Zu diesem Zeitpunkt war jeder Tisch in der Bar bereits besetzt. Mrs. Robin Dawkins marschierte geradewegs durch die Tür hinaus zum Parkplatz, ohne sich noch einmal umzusehen. F. Harold Field und Russell Maudsley bedachten Bill Williams mit einem wissenden Kopfschütteln und bemerkten vage, daß sie ihm Bescheid geben würden. Bill Williams drängte F. Harold Field den Aktenordner auf, an dem er sich den ganzen Abend festgehalten hatte, und F. Harold Field, der zwar ein Gesicht machte, als hätte man ihm einen Haufen Dynamit in die Arme gelegt, nahm die Akte entgegen, umfaßte sie zuerst sehr vorsichtig, dann aber mit wachsender Entschlossenheit, bevor er Mrs. Dawkins und Russell Maudsley zu ihrem Wagen folgte.

»Ich hab's Ihnen ja gesagt«, meinte Mrs. Robin Dawkins zähneknirschend, reckte das Kinn vor und drückte das Gaspedal durch.

»Noch grün hinter den Ohren und obendrein eine Niete, die nicht mal ein Sandwich organisieren kann.«

F. Harold Field sagte: »Ich hatte den Eindruck, daß Williams den Oberkellner mit Freuden verprügelt hätte, wenn nicht wir und alle anderen zugesehen hätten.«

»Unfug«, widersprach Mrs. Dawkins, aber F. Harold Field wußte, was er gesehen hatte. Er ließ seine Finger über die Akte gleiten, die ihm in die Arme gedrückt worden war, und beschloß, ihren Inhalt am nächsten Morgen zu lesen.

Bill Williams kehrte in den Speisesaal zurück, dessen Tische inzwischen leer waren und fürs Frühstück neu eingedeckt wurden. Er verlangte, den Oberkellner zu sprechen. Keiner der vielbeschäftigten Unterkellner beeilte sich, ihm zu helfen, aber einer von ihnen erklärte ihm endlich, daß der Oberkellner, dessen Arbeit für den Abend getan war, nach Hause gegangen sei.

Bill Williams stand, steif vor unterdrücktem Ärger, im Raum, als hätte man ihn dort unverrückbar eingepflanzt, und bestand darauf, wenigstens denjenigen zu sprechen, der im Augenblick das Kommando hatte. Die Kellner traten ein wenig von einem Fuß auf den anderen. Leute, die mit Booten kamen, sollten still und leise wieder gehen und nicht so aussehen, als könnten sie jeden Augenblick das gesamte Personal des Restaurants am anderen Ende des Anlegers ins Wasser scheuchen. Vielleicht wandte er sich da besser an die Direktion, schlug einer von ihnen nach einer ganzen Weile und ein wenig lahm vor.

»Sofort«, sagte Bill Williams.

Die Direktion, die in einem kleinen Raum in einem Flur hinter der Bar untergebracht war, erwies sich als eine eindrucksvolle Frau, die in einem wallenden, rotgoldenen Kaftan Geld zählte. Sie saß hinter einem Schreibtisch. Sie forderte Bill Williams nicht auf, auf dem Stuhl ihr gegenüber Platz zu nehmen, aber er tat es dennoch. Sie blickte an ihrer langen, dünnen Nase entlang auf ihn herab.

Dann sagte sie, als sei etwas Derartiges einfach undenkbar: »Ich höre, Sie haben eine Beschwerde.«

Bill Williams berichtete ihr überzeugend von seinem verdorbenen Abend.

Die Direktion zeigte keinerlei Überraschung. »Als Sie einen Tisch reserviert haben«, sagte sie, ohne zu bestreiten, daß der Tisch in der Tat reserviert worden war, »hätten Sie erwähnen sollen, daß Sie mit einem Boot kommen würden.«

»Warum?«

»Wir akzeptieren keine Boote.«

»Warum nicht?«

»Leute, die auf Booten Urlaub machen, können sich nicht benehmen. Sie machen alles kaputt. Sie sind laut. Sie verschmutzen unsere WCs. Sie haben ungezogene Kinder. Sie beschweren sich über unsere Preise.«

»Ich habe einen Tisch auf die gewohnte Art und Weise bestellt«, sagte Bill Williams mit langsamer, deutlicher und nachdrücklicher Betonung, »und ich bin zornig.«

Die Wahrheit dieser Feststellung drang klar genug zur Direktion vor, um den Kaftan mit einem Zittern zu durchlaufen, aber sie fuhr sich mit der Zunge über die Lippen und wiederholte verstockt: »Sie hätten erwähnen müssen, daß Sie mit einem Boot kommen. Als Sie den Tisch reservieren ließen, hätten Sie das erwähnen müssen. Dann wären wir vorbereitet gewesen.«

»Als ich den Tisch reserviert habe, haben Sie nicht gesagt: ›Wie werden Sie anreisen?‹ Sie sagten nicht: ›Werden Sie mit dem Rolls Royce ankommen?‹ ›Werden Sie mit einem Trekker kommen?‹ ›Mit einem Fahrrad?‹ ›Zu Fuß?‹ Meine drei Gäste sind mit einem Daimler gekommen, und Sie haben sie behandelt, als seien sie hier, um Ihre Gabeln zu stehlen.«

Die Direktion warf den Kopf in den Nacken, preßte die Lippen zusammen und starrte blicklos ihren wutschnaubenden, schlecht behandelten Kunden an. Sie wollte, daß er ging. Sie hatte kein Verlangen nach einem Streit.

Bill Williams, der ein solches Verlangen sehr wohl hatte, spürte, wie die Kampfbereitschaft der Direktion abflaute, und wie immer, wenn er sich durchgesetzt hatte, ließ auch seine eigene Feindseligkeit nach. Die Schutzschilde sinken zu lassen ist tödlich, hatte man ihn oft gewarnt, aber er hatte noch nie den Bogen raus gehabt, einen am Boden liegenden Feind zu treten. Mit einer jähen Gebärde erhob er sich vom Stuhl der Direktion und strebte der frischen

Nachtluft und dem Pfad durch den Rosengarten und der blauen Polstermatratze seines Kahns entgegen.

Er wechselte seine Kleider, schlug die Regenschutzbaldachine des Kahns zurück und blickte von seinem Schlafsack aus in den trockenen, klaren Himmel hinauf. Er wußte, daß er jede Chance verloren hatte, den *Daily Troubadour* zu leiten. Statt zu schlafen, verbrachte er die Nacht damit, in Gedanken wieder und wieder die Demütigungen nachzuvollziehen, die man ihm unverdientermaßen zugefügt hatte, und sein eigenes Unvermögen, öffentlich Theater zu machen. Und hätte das Theater ihm den *Troubadour* eingetragen? Hätte ein solches Verhalten sich nicht eher in eine Geschichte verwandelt, die unter höhnischem Gelächter zum besten gegeben wurde, während der Abend, so wie er gelaufen war, Mrs. Robin Dawkins sicherlich als eine neue Waffe in diesem gegenseitigen Vernichtungskrieg dienen würde, weil er ihre vorgefaßte Meinung bestätigt hatte?

Er gab sich Phantasien über eine geziemende Rache hin und bezweifelte gleichzeitig seine Fähigkeit, etwas Derartiges in die Tat umzusetzen. Als Ex-Chefredakteur konnte er den Restaurantkritiker nicht dazu bewegen, eine Vernichtungskampagne zu starten: Es war derselbe Kolumnist, der dem jüngst eröffneten Restaurant eine Bombenkritik geschrieben hatte. Als Mister Normalbürger konnte er vor sich hin wüten, ohne daß das Mainstream Mile es auch nur einen Bruchteil seiner schlaflosen Nacht kostete.

Die Dämmerung bescherte ihm keine süßen Träume. Bei hellem Tageslicht konnte man ihn sehen, wie er den Kahn auf Hochglanz brachte, obwohl ihm seine Reise keinen Spaß mehr machte. In der nächsten Stadt flußabwärts würde er die Lechlade-Leute anrufen, damit sie ihr Boot holen kamen.

Über den Weg durch den Rosengarten kam derselbe, dunkel beanzugte Kellner wie am Vortag, wenn auch diesmal ohne den federnden Schritt und das Grinsen im Gesicht.

»Die Direktion«, sagte er, »lädt Sie zu einem Kaffee ein.«

»Kaffee?«

»In der Bar.«

Er wandte sich ab und ging, ohne auf eine Antwort zu warten.

Bill Williams hätte auch nicht gewußt, was er hätte antworten sollen. War Kaffee ein Olivenzweig? Eine Entschuldigung? Ihm stand nicht der Sinn danach, etwas Derartiges anzunehmen. Konnte der Kaffee aber vielleicht das Vorspiel zu der Stornierung seiner Kreditkartenbelastung sein? Hatte die Direktion befunden, daß er für die abscheuliche Behandlung nicht auch noch bezahlen sollte?

Hatte die Direktion nicht. Es war keinesfalls das Geld, das Bill Williams erzürnte, da sein abrupter Hinauswurf aus der *Voice* die neuen Besitzer mehrere Nullen gekostet hatte. Er betrat das Restaurant in der Absicht, eine Entschädigung widerwillig zu akzeptieren, bekam aber nicht einen einzigen Cent angeboten.

Er ging in die Bar, die um die Frühstückszeit dunkel und mit geschlossenen Fensterläden vor ihm lag. Ein Kellner kam langsam herbei und stellte auf einen der kleinen Tische ein Tablett mit einer Tasse und einer Untertasse, einem Milchkännchen, Zucker und einer Porzellankanne mit Kaffee.

Und das war alles. In kaltem Staunen trank Bill Williams zwei einsame Tassen zugegebenermaßen guten, starken Kaffees. Niemand kam in die Bar. Niemand sagte irgend etwas.

Wenn der Kaffee ein Olivenzweig war, so war er gleichzeitig auch eine Beleidigung.

Als er die zweite Tasse geleert hatte, erhob Bill Williams sich von seinem kleinen Tisch, ging durch den Raum und öffnete die Ausgangstür, die durch eine kleine Halle zu dem Parkplatz draußen führte. Über der Eingangstür eines jeden Lokals in Großbritannien, dem es gestattet war, alkoholische Getränke auszuschenken, mußte von Gesetzes wegen der Name des Lizenzinhabers geschrieben stehen. Bill Williams ging, ohne einen klaren Vergeltungsplan zu haben, hinaus, um wenigstens den Namen zu lesen, der hinter dem Affront stand.

Der Name über der Eingangstür des Mainstream Mile lautete Pauline Kinser.

Kinser. Ein Zufall, aber doch merkwürdig. Bill Williams kehrte wieder in die Bar zurück und fand sie diesmal nicht leer vor. Die Direktionsdame vom vergangenen Abend stand dort, begleitet von vier ihrer Angestellten. Sie standen steif da – Leibwächter –, aber auch wachsam, damit die Dame sie nicht für ihr Benehmen tadeln konnte.

»Sind Sie«, fragte Bill Williams die Dame langsam, »Pauline Kinser?«

Sie nickte widerstrebend.

»Bekomme ich eine Entschuldigung für gestern abend?«

Sie sagte nichts.

Er fragte: »Kennen Sie jemanden mit Namen Dennis?«

Bill Williams war sich einzig einer sich vertiefenden Stille bewußt. Pauline Kinser starrte ihn düster an, und in ihren Augen war nicht der geringste Anflug eines Schuldeingeständnisses zu lesen. Er zitterte, so heftig war der primitive Impuls, der in ihm aufwallte; am liebsten hätte er sie gegen die Wand geschleudert und mit Drohungen zum Sprechen gebracht. Was ihn daran hinderte, war nicht Barmherzigkeit, sondern der Gedanke an Handschellen.

Pauline Kinser war erleichtert, ihren schwierigen Gast zu seinem Kahn zurückkehren und flußabwärts davonfahren zu sehen, und sie glaubte, damit sei die Sache erledigt. Sie erwähnte diesen Vorfall, der in ihren Gedanken mit dem Etikett »unerfreulich« abgetan war, nicht einmal, als ihr Neffe Dennis Kinser zu einer ihrer regelmäßigen Geschäftsbesprechungen vorbeikam. Dennis Kinser, der schon immer eine goldene Zunge besessen hatte, hatte seine unverheiratete Tante zuerst überredet, ihr Haus zu verkaufen und das Restaurant zu eröffnen, und es dann mit einer Hypothek belegt, um sich als Rennpferdtrainer etablieren zu können. Seine Tante Pauline sträubte sich dagegen, den Erlös aus dem Verkauf ihres Hauses direkt in einen Rennstall fließen zu lassen, da sie Pferde nicht mochte. Davon abgesehen konnte Dennis in ihren Augen nichts falsch machen. Dennis war derjenige, der die bequemen Stühle im Restaurant und das hübsche Porzellan ausgesucht, sie mit Kaftans ausstaffiert, die Zeitungskolumnisten hergelockt und mit Perfektion geblendet hatte, und es war auch Dennis gewesen, der die Regel aufgestellt hatte, nach der Boote nicht zugelassen wurden.

»Londoner Restaurants weisen Kunden, die sie nicht haben wollen, einfach ab«, hatte er seiner Tante erklärt. »Und ich möchte nicht, daß vulgäre Mietboote unseren Pier verstopfen und uns Krethi und Plethi ins Haus bringen.«

»Nein, Dennis«, sagte seine Tante getreulich, da sie die Vernunft seiner Worte einsah.

Ihr Neffe erfuhr die Sache mit dem Kunden in dem Kahn von den Kellnern in der Küche, und da ihre ausweichenden Rechtfertigungsversuche ihn mit einem vagen Unbehagen erfüllten, fragte er seine Tante, was geschehen sei.

Dennis Kinser war nur mäßig bestürzt. Wie groß das Unrecht auch sein mochte, das man ihm angetan hatte, ein einziger mißgestimmter Gast konnte ein sagenhaft erfolgreiches Unternehmen kaum ruinieren.

»Dieser Typ mit dem Kahn«, sagte er, als er die Rechnungsbücher durchblätterte, »hat hier wirklich einen Tisch reservieren lassen?«

»Ja, hatte er.«

»Dann hättest du ihn ordentlich bedienen lassen sollen, genau wie alle anderen Gäste auch.«

»Aber du sagtest doch, keine…«

»Ja, ja, aber benutz doch deinen Verstand.«

Pauline Kinsers Reservierungsbuch lag aufgeschlagen auf dem Tisch. Dennis Kinser warf einen Blick darauf und fragte: »Welche Reservierung gehört zu dem Mann mit dem Kahn?«

»Die da.« Seine Tante zeigte auf die entsprechende Stelle. »Die erste für gestern abend. Williams, vier Personen, acht Uhr. Wir haben natürlich auch seine Telefonnummer notiert.«

Dennis Kinser warf einen Blick auf die Telefonnummer, und sein ganzer Körper zuckte. Er kannte diese Nummer. Er konnte es nicht glauben. Wollte es nicht glauben. Er riß das Telefon seiner Tante heftig zu sich herüber, drückte auf die Knöpfe und lauschte der Frau, die am anderen Ende sagte: »*Cotswold Voice*, guten Morgen.«

Halb sprachlos bat Dennis Kinser, mit dem Rennsportredakteur verbunden zu werden, der wie gewöhnlich mit seinem Stuhl schaukelte und sich die Fingernägel saubermachte.

»Williams?« fragte der Rennsportredakteur. »Klar, natürlich kenne ich den. Der war früher unser Chefredakteur. Und ein verdammt guter, obwohl ich ihm das nie gesagt hätte. Ihm ist es zu verdanken, daß du die ganze Publicity für deine Renngemeinschaften und so weiter bekommen hast. Er hat mich beauftragt, dich zu interviewen, an dem Tag, an dem wir den Fotografen für die Bilder da hatten. Was willst du von ihm?«

»Ich... ähm... ich wollt's nur mal wissen.« Dennis Kinsers Kehle fühlte sich an, als hätte er Leim getrunken.

»Leg dich besser nicht mit ihm an«, sagte der Rennsportredakteur, und sein Tonfall enthielt eine halbernste Warnung. »Er mag ja klein und harmlos aussehen, aber wenn er wütend ist, greift er an wie eine Klapperschlange.«

Dennis Kinser, der sich ein wenig benommen fühlte, schluckte und sprach als nächstes mit dem Restaurantkritiker, der den Soufflés seiner Tante Pauline mit seinen Lobgesängen den nötigen Aufwind gegeben hatte.

»Williams?« sagte der Restauranttyp. »Er hat mich immer gerne Rezepte machen lassen. Der neue Chefredakteur hat einen Chips-und-Ketchup-Komplex. Bill Williams hat mich gefragt – na ja, wahrscheinlich hat er einen Witz gemacht, aber er fragte mich, wohin er drei Geschäftsleute zum Essen einladen solle, die über seine ganze Zukunft entscheiden könnten, also habe ich ihm das Restaurant Ihrer Tante empfohlen, und ich weiß, daß er auf der Stelle da angerufen hat.«

Dennis Kinser legte den Hörer auf, während sein ganzes Gehirn wie ein Mantra immer wieder dieselben Worte wiederholte: »O mein Gott, o mein Gott.«

»Was ist los?« fragte seine Tante. »Du bist ja ganz blaß geworden.«

»Dieser Mann, Williams ...« Dennis Kinsers Stimme klang erstickt. »Was hast du zu ihm gesagt, um die Sache wieder geradezubiegen?«

Pauline Kinser zog die Stirn kraus. »Ich hab ihm einen Kaffee spendiert.«

»Kaffee! Und eine demütige Entschuldigung? Und die Rückerstattung seines Geldes? Und einen Gang nach Canossa, wie man ihn in diesem Jahrhundert noch nicht gesehen hat?«

Verwirrt schüttelte sie den Kopf. »Bloß Kaffee.«

Ihr erschrockener Neffe schrie sie an: »Du dämliches Weibsbild. Du verfluchtes, dämliches Weibsbild. Dieser Mann wird einen Weg finden, uns beide in den Bankrott zu treiben. Er schreibt für Zeitungen. Und ich stehe in seiner Schuld... bei Gott, ich stehe in seiner Schuld... und für gestern abend wird er uns ruinieren.«

Seine Tante sagte störrisch: »Es ist alles deine Schuld. Du warst es, der gesagt hat, wir sollen keine Boote annehmen.«

An diesem Nachmittag hielt in London die Lionheart News Group ihre monatliche Routinesitzung ab, eine Versammlung, bei der sich die drei sich befehdenden Eigentümer, die geschäftsführenden Direktoren sämtlicher Zeitungen und Zeitschriften des Konzerns sowie verschiedene Finanzberater trafen. Zu dieser Art von Zusammenkunft wurden niemals Redakteure oder Journalisten eingeladen: Für Mrs. Robin Dawkins – die als Vorsitzende fungierte – waren diese Leute lediglich untere Chargen, bezahlte Dienstboten.

Mrs. Dawkins behandelte die dringende Notwendigkeit, einen neuen Chefredakteur für den *Daily Troubadour* zu finden – der vierte Punkt auf der Tagesordnung –, als fehle ihr noch ein Butler. Solange er seinen Platz kannte und, im übertragenen Sinne, sich gut darauf verstand, das Silber in makellosem Zustand zu halten, konnte sie seine nachmittägliche Vorliebe für Portwein übersehen. Die bestürzten Direktoren versuchten taktvoll darauf hinzuweisen, daß die Schwäche des *gegenwärtigen* Chefredakteurs für Portwein am Nachmittag drei Viertel des Problems ausmachte.

Russell Maudsley trug mit großem Nachdruck vor, daß Absalom Williams, Ex-Chefredakteur der *Cotswold Voice,* den sie zunächst in Erwägung gezogen hatten, keine weitere Beachtung verdiene, und F. Harold Field erklärte gar mit noch größerem Nachdruck, daß Absalom Williams mit seinen dreiunddreißig Jahren zu jung sei, zu viele akademische Abschlüsse habe und sich überdies nicht durchsetzen könne.

Mehrere Direktoren hielten den Atem an, nicht zuletzt die tüchtige, aber unauffällige Geschäftsführerin des *Daily*

Troubadour, die aus Erfahrung wußte, daß Field und Maudsley nur *gegen* eine Maßnahme zu sein brauchten, damit Mrs. Robin Dawkins sich plötzlich *dafür* aussprach. Als Mehrheitsaktionärin würde sie darauf *bestehen,* und die beiden Männer würden die Achseln zucken und nachgeben.

Die Geschäftsführerin des *Daily Troubadour* wußte, daß die meisten großartigen Chefredakteure mit Mitte Dreißig an die Spitze kamen: daß sie wie Orchesterdirigenten das gewisse Etwas hatten oder es nicht hatten. Sie hörte sich an, wie Mr. Field sich bei Mrs. Dawkins darüber beklagte, daß Williams überdies nicht einmal schreiben könne, und dann las sie einen Teil von nur einem der fotokopierten Blätter, die F. Harold lustlos aus einem Aktenordner gezogen und auf dem Tisch verteilt hatte, und spürte darin die unvermittelte Wucht von Williams' sprühendem Talent. Der Mann konnte nicht schreiben? Das war das Beste, was ihr je unter die Augen gekommen war.

Als die Geschäftsführerin aufblickte, sah sie, daß F. Harold Field sie beobachtete. Er lächelte. Er *will* diesen Absalom, dachte sie.

An eben diesem Nachmittag verschlimmerte sich Dennis Kinsers anfängliche explosive Wut auf seine Tante zu etwas äußerst Schmerzhaftem, wie es etwa Verbrennungen durch Senfgas sind. Er saß an ihrem Schreibtisch, die Ellbogen aufgestützt, den Kopf in die Hände vergraben, und suchte nach einem Ausweg aus dem Treibsand seiner Schuld.

Seine Tante murmelte mit monotonem Regelmaß: »*Du* warst es, der gesagt hatte, keine Boote.«

»Halt den Mund.«

»Aber…«

»Zum Teufel mit den Booten«, sagte Dennis Kinser aufgebracht, und seine Tante, die in einem Kaftan nach Dennis' Wahl – einem Gemisch aus Blau, Silber und Purpur – geradezu königlich wirkte, zog sich verletzt zurück und weinte in dem winzigen Wohnzimmer vor sich hin, in dem alles stand, was ihr von ihrem früheren Heim übriggeblieben war. Alles andere hatte sie Dennis gegeben. Sie konnte seinen Ärger nicht ertragen. Sie mochte keine Pferde. Sie haßte den Mann mit dem Kahn.

Dennis Kinsers Machenschaften gründeten zwingend auf dem Gedeihen des Mainstream Mile, des letzten Schreis der Region. Trotz der goldenen Superlative des Rennschreibers der *Voice* hatte es bisher bei weitem nicht genügend erfolgversprechende Anfragen für die Samstagnachmittags-Couch-Eignergemeinschaften gegeben, um auch nur eine kurze Boxenreihe mit Pferden belegen zu können, ganz zu schweigen den gesamten glanzvollen Stall, nach dem es ihn verlangte. Um der Lizenzbehörde des Rennsports weiszumachen, daß er die erforderlichen zwölf Pferde in seinem Stall stehen hatte, hatte er ein paar erfunden und andere humpelnd von den Weiden herbeischaffen lassen, wo sie ihr Gnadenbrot erhielten; und in einem Anfall von typischer Selbstüberschätzung hatte er versprochen, ein Hürdenrennen über 3200 Meter für den Renntag in Marlborough zu sponsern – den Kinser Cup. Der Ruhm würde schon folgen. Reiche Besitzer würden beeindruckt sein, in seinem Restaurant essen und ihm dutzendweise Pferde schicken. Ruhm und Reichtum zogen Ruhm und Reichtum an. Er hatte es gesehen. Er, Dennis Kinser, würde beides haben.

Sein Problem war, daß er es zu eilig hatte. An ebenjenem Morgen hatte er Pressemitteilungen an jede Zeitschrift verschickt, die auch nur im entferntesten ahnte, daß es so etwas wie Reitsport überhaupt gab. Seine Einladungen an jeden einflußreichen Schreiberling ließen sich aus der Königlichen Post nicht mehr zurückholen. Sein Ausruf »Seht mich an, ich bin große Klasse!« würde von der Klapperschlange mit dem Kahn schwarz auf weiß öffentlich beantwortet werden: »Seht ihn an, er ist ein Betrüger.« Die Presseberichte zu seiner Person würden daraufhin höhnisch statt bewundernd ausfallen.

Dennis Kinser stöhnte laut.

Bill (Absalom Elvis etc.) Williams kaufte sich am nächsten Tag, einem Samstag, die *Cotswold Voice* und bahnte sich unter Schmerzen seinen Weg von den Schlagzeilen bis nach hinten.

Auf der Rennseite freute sich sein Rennsportredakteur, dem jetzt nur noch die Hälfte des verfügbaren Platzes zugestanden wurde, die Leser wissen zu lassen, daß ihr eigener Trainer, der mit den Eignergemeinschaften, am nächsten Samstag ein Rennen in Marlborough sponserte. »Lassen Sie sich das nicht entgehen!« ermutigte die *Voice* ihr Publikum. »Kinser kann siegen.«

Wie er es immer getan hatte, um Enttäuschungen abzumildern und Frustration erträglich zu machen, griff Bill Williams nach Kugelschreiber und Papier und schrieb sich die Bitterkeit aus dem Leib.

Er schrieb voller Inbrunst und mit unversöhnlichem Feuer. Er schrieb aus der scharfen Erinnerung an eine Demütigung heraus und aus einem ungestillten Hunger nach Rache. Er verspottete Pauline Kinser mit ihren Kaftanen und ihrem Dünkel und der snobistischen Ächtung von Booten. Er nahm voller Leidenschaft die zahlreichen Lügen des scheinbar florierenden Rennstalls auseinander und goß seinen Hohn auch über Dennis Kinser selbst aus, den er als eingebildeten Spitzbuben entlarvte, als zungenfertigen Gauner und irregeleiteten Hochstapler. Es war ein Artikel, der eigens dazu ersonnen und berechnet war, niederzutrampeln und zu zerstören. Er würde wahrscheinlich niemals einen öffentlichen Abdruck erleben.

Eine von Dennis Kinsers marktschreierischen Pressemitteilungen fand ihren Weg in das wenig benutzte Büro von F. Harold Field bei der Lionheart News Group. F. Harold, dessen Hand schon über dem Aktenvernichter schwebte, nahm flüchtig die Worte »Mainstream Mile« wahr und warf einen kurzen Blick auf die Reklame.

»Ein herzliches Willkommen«, las er und lächelte grimmig. Nicht gerade der Eindruck, mit dem sich der Oberkellner in sein Gedächtnis eingeprägt hatte.

»Hürdenrennen, gesponsert von Trainer Dennis Kinser, Mitbesitzer des Mainstream Mile. Lunchbüfett. Erstklassiges Restaurant. Günstige Gelegenheit, einen Anteil an einer Eignergemeinschaft zu erwerben!«

Hm ... F. Harold Field, der immer gerne eine kleine Wette riskierte, beschloß hinzufahren.

Bill Williams, Dennis Kinser und F. Harold Field stießen auf dem Rennplatz von Marlborough zusammen.

Während der letzten Woche hatte die Kühle der frühen Septembermorgen die Erinnerung an die Augusttage nahezu ausgelöscht.

Während dieser Woche schrieb Bill Williams fünf Meinungsbeiträge und Kommentare und schickte sie allesamt an angesehene Londoner Zeitungen, bei denen er in Zeiten vor der *Voice* veröffentlicht hatte. Am Telefon klangen sie alle begeistert, aber keiner brauchte einen Redakteur.

Während dieser Woche bekam Dennis Kinser von dem Organisator der Eignergemeinschaft ein erst halb bezahltes, aber talentiertes Hürdenpferd mitsamt einer Nennung im Kinser Cup. Dennis, der Ex-Stallbursche, wußte in der Tat, wie man Pferde trainierte und so zurechtmachte, daß sie eine gute Figur abgaben. Als das Pferd vor dem Cup auf und ab geführt wurde, leuchtete sein Fell in der Sonne.

Dennis Kinser verbrachte den Rest der Woche damit, Geld zu leihen und das Restaurant bis auf den letzten Tropfen auszusaugen.

Während dieser Woche besuchte F. Harold Field einen nach dem anderen sämtliche Direktoren der Lionheart News Group und ließ in seinem Kielwasser ein eindeutiges Votum für Williams zurück. Russell Maudsley nickte. Mrs. Robin Dawkins, immer noch in dem Glauben, ihre Kollegen beabsichtigten, gegen Williams zu stimmen, sagte streitlustig: »Ich glaube, es wäre falsch, ihn sausenzulassen, Harold.«

F. Harold schwenkte seine auffällige Einladung und ging von seinem (chauffeurgesteuerten) Daimler zu der großen Privatloge hinauf, wo Dennis Kinser mit Hilfe von großflächiger, unterschiedsloser Anwendung von Champagner versuchte, sich eine glänzende Zukunft zu erkaufen, obwohl er mittlerweile mit einem leeren Benzintank fuhr.

Dennis Kinser, der die Hälfte der Parasiten, die seinen Schampus in sich hineinschütteten, nicht einmal vom Sehen her kannte, begrüßte F. Harold mit einem jovialen Hallo und legte seinem Gast mit weit ausholender Gebärde vertraulich seinen Arm um die Schultern. F. Harold Field, ein nüchterner Geschäftsmann, der immun war gegen Weichspülmittel, Öl und Honig, mißbilligte den allzu intimen, unerwünschten Druck auf seinem Arm zutiefst, aber ohne sich aus dem Griff des anderen Mannes zu befreien, drehte er seinen gut frisierten Kopf, um Dennis Kinser in die Augen zu sehen und ihn direkt zu fragen, was Williams, der ehemalige Chefredakteur der *Cotswold Voice,* nur getan haben konnte, um von der Direktion und dem Personal des Mainstream Mile auf so unerträgliche Weise behandelt zu werden.

Für F. Harold Field war dies keineswegs eine müßige Frage: Er wollte wissen, was A. E. da V. Williams dazu bringen konnte, die Fäuste zu ballen, und darüber hinaus, was ihn daran hinderte, sie auch zu benutzen. F. Harold hatte die Gewohnheit, Menschen anhand ihrer Wutausbrüche zu beurteilen: Er suchte nach dem Anlaß und beobachtete, wie der Betreffende sich in seiner Wut verhielt. Wenn er nicht gerade von Mrs. Robin Dawkins überstimmt wurde (wie es der Fall gewesen war, als sie das letzte Mal einen Chefredakteur ausgewählt hatten), machte F. Harold Field selten Fehler.

Dennis Kinser ließ seinen Arm mit abstoßender Schnelligkeit von den Schultern seines Gastes heruntergleiten. Die ganze Woche über war er außerstande gewesen, halbwegs entspannt zu schlafen oder zu essen. Jeden Tag hatte er damit gerechnet, die Klapperschlange zu hören und von deren Giftzähnen durchbohrt zu werden. Aber dies, dachte er voller Bestürzung, dieser solide, grau gekleidete Steuerzahler paßte in keiner Weise zu dem Phantombild, das der Rennsportredakteur mit seinen Worten gezeichnet hatte. Das hier konnte unmöglich der muskulöse, bösartige Mann mit dem Kahn sein.

F. Harold Field fuhr energisch fort: »Als Williams' Gast hat man mich wie Dreck behandelt, und ich weiß nicht, warum. Nennen Sie mir einen Grund, warum nicht sämtliche Zeitungen und Zeitschriften, deren Mitbesitzer ich bei der Lionheart Group bin, Ihr Haus bis auf den letzten Stein zerpflücken sollten.«

»Aber... a-aber«, stammelte Dennis Kinser, der entsetzt in diesen neuen Abgrund starrte, »er ist mit einem Boot gekommen.«

»Er ist... *was?*«

Dennis Kinser schlug jäh einen Haken nach links und stürzte in die Herrentoilette. Er hatte tagelang Medikamente eingenommen, um der Bakterien in seinem Darm Herr zu werden, aber die Katastrophe, die sich vor ihm anbahnte, war damit nicht zu bewältigen.

F. Harold Field ging (da sein Gastgeber nicht wieder auftauchte) noch immer nicht recht zufriedengestellt hinunter, um den Pferden zuzusehen, die durch den Führring trabten. Vor Dennis Kinsers extravagantem Cup kamen noch zwei andere Rennen. F. Harold Field schlug die Zeit tot, indem er am Toto bescheidenes Geld für einen Drittplazierten gewann.

Bill (Absalom etc.) Williams fuhr zum Renntag in Marlborough, nachdem er die ganze Woche lang bei weitem zuviel über Kinsers Ruhmestaten gelesen hatte. Kinser hier und Kinser dort ... Kinsers Pferde, Kinser der Trainer, Kinser an der Themse. Jede Rennseite schien schon die Vorleistung für ein gutes Mittagessen entrichtet zu haben. Die *Cotswold Voice* veröffentlichte eine frohgemute Aufforderung, dem Ereignis beizuwohnen, aber der Rennsportredakteur selbst lümmelte sich zu Hause herum, um sich die Sache bei ein paar Dosen Bier im Fernsehen anzusehen.

Nach dem Motto »Erkenne deine Feinde« ging Bill Williams nach Marlborough, um herauszufinden, wie Dennis Kinser aussah. Er sah den Wirbel, den die Leute um ihn veranstalteten, aber nicht den Mann selbst, der, von Schmerzen geplagt, in der Herrentoilette steckte. Statt dessen fand er sich unerwartet von Angesicht zu Angesicht dem entscheidenden Mann von Lionheart gegenüber, der wie eine Totenglocke seinen Kopf geschüttelt und damit alle *Troubadour*-Träume im Keim erstickt hatte.

F. Harold Field hatte von seinem Gastgeber, Absalom Williams, mehr als nur Schweigen erwartet. Er hatte die geballten Fäuste gesehen. Jetzt ging er der Sache unverblümt auf den Grund.

»Warum hätten Sie dem Oberkellner in diesem Restaurant gern eine verpaßt? Und warum haben Sie's nicht getan?«

Bill Williams erklärte es ihm. »Er hat mich auf Anweisung der Direktion beleidigt. Man erschießt nicht den Boten wegen der Botschaft, die er bringt.«

Er fischte etwas aus einer seiner Taschen und reichte F. Harold eine Kopie der wütenden Schmähschrift, mit der er Dennis Kinser bedacht hatte. F. Harold Field warf einen kurzen Blick darauf und begann dann zu lesen, während seine Augenbrauen sich langsam Richtung Haaransatz hoben.

»Geben Sie diesen Artikel niemand anderem als Kinser«, sagte Bill Williams. »Ich habe ihn nicht geschrieben, um ihn zu veröffentlichen.«

Dennis Kinser kam vor dem Kinser Cup mit bleichem Gesicht in den Führring und legte mit gespielter Tapferkeit eine Nummer als Besitzer, Sponsor und allgemeiner König der Veranstaltung hin; jede seiner Gesten war darauf bedacht, das Interesse der Medien auf sich zu ziehen. Seite an Seite beobachteten Bill Williams und F. Harold Field aus der Ferne das Spektakel und waren angeekelt.

Zwanzig Minuten später nahm ihr Ekel exponentiell zu, da das Pferd der Renngemeinschaft mit fliegenden Hufen den Kinser Cup gewann.

Dennis Kinsers Jubel und seine wachsende Arroganz füllten die Fernsehschirme der Nation. Er verkündete, er sei der Trainer Nummer eins der Zukunft, und tief im Innern glaubte er es auch. Der Rennsieg bedeutete, daß er zumindest die Hälfte seiner Geldprobleme vergessen konnte, und nun würden sie gewiß in seinen Stall strömen, die Reichen und Berühmten.

Und genau in dem Augenblick, in dem er vor zahllosen Kameraobjektiven auf und ab paradierte, überreichte F. Harold Field ihm Bill Williams' Blitzschlag.

Die applaudierenden Mengen verzogen sich zum nächsten Rennen. Auf der Rennbahn ist Erfolg eine Eintagsfliege.

Dennis Kinser las das explosive Papier in seiner Hand, und als er sich seinen beiden schlecht behandelten Kunden zuwandte, hatte er das Gefühl, daß er die Welt zwar gewonnen hatte, sie aber alsbald wieder verlieren würde. Verlieren wegen eines gottverdammten *Kahns.* Es war nicht fair. Er hatte so hart gearbeitet...

Getrieben von aggressiver Verzweiflung sagte er verbittert zu Absalom Elvis da Vinci Williams: »Was verlangen Sie, damit dieser Artikel nicht veröffentlicht wird?«

»Erpressung?« fragte Bill Williams überrascht.

Dennis Kinser geriet ins Stottern. »Wollen Sie das Pferd? Würde Ihnen das reichen?«

»Sie können es gar nicht weggeben, weil es Ihnen nicht gehört«, bemerkte Bill Williams.

»Was dann? Geld? Nicht das Restaurant.« Angst klang in seiner Stimme durch. »Sie können nicht... das können Sie nicht machen...«

Bill Williams beobachtete, wie echte Panik in seinem Gegenüber aufstieg, und fand, es sei der Rache genug.

»Ich will«, sagte er langsam, »ich will eine Entschuldigung und mein Geld zurück... und eine Notiz in Ihrer Bar und auf Ihrer Speisekarte, des Inhalts, daß Gäste mit Booten willkommen sind, vor allem wenn sie im voraus einen Tisch reserviert haben.«

Dennis Kinser blinzelte, schluckte, schwankte, biß die Zähne zusammen und nickte schließlich. Es gefiel ihm nicht – er haßte es, klein beigeben zu müssen –, aber ein Kompromiß war besser als der Ruin.

F. Harold Field streckte die Hand aus, zog das Papier aus Dennis Kinsers Fingern und riß es in Stücke.

An Bill Williams gewandt sagte er dann: »Kommen Sie Montag in mein Büro beim *Troubadour.*«

Alptraum

›Alptraum‹ wurde im April 1974 von der Times *in Auftrag gegeben. (Dreitausend Worte, bitte.)*

›Alptraum‹ – Schauplatz: Irgendwo in der Pferdewelt der USA *– erläutert, wie man eine wertvolle Zuchtstute mitsamt ihrem Fohlen stehlen kann.*

Tun Sie's nicht!

Nach dem Tod seines Vaters entsagte Martin Retsov drei volle Jahre lang seiner Berufung. Um erfolgreich zu sein, brauchte er einen Partner, und ein so tüchtiger Partner wie sein Vater war schwer zu finden. Martin Retsov machte eine Bestandsaufnahme seines Sparbuchs, listete seine Geldanlagen auf und kam zu dem Schluß, daß er mit ein wenig nützlicher, bezahlter Arbeit – um seine Tage auszufüllen – behaglich in Warteposition gehen konnte, bis das Leben einen passenden Ersatz ausspie.

Eine Tagesreise brachte ihm den willkommenen Abstand von dem Schauplatz seiner unglücklicheren Erinnerungen, obwohl diese so unabweislich wie alte Gewohnheiten mit ihm reisten. Die *Thoroughbred Foodstuffs Ltd.* stellte ihn für eine einmonatige Probezeit als Vertreter ein, und als überall in seinem Kielwasser die Aufträge anschwollen, erhielt er einen festen Vertrag. Martin Retsov entspannte sich hinter dem Steuerrad des Firmenwagens und fuhr kreuz und quer durch sein neues Gebiet, besuchte Gestüte und Rennställe und überredete ihre Verwalter, daß *Thoroughbred Foodstuffs* vielleicht nicht besser war als die Konkurrenz, aber zumindest auch nicht schlechter.

Die Kunden von *Thoroughbred Foodstuffs* sahen einen großen Mann von Ende Dreißig mit zerfurchtem, etwas abweisendem Gesicht und der Angewohnheit, die Augen zu dunkel bewimperten Schlitzen zusammenzukneifen. Von der offenen, ehrlichen und ernsthaften Miene, die zum Rüstzeug eines Vertreters gehörte, keine Spur; auch aus seiner Stimme war nie offenkundige Schmeichelei herauszuhören. Der einzige Faktor, der den Handschlag besiegelte und Füllfederhalter und Scheckbücher zum Vorschein brachte, war sein beträchtliches Wissen über Pferde. Er konnte ein Pferd mit einem Blick abschätzen und mit einer beiläufigen Geste hilfsbereit konstruktive Vorschläge machen, ohne etwas dafür zu verlangen.

»Ich nehme an, mit einem orthopädischen Hufbeschlag haben Sie es gewiß schon probiert«, sagte er zum Beispiel nebenhin, oder: »Meinen Sie nicht auch, daß Vitamin-B-12-Injektionen für den Knochenaufbau gut wären?« Bei seinem zweiten Besuch wurde er wie ein vertrauter Freund begrüßt.

Er kam vorwärts.

Trotzdem steckte er in Schwierigkeiten. Sein Schlaf schenkte ihm keinen Frieden. Er wurde andauernd von Alpträumen geplagt; sein Herz hämmerte, und seine Haut begann sofort unter einer kalten Schweißschicht zu prickeln. Immer waren es Variationen über dasselbe Thema – den gewaltsamen, vorzeitigen Tod seines Vaters. Manchmal sah er das Gesicht tot, aber immer noch der Sprache mächtig, und Blut strömte aus dem Mund. Manchmal sah er das Rad, den großen, dicken, schwarzen Reifen mit dem scharfen Profil, der sich in den weichen, leicht vortretenden Bauch drückte.

Manchmal hatte er das Gefühl, als stecke er in dem Körper seines Vaters; er glitt aus und fiel hinter dem beladenen Pferdetransporter zu Boden, und das Leben wurde ihm mit einer einzigen riesigen, unvorstellbaren Explosion von Qual aus dem Leib gepreßt. Manchmal, aber nicht so häufig sah er das Gesicht des anderen Mannes, der dabeigewesen war, des gefühllosen Mannes in den dunklen Kleidern, der kalt auf seinen sterbenden Vater hinabblickte und ihm keinen Trost schenkte, kein Wort sagte.

Jeden Morgen stand Martin Retsov müde unter der Dusche, wusch sich den klebrigen Schweiß vom Leib und wünschte, er könnte auch sein Unterbewußtsein so mühelos ausspülen. Jeden Tag, wenn er in seinen Wagen stieg, warf er sein nächtliches Selbst ab und blickte in die Zukunft. Er sah Fohlen zur Welt kommen, beobachtete sie, während sie älter wurden, verfolgte ihr Schicksal bei der Auktion und darüber hinaus. Er hätte den Trainern besser, als sie selbst es vermochten, Auskunft über die Abstammung, Geschichte, Laufbahn und das Talent eines jeden Pferdes geben können, das er durch *Thoroughbred Foodstuffs* zu sehen bekam.

Nach annähernd drei Jahren hatte er viele Bekanntschaften gemacht – er war kein Mann, der Freundschaften schloß. Er kannte jedes Pferd in seinem weiten Umkreis und Hunderte, die aus seinem Gebiet verkauft worden waren. Er war der tüchtigste Vertreter seiner Firma. Und sogar seine Alpträume wurden endlich seltener.

Eines Abends zu Anfang des Frühlings nahm er Johnnie Duke mit. Einen Anhalter, einen großen, dünnen, blonden Jungen, der kaum älter als zwanzig zu sein schien. Er trug ausgewaschene Jeans und eine alte Lederjacke und hatte eine Reisetasche aus Segeltuch mit ein paar Kleidungsstücken zum Wechseln bei sich. Martin Retsov, der ausnahmsweise einmal mitteilsam war, hielt ihn für einen Collegestudenten und fand sich bereit, ihn sechzig Kilometer bis zur nächsten Stadt mitzunehmen.

»Habe ich Sie schon mal gesehen?« fragte er halb verwirrt, als der junge Mann sich neben ihn auf den Beifahrersitz setzte.

»Glaub' ich nicht.«

»Hm...« Er dachte darüber nach.

»Doch, ich habe Sie schon mal gesehen. Vor ein oder zwei Tagen. Wo könnte das gewesen sein?«

Der junge Mann ließ sich Zeit mit der Antwort. Dann sagte er: »Ich stehe ziemlich regelmäßig hier an der Straße. Vielleicht haben Sie mich gesehen, als ich den Daumen hob.«

Martin Retsov nickte mehrmals. »Ja, ja. Das ist es.« Er entspannte sich in seinem Sitz, froh darüber, das kleine Rätsel gelöst zu haben. Er hatte die Dinge gern geregelt. »Da habe ich Sie also gesehen. Am Straßenrand. Mehr als einmal.«

Der junge Mann nickte kurz und sagte, er sei froh, daß Martin für ihn angehalten hätte, weil er eine Verabredung mit seiner Freundin habe.

»Ich nehme nicht oft Anhalter mit«, sagte Retsov und

dachte mit einiger Erheiterung, daß drei ruhige Jahre ihn weich gemacht haben mußten.

Sie fuhren in freundschaftlicher Stimmung acht Kilometer weit und kamen an den weiß eingezäunten Koppeln eines florierenden Gestüts vorbei. Martin Retsov warf einen schnellen, taxierenden Blick auf die kleine Gruppe von Tieren, die sich an dem frischen Frühlingsgras gütlich tat, behielt seine Gedanken aber für sich.

Es war Johnnie Duke, der sagte: »Schon merkwürdig, daß man nie ein gescheckte Vollblut zu Gesicht bekommt.«

»Sie verstehen etwas von Pferden?« fragte Martin Retsov überrascht.

»Klar doch. Bin mit Pferden groß geworden.«

Martin Retsov fragte ihn, wo das gewesen sei, aber der junge Mann antwortete ausweichend, er hätte Schwierigkeiten zu Hause gehabt und wäre Hals über Kopf weggegangen, und er wolle nicht darüber reden. Martin Retsov lächelte. Er setzte Johnnie Duke in der nächsten Stadt ab und fuhr weiter seinem Ziel entgegen, und erst, als er anhielt, um zu tanken, verschwand sein Lächeln so abrupt wie die Investoren in einer Rezession.

Johnnie Duke hatte seine Brieftasche gestohlen. Retsov hatte sie immer in der Innentasche seines Jacketts, und dieses Jackett hatte dank der Leistungsfähigkeit der Heizung auf dem Rücksitz des Wagens gelegen. Er erinnerte sich daran, daß Johnnie Duke seine Reisetasche auf dem Boden hinter den Vordersitzen verstaut hatte, und er erinnerte sich daran, wie er sich zurücklehnte, um sie dahinter hervorzuholen. Sein zerfurchtes Gesicht verhärtete sich zu etwas, das seine Kunden nie zu Gesicht bekommen hatten, und die

Augen glitzerten so schmal und gleißend wie Eisbröckchen. Der Betrag, den er verloren hatte, war gering im Vergleich zu der Kränkung seines Selbstbewußtseins.

Mehrere Tage lang fuhr er durch sein Gebiet und suchte aktiv nach Johnnie Duke, versuchte sich an die Einzelheiten ihrer gemeinsamen Fahrt zu erinnern. Das Zögern, mit dem Martin gesagt hatte, er habe ihn schon einmal gesehen. Die Weigerung zu sagen, woher er kam. Die Gewandtheit, mit der er die Brieftasche erspäht und an sich gebracht hatte. Martin Retsov suchte ihn entschlossen, aber erfolglos, und nach zwei oder drei Wochen akzeptierte er schließlich die Tatsache, daß sich der junge Mann in einen anderen Bezirk abgesetzt haben mußte, wo keine erzürnten Opfer mit ihren Autos herumkurvten und ihn mit scharfen Augen erspähen konnten.

Regelmäßig einmal im Monat fuhr Retsov zu dem entlegensten Gestüt in seinem Gebiet, und eines Abends, noch früh, als er gerade von dort wieder losfuhr, sah er Johnnie Duke wieder. Der junge Mann stand am Straßenrand, hob den Daumen und wurde sichtlich stutzig, als er Retsovs Wagen sah.

Martin fuhr sofort neben ihn, bremste, daß die Räder blockierten, öffnete die Tür und stieg mit ruhigen Bewegungen aus. Für einen großen Mann bewegte er sich wie eine gut geölte Maschine, präzise und effektiv; und er hielt eine Waffe in der Hand. »Steig ein«, sagte er.

Johnnie Duke blickte auf den Lauf, der direkt auf seinen Magen zielte, und wurde bleich. Er schluckte, sein Adamsapfel zuckte krampfhaft, und langsam tat er, was ihm befohlen worden war.

»Ich zahle das Geld zurück«, sagte er ängstlich, während Martin Retsov auf den Sitz neben ihm glitt. Er hatte die Waffe jetzt locker in der Hand und zielte zu Boden, aber sie waren sich beide der Tatsache bewußt, daß sich das ändern konnte.

»Ich sollte dich der Polizei übergeben«, sagte Martin Retsov.

Der junge Mann schüttelte bedrückt den Kopf.

»Oder du erledigst statt dessen einen kleinen Job für mich.«

Der junge Mann sah in Martin Retsovs zu Schlitzen zusammengekniffene Augen und zitterte sichtbar.

»Ist das eine Erpressung?« fragte er.

»Ich werde dich bezahlen, wenn du was taugst.«

»Was muß ich machen?«

»Pferde stehlen«, sagte Martin Retsov.

Er legte sich seinen Plan so sorgfältig zurecht wie in den alten Zeiten mit seinem Vater. Er kaufte einen Anhänger für zwei Pferde und einen Wagen, um ihn zu ziehen, beides, ohne daß man die Käufe zu ihm zurückverfolgen konnte. Dann brachte er Wagen und Anhänger in einer Garage in der Stadt unter. Er entschied sich gegen den großen Typ von Pferdetransporter, den er mit seinem Vater benutzt hatte, vor allem wegen der Alpträume mit diesen Rädern. Außerdem war er sich nicht sicher, ob sein neuer Lehrling für langfristige Projekte taugte. Sie würden einen Probelauf machen – einen Test, dachte Martin Retsov, bevor er eine feste Partnerschaft für die Zukunft anbot.

Johnnie Duke hatte Martin Retsovs Offenlegung seiner Berufung mit einem breiten, erleichterten Grinsen quittiert.

»Klar doch«, sagte er. »Ich kann Pferde stehlen. Welche?«

»Hier in der Gegend ist das gar nicht so einfach«, sagte Martin Retsov. »Trainingsställe und Gestüte haben gute Sicherheitsvorkehrungen.« Aber er kannte sie alle; er hatte sie drei Jahre lang eingehend studiert.

Er gab Johnnie Duke eine Liste von Dingen, die er kaufen sollte, und etwas Geld für sich selbst, und zwei Tage später inspizierten sie gemeinsam die Schraubenschlüssel und die Stahlsäge.

»Wir dürfen keine Zeit verlieren«, sagte Martin Retsov. »Die Sache steigt morgen nacht.«

»So bald schon?«

Martin Retsov lächelte. »Wir holen uns zwei Zuchtstuten. Eine steht kurz vor dem Abfohlen. Wir wollen sie in Sicherheit wissen, bevor es soweit ist.«

Johnnie Duke sah ihn völlig überrascht an. »Warum holen wir uns nicht gute, schnelle Rennpferde?« wollte er wissen.

»Sie lassen sich zu leicht identifizieren. Dafür sorgen Tätowierung und Registrierung. Aber Fohlen! Neugeborene Fohlen. Wer will da sagen, welches welches ist? Also nehmen wir uns eine erstklassige Stute, die von dem besten Deckhengst tragend ist, und wir bringen sie ein ganzes Stück weit weg und verkaufen sie am Ende der Reise an einen Besitzer oder Trainer, der froh ist, ein fabelhaftes Vollblutfohlen für den Bruchteil dessen zu bekommen, was es ihn bei einer Auktion gekostet hätte.

Das hochkarätige Fohlen wird bald nach der Geburt mit irgendeinem anderen vertauscht, das gerade zur Hand ist, eingetragen und unter seiner neuen Identität tätowiert. Sein neuer Besitzer weiß, was er bekommen hat. Also wird er es, wenn es für die Rennen zu alt ist, zur Zucht behalten. In der Vergangenheit haben einige meiner Klienten Millionen an diesen Fohlen verdient. Ich bin immer mit einem kleinen Prozentsatz beteiligt.«

Johnnie Duke hörte ihm mit offenem Mund zu.

»Das ist kein normaler Diebstahl«, sagte Martin Retsov mit einem gewissen Stolz. »Das ist, als würde man die Mona Lisa stehlen.«

»Aber was passiert anschließend mit der Zuchtstute? Und mit dem anderen Fohlen?«

»Einige meiner Klienten haben ein Gewissen. Bei denen hole ich gegen ein kleines Entgelt die Stute und das Fohlen ab und setze sie auf irgendeinem geeigneten Feld ab. Wenn der Besitzer des Feldes ehrlich ist, wird die Stute identifiziert und nach Hause geschickt.«

Johnnie Duke fragte nicht, was passierte, wenn der Klient kein Gewissen hatte. Er schluckte.

»Haben Sie bereits einen Käufer für die zwei, die wir morgen holen?« fragte er.

»Natürlich. Man stiehlt nicht aufs Geratewohl einen Leonardo da Vinci.« Martin Retsov lachte über den Gedanken und entblößte eine Reihe kräftiger Zähne. »Wenn wir die Stuten haben, sage ich dir, wo du sie hinbringst. Du wirst allein fahren. Und du wirst mit dem Geld zurückkommen.«

Wieder war Johnnie Duke überrascht. »Können Sie mir vertrauen?« fragte er.

»Das will ich herausfinden.«

Als es am nächsten Abend dämmerte, holten sie den kürzlich gekauften Wagen und koppelten den Anhänger an. Martin Retsov hatte Schwierigkeiten, das Gespann in dem kleinen Garagenhof zu parken, und Johnnie Duke trat hinter den Anhänger, um ihm zu zeigen, wieviel Platz er hinter sich noch hatte.

»Verschwinde da hinten!« sagte Martin Retsov scharf. »Geh sofort da weg.« Er stieg aus, und Johnnie Duke sah, daß er zitterte.

»Ich wollte nur...«, begann er.

»Du wirst nie wieder hinter den Anhänger gehen. Verstanden? Niemals.«

»Ist ja schon gut. Wenn Sie es sagen.«

Martin Retsov holte mehrmals tief Luft und wischte sich die Handinnenflächen an seiner Hose ab. Die Wucht seiner eigenen Reaktion entsetzte ihn. Drei Jahre, dachte er, hatten das Grauen keineswegs abgemildert. Er fragte sich, ob er nicht das Projekt abblasen sollte, wenn seine Nerven so bloß lagen. Er fragte sich, ob die Tatsache, daß er drei Jahre gebraucht hatte, um wieder ins Geschäft zu kommen, vielleicht bedeutete, daß er tief im Innern Angst davor hatte.

Er leckte sich die Lippen. Sein Herzschlag beruhigte sich. Diesmal würde es keinen Hinterhalt geben, wenn er die Pferde holte. Das letzte Mal hatte sein angeblicher Kunde ihn an die Polizei verraten, aber diesmal war die Sache absolut sicher. Dieser Kunde hatte in der Vergangenheit drei erstklassige Fohlen gekauft und war hocherfreut gewesen zu erfahren, daß er noch zwei weitere bekommen könnte. Martin Retsov schob sich wieder in den Wagen, und Johnnie Duke stieg neben ihm ein.

»Was ist los?« fragte Johnnie.

»Ich habe einmal einen Unfall mit angesehen. Ein Mann ist hinter einem Pferdeanhänger gestürzt.«

»Oh.«

Martin Retsov schloß den Mund vor den unbeschreiblichen Einzelheiten, aber sie spulten sich unausweichlich in seinen Gedanken ab. Der Hinterhalt. Polizeischeinwerfer, die plötzlich aufleuchteten, bevor sein Vater wieder sicher neben ihm in der Fahrerkabine des Pferdetransporters saß. Er hatte ein oder zwei Meter zurücksetzen müssen, um durch die einzige Stelle zwischen den Polizeiwagen und dem Zaun durchbrechen zu können. Er hatte den Schalthebel nach vorne gestoßen, mit voller Wucht auf das Gaspedal getreten und war zurückgeschossen – er würde niemals den Schrei seines Vaters vergessen. Niemals.

Nur ein einziger Schrei, der jäh verstummte. Er war aus dem Wagen gesprungen und hatte den Reifen gesehen, der sich in den Bauch drückte, das Blut, das aus dem Mund des Sterbenden sickerte... und den anderen Mann, den Polizisten, der daneben stand und hinunterblickte und nichts tat, um zu helfen.

»Helfen Sie ihm!« hatte Retsov verzweifelt gesagt.

»Helfen Sie ihm doch selbst.«

Er rannte zurück zum Wagen, stieg, von Panik überwältigt, auf den Fahrersitz und wußte, noch während er mit einer körperlosen Hand den Schalthebel durchdrückte, daß sein Vater tot war.

Tot. Jenseits aller Hoffnung auf Hilfe, auf Rettung, auf irgend etwas.

Er ließ den Pferdetransporter von dem zerquetschten

Körper herunterrollen und fuhr einfach weiter. Das überraschte die Polizei. Er fuhr den Pferdetransporter mit hundert Stundenkilometern zwei Kilometer weit, und lange bevor sie ihn eingeholt hatten, hatte er ihn stehengelassen und war im Wald verschwunden.

Die Polizei kannte seinen Namen nicht, da er ihn seinen Kunden klugerweise niemals offenbarte. Alles, was die Polizei hatte, war ein einziger kurzer Eindruck von ihm *in extremis,* was nicht ausreichte, und zu guter Letzt hatten sich Ausweichmanöver und Flucht als die geringsten seiner persönlichen Probleme erwiesen.

Er hatte nie das Gesicht des Polizisten vergessen, der auf seinen Vater hinunterblickte. Ein ranghöherer Polizist mit Autorität und Abzeichen. Er sah ihn nur allzu oft in seinen beklommenen Träumen...

Martin Retsov schüttelte die furchtbare Vergangenheit ab und wandte seine Konzentration dem bevorstehenden Diebstahl zu. Er hatte erwartet, die alte prickelnde Vorfreude zu verspüren, die alte Erregung, das angenehme Rasen des Pulses. Er fühlte nichts von alledem. Er fühlte sich alt.

»Kommen Sie schon«, sagte Johnnie Duke. »Sonst ist es schon wieder hell, bevor ich die Ware ausliefere.«

Martin Retsov nickte unwillig und überantwortete sie beide dem Abenteuer. Eine halbe Stunde später, als sie in einer dunklen Nebenstraße stehenblieben, war es ihm gelungen, die Schatten auf seiner Seele in ihr Verlies zurückzudrängen, so daß er der vor ihm liegenden halben Stunde mit kühler, ruhiger Nüchternheit entgegensah.

Leise stiegen sie aus dem Wagen und ließen die Rampe

des Anhängers herunter. Die Nacht umschloß sie – kleine Geräusche, ein leiser, seufzender Wind, Sterne, die in funkelnden Gruppen zwischen grau dahintreibenden Wolken aufblitzten. Gelegentlich fuhr auf der einen Kilometer entfernten Hauptstraße ein Wagen vorbei, eher ein Aufblitzen von Lichtern als ein Geräusch. Martin Retsov wartete, bis seine Augen sich an die Dunkelheit gewöhnt hatten, dann legte er dem jungen Mann ganz leicht eine Hand auf den Arm.

»Hier entlang«, sagte er. Seine Stimme war ein sanftes Flüstern, und als er sich bewegte, machten seine Füße nicht das leiseste Geräusch auf dem Grasstreifen. Johnnie Duke folgte ihm und staunte über die Lautlosigkeit und die mühelose Schnelligkeit des großen Mannes.

»Wo sind wir?« flüsterte Johnnie. »Wessen Pferde holen wir uns?«

»Nicht deine Sache.«

Sie kamen an ein Tor mit einem Vorhängeschloß. Die Schraubenschlüssel und die Säge machten ihnen die Arbeit leicht. Sie schlüpften hindurch auf die Weide. Martin Retsov pfiff in der Dunkelheit leise zwischen den Zähnen eine verführerische Zigeunermelodie.

Dann zog er eine Handvoll Thoroughbred-Pferdenüsse aus der Tasche und rief schmeichelnd in die Schwärze vor ihnen.

»Na komm schon, Mädchen. Komm schon.«

Ein leises, erfreutes Wiehern ertönte, und irgendwo außer Sichtweite bewegte sich etwas. Dann kamen sie langsam und fragend heran, bewegten sich auf die menschliche Stimme zu. Sie fraßen die Nüsse, die man ihnen hinhielt, und machten keine Probleme, als die beiden Männer nach ihren Halftern griffen.

»Du gehst vor«, sagte Martin Retsov leise zu Johnnie Duke. »Ich bin gleich hinter dir.«

Sie gingen lammfromm mit, die beiden großen Stuten, die dick waren von dem vierbeinigen Vermögen, das sie trugen. Durch das Tor und die Straße hinunter zum Transporter. So leicht wie eh und je, dachte Martin Retsov, man mußte nur wissen, wonach man Ausschau hielt. Johnnie Duke führte seine Stute in den Pferdeanhänger und machte sie dort fest.

Und das war der Augenblick, in dem der Alptraum von neuem begann. Der Augenblick, in dem die Lichter aufflammten und Martin Retsovs ans Dunkle gewöhnte Augen blendeten. Der Augenblick, als der Mann sich vor ihm aufbaute. Derselbe Mann. Das Gesicht aus den Träumen. Dasselbe gefühllose Gesicht, dieselben dunklen Kleider, die ranghohen Abzeichen.

»Martin Retsov«, sagte er, »ich verhafte Sie...«

Martin Retsov hörte nicht zu. Ihm schoß nur immer wieder der eine wilde Gedanke durch den Kopf, daß dies einfach nicht wahr sein konnte. Dieser spezielle Kunde würde ihn nie verraten. Nie.

Die Polizei nahm ihm die Stute ab, ohne daß er Widerstand leistete, und legte Martin Retsov Handschellen an.

»Wieso sind Sie hier?« fragte er tonlos.

»Wir suchen schon seit drei Jahren nach Ihnen«, sagte der Polizist mit blasierter Selbstgefälligkeit. »Vor ein paar Wochen haben wir Sie gefunden. Aber wir hatten keine schlüssigen Beweise gegen Sie, also haben wir Sie seither im Auge behalten.«

Johnnie Duke stieg aus dem Anhänger, und Martin Retsov dachte, wie hart es für den Jungen sein mußte, gleich beim ersten Job erwischt zu werden. Der kalte Polizist ging mit befriedigter Miene auf ihn zu.

Er zog keine Handschellen aus der Tasche. Er schlug Johnnie auf die Schulter.

»Gut gemacht, Sergeant Duke«, sagte er.

Eine Möhre für den Fuchs

1970 bat mich die angesehene amerikanische Zeitschrift Sports Illustrated *völlig unerwartet um eine Kurzgeschichte – Länge und Thema waren mir freigestellt. Ich hatte bis dahin noch nie versucht, eine Kurzgeschichte zu schreiben, aber ›Eine Möhre für den Fuchs‹ muß den Herausgebern wohl gefallen haben, denn sie luden mich nach Lexington ein, wo das gesamte Team von* Sports Illustrated *versammelt war, um über das Kentucky Derby von 1972 zu berichten. Ich wurde beauftragt, für die Ausgabe der* Sports Illustrated *zum Kentucky Derby des nächsten Jahres eine Derby-Story zu schreiben.*

Chick stand mit der Möhre in der Hand da und schwitzte. Sein Kopf war schwummrig, seine Füße auf dem Boden konnte er nicht spüren, und in seinen Ohren hämmerte der Puls. Ein klebrig-grüner Schmerz zitterte in seinem Gedärm.

Diese Geschichte machte ihn krank.

Die Uhrzeit: fünfzig Minuten vor Sonnenaufgang. Die Temperatur: kalt. Der rauhe, wirbelnde Wind räusperte sich gerade, um dann um so grimmiger zu blasen, und eine schwere Decke von Nimbostratus-Wolken machte der ersten Andeutung von Licht jeden Zoll des Himmels streitig. In den sauberen Boxen um den Stallhof herum trat eines der dösenden Pferde gelegentlich mit einem Huf gegen eine Holzwand, klirrte an einer Kette, nieste aus einer feuchten schwarzen Nüster den Heustaub.

Chick war spät dran. Zwei Stunden zu spät. Man hatte ihm aufgetragen, dem schlaksigen Fuchs seine Möhre um vier Uhr morgens zu geben, aber um vier Uhr morgens hatte es draußen nur so geschüttet – ein harter, schräg fallender Regen, der einen binnen einer Minute bis auf die Haut durchnäßte, und Chick war der Meinung, es würde zu schwierig werden zu erklären, warum man um vier Uhr morgens patschnaß war. Chick war der Meinung gewesen, besser abzuwarten, bis der Regen aufhörte, es würde ja doch keine Rolle spielen. Vier Uhr, sechs Uhr, war doch egal, Chick wußte es immer besser als alle anderen.

Er war ein dünner, mürrischer Neunzehnjähriger, der immer das Gefühl hatte, die Welt schulde ihm mehr, als er bekam. Er war ein übellauniges, streitsüchtiges Kind gewesen und ein aggressiv-rebellischer Jugendlicher. Die verstockte Geisteshaltung, die daraus resultierte, war genau das, was ihm nun, wo er erwachsen war, jede Aussicht auf Erfolg nahm. Nicht daß Chick dem zugestimmt hätte, natürlich. Chick stimmte niemals etwas zu, wenn es sich irgendwie vermeiden ließ. Immer wußte er alles besser, der Chick.

Auf die Schärfe der körperlichen Symptome der Angst war er nicht gefaßt gewesen. Seine übliche Einstellung gegenüber jeder Form von Autorität war Verachtung (und die Autorität war ihm bisher noch kein einziges Mal über sein verdrossenes Maul gefahren). Pferde hatten ihm nie angst gemacht, weil er quasi im Sattel geboren war und in jungen Jahren gelernt hatte, mit herablassender Leichtigkeit alles auf vier Beinen zu beherrschen. Im Herzen glaubte er, daß eigentlich niemand besser ritt als er. Er irrte sich.

Er blickte sich ängstlich über die Schulter, und der wühlende Schmerz in seinem Bauch verschlimmerte sich jäh. Er verspürte den heftigen Drang, sich in die Hose zu machen. So etwas darf einfach nicht passieren, dachte er verzweifelt. Er hatte davon gehört, daß Angst bei manchen Leuten auf den Darm drückte. Er hatte es nicht geglaubt. So etwas konnte einfach nicht passieren. Aber jetzt fürchtete er ganz plötzlich, daß es doch passieren konnte. Er spannte verzweifelt all seine Muskeln an, und der Krampf ging langsam vorüber. Als es vorbei war, war er von Kopf bis Fuß in Schweiß gebadet, und er hatte keinen Tropfen Speichel mehr im Mund.

Das Haus war dunkel. Oben hinter dem schwarzen, geöffneten Fenster, wo der helle Vorhang im Luftzug wehte, schlief Arthur Morrison, der Trainer der dreiundvierzig Rennpferde des Stalls. Morrison hatte einen notorisch leichten Schlaf. Seine Ohren waren hellhöriger als die eines halben Dutzends Wachhunde, sagten seine Stallburschen.

Chick zwang sich, in den von diesem Fenster aus einsehbaren Bereich vorzutreten, um die zehn ungeschützten Schritte zu dem Stall des Fuchses zu machen.

Wenn der Chef aufwachte und ihn sah... o Gott, dachte er wütend, so hatte er sich die Sache nicht vorgestellt. Bloß ein lausiger Gang den Hof runter, um dem schlaksigen Fuchs eine Möhre zu geben. Schuldgefühle und Angst und

Verrat. Sie schlichen sich an seinem höhnischen Geist vorbei und brachen sich durch seine Nerven Bahn.

Er konnte nichts Ungewöhnliches an der Möhre entdecken. Sie war nicht in zwei Hälften geschnitten und auch nicht ausgehöhlt worden, um sie mit Drogen vollzupacken und wieder zusammenzubinden. Er hatte versucht, das dicke Ende wie einen Stöpsel rauszuziehen, und auch das hatte nicht funktioniert. Die Möhre sah aus wie jede andere blöde Möhre auch, wie die Möhren, die unter dem Küchenmesser seiner Mutter zu Eintopf verarbeitet wurden. Eine blöde Möhre, die man jedem blöden Pferd geben konnte. Keine sehr frische, saftige Möhre und auch keine besonders alte Möhre, die schon knotig und holzig war. Bloß irgendeine blöde, ganz normale *Möhre.*

Aber Fremde schlugen einem für gewöhnlich nicht vor, einem ganz bestimmten Pferd mitten in der Nacht irgendeine blöde Möhre zu geben. Sie gaben einem nicht mehr Geld, als man in einem halben Jahr verdiente, wenn man sagte, man würde es machen. Nicht jede blöde Möhre kam sorgfältig in Zellophan verpackt in einem leeren Käsecrackerpaket daher, das einem ein Fremder auf einem Parkplatz nach Einbruch der Dunkelheit in einer Stadt zehn Kilometer von den Ställen entfernt in die Hand drückte. Man gab nicht mitten in der Nacht einem Fuchs, der elf Stunden später in einem hochklassigen Jagdrennen als Favorit an den Start gehen sollte, irgendeine blöde Möhre.

Chick war schwindlig, weil er zu lange den Atem angehalten hatte, als er endlich die zehn auf Zehenspitzen zurückgelegten Schritte zum Stall des Fuchses hinter sich hatte. Er versuchte, nicht zu husten, nicht zu stöhnen und der würgenden Anspannung auch nicht mit einem Schluchzen Luft zu machen, schloß seine verschwitzten Finger um den Riegel und begann, diesen vorsichtig und ängstlich Zentimeter um Zentimeter zurückzuschieben.

Tagsüber warf er die Bolzen mit einem gekonnten, smarten Klacken auf und zu. Sein Körper zitterte in der Dunkelheit, solche Anstrengung kostete es ihn, denselben Bolzen nun millimeterweise zu bewegen.

Mit einem kaum wahrnehmbaren Knirschen löste sich der Riegel, und die obere Hälfte der geteilten Tür schwang langsam nach außen. Kein Quietschen von den Angeln, nur das Wispern von Metall auf Metall. Chick holte tief Luft – eher ein qualvolles, in der Kehle kitzelndes, unterdrücktes Ächzen –, bevor er zwischen zusammengebissenen Zähnen ausatmete. Sein Magen begann abermals bedrohlich zu schlingern. Angewidert versuchte er abermals hastig, sich unter Kontrolle zu bringen, und stieß in Panik einen Arm durch den dunklen, offenen Raum.

Der Fuchs in der Box döste im Stehen. Der veränderte Luftzug, der durch die geöffnete Tür kam, bewegte die empfindsamen Härchen um sein Maul herum, und sein Geisteszustand wechselte von Halbbewußtsein zur Neugier. Er konnte die Möhre riechen. Er konnte auch den Mann riechen, konnte die Furcht im Schweiß des Mannes riechen.

»Na, komm schon«, flüsterte Chick verzweifelt. »Komm endlich, mein Junge.«

Das Pferd bewegte erst seine Nase auf die Möhre zu, dann endlich und widerstrebend auch seine Füße. Gleichgültig nahm es die Möhre aus der zitternden Hand des Mannes, saugte sie mit seinen schwarzen beweglichen Lippen ein und zerbiß sie mit einem lustlosen Schmatzen und ausholenden Kieferbewegungen. Als es alle zermalmten Stücke der Möhre hinuntergeschluckt hatte, streckte es auf der Suche nach mehr den Kopf vor. Aber es gab nicht mehr, nur das hellere Quadrat des Himmels, das sich wieder verdunkelte, als die Tür zuschwang, nur die leisen Geräusche des Riegels, der wieder vorgelegt wurde, nur den dahinschwindenden Geruch des Mannes und den sich verflüchtigenden Geschmack der Möhre. Das Pferd vergaß die Sache sofort und drehte sich langsam um, so daß es mit der Hinterhand zur Tür stand, weil das seine gewohnte Position war, und nach ein oder zwei Minuten blinzelte es langsam, entlastete das rechte Hinterbein und verfiel wieder in seinen vorherigen Dämmerzustand.

Unten in seinem Magen sickerte das flüssige Betäubungsmittel, das man bis zum Sättigungspunkt in die Möhre injiziert hatte, aus den verdauten Möhrenzellen heraus und wurde von seinem Blut absorbiert. Der Prozeß ging langsam und stetig vor sich. Und man hatte ihn zwei Stunden zu spät in Gang gesetzt.

Arthur Morrison stand in seinem Stallhof und sah zu, wie seine Männer den Fuchs in den Pferdetransporter luden, der ihn zum Rennen bringen sollte. Er verfolgte die Vorgänge mit gewohnheitsmäßig kritischer Miene, die in keinem Verhältnis zu seiner inneren Befriedigung stand. Der Fuchs war das beste Pferd in seinem Stall: ein regelmäßiger Gewinner, beliebt beim Publikum, eine Quelle des Ansehens wie der Einkünfte. Das große Jagdrennen in Cheltenham war ihm wie auf den Leib geschnitten, und Morrison war ein Meister seines Fachs, wenn es darum ging, ein Pferd für ein ganz bestimmtes Rennen in Hochform zu bringen. Niemand zog es ernsthaft in Betracht, daß der Fuchs geschlagen werden könnte. Alle Zeitungen hatten ihn durch die Bank zum Favoriten gekürt, und die Buchmacher boten zaghaft eine Quote von sechs zu vier. Morrison gestattete sich einen warmen Schimmer in den Augen und den Hauch eines Lächelns auf den Lippen, als die Männer die schweren Türen des Pferdewagens zuwarfen und ihn aus dem Hof steuerten.

Diese Geste war ungewöhnlich. Normalerweise zeigte seine Miene eine Mischung aus Konzentration und Mißbilligung zu etwa gleichen Teilen. Beide Eigenschaften trugen beträchtlich zu seinem Erfolg als Rennpferdtrainer sowie zu seiner Unbeliebtheit als Mensch bei, eine Tatsache, der sich Morrison durchaus bewußt war. Es scherte ihn nicht im mindesten, daß ihn so gut wie niemand leiden konnte. Erfolg und Respekt galten ihm viel mehr als Liebe, und alle, die das anders sahen, betrachtete er mit ungläubiger Verachtung.

Auf der anderen Seite des Hofs sah Chick mit seiner gewohnt finsteren Miene dem Pferdetransporter nach. Morrison runzelte verärgert die Stirn. Der Junge war eine Nervensäge, dachte er. Immer nörgelnd, immer unverschämt, immer darauf bedacht, mehr Geld herauszuholen. Morrison hielt es für ungesund, einem Jungen das Leben zu leicht zu machen: Ein bißchen Härte war gut für die Seele. Wo allerdings die Härte begann, darüber gingen Morrisons und Chicks Meinungen weit auseinander.

Chick sah das Stirnrunzeln seines Chefs und beobachtete

Morrison voller Angst; seine Schuldgefühle lasteten auf ihm wie ein Felsblock. Er konnte es nicht wissen, dachte er verzweifelt. Er konnte nicht einmal vermuten, daß irgend etwas mit dem Pferd nicht stimmte, sonst hätte er es nicht zum Rennen fahren lassen. Außerdem hatte das Pferd auch ganz gut ausgesehen. Absolut wie immer. Vielleicht war gar nichts dran gewesen an der Möhre... vielleicht war es sogar die falsche Möhre gewesen ... Chick sah sich beklommen um und wußte sehr gut, daß er sich etwas vormachte. Das Pferd mochte zwar ausgesehen haben, als sei alles in Ordnung mit ihm, aber das war es nicht.

Arthur Morrison sattelte sein Pferd zum Rennen auf, und Chick stand nervös zehn Schritte entfernt dabei, beobachtete ihn und versuchte sich in der aufgeregten Menge zu verstecken, die herbeidrängte, um den Favoriten näher in Augenschein nehmen zu können. Vor der Sattelbox des Fuchses hatte sich eine größere Schar von Bewunderern zusammengefunden als vor jeder anderen der sieben Läufer, und die Buchmacher hatten ihre Quoten verringert. Hinter Morrisons konzentrierter Miene wollte ein Fünkchen Sorge immer beharrlicher ans Tageslicht drängen. Er zog den Gurt stramm und justierte automatisch die Schnallen, während er sich eingestehen mußte, daß seine Befriedigung sich in Angst verwandelt hatte. Das Pferd war nicht es selbst. Kein lebhaftes Stampfen der Füße, kein spielerisches Knabbern mit den Zähnen, keine Reaktion auf die Menschenmenge; dabei führte sich dieses Pferd in der Öffentlichkeit für gewöhnlich wie ein Filmstar auf. Es konnte ihm nicht gut gehen, und wenn es ihm nicht gut ging, würde es nicht gewinnen. Morrison preßte die Lippen aufeinander. Wenn es dem Pferd nicht gut genug ging, um zu gewinnen, war es ihm lieber, es lief überhaupt nicht. Bei solchen Wettquoten geschlagen zu werden wäre eine Schande. Eine Niederlage von zu großen Ausmaßen. Ein Gesichtsverlust. Vor allem, weil Morrisons ältester Sohn Toddy der Jockey sein sollte. Die Zeitungen würden sie beide in Stücke reißen.

Morrison kam zu einer Entscheidung und schickte nach dem Tierarzt. Die Regeln des Jagdrennens in England besagten ziemlich deutlich, daß ein Pferd, das als Starter für ein bestimmtes Rennen gemeldet worden war, in der letzten Dreiviertelstunde vor dem Start nur aufgrund der Diagnose eines Tierarztes zurückgezogen werden durfte. Der Tierarzt der Cheltenham-Rennbahn kam und sah sich den Fuchs an und führte ihn nach kurzer Beratung mit Morrison zu einer abgeschirmteren Box, wo er seine Temperatur maß.

»Seine Temperatur ist normal«, versicherte der Tierarzt Morrison.

»Es gefällt mir nicht, wie er aussieht.«

»Ich kann nichts finden.«

»Es geht ihm nicht gut«, beharrte Morrison.

Der Tierarzt schürzte die Lippen und schüttelte den Kopf. Das Pferd zeigte keine sichtbaren Symptome für irgend etwas, und er wußte, daß er selbst in Schwierigkeiten kam, wenn er Morrison erlaubte, einen so heißen Favoriten aus so dürftigen Gründen zurückzuziehen. Nicht nur das – das war jetzt das dritte Pferd, um dessen Zurückziehung man ihn heute nachmittag gebeten hatte. Er hatte die beiden anderen Gesuche abgelehnt, und der Fuchs befand sich keineswegs in einem schlechteren Zustand.

»Er wird laufen müssen«, sagte der Tierarzt kategorisch, nachdem er seine Entscheidung getroffen hatte.

Morrison war außer sich vor Zorn und stürmte davon, um einen Steward zu suchen, der mit ihm zurückkehrte, sich den Fuchs ansah, dem Tierarzt zuhörte und bestätigte, daß das Pferd laufen mußte, ob es Morrison gefiel oder nicht. Es sei denn natürlich, Morrison wolle den abwesenden Besitzer des Pferdes mit hineinziehen, indem er ihm eine schwere Geldstrafe eintrug?

Mit einem Gesicht aus Granit sattelte Morrison den Fuchs abermals, und ein Stallbursche führte ihn hinaus in den Führring, wo der größte Teil der wartenden Öffentlichkeit in Beifall ausbrach und ein paar klügere Leute näher hinsahen und davoneilten, um ihre Wetten abzuwerfen.

Mit einem Schauder des Unwillens sah Chick, wie das Pferd wieder auftauchte, und bedauerte zum ersten Mal, was er getan hatte. Dieser blöde Tierarzt, dachte er hitzig. Der sieht nicht, was unter seiner dämlichen Nase vorgeht, der sieht vor lauter Bäumen den Wald nicht mehr. Alles, was von jetzt an passierte, war die Schuld des Tierarztes, dachte Chick. Der Tierarzt trug die Verantwortung, absolut. Der Mann war eine kriminelle Bedrohung, ein Pferd, dem das Doping aus den Augen blickte, in einem Jagdrennen starten zu lassen.

Toddy Morrison trat zu seinem Vater in den Führring, und gemeinsam sahen sie mit besorgter Miene zu, wie der Fuchs lethargisch über die ovale Bahn zockelte. Toddy war ein kräftiger, durch und durch professioneller Jockey von Ende Zwanzig mit einem ansteckenden Lächeln und einer offenen Lebenseinstellung, die das direkte Gegenteil derjenigen seines Vaters darstellte. Er hatte den starken Willen seines Vaters geerbt, ihn aber dazu benutzt, mit achtzehn Jahren sein Elternhaus zu verlassen und für andere Trainer zu reiten, und er hatte sich erst bereitgefunden, für seinen Vater zu reiten, als er seine eigenen Bedingungen stellen konnte. Daher kam es, daß Arthur Morrison ihn zutiefst respektierte. Gemeinsam hatten sie eine Menge Rennen gewonnen.

Chick hatte nicht direkt etwas gegen Toddy Morrison, obwohl Toddy ihm, wie er es sah, im Weg stand. Gelegentlich ließ Arthur Chick ein Rennen reiten, wenn Toddy etwas Besseres hatte oder das Gewicht nicht schaffte. Chick mußte diese Brosamen von Toddys Tisch mit zwei oder drei anderen Stallburschen im Hof teilen, die, obwohl er es nicht glaubte, genausogut im Sattel waren wie er. Aber auch wenn der Neid in ihm gärte und die abfälligen Bemerkungen scharf und sauer wie Essig aus seinem Mund kamen, konnte man nicht sagen, daß er Toddy tatsächlich haßte. Toddy hatte einfach etwas an sich, das man nicht hassen konnte, auch wenn man einen noch so guten Grund hatte. Chick hatte keinen Gedanken auf die Tatsache verwandt, daß es Toddy sein würde, der mit den Nachwirkungen der Möhre fertig werden mußte. Er hatte nicht weiter gedacht als bis zu seiner eigenen Tasche. Jetzt wünschte er, es wäre ein anderer Jockey gewesen. Irgend jemand, nur nicht Toddy.

Als er Toddy und Morrison besorgt im Führring stehen sah, wurde Chick schlagartig klar, daß er keinen Augenblick lang damit gerechnet hatte, der Braune würde in dem Rennen tatsächlich starten. Der Fremde, sagte sich Chick, hatte ihm ausdrücklich erklärt, daß das Pferd zu krank sein würde, um zu starten. Sonst hätte ich es nicht getan, dachte Chick tugendhaft. Ich hätte es nie getan. Es ist verdammt gefährlich, ein gedoptes Jagdpferd zu reiten. Das hätte ich Toddy niemals angetan. Es ist nicht meine Schuld, wenn er jetzt ein gedoptes Jagdpferd reiten muß, es ist die Schuld dieses Tierarztes, der nichts gemerkt hat. Es ist die Schuld dieses Fremden, der mir deutlich gesagt hat, das Pferd würde nicht in der Lage sein zu starten...

Ein unangenehmer Gedanke flackerte plötzlich in Chicks Gedächtnis auf – er war zwei Stunden zu spät mit der Möhre gewesen. Wenn der Fuchs die Droge pünktlich bekommen hätte, wäre ihre Wirkung inzwischen deutlicher zu Tage getreten, und der Tierarzt hätte bemerkt...

Chick verwarf diese unerträgliche Theorie augenblicklich und mit der Begründung, daß niemand genau sagen könne, wie ein bestimmtes Pferd auf eine Droge reagierte oder wie schnell sie wirken würde, und er wiederholte in Gedanken die tröstliche Selbsttäuschung, daß der Fremde ihm versprochen hatte, das Pferd würde überhaupt nicht an den Start gehen – obwohl der Fremde tatsächlich nichts Derartiges gesagt hatte. Der Fremde, der bei den Rennen zugegen war, war absolut zufrieden mit der Art, wie die Dinge sich entwickelten, und stand kurz davor, eine gehörige Menge Geld zu machen.

Die Glocke rief die Jockeys zum Aufsteigen. Chick ballte die Fäuste in den Taschen und versuchte, sich nicht vorzustellen, was einem Reiter passieren konnte, der mit fast fünfzig Kilometern die Stunde auf einem gedopten Pferd über die Hindernisse ging. Sein Körper begann Chick abermals Streiche zu spielen: Er konnte spüren, wie ihm der

Schweiß den Rücken hinunterrann, und der Puls dröhnte wieder in seinen Ohren.

Angenommen, er sagte es ihnen, dachte er. Angenommen, er rannte einfach da raus in den Führring und sagte Toddy, er solle das Pferd nicht reiten, es hätte keine Chance, richtig zu springen, es würde sicher stürzen, es konnte ihn verdammt leicht töten, weil seine Reaktionen alle zum Teufel seien.

Angenommen, er tat es. Wie würden sie ihn ansehen? Seine Phantasie ging mit ihm durch, und ihm wurde schwarz vor den Augen, weil eine so gewaltige Woge der Schmach nicht mit seiner überzogenen Selbsteinschätzung in Einklang zu bringen war. Er konnte den Zorn, der sie erfüllen würde, einfach nicht über sich ergehen lassen. Und vielleicht wäre das ja nicht einmal alles. Selbst wenn er es ihnen sagte und Toddy das Leben rettete, würden sie vielleicht trotzdem zur Polizei gehen. Das würde ihnen durchaus ähnlich sehen. Und er konnte vor Gericht enden. Vielleicht sogar im Gefängnis. Das würden sie mit ihm nicht machen, nicht mit ihm. Diese Chance würde er ihnen nicht geben. Sie hätten ihm mehr bezahlen sollen. Ihm mehr bezahlen sollen, weil er mehr wert war. Wenn sie ihm mehr bezahlt hätten, hätte er das Geld des Fremden nicht zu nehmen brauchen. Arthur Morrison war selber schuld.

Toddy würde es eben riskieren müssen. Schließlich sah das Pferd gar nicht so schlecht aus, und der Tierarzt hatte es für gesund befunden, nicht wahr, und vielleicht war es nur gut, daß er dem Fuchs die Möhre zwei Stunden zu spät gegeben hatte, und die Droge hatte ihre Wirkung noch nicht voll entfaltet, und im Grunde hatten sie es Chick zu verdanken, daß es so war; nur ihm war zu verdanken, daß das Pferd die Droge zwei Stunden zu spät bekommen hatte und daß nicht viel passieren würde. Es würde nicht viel passieren. Vielleicht würde der Fuchs nicht direkt *siegen,* aber Toddy würde die Sache schon überstehen. Natürlich würde er das.

Die Jockeys schwangen sich in den Sattel, Toddy ebenfalls. Er sah Chick in der Menge, wie er ihn beobachtete, und winkte ihm kurz grüßend zu. Der Drang, es ihm zu sagen, und die Angst, es zu sagen, zerrissen Chick wie eine Folter.

Toddy griff nach den Zügeln, schnalzte mit der Zunge und lenkte den Fuchs unentschlossen auf die Bahn. Er war enttäuscht, daß das Pferd sich nicht gut fühlte, aber er hatte nicht die mindeste Angst. Es war weder ihm noch Arthur Morrison in den Sinn gekommen, daß das Pferd gedopt sein könnte. Er galoppierte, in den Steigbügeln stehend, zum Start und krempelte, da er sich nicht mehr auf die Reserven seines Pferdes verlassen konnte, im Geiste seine Taktik um. Es würde schwierig sein, das Rennen zu gewinnen. Schade.

Chick sah ihm nach. Er hatte nicht entschieden, ob er es sagen oder nicht sagen sollte. Der Augenblick war einfach an ihm vorübergegangen. Als Toddy fort war, hob er seine bleischweren Füße und trabte zur Tribüne hinüber, um das Rennen zu beobachten, und in jedem Winkel seines Geistes platzten kleine Rechtfertigungen seiner Tat wie Seifenblasen auf. Ein Gefühl der Scham versuchte sich abzulagern, aber er wirbelte es mit gezielten Tritten in die Luft. Sie hätten ihm mehr bezahlen sollen. Es war ihre Schuld, nicht seine.

Er dachte an das Bündel Geldscheine, das der Fremde ihm zusammen mit der Möhre gegeben hatte. Vorschuß. Der Fremde hatte ihm vertraut, was er von den wenigsten Leuten gewöhnt war. Er hatte sich im Badezimmer eingeschlossen und die Scheine gezählt, hatte sie zweimal gezählt, und sie waren alle da, genau wie der Fremde versprochen hatte. Noch nie in seinem Leben hatte er soviel Geld besessen... Vielleicht würde er es auch nie wieder, dachte er. Und wenn er Arthur Morrison und Toddy von dem Doping erzählte, würde er dieses Geld hergeben müssen, das Geld und anderes mehr...

Ein Versteck für das Geld zu finden, war nicht leicht gewesen. Das Bündel benutzter Geldscheine hatte sich als ziemlich sperrig erwiesen, und er wollte nicht das Risiko eingehen, daß seine Mutter bei ihrem gewohnheitsmäßigen Herumschnüffeln in seinen Sachen auf das Geld stieß. Er hatte das Problem vorübergehend gelöst, indem er die Geldscheine zusammengerollt und in eine neonfarbene, runde Dose gesteckt hatte, in der früher mal Karamelbonbons gewesen waren, die er aber seit Jahren für Bürsten und Schuhputzzeug benutzte. Er hatte das Geld mit einem Lappen zugedeckt und die Dose wieder auf das Regal in seiner Schlafkammer geknallt. Irgendwann würde er sich wohl ein sichereres Versteck suchen müssen. Und er würde vorsichtig sein müssen, wenn er das Geld ausgab – wenn er einfach hinging und sich ein Auto kaufte, würde es zu viele Fragen geben. Er hatte immer ein Auto gewollt... und jetzt hatte er das Geld dafür... und er konnte sich den Wagen trotzdem nicht kaufen. Es war nicht fair. Absolut nicht fair. Wenn sie ihm mehr bezahlt hätten... genug für ein Auto...

Oben auf dem strategisch günstig gelegenen Bereich der Tribüne, der für Trainer und Jockeys reserviert war, legte ein kleiner Mann mit heißen, dunklen Augen Chick eine Hand auf den Arm und sprach ihn an. Es dauerte mehrere Sekunden, bis Chick ihn wirklich hörte.

»... Ich sehe, Sie sind hier, und Sie sind frei, werden Sie es reiten?«

»Was?« fragte Chick geistesabwesend.

»Mein Pferd im Hürdenrennen der Sieglosen«, sagte der kleine Mann ungeduldig. »Wenn Sie nicht wollen, kann ich natürlich...«

»Das habe ich nicht gesagt«, murmelte Chick. »Fragen Sie den Chef. Wenn er sagt, ich kann, na, dann kann ich.«

Der kleinwüchsige Trainer ging zu der Tribüne, von der aus Arthur Morrison den Fuchs aufmerksam durch seinen Feldstecher beobachtete, und stellte dieselbe Frage, die er Chick gestellt hatte.

»Chick? Ja, er kann für Sie reiten, wenn Sie ihn haben wollen.« Morrison schenkte dem anderen Trainer zwei volle Sekunden seiner Aufmerksamkeit und klebte dann wieder an seinem Feldstecher.

»Mein Jockey hat sich bei einem Sturz im ersten Rennen verletzt«, erklärte der kleine Mann. »Es gibt so viele Läufer im Rennen der Sieglosen, daß wir knapp an Jockeys sind. Da habe ich plötzlich Ihren Jungen da gesehen und ihn spontan gefragt, verstehen Sie?«

»Ja, ja«, sagte Morrison, zu neunzig Prozent desinteressiert. »Seine Fähigkeiten sind mäßig, also erwarten Sie nicht zuviel von ihm.« Der Fuchs hatte keine Spannkraft. Morrison fragte sich niedergeschlagen, ob er einen Husten ausbrütete.

»Mein Pferd wird nicht gewinnen. Man könnte sagen, es ist nur draußen, um Erfahrungen zu sammeln.«

»Ja. Na ja, machen Sie die Sache mit Chick aus.« Mehrere andere Ställe hatten eine Hustenepidemie, dachte Morrison. Der Fuchs hätte sich keinen schlechteren Tag aussuchen können, um sich anzustecken.

Chick, der das Angebot eines Ritts normalerweise mit herablassender Selbstgefälligkeit quittiert hätte, war so geistesabwesend, daß der kleine Trainer es schon bedauerte, ihn gefragt zu haben. Chicks ganze Aufmerksamkeit galt dem Fuchs, der sich ganz zufriedenstellend am Startband aufzustellen schien. Alles in Ordnung, versuchte Chick sich selbst zu beruhigen. Es würde schon gutgehen. Natürlich würde es das. Wie blöd von ihm, sich so aufzuregen.

Der Start und die ersten zwei Hindernisse lagen links von der Tribüne. Da bei dem Jagdrennen ein Startband benutzt wurde und keine Boxen und da es auch keine Startnummern gab, hatte Toddy sich an den Innenrails aufgestellt, um den kürzesten Weg zum Ziel zu haben.

Unten bei den Buchmachern wurden jetzt großzügigere Quoten angeboten, bis hin zu 1 : 1. Als der Fuchs auf dem Weg zum Start an ihnen vorbeigaloppiert war, hatte er keine besonders gute Figur gemacht. Die Buchmacher blickten dem Rennen daher ein wenig hoffnungsvoller entgegen. Sie hatten einen bösen Tag erwartet, aber wenn der Fuchs verlor, würden sie Gewinn machen. Einer von ihnen würde ungeheuren Gewinn machen – genauso wie er ungeheure Verluste einstecken mußte, falls der Fuchs siegte.

Alexander McGrant, mit wirklichem Namen Harry Buskins, hatte etwas Derartiges in der Vergangenheit schon ein oder zwei Mal gemacht. Er spreizte die Finger einer Hand und sah sie bewundernd an. Nicht das leiseste Zittern zu sehen. Und bei solchen Dingen bestand immer das Risiko, daß der Bestochene im letzten Augenblick kalte Füße bekam und die Sache nicht durchzog. Es war immer ein Glücksspiel, klar. Aber diesmal, bei diesem Jungen, da war er sich ziemlich sicher. Man konnte eigentlich nichts falsch machen, wenn man sich einen eitlen kleinen Schnösel mit einem großen Groll aussuchte. Das waren die Käuflichsten. Hundertprozentig.

Harry Buskins war ein gerissener Mittvierziger aus dem Londoner East End, für den es niemals eine klare Trennungslinie zwischen Recht und Unrecht gegeben hatte. Wenn sich ab und zu ein netter kleiner Schwindel einfädeln ließ, nun, warum nicht – das war seine Devise. Die Umsatzsteuer machte das Wettgeschäft kaputt ... Man mußte schnelle Scheinchen machen, wo man konnte ... Und nichts war so sicher oder so schnell wie Knete für einen ultraheißen Favoriten zu scheffeln, wenn man wußte, daß man nicht würde auszahlen müssen.

Unten am Pfosten legte der Starter die Hand auf den Hebel, und die Bänder schnellten in die Höhe. Toddy trat dem Fuchs in die Rippen. Von seinem luftigen Ausguck oben auf der Tribüne nahm der Kommentator seine Ansage auf: »Und los geht's! Der erste, der auftaucht, ist der graue ...« Arthur Morrison und Chick sahen mit aus jeweils anderer Art von Angst hämmerndem Herzen zu, und Harry Buskins schloß die Augen und betete.

Toddy trieb den Fuchs sofort unter die ersten drei; das Pferd galoppierte mit kräftigem Schritt, zog am Mundstück und ließ die Hufe über den Boden donnern. Er schien recht ordentlich zu laufen, dachte Toddy. Kräftig. Wie ein Zug.

Das erste Hindernis lag jetzt nur noch hundert Meter vor ihm und kam immer näher. Mit geübtem Auge schätzte Toddy die Distanz ab, wußte, daß der Fuchs genau das richtige Tempo vorlegte, machte sich für den Sprung bereit und gab dem Pferd das Zeichen abzuspringen. Er bekam keine Reaktion. Nichts. Der Fuchs unternahm keinen Versuch, die Muskeln anzuspannen, keinen Versuch, sich mit den Hinterbeinen abzustoßen, keinen Versuch zu zaudern oder das Tempo zu verlangsamen oder das Hindernis auf irgendeine Art und Weise zu umgehen. Eine ungläubige Sekunde lang wußte Toddy, daß ihm eine absolute Katastrophe unmittelbar bevorstand.

Der Fuchs galoppierte geradewegs hinein in das einen Meter dicke, brusthohe, massive Birkenhindernis, und die Wucht des Aufpralls ließ die Zuschauer auf der Tribüne wie aus einem Mund entsetzt aufstöhnen. In einem Wirbel zukkender Beine schlug das Pferd einen Purzelbaum über den Zaun, warf Toddy aus dem Sattel, stürzte auf ihn und rollte über ihn hinweg.

Chick war es, als würde die Welt mit einem Mal grau. Alles verlor seine Farbe, und er war einer Ohnmacht nahe. O Gott, dachte er. O Gott. *Toddy.*

Der Fuchs erhob sich taumelnd auf die Füße und galoppierte davon. Er folgte den anderen Pferden zum zweiten Hindernis.

Er prallte genauso unvermittelt und ungebremst gegen

den zweiten Zaun wie gegen den ersten. Die Menge keuchte und schrie auf. Wieder der Purzelbaum, die von sich gestreckten Beine, der furchtbare Sturz, die sofortige Erholung. Der Fuchs rappelte sich abermals auf und galoppierte weiter.

Er kam an der Tribüne vorbei, bewegte sich unerbittlich weiter, die Steigbügel baumelten von dem leeren Sattel herab, Schaumwölkchen stoben von seinem Maul, und große, dunkle Schweißflecken überzogen seine Flanken. Wo die Bahn nach links abbog, rannte der Fuchs geradeaus weiter. Geradeaus, quer über die Kurve hinweg, um auf der anderen Seite der Bahn gegen das Rail zu krachen. Er nahm das massive Holz mit der Brust und brach es in zwei Stücke. Wieder stürzte er mit zuckenden Gliedern zu Boden, und wieder erhob er sich schwankend auf die Füße. Aber diesmal nicht, um davonzugaloppieren. Diesmal machte er drei qualvolle, humpelnde Schritte und blieb stehen.

Weiter hinten am Zaun lag Toddy am Boden, umringt von Sanitätern, die sich ängstlich über ihn beugten. Arthur Morrison rannte von der Tribüne zur Bahn und wußte nicht, wohin er sich zuerst wenden sollte, zu seinem Sohn oder seinem Pferd. Chicks Beine gaben unter ihm nach, und er sackte benommen auf die Betonstufen. Und unten im Buchmacherstand wurde Harry Buskins' erste freudige Reaktion von der Frage getrübt, ob dieser dämliche Chick, falls Toddy Morrison schwer verletzt war, genug Angst haben würde, um den Mund zu halten.

Arthur Morrison lenkte seine Schritte in die Richtung, in der sein Sohn lag. Toddy hatte durch den Sturz das Bewußtsein verloren, und das Gewicht des Fuchses hatte ihm sämtliche Luft aus den Lungen gequetscht, aber als sein Vater auf hundert Meter herangenaht war, kam er langsam wieder zu sich. Arthur sah, daß die lang hingestreckte Gestalt sich regte, drehte brüsk um und lief auf das Pferd zu: Es war völlig unmöglich, Toddy zu zeigen, welche Sorgen er sich machte. Toddy würde ihn dann nicht mehr respektieren, dachte er.

Der Fuchs stand geduldig an der zerschmetterten Rail und war sich nur schwach des stumpfen Schmerzes in seinem Vorderbein bewußt, das sein Gewicht nicht zu tragen vermochte. Arthur Morrison und der Tierarzt erreichten das Pferd gleichzeitig, und Arthur Morrison funkelte den Arzt zornig an.

»Sie sagten, er sei fit genug für das Rennen. Der Besitzer wird an die Decke gehen, wenn er das erfährt.« Morrison versuchte, seinen wachsenden inneren Zorn angesichts der Ungerechtigkeit des Schicksals im Zaum zu halten. Der Fuchs war nicht irgendein Pferd – er war das beste Pferd, das er je trainiert hatte.

»Nun, mir schien er in Ordnung zu sein«, verteidigte sich der Tierarzt.

»Ich will einen Dopingtest«, sagte Morrison rüde.

»Er hat sich die Schulter gebrochen. Wir werden ihn einschläfern müssen.«

»Ich weiß. Ich habe Augen im Kopf. Trotzdem, ich will zuerst einen Dopingtest. Wenn er einfach nur krank wäre, hätte er sich niemals so benommen.«

Der Tierarzt erklärte sich widerstrebend bereit, eine Blutprobe zu nehmen, danach schob er den Bolzen in den Schußapparat und schoß ihn in das von Drogen umnebelte

Gehirn des Fuchses. Das beste Pferd in Arthur Morrisons Stall war nur noch ein Name in den Zuchtbüchern. Die verdaute Möhre wurde zusammen mit dem Kadaver weggeschafft, aber der Schaden, den sie angerichtet hatte, hatte damit noch lange nicht sein Ende erreicht.

Chick brauchte fünfzehn Minuten, um zu begreifen, daß es Toddy war, der noch lebte, und das Pferd, das tot war, und während dieser Zeit fühlte er sich körperlich krank und geistig zermalmt. Am Anfang war es ihm als eine solche Kleinigkeit erschienen, dem Fuchs eine Möhre zu geben. Er hatte nicht gedacht, daß die Sache ihn derart mitnehmen würde. Er hätte sich niemals träumen lassen, daß man von so etwas richtiggehend krank werden konnte.

Sobald er wußte, daß Toddy sich keine Knochen gebrochen hatte, wieder bei Bewußtsein war und in ein oder zwei Stunden sogar wieder aufstehen konnte, ebbte der Großteil seiner körperlichen Symptome ab. Als der kleine Trainer hinter ihm auftauchte, um ihn scharf daran zu erinnern, daß er in diesem Augenblick in der Umkleidekabine sein sollte, um die Rennfarben für seinen Ritt im Rennen der Sieglosen anzulegen, fühlte er sich gut genug, es zu tun, obwohl er in gewisser Weise wünschte, er hätte nicht zugesagt.

Im Umkleideraum vergaß er, seinem Jockeydiener zu sagen, daß er einen leichten Sattel brauchte und daß der Trainer um einen Brustgurt gebeten hatte. Er vergaß, die Trikotbandage um seinen Hals zu knoten, und wäre beinahe mit hinterherflatternden Enden hinausgegangen. Er vergaß, seine Uhr abzunehmen. Sein Diener wies ihn auf alles hin und dachte bei sich, daß der Jockey betrunken wirke.

Das sieglose Hürdenpferd, das Chick reiten sollte, wäre mehr als einen Kilometer hinter dem Fuchs ins Ziel gegangen, wenn beide am Vortag gestartet wären. Jung, unerfahren und nur oberflächlich trainiert, war es keine Geldader, die nur noch entdeckt zu werden brauchte, sondern ein Hengst, der im Hauptfeld mitlief, bis sein Besitzer es müde wurde, es immer wieder zu probieren. Chick hatte sich nicht die Mühe gemacht, das herauszufinden. Er hatte zuviel anderes im Sinn gehabt, um in den Rennberichten nachzulesen, wo eine lange Reihe von Niederlagen ihn vielleicht vorsichtig gemacht hätte. Wie die Dinge lagen, stieg er unaufmerksam auf das Pferd und achtete nicht auf die Reitorder, die der kleine Trainer ihm wieder und wieder einzubleuen versuchte. Wie gewöhnlich glaubte er, es besser zu wissen. Er würde die Sache nach eigenem Gusto entscheiden, dachte er streitlustig. Wie konnte er sich bei all dem, was er im Kopf hatte, auf hektische kleinliche Instruktionen konzentrieren?

Als er die Waage verließ, kam er an Arthur Morrison vorbei, der mit einem unaufmerksamen Blick auf seine Rennfarben sagte: »O ja ... na, sieh zu, daß du die Sache nicht allzusehr verpfuschst ...«

Morrison dachte immer noch darüber nach, welche Rolle der Tod des Fuchses für sein künftiges Geschick spielen würde, und er bemerkte das gereizte Zucken nicht, das Chicks verdrießliches Gesicht durchlief.

Da geht er, dachte Chick. Das ist doch wieder typisch. *Typisch.* Der glaubt wirklich, ich bringe nicht die kleinste Kleinigkeit zustande. Wenn er mir mehr Chancen gegeben hätte ... und mehr Geld ... dann hätte ich die Möhre nicht ... nun, ich hätte es nicht getan. Er galoppierte zum

Zielpfosten und konzentrierte sich ganz auf seinen Groll über diese Bemerkung: »Sieh zu, daß du die Sache nicht allzusehr verpfuschst«, weil sie ihm auf merkwürdige Weise zu rechtfertigen schien, getan zu haben, was er getan hatte. Der Abgrund der Reue, der sich unter ihm auftat, war zu schmerzhaft. Er klammerte sich an jede Lüge, um sich davor zu bewahren.

Harry Buskins hatte bemerkt, daß Chick unerwarteterweise im Hürdenrennen der Sieglosen mitritt, und schloß daraus, daß er selbst in Sicherheit war, daß der Junge nicht zusammenbrechen würde. Trotzdem hatte er seine Tasche über seinen beachtlichen Einnahmen geschlossen und seinen Stand für den Tag verlassen, um nach Hause zu gehen. Seinen Kollegen hatte er erklärt, daß es ihm nicht gut ginge. Und das stimmte auch. Er wurde das Bild, wie der Fuchs auf diese Zäune zustürmte, als könne er nichts sehen, einfach nicht los. Blind. Das Pferd war blind gewesen. Ein großes Rennpferd, das wußte, daß es am Anfang eines Rennens auf einer Rennbahn stand. Das nicht begriff, daß irgend etwas mit ihm nicht stimmte. Das galoppierte, weil man es zum Galoppieren aufforderte, weil es wußte, daß dies der rechte Ort dafür war. Ein großes Pferd mit einem großen Herzen.

Harry Buskins wischte sich den Schweiß von der Stirn. Nach einem solchen Zwischenfall würden sie das Pferd ganz sicher auf Doping untersuchen, dachte er. Keins der anderen, bei denen er in der Vergangenheit das gleiche gemacht hatte, hatte so reagiert. Vielleicht hatte er die Dosis falsch bemessen, vielleicht war auch das Timing falsch gewesen. Man konnte nie genau wissen, wie ein bestimmtes

Pferd reagieren würde. Doping war immer ein wenig unberechenbar.

Er schenkte sich mit Händen, die nun doch zitterten, ein halbes Glas Whisky ein, und als er sich ruhiger fühlte, beschloß er, daß er, wenn er diesmal damit durchkam, sich mit seinen Profiten zufriedengeben und nicht noch mal mit irgendwelchen Karotten rummachen würde. Er würde es einfach nicht noch einmal riskieren.

Chick stellte sich am Startpfosten in der Mitte des Feldes auf, obwohl der Trainer ihm geraten hatte, auf der Außenseite zu starten, um es dem unerfahrenen Pferd über die ersten Hürden leichter zu machen. Chick erinnerte sich nicht an diese Anweisung, weil er nicht zugehört hatte, und selbst wenn er zugehört hätte, hätte er dasselbe getan, getrieben vom gewohnheitsmäßigen Zwang, anderer Meinung zu sein. Er dachte an Toddy, der sich vor einer Stunde an dieser Stelle aufgestellt hatte, ohne zu wissen, daß sein Pferd die Hindernisse nicht sehen würde. Chick hatte nicht gewußt, daß Doping ein Pferd blind machen konnte. Wie hätte man damit auch rechnen können? Es ergab keinen Sinn. Vielleicht hatte das Dopingmittel den Fuchs auch nur so sehr verwirrt, daß er das Hindernis zwar sah, aber irgendwie nicht begriffen hatte, daß er darüberspringen sollte. Der Fuchs konnte unmöglich wirklich blind gewesen sein.

Chick schwitzte bei diesem Gedanken und vergaß zu überprüfen, ob die Gurte nach dem Galopp zum Startpfosten immer noch stramm saßen. Und auch, als der Starter die Bänder hochschnellen ließ, war er noch immer mit diesen grauenhaften Vorstellungen beschäftigt, so daß er den richtigen Augenblick verpaßte und nur langsam loskam. Der kleine Trainer auf der Tribüne schnalzte verärgert mit der Zunge, und Arthur Morrison hob den Blick himmelwärts.

Die erste Hürde stand auf gleicher Höhe mit dem ersten Zaun, und den ganzen Weg dorthin war Chick von der unlogischen Angst erfüllt, daß sein Pferd nicht abspringen würde. Er verwandte die Aufmerksamkeit, die er der richtigen Positionierung seines Pferdes hätte schenken müssen, ganz auf den verzweifelten Versuch, sich einzureden, daß ihm niemand eine Möhre gegeben haben konnte. Er konnte nicht selbst auf einem gedopten Pferd sitzen... Das wäre nicht fair gewesen. Warum wäre es nicht fair gewesen? Weil... weil...

Das Pferd geriet beim Sprung ins Straucheln, schlug hart gegen den Holzrahmen und kam beim Aufsprung fast zum Stillstand. Der kleine Trainer begann zu fluchen.

Chick zog einen Zügel, der sich gelöst hatte, fester an, und das Hürdenpferd schwankte in zaudernder Unentschlossenheit hin und her. Es mußte mit Sorgfalt und Zuversicht geritten werden, man mußte ihm Gleichgewicht und Rhythmus beibringen. Man mußte es vor den Sprüngen richtig einstellen und danach schnell wieder versammeln. Es mangelte ihm an Erfahrung, es mangelte ihm an Urteil, und es brauchte dringend einen Jockey, der beides beisteuern konnte.

Chick hätte die Sache einigermaßen hinbekommen, wenn er es versucht hätte. Statt dessen ließen Übelkeit und geistige Erschöpfung alle seine Fähigkeiten dahinschmelzen, und er verlegte sich darauf zu beweisen, daß er nie viel getaugt hatte.

Beim zweiten Hindernis sah er vor seinem inneren Auge, wie der Fuchs mit einem Purzelbaum durch die Luft geflogen war, und als sie um die Kurve gingen, verweilte sein Blick auf dem zerbrochenen Rail und dem zertretenen Gras davor. Dort war der Fuchs gestorben. Alle im Stall würden unter den finanziellen Folgen zu leiden haben. Er hatte den Fuchs getötet, das ließ sich nicht länger leugnen, er hatte ihn mit der Karotte so sicher getötet, als hätte er den Bolzen selbst abgeschossen. Plötzlich schluchzte Chick, und seine Augen füllten sich mit Tränen.

Die nächsten beiden Hürden sah er nicht. Sie schossen in einem fliegenden Nebel unter ihm hinweg. Rein instinktiv blieb er auf seinem Pferd sitzen, und die Tränen liefen über die Wangen und wurden vom Wind weggepeitscht, sobald sie unter dem Rand seiner Jockeybrille hervorrannen.

Das unerfahrene Pferd war verängstigt und führerlos. Der nächste Sprung stand unmittelbar bevor, und das Pferd vor ihnen stolperte über die Hürde und warf einen Balken um, so daß er schräg hängenblieb. Das Hürdenpferd wartete bis zum letzten Augenblick auf Hilfe oder Anweisung von dem Mann auf seinem Rücken und ging dann unentschlossen auf den umgeworfenen Abschnitt der Hürde zu, der in seinen Augen niedriger und leichter zu überspringen schien als das andere Ende.

Auf der Tribüne sahen sowohl der kleine Trainer als auch Arthur Morrison, daß Chick keinen Versuch unternommen hatte, weiter geradeaus zu reiten oder dem Pferd zu sagen, wann es abspringen sollte. Es landete mit den Vorderbeinen in der geneigten Hürde, blieb dort hängen und schleuderte Chick über seinen Kopf aus dem Sattel.

Der Instinkt der Selbsterhaltung, der Chick normalerweise veranlaßt hätte, sich zu einem rollenden Ball zusammenzukrümmen, funktionierte nicht. Er stürzte lang und gerade durch die Luft, und sein letzter Gedanke, bevor er aufschlug, war, daß der blöde kleine Mistkerl von einem Trainer sein Pferd nicht vernünftig trainiert hatte. Das Tier hatte keine blasse Ahnung vom Springen.

Lange Zeit später erwachte er in einem hohen Bett in einem kleinen Raum. Irgendwo brannte ein gedämpftes Licht. Er spürte keinen Schmerz. Er spürte überhaupt nichts. Seine Gedanken schienen durch seinen Kopf zu treiben, und sein Kopf trieb durch den Raum.

Nach einer weiteren Ewigkeit begann er zu glauben, daß er tot sei. Er nahm diesen Gedanken sehr gefaßt auf und war stolz darauf. Dann dämmerte ihm langsam, ganz langsam, daß er nicht tot war. Sein Kopf steckte in einer Art Hülle, die ihn weich lagerte. Er konnte sich nicht bewegen.

Er blinzelte bewußt mit den Augen und leckte sich die Lippen, um sicherzugehen, daß zumindest sie funktionierten. Er hatte keine Ahnung, was passiert war. Seine Gedanken waren ein dichter, aber friedvoller Nebel.

Schließlich erinnerte er sich an die Möhre, und die ganze komplizierte und qualvolle Geschichte wurde wieder in sein Bewußtsein zurückgespült. Er schrie protestierend auf und versuchte, sich zu bewegen, aufzustehen und wegzulaufen, der unmöglichen, unerträglichen Schuld zu entfliehen. Irgendwelche Leute hörten seine Stimme und kamen ins Zimmer und standen um ihn herum. Er sah sie verständnislos an. Sie waren weiß gekleidet.

»Es ist alles in Ordnung«, sagten sie. »Keine Sorge, junger Mann, Sie kommen schon wieder in Ordnung.«

»Ich kann mich nicht bewegen«, protestierte er.

»Das kommt schon noch«, sagten sie beschwichtigend.

»Ich spüre... nichts. Ich spüre meine Füße nicht.« Plötzlich wurde Panik in seiner Stimme laut. »Ich spüre meine Hände nicht. Ich kann... meine Hände... nicht bewegen.« Er schrie jetzt, und seine Augen waren angstvoll aufgerissen.

»Keine Sorge«, sagten sie. »Das kommt schon wieder. Sie kommen wieder in Ordnung. Sie kommen wieder in Ordnung.«

Er glaubte ihnen nicht, und sie pumpten ihm ein Beruhigungsmittel in den Arm, um ihn ruhigzustellen. Er konnte den Einstich der Nadel nicht spüren. Er hörte sich schreien, weil er keinen Schmerz spürte.

Als er wieder aufwachte, wußte er mit Sicherheit, daß er sich den Hals gebrochen hatte.

Nach vier Tagen besuchte Arthur Morrison ihn und brachte ihm sechs frisch gelegte Eier und eine Flasche frischen Orangensaft mit. Er blickte auf den unbeweglichen Körper mit dem Gipsverband um Schultern und Kopf herunter.

»Nun, Chick«, sagte er verlegen. »Es ist nicht so schlimm, wie es hätte sein können, oder?«

»Schön! So kann man das auch sehen«, sagte Chick rüde.

»Sie sagen, das Rückenmark sei nicht durchtrennt worden, es ist nur gequetscht. Sie sagen, in einem Jahr oder so würdest du einen Gutteil deiner Bewegungsfähigkeit zurückerlangen. Und du würdest jetzt jeden Tag wieder etwas mehr Gefühl bekommen.«

»Das sagen sie«, sagte Chick höhnisch. »Aber ich glaube es nicht.«

»Du wirst es glauben müssen, mit der Zeit«, sagte Morrison ungeduldig.

Chick antwortete nicht, und Arthur Morrison stöberte unbehaglich in seinen Gedanken nach irgend etwas, das er sagen konnte, um die Minuten zu überbrücken, bis er anständigerweise gehen konnte. Er konnte den Jungen nicht besuchen und einfach nur schweigend vor seinem Bett stehen. Er mußte irgend etwas sagen. Also begann er von dem zu reden, was in seinen Gedanken an erster Stelle stand.

»Wir haben heute morgen das Ergebnis des Dopingtests bekommen. Wußtest du, daß wir den Fuchs haben untersuchen lassen? Nun, du weißt ja, daß wir ihn auf jeden Fall einschläfern lassen mußten. Die Ergebnisse sind heute morgen reingekommen. Sie waren positiv... *positiv.* Der Fuchs war bis oben hin voll mit irgendeinem Betäubungsmittel, irgendein langer Name. Der Besitzer macht uns die Hölle heiß deswegen und die Versicherungsgesellschaft ebenfalls. Sie versuchen, es mir in die Schuhe zu schieben. Meine Sicherheitsvorkehrungen seien nicht ausreichend gewesen. Das ist lächerlich. Nicht genug mit dem Verlust des Pferdes selbst, dem Verlust dieses wirklich großartigen Pferdes. Ich habe heute morgen jeden im Stall gefragt, sobald ich von dem Doping wußte, aber natürlich wußte niemand irgend etwas. Mein Gott, wenn ich wüßte, wer das getan hat, würde ich ihn höchstpersönlich erwürgen.« Seine Stimme zitterte von dem Zorn, der ihn den ganzen Tag über verzehrt hatte.

In diesem Augenblick ging ihm auf, daß Chick schließlich Chick war und sich ausschließlich für seinen eigenen Zustand interessieren und sich einen feuchten Kehricht um die Schwierigkeiten anderer Leute scheren würde. Arthur Morrison seufzte tief. Chick hatte im Augenblick tatsächlich eigene Probleme. Man konnte nicht von ihm erwarten, daß ihn die Sache mit dem Fuchs allzusehr interessierte. Und er sah sehr schwach aus, sehr blaß.

Der Arzt, der Chicks Zustand zehnmal am Tag überprüfte, kam leise in den kleinen Raum und schüttelte Morrison die Hand.

»Er macht sich gut«, sagte er. »Die Sache entwickelt sich hervorragend.«

»Quatsch«, sagte Chick.

Der Arzt schürzte die Lippen. Er sagte nicht, daß Chick seiner Meinung nach der übellaunigste Patient im ganzen Krankenhaus war. Er sagte: »Es ist natürlich hart für ihn. Aber es hätte schlimmer sein können. Es wird einige Zeit dauern; er wird alles noch mal von vorne lernen müssen, verstehen Sie. Es wird einige Zeit dauern.«

»Wie ein verdammtes Baby«, sagte Chick heftig.

Noch einmal ein Baby, dachte Arthur Morrison. Nun, vielleicht konnten sie ihn beim zweiten Mal besser hinbekommen.

»Er kann von Glück sagen, daß er gute Eltern hat, die sich um ihn kümmern werden, sobald er nach Hause kommt«, meinte der Arzt.

Chick dachte an seine Mutter, die ewig Möhren hackte, um sie in den Eintopf zu geben. Er würde sie essen müssen. Seine Kehle krampfte sich zusammen. Er wußte, er würde keine Möhre mehr herunterbekommen.

Und dann war da das Geld, zusammengerollt in der Schuhputzdose auf dem Regal in seinem Zimmer. Er würde die Dose die ganze Zeit über sehen können, wenn er in seinem eigenen Bett lag. Er würde nie vergessen können. Nie. Und es würde immer die Gefahr bestehen, daß seine Ma in die Dose schaute. Der Gedanke, nach Hause zu gehen, war ihm unerträglich. Und er wußte, er würde nach Hause gehen müssen. Er hatte keine andere Wahl. Er wünschte, er wäre tot.

Arthur Morrison seufzte schwer und schulterte mit gewohnter Geistesstärke seine neue Bürde. »Ja, er kann nach Hause kommen, zu seiner Mutter und mir, sobald es ihm wieder gut genug geht. Er wird sich immer auf uns verlassen können.«

Chick Morrison zuckte vor Verzweiflung zusammen und schloß die Augen. Sein Vater versuchte ein Aufwallen von Ärger zu unterdrücken, und der Arzt dachte, was für ein undankbares kleines Biest der Junge doch war.

Ein Geschenk des Himmels

Die Erzählung ›Ein Geschenk des Himmels‹ erschien in der Ausgabe der Sports Illustrated *zum Kentucky Derby 1973, allerdings unter dem von der Zeitschrift geänderten Titel ›Der Tag von Wein und Rosen‹, einem Titel, der sich sowohl auf die reale Blumendecke bezog, die man dem Derby-Sieger über den Widerrist wirft, als auch auf den frei erfundenen Alkohol, der in der Erzählung reichlich fließt.*

›Ein Geschenk des Himmels‹, das Fred Collyer zuteil wurde, war jedoch weit mehr wert als Rosen.

Als der Morgenflug von La Guardia noch zwanzig Minuten vor Louisville war, holte Fred Collyer einen Block mit vorgedruckten Formularen hervor und begann seine Unkosten aufzuschreiben.

Taxi zum Flughafen, vierzig Dollar.

Unerheblich, daß sein Nachbar, der auf Long Island arbeitete, ihn kostenlos mitgenommen und am Flughafen abgesetzt hatte: Ein wenig Phantasie in Sachen Spesen bescherte ihm (steuerfrei) noch mal die Hälfte von dem, was ihm der *Manhattan Star* für die Artikel zahlte, die er jeden Montag in seiner Rennspalte brachte.

Erfrischungen auf der Reise, schrieb er. *Fünfundzwanzig Dollar.*

Bewirtung zum Zwecke der Informationsbeschaffung, dreißig Dollar fünfzig.

Wie um diesen Posten zu rechtfertigen, bestellte er bei der Stewardeß einen zweiten doppelten Bourbon und prostete schweigend einem Mann zu, der auf der anderen Seite des Ganges schlief – dem Besitzer einer drittklassigen Stute, die sich vor zwei Wochen die Schienbeine aufgeschlagen hatte.

Wieder ein Kentucky Derby. Seine Gedanken flackerten wie die zerkratzte Kopie eines alten Kinofilms über die vor ihm liegenden Tage. Immer dieselbe Plackerei, morgens raus zu den Ställen, dann endlose Sitzungen über Rennberichten der Vergangenheit und die Suche nach einem Fingerzeig, was die Zukunft betraf. Die wenig aufschlußreiche Trainingsarbeit auf der Bahn, die verleumderischen Gerüchte, das Geschwätz, die dummen Jockeys, die dummen Trainer, die ihre gottverdammten dummen Klappen aufrissen – immer dasselbe.

Der glühende Enthusiasmus, einst das Markenzeichen seiner auch von anderen Zeitungen übernommenen Beiträge, gehörte lange der Vergangenheit an. Die gehobene Stimmung an den großen Renntagen, das feine Gespür, mit dem er eine Story gewittert hatte, wo kein anderer etwas vermutet hätte, der scharfe Instinkt, der Wahrheit von Täuschung zu unterscheiden vermochte, all diese Dinge hatte er einmal besessen. All diese Dinge hatte er verloren. An ihrer Stelle dehnten sich endlose Langeweile und immerwährende, zynische Müdigkeit. Anstelle von Exklusivbeiträgen erhielt seine Zeitung die wiedergekäuten Ideen anderer Rennsportreporter, und in letzter Zeit war ihm einige Male nicht einmal mehr das gelungen.

Er war sechsundvierzig.

Er trank.

Daheim in seinem zweckmäßigen New Yorker Büro schürzte der Sportreporter des *Manhattan Star* die Lippen. Vor ihm lag Fred Collyers Bericht über die Everglades in Hialeah, und er fragte sich, ob es klug gewesen war, ihn wie gewöhnlich zum Derby zu schicken.

Dieser Bursche, dachte er bedauernd, war fix und fertig. Wirklich schade. Wirklich schade, daß er nicht die Finger vom Alkohol lassen konnte. Niemand konnte trinken und schreiben, nicht gleichzeitig. Erst schreiben, dann trinken; okay. Vielleicht sogar trinken bis zum Abwinken, bis zum Umfallen. Aber *danach*.

Lange würde es nicht mehr dauern, dachte er, bis er Fred gehen lassen mußte, und wahrscheinlich hätte er sich schon seit jenem Tag vor einigen Monaten nach Ersatz umschauen sollen, als Fred zum ersten Mal so besoffen ins Büro gekommen war, daß er nicht mehr die richtigen Tasten auf seiner Schreibmaschine erwischte. Aber dieser Säufer hatte alles gehabt, dachte er. Eine Nase für eine Story, wie ein Journalist sie brauchte, und die Gabe, sein Zeug so lebhaft rüberzubringen, daß die Worte geradezu von den Seiten sprangen und sich einem ins Gehirn rammten.

Alles, was davon heute noch übrig war, war ein guter Ruf und ein Echo: Er funktionierte nur noch mechanisch, die Persönlichkeit dahinter war im Suff versunken.

Der Sportreporter legte den Hialeah-Artikel kopfschüttelnd beiseite. Zweimal in den letzten sechs Wochen hatte Fred es nicht fertiggebracht, überhaupt eine Story zu schreiben. Beide Male hatten sie sich im Büro einen Artikel zusammengestoppelt und den Namen Collyer draufgesetzt, aber zweimal den Abgabetermin zu verschlafen war einmal mehr, als man verzeihen konnte. Ein drittes Mal, und die Sache war gelaufen. Die Chefs murrten lauter denn je über die überzogenen Spesenabrechnungen, und wenn sie rausfanden, daß sie dafür zweimal keine müde Zeile bekommen hatten, würde ihn kein noch so heftiges Pochen auf das Motto »Um der alten Zeiten willen« retten.

Ich habe ihn gewarnt, dachte der Sportreporter mit Unbehagen. Ich habe ihm gesagt, er soll diesmal zusehen, daß er eine wirklich gute Story abliefert. Einen brandheißen Knüller, wie man das früher von ihm kannte. Ich habe ihm gesagt, dieses Derby muß einer seiner größten Erfolge werden.

Fred Collyer meldete sich in dem Motel an, in dem die Zeitung ihm ein Zimmer reserviert hatte. Dort genehmigte er sich drei schnelle Vormittagsstärkungen aus der Flasche, die er in seiner Aktentasche mitgebracht hatte. Die Warnung des Sportreporters schob er in den hintersten Winkel seines Bewußtseins, denn er war sich immer noch sicher, daß er, betrunken oder nüchtern, bessere Artikel schreiben konnte als jeder andere Kommentator in dem Geschäft, wenn er nur eine Story hatte, die der Mühe wert war. Es gab nur einfach keine guten Storys mehr.

Er nahm ein Taxi zu den Churchill Downs. (*Taxi, vier-*

undzwanzig Dollar fünfzig, schrieb er unterwegs und zahlte dem Fahrer achtzehn.)

Drei Tage vor dem Derby wirkte die Rennbahn sauber, frisch und erwartungsvoll. Leuchtend rote Tulpen richteten in säuberlichen Kolonnen ihre Blütenblätter einheitlich dem blauen Himmel entgegen, und Flecken grünen Rasens leuchteten wie shampoonierte Teppiche. Ohne sie zu beachten, nahm Fred Collyer den Aufzug zum Dach und trottete die letzten windigen Stufen zu dem großen, verglasten Presseraum über der Tribüne. Dort saßen einige Männer an ihren Schreibmaschinen und hackten die Nachrichten für den kommenden Tag in die Tasten. Draußen standen noch andere, die sich das erste Rennen ansahen, aber die meisten waren in das wichtigste Tagesgeschäft vertieft: zu schwatzen.

Fred Collyer holte sich an der einfachen Bar eine Dose Bier, trug sie an den mit seinem Namen bezeichneten Platz und tauschte mit den Gesichtern, die er von den Bahnen zwischen Saratoga und Hollywood Park kannte, ein paar Hallos. Da er ständig von einem Hotel zum anderen zog und endgültig entwurzelt war, seit Sylvie von seiner Abwesenheit und seiner Trinkerei die Nase so voll gehabt hatte, daß sie mit den Kindern zurück zu ihrer Mutter nach Nebraska gezogen war, betrachtete er die Pressezimmer der Rennbahnen als sein einziges wirkliches Zuhause. Dort fühlte er sich entspannt und wußte, daß man ihn respektierte. Er bemerkte gar nicht, daß die Bewunderung, die ihm die anderen einst gezollt hatten, langsam einem toleranten Mitleid Platz machte.

Er ließ sich ungezwungen auf seinen Stuhl fallen und las eine der vervielfältigten Pressenotizen vom Tage.

»Trainer Harbourne Cressie berichtet, daß Pincer Movements linkes Vorderbein nach einem Spritzer über 800 Meter heute morgen nicht entzündet sei.«

»Nichts dran an dem Gerücht, daß Salad Bowl gestern abend Temperatur hatte, bestätigt Tierarzt John Brewer im Auftrag der Besitzerin Mrs. L. (Loretta) Hicks.«

Na wunderbar, dachte er sarkastisch. Negative Nachrichten waren keine Nachrichten, Derbystarter eingeschlossen.

Er blieb den ganzen Nachmittag im Pressezimmer, trank Bier, diskutierte mit Schreibern, Fotografen, Publizisten und Radioleuten über alles und nichts, hielt unachtsam die Fernsehübertragungen der Rennen im Auge und trat gelegentlich hinaus auf den Balkon, um auf den Ameisenhaufen der Menschenmenge weit unter sich hinabzublicken. Nicht nötig, sich da hinunterzukämpfen, wie er das früher getan hatte, dachte er. Nicht nötig zu versuchen, Leute zu treffen, sie unter vier Augen zu interviewen. Alles und jeder, der irgendwie von Interesse war, kam irgendwann ins Pressezimmer rauf und teilte alles Wissenswerte in leicht verdaulichen Bröckchen mit.

Am Ende des Tages nahm er dankend das Angebot eines Kollegen an, in dessen Mietwagen mit in die Stadt zurückzufahren *(Taxi, vierundzwanzig Dollar fünfzig),* und am Abend besuchte er, nachdem er in seinem eigenen Zimmer für eine beachtliche Whisky-Grundlage gesorgt hatte, das alljährliche Dinner der Turfwriter's Association. Die Menschenmenge in dem großen Empfangsraum war durchaus erfreut, ihn zu sehen, und er bewegte sich zwischen der Ansammlung von Presseleuten, Trainern, Jockeys, Züchtern,

Besitzern mit Ehefrauen und Freundinnen wie ein Fisch in seinem heimischen Tümpel. Automatisch kippte er vorm Abendessen vier Doppelte on the Rocks und hielt während des Essens und der langen Reden danach einen stetigen Konsum aufrecht. Als er um halb zwölf versuchte, sich von der Tafel zurückzuziehen, hatte er keine Kontrolle mehr über seine Beine.

Das überraschte ihn. Er setzte sich wieder. Er hatte gar nicht bemerkt, daß er betrunken war. Seine Zunge funktionierte immer noch genausogut wie die der meisten um ihn herum, und für ihn selbst schienen seine Gedanken bestens organisiert zu sein. Aber seine Beine gaben unter ihm nach, als er ihnen sein Gewicht anvertraute, und er war schwerfällig auf seinen Stuhl zurückgeplumpst. Es war schon um einiges später – der große Raum hatte sich beinahe geleert, und die meisten Gäste waren auf dem Heimweg –, als es ihm endlich gelang, genug Kraft aufzubringen, um sich zu erheben.

»Ich scheine ganz schön geladen zu haben«, murmelte er und entschuldigte sich mit einem Lächeln vor sich selbst.

Auf die Rücklehnen der hie und da an den Wänden aufgereihten Stühle gestützt, schwankte er der Tür entgegen. Von dort taumelte er in den Flur und weiter bis zur Lobby, von wo aus er durch die hin- und herschwingenden Glastüren hinaus in die Nacht stapfte, als steige er imaginäre Stufen hinunter.

Die Abendluft eines kühlen Maitags machte alles noch sehr viel schlimmer. Die Erde schien sich buchstäblich unter seinen Füßen zu drehen. Mit schwerer Schlagseite vollführte er einen Halbkreis, und statt sich auf die geparkten

Autos und die wartenden Taxis zuzubewegen, stolperte er kopfüber in die dunkle Steinfront der Mauer neben dem Eingang. Der Aufprall schmerzte und steigerte seine Verwirrung noch. Er legte beide Hände flach auf die rauhe Oberfläche vor sich, preßte dann das Gesicht darauf und konnte doch nicht herausfinden, wo er war.

Marius Tollman und Piper Boles hatten nicht gesehen, daß Fred Collyer vor ihnen gegangen war. Beide schlenderten denselben Weg entlang und plauderten Belangloses – zwei Männer, die der Zufall am Ende eines Abends zusammengeführt hatte. Mit keiner Miene verrieten sie, daß sie einander schon seit Stunden quer durch den Raum bedeutungsvolle Blicke zugeworfen und fast an nichts anderes gedacht hatten als an das vor ihnen liegende Gespräch.

In einem Land, in dem das Buchmachergewerbe gesetzlich zugelassen war, wäre Marius Tollman vielleicht als angesehener, gesetzestreuer Bürger aufgewachsen. Wie die Dinge lagen, hatten seine natürliche Neigung und sein einziges Talent ihn zu einem Leben schneller Beinarbeit geführt, wie sie Muhammad Ali zur Ehre gereicht hätte. Mit Hilfe der einfachen Maßnahme, für zukünftige Rennautoritäten Wetten zu plazieren, solange diese noch jung und töricht waren, blieb er, sobald sie zu Status und Macht gekommen waren, von ihnen unbehelligt; und unter den Junghengsten, die in Richtung Vorstandsetage stürmten, erkannte der gewiefte alte Marius mit noch schärferem Blick den Gewinner als unter den Pferden auf dem Turf.

Die beiden Männer gingen durch die Glastüren und blieben direkt dahinter stehen, wo das Licht aus der Lobby sie voll erfaßte. Marius pflegte niemanden in irgendwelche Ecken zu ziehen, weil das zu verdächtig ausgesehen hätte.

»Dann ist es Ihnen also gelungen, die Jungs für unsere Sache zu gewinnen?« fragte er. Er stand auf den Absätzen, während er die Hände in den Taschen hielt und sein Bauch ihm über den Gürtel quoll.

Piper Boles zündete sich mit langsamen Bewegungen eine Zigarette an, ließ seinen Blick dann beiläufig über den sternenübersäten Himmel wandern und sog genüßlich den Rauch in seine Lungen.

»Ja«, sagte er.

»Und für wen haben Sie sich entschieden?«

»Amberezzio.«

»Nein«, protestierte Marius. »Der ist nicht gut genug.«

Piper Boles zog abermals an seiner Zigarette. Er hatte Hunger. Hundertelf mußte er morgen auf die Waage bringen, und er hatte nur hundertfünfzig Gramm Steak im Magen. Er hatte etwas gegen dicke Menschen, vor allem gegen reiche dicke Menschen. Seinen eigenen kleinen Vorrat an Fett steckte er in Immobilien und Wachstumsfonds, aber mit achtunddreißig Jahren drohte ihn der körperliche Kampf beinahe zu überwältigen. Er konnte nicht mehr viele dieser Hungerjahre verkraften, denn je älter sein Körper wurde, um so schwerer fiel ihm das Fasten. Das Gefühl, daß die Zeit drängte, hatte ihn jüngst über Möglichkeiten nachdenken lassen, schnelle Zehntausender zu machen, die ihm früher nur ein höhnisches Lächeln entlockt hätten.

Er sagte: »Es muß Amberezzio sein. Er ist sauber.«

Marius dachte darüber nach. Es gefiel ihm nicht, aber schließlich nickte er doch.

»Na gut. Dann also Amberezzio.«

Piper Boles nickte und machte Anstalten zu gehen. Als Jockey konnte er sich nicht allzu lange mit Marius Tollman sehen lassen, nicht, wenn er weiter zweites Lot für die angesehene Somerset Farm reiten wollte, was ganz eindeutig der Fall war.

Marius bemerkte den Impuls des anderen und sagte glatt: »Haben Sie noch mal über ein kleines Ablenkungsmanöver auf Crinkle Cut nachgedacht?«

Piper Boles zögerte.

»Das wird Sie was kosten«, sagte er.

»Klar«, stimmte Marius ihm achselzuckend zu. »Wie wär's mit noch mal zehntausend obendrauf?«

»Benutzte Scheine. Die Hälfte im voraus.«

»Gut.«

Piper Boles schüttelte sein Gewissen ab und entledigte sich des letzten Restes seiner Integrität.

»Okay«, sagte er und schlenderte zu seinem Wagen, ganz als wären seine Nerven nicht zum Zerreißen gespannt und in höchste Alarmstufe versetzt.

Fred Collyer hatte jedes Wort mitgehört, und er wußte, ohne hinsehen zu müssen, daß eine der Stimmen Marius Tollman gehörte. An diesem asthmatischen Bostoner Akzent kam niemand vorbei, der sich eine Weile im Rennsport bewegte. Ihm war klar, daß Marius eine Gaunerei eingefädelt hatte, und ihm war auch klar, daß diese schöne kleine Gaunerei sich sehr erfreulich in seiner Spalte ausnehmen würde. Benebelt dachte er darüber nach, daß er herausfinden mußte, mit wem Marius geredet hatte, und daß er sich, da er die Stimme hinter sich gehört hatte, besser umdrehen und der Sache auf den Grund gehen sollte.

Die Zeit verlief für ihn jedoch nicht kontinuierlich, sondern in Sprüngen, und als er sich von der Wand abstieß und auf die Anstrengung einließ, die richtige Richtung zu finden, waren beide Männer bereits fort.

»Mistkerle«, sagte er laut in die leere Nacht hinein, und ein anderer später Gast, der gerade das Hotel verließ, nahm ihn mitleidig am Ellbogen und führte ihn zu einem Taxi. Er schaffte es gerade noch bis in sein eigenes Zimmer, bevor er ohnmächtig wurde.

Seit dem Abflug von La Guardia an diesem Morgen hatte er sechs Bier getrunken, vier Brandys, einen doppelten Scotch (aus Versehen) und fast drei Liter Bourbon.

Er wachte am nächsten Morgen um elf Uhr auf und konnte es nicht glauben. Er starrte die Uhr auf dem Nachttisch an.

Elf.

Er hatte die Inspektion der Ställe und das ganze morgendliche Tamtam auf der Bahn verpaßt. Ein Schauder überlief ihn, als er sich dessen bewußt wurde, und ließ ihn frösteln, aber es sollte noch schlimmer kommen. Als er versuchte, sich aufzusetzen, drehte sich das Zimmer um ihn, und in seinem Kopf hämmerte es gewaltig. Als er die Decke zurückschlug, stellte er fest, daß er voll bekleidet und mit Schuhen geschlafen hatte. Er versuchte, sich an seine Heimkehr am vergangenen Abend zu erinnern, doch vergebens.

Er trottete ins Badezimmer. Sein Gesicht blickte ihm wie ein Alptraum aus dem Spiegel entgegen, zerknittert und rotäugig, über Nacht um zehn Jahre gealtert. Er war schon x-mal verkatert aufgewacht, aber dies hier fühlte sich ganz anders an als der gewohnte Morgen danach. Ein Gefühl nicht wiedergutzumachender Katastrophe lauerte irgendwo hinter dem akuten körperlichen Elend in seinem Kopf und seinem Magen, aber erst, als er seinen Mantel, sein Hemd und seine Hose ausgezogen, sich von seinen Schuhen befreit und schwach wieder auf das zerwühlte Bett gelegt hatte, erst da wurde er sich der Natur dieser Katastrophe bewußt.

Schlagartig ging ihm auf, daß er sich nicht nur an den Rückweg zu seinem Motel nicht erinnerte, sondern praktisch den gesamten vergangenen Abend vergessen hatte. Bruchstücke von Gesprächen aus den ersten Stunden blitzten in seinem Hirn auf, und er erinnerte sich, daß er am Tisch zwischen einem ungehaltenen alten Schreiber von der *Baltimore Sun* und einer ernsthaften Züchterin aus Lexington gesessen hatte, beides Leute, die er nicht mochte; aber ungefähr in der Mitte des Brathuhns setzte eine flächendeckende Gedächtnislücke ein.

Er hatte schon von alkoholbedingten Blackouts gehört, aber vermutet, daß so etwas nur Alkoholikern passierte; und das traf auf ihn, Fred Collyer, nicht zu. Natürlich trank er ein wenig, das räumte er ein. Na gut, eine Menge. Aber wenn er wollte, konnte er jederzeit aufhören. Natürlich konnte er.

Er lag auf dem Bett und schwitzte und sah dem grausamen Gedanken ins Auge, daß ein Blackout zum nächsten führen konnte, bis die Blackouts weißen Mäusen wichen. Der Sportchef seiner Zeitung hatte ihm eingeschärft, daß er diesmal einen Reißer von ihm erwartete, und zum ersten Mal verspürte er bei dem unbehaglichen Gedanken an die zwei Mal, da er seinen Artikel nicht geliefert hatte, eine Spur von Angst um seinen Job. Binnen fünf Minuten hatte er sich dahingehend beruhigt, daß sie Fred Collyer niemals feuern würden, aber trotzdem würde er um der Zeitung willen den Drink aufschieben, bis er seine Zeilen über das Derby geschrieben hatte. Dieser Entschluß bescherte ihm ein strahlendes Gefühl selbstloser Tugendhaftigkeit, das ihm zumindest über die Zitteranfälle und den pulsierenden Kopfschmerz dieses extrem elenden Tages hinweghalf.

Draußen auf den Churchill Downs waren drei andere Männer nicht minder besorgt. Piper Boles trat sein Pferd vorwärts in die Startboxen und machte sich Sorgen über das, was George Highbury, der Trainer der Somerset Farm, gesagt hatte, als er mit zwei Pfund Übergewicht aus der Waage kam. George Highbury hielt sich allen Jockeys für überlegen und nahm kein Blatt vor den Mund.

»Erzählen Sie mir keinen Scheiß«, sagte er auf Boles' Entschuldigungen. »Sie waren gestern abend beim Turfwriter's Dinner, also was erwarten Sie?«

Piper Boles erinnerte sich deprimiert noch einmal an den hungrigen Abend mit dem einen Martini und sagte, er sei am Morgen schon im Schwitzkasten gewesen.

Highbury runzelte die Stirn. »Wenn Sie Crinkle Cut im Derby reiten wollen, bleiben Sie heute abend und morgen mit ihrem dicken Arsch vom Tisch weg.«

Piper Boles mußte Crinkle Cut im Derby unbedingt reiten. Er nickte Highbury mit gesenktem Blick demütig zu und schwang sich unglücklich in den Sattel.

Statt ihn anzustacheln, raubte ihm die Angst, Crinkle

Cut vielleicht nicht reiten zu dürfen, seine Konzentration, so daß er zu langsam aus der Startbox kam, das erste Viertel zu schnell anging, um an die dritte Stelle zu kommen, in der Kurve zu weit abkam und auf der Geraden wieder alles verlor. Er ging als Sechster ins Ziel. Er war ein absolut erfahrener Jockey von überdurchschnittlichen Fähigkeiten. Es war nicht sein Tag.

Auf der Tribüne ließ Marius Tollman kopfschüttelnd sein Fernglas sinken und schnalzte mit der Zunge. Falls Piper Boles kein besseres Rennen hinlegen konnte, wenn er auf Gewinn ritt, was mußte es dann erst für eine Pleite werden, wenn er auf Crinkle Cut verlieren sollte?

Marius dachte an die Zehntausend, die er in die kleine Gaunerei am Samstag investierte. Er hatte noch nicht entschieden, ob er gewissen Leuten im organisierten Verbrechen einen Tip geben sollte, in welchem Falle sie den Einsatz decken würden, ohne daß er selbst noch irgendein Risiko trug, oder ob er auf den größeren Profit setzen sollte, den ihm ein Alleingang einbringen würde. Er ließ seinen asthmatischen Körper auf seinen Platz sinken, besorgt darüber, wie leicht aus einem abgemachten Rennen wieder ein offenes werden konnte.

Blisters Schultz sorgte sich um den Zustand seines Gewerbes, das unter einer schweren Rezession litt.

Blisters Schultz verdiente sich seinen Lebensunterhalt mit Taschendiebstahl, und er hatte die Nase voll von Kreditkarten. In der guten alten Zeit, als er auf dem Schoß seines Großvaters seine Fertigkeiten erlernt hatte, trugen die Männer ihre Portemonnaies in den Gesäßtaschen, so daß die deutlichen Ausbuchtungen für jedermann sichtbar waren. Heutzutage machten diese elenden Hau-Ruck-Diebe den ganzen Markt kaputt: Kaum jemand trug noch mehr als eine Handvoll Dollar mit sich rum, und die, die es doch taten, hatten die Neigung, ihren Mammon in zwei Hälften zu teilen und die größere Portion hinter Reißverschlüssen zu verstecken.

Dreiundfünfzig Jahre hatte Blisters überlebt: fünfundvierzig davon mit Hilfe des Diebstahls. Mehrere kurze Sitzungen hinter Gittern hatte er als Pech verbucht, aber das war noch lange kein Grund, nicht die erstbeste Brieftasche zu stehlen, wenn er wieder draußen war. Er hatte einmal versucht, ehrlich zu werden, aber es hatte ihm nicht gefallen: Er konnte den regelmäßigen Tagesablauf und das schreckliche Gefühl des Arbeitens nicht ertragen. Nach sechs Wochen hatte er seinem gutbezahlten Job den Rücken gekehrt und sich dankbar wieder der Unsicherheit zugewandt. Wenn er zehn Dollar stehlen konnte, war er glücklicher, als wenn er fünfzig verdiente.

Um bei Rennveranstaltungen den besten Fang zu machen, mußte man entweder die großen Scheine erspähen, bevor sie verspielt wurden, oder dem großen Gewinner vom Auszahlschalter aus folgen. In beiden Fällen galt es, mit offenen Augen am Totalisator rumzuhängen. Das Problem war, daß zu viele Rennplatzpolizisten diesen *modus operandi* durchblickt hatten und nun ebenfalls dort herumstanden und nach Leuten Ausschau hielten, die einfach nur rumstanden und Ausschau hielten.

Blisters hatte eine schlechte Woche hinter sich. Bei der vielversprechendsten dicken Brieftasche hatte sich nach einer halben Stunde vorsichtigen Pirschens erwiesen, daß sie wenig Geld, aber viel Pornographie enthielt. Blisters, dessen Geschlechtstrieb nicht übermäßig ausgeprägt war, hatte beides gleichermaßen angewidert.

Seine ersten beiden Arbeitstage hatten ihm lediglich dreiundzwanzig Dollar eingebracht, und fünf davon hatte er auf einer Treppe gefunden. Sein erbärmliches Hintergassenzimmer in Louisville kostete ihn vierzig Dollar pro Nacht, und wenn er Fahrkosten und Mahlzeiten in Rechnung stellte, mußte er seiner Schätzung nach achthundert machen, damit die Reise sich überhaupt lohnte.

Doch er war ein Optimist, und seine Laune hob sich bei dem Gedanken an das Derby. Wenn erst die richtigen Massen strömten, würden seine Geschäfte sicher wieder besser laufen.

Fred Collyers private Prohibition hielt sich bis Freitag. Er fühlte sich besser, als er erwachte, fuhr um halb acht mit dem Taxi raus in die Churchill Downs und schrieb unterwegs seine Unkosten auf. Sie schlossen viele mystische Gegenstände für den vergangenen Tag ein; dem lag die Vermutung zugrunde, daß es für die Redaktion besser war, nicht zu erfahren, daß er Mittwoch nacht sternhagelvoll gewesen war. Er legte auf die angeschwollene Gesamtsumme noch einen Batzen drauf; Bourbon war schließlich teuer, und spätestens Sonntag konnte er wieder tun, was er wollte.

Der ursprüngliche Schock über den Blackout hatte sich gelegt, denn während seines im Bett verbrachten Tags waren ihm hie und da Einzelheiten eingefallen, die mit Sicherheit aus der Zeit nach dem Brathuhn stammten. Der Weg vom Dinner ins Bett stellte immer noch eine Lücke dar, aber die Lücke machte ihm keine Angst mehr. Manchmal hatte er das Gefühl, als gäbe es da etwas Wichtiges, an das er sich erinnern sollte, aber er redete sich ein, daß es nicht wirklich wichtig gewesen sein konnte, sonst hätte er es nicht vergessen.

Draußen bei den Ställen hatten sich die Presseleute bereits in Gruppen um die Trainer der höchstgehandelten Derbystarter geschart. Fred Collyer schlenderte auf das Grüppchen um Harbourne Cressie zu, und seine Kollegen machten ihm Platz, ohne auf seine Abwesenheit am vergangenen Tag zu sprechen zu kommen. Das beruhigte ihn: Was auch immer er Mittwoch nacht getan hatte, es konnte nichts Skandalöses gewesen sein.

Die Notizbücher waren gezückt. Harbourne Cressie, ein alter Hase im Geschäft und ein Freund jeglicher Publicity, machte nach jedem Satz eine Pause, um ihnen Zeit zu geben, alles mitzuschreiben.

»Pincer Movement hat gestern abend gut gefressen und ist heute morgen ruhig und gelassen. Wie es aussieht, sollten wir Salad Bowl schlagen, es sei denn, das Geläuf wäre sehr weich am Samstag.«

Allenthalben lächelnde Gesichter. Der Himmel war blau, die Wettervorhersage gut.

Fred Collyer hörte unaufmerksam zu. Er hatte das alles schon mal gehört. Sie alle hatten das alles schon mal gehört. Und wen zum Teufel interessierte das schon?

In einer Konkurrenzgruppe zwei Ställe weiter entfernt bemerkte der Trainer von Salad Bowl gerade, daß sein Hengst nach den Ergebnissen von Hialeah durchaus in der

Lage sei, Pincer Movement zu schlagen, und daß er mit jedem Geläuf fertig würde, ob weich oder nicht.

George Highbury zog weniger Presseleute an, da er über Crinkle Cut nicht viel zu sagen hatte. Der Dreijährige war bei verschiedenen Rennveranstaltungen sowohl von Pincer Movement als auch von Salad Bowl geschlagen worden, und niemand erwartete, daß er das Blatt wenden konnte.

Am Freitagnachmittag verbrachte Fred Collyer seine Zeit oben im Pressezimmer und lehnte mannhaft ein paar angebotene Biere ab. *(Bewirtung verschiedener Besitzer auf der Bahn, zweiundfünfzig Dollar.)*

Piper Boles ritt im sechsten Rennen ein hartes Finish, verlor um einen kurzen Kopf und wäre nachher beinahe vor Hunger ohnmächtig geworden. George Highbury, der davon nichts wußte, bemerkte lediglich mürrisch, daß Boles das Gewicht gemacht hatte, und bestätigte, daß er am nächsten Tag Crinkle Cut reiten würde.

Verschiedene Freunde von Piper Boles flüsterten ihm die nervöse Frage ins Ohr, ob der Plan für morgen immer noch aktuell sei. Piper Boles nickte. »Klar«, sagte er schwach. »In allen Punkten.«

Marius Tollman war erleichtert, Boles besser reiten zu sehen, beschloß aber dennoch, seine Wette abzuwerfen und statt dessen das Syndikat mit einzubeziehen.

Blisters Schultz stahl zwei Brieftaschen mit jeweils vierzehn beziehungsweise zweiundzwanzig Dollar. Zehn davon verlor er bei der Wette auf einen sicheren Tip im letzten Rennen.

Pincer Movement, Salad Bowl und Crinkle Cut, die von

Uniformierten mit Pistolen am Gürtel bewacht wurden, blickten über die Stalltüren und sahen mit leichten Zuckungen in ihren angespannten Muskeln zu, wie andere Pferde auf die Bahn gingen. Alle drei wären ebenfalls gern gegangen. Alle drei wußten genau, wozu die Trompete drüben auf der Bahn geblasen wurde.

Samstag morgen, schön und klar.

Die Menschen versammelten sich zu Tausenden auf den Churchill Downs. Neugierig, erwartungsvoll, schwatzhaft, angetan mit leuchtenden Farben, kauften sie Julep in Souvenirfläschchen, ergossen sich durch die Tore und über das Innenfeld, lasen die letzten Sportartikel über Pincer Movement contra Salad Bowl und träumten von erfolgreichen Wetten auf Außenseiter, die mit fünfzig zu eins gehandelt wurden.

Blisters Schultz hatte gerade genug zusammengekratzt, um seine Motelrechnung zu bezahlen, aber seine Selbstachtung hing von mehr Glück beim Klauen ab. Sein kleines, zerfurchtes Gesicht mit den vielbeschäftigten Augen zeigte einen Ausdruck, der der Verzweiflung nahe kam, und die langen Raubvogelfinger ballten sich in seinen Taschen krampfhaft zu Fäusten.

Piper Boles, der auf Crinkle Cut ein Gewicht von hundertsechsundzwanzig bringen mußte, gestattete sich ein Ei zum Frühstück und entschied, was er mit dem Bündel unbenutzter Scheine, die man ihm am vorherigen Abend ausgehändigt hatte, anfangen würde; auch die Anlage der Gewinne (der legalen wie der illegalen), die er an diesem Tag noch erwartete, wollte wohlbedacht sein. Wenn er die

Sache heute nachmittag sauber über die Bühne brachte, dachte er, gab es keinen offensichtlichen Grund, warum er dieselbe Idee nicht noch einmal verwenden sollte, selbst wenn er sich aus dem Reitsport zurückgezogen hatte. Seinen Geisteswandel vom Gelegenheitsgauner wider Willen zum gewohnheitsmäßigen Betrüger nahm er kaum wahr.

Marius Tollman verbrachte den Morgen damit, verschiedene Bekannte anzurufen und ihnen Gewinne anzubieten. Seine Angebote wurden akzeptiert. Marius Tollman spürte, wie ihm ein Stein vom Herzen fiel, und beförderte mit federnden Schritten seine zweihundertsechzig Pfund ein paar Häuserblocks weiter Richtung Stadtzentrum, wo ein vorsichtiger Gentleman zehntausend Dollar in nicht registrierten Scheinen abzählte. Marius Tollman gab ihm eine ordnungsgemäß unterzeichnete Quittung. Geschäft war Geschäft.

Fred Collyer wollte einen Drink. Einer, dachte er, würde nicht schaden. Er konnte ihn ein wenig aufpeppen, ihn wieder auf Vordermann bringen. Ein kleiner Drink am Morgen würde ihn gewiß nicht davon abhalten, am Abend eine flotte Story zu Papier zu bringen. Gegen einen einzigen Drink vor dem Rennen konnte der Star nichts einzuwenden haben, vor allem nicht, da er es geschafft hatte, sich am vergangenen Abend von der Bar fernzuhalten, indem er um neun zu Bett gegangen war. Seine Abstinenz hatte ihn große Willensanstrengung gekostet: Es war nur recht und billig, eine solche Leistung mit einem Drink zu belohnen, einem einzigen.

Allerdings hatte er am Mittwochabend die Flasche geleert, die er aus Louisville mitgebracht hatte. Er angelte nach seiner Brieftasche, um festzustellen, wieviel er noch drin hatte: dreiundachtzig Dollar, immer noch genug für eine Flasche für später und einen schnellen Drink an der Bar, bevor er ging.

Er lief die Treppe hinunter. In der Lobby bot ihm sein Kollege Clay Petrovitch jedoch abermals freie Mitfahrt zu den Churchill Downs in seinem Mietwagen an, daher beschloß er, seinen Drink für eine halbe Stunde aufzuschieben. Den ganzen Weg zur Rennbahn schlug er sich im Geiste immer wieder auf die Schulter.

Blisters Schultz, der im Gedränge der Leute hinter der Tribüne kreiste, sah Marius Tollman im Sonnenschein hereinkommen; der Mann lehnte sich zurück, um sein Gewicht vorne besser tragen zu können, und keuchte hörbar in der zunehmenden Hitze.

Blisters Schultz leckte sich die Lippen. Er kannte den dicken Mann vom Sehen, wußte, daß irgendwo an diesem fetten Körper genug Mammon versteckt sein mußte, um ihn durch den Sommer zu bringen. Marius Tollman würde niemals mit leeren Taschen beim Derby erscheinen.

Zwei Gedanken ließen Blisters zögern, während er wie ein Aal im Kielwasser des dicken Mannes schwamm. Erstens war Tollman ein zu alter Hase, um sich ausrauben zu lassen. Zweitens wußte man, daß er wohlorganisierte Freunde hatte, und wenn Tollman Syndikatsgelder bei sich hatte, wollte Blisters sich nicht die Finger verbrennen, indem er sie stahl; einer solchen Aktion hatte er nämlich seinen Spitznamen Blisters – Brandblasen – zu verdanken.

Bedauernd löste Blisters sich von seiner Beute und kehrte

zu der Menschenmenge in der tröstlichen Dunkelheit unter der Tribüne zurück.

Um zwölf Uhr siebzehn mischte er sich in eine Traube dicht an dicht stehender Leute, die auf einen Aufzug warteten.

Um zwölf Uhr achtzehn stahl er Fred Collyers Brieftasche.

Marius Tollman trug sein Geld in raffinierten Unterarmtaschen, die er sich in der Menschenmenge aus Angst vor Taschendieben an den Leib preßte. Zur gegebenen Zeit suchte er dann so viele verschiedene Verkaufsschalter wie nur möglich auf, um den Einsatz unauffällig zu verteilen. Fast die Hälfte der Wettscheine würde er Piper Boles geben (zusammen mit dem zweiten Bündel benutzter Scheine), die andere Hälfte würde er für sich behalten.

Ein hübsches, sauberes, kleines Ding, dachte er selbstzufrieden. Und kein Grund, warum er etwas Derartiges nicht irgendwann wieder einfädeln sollte.

Er gönnte sich einen Julep und schenkte einem Mädchen, das mehr Busen als Scheu zeigte, ein freundliches Lächeln.

Die Sonne heizte den Tag auf. Die Vorrennen folgten eins auf das andere mit Wogen des Beifalls, obwohl jedes hart gerittene Finish lediglich eine Episode am Rande war, die dem großen Ereignis voranging, dem Derby, dem Höhepunkt, dem neunten Rennen, das man »The Roses« nannte wegen der Decke aus roten Blüten, die dem Siegerpferd im Triumph über den Widerrist gelegt werden würde.

Im Jockeyraum zog Piper Boles das Renndreß für Crinkle Cut an und begann zu schwitzen. Je näher das Rennen kam, um so mehr wünschte er, es handle sich um einen gewöhnlichen Derbytag. Er beruhigte seine Nerven mit der Lektüre der *Financial Times.*

Fred Collyer bemerkte den Verlust seiner Brieftasche oben im Pressezimmer, als er ein Bier bezahlen wollte. Er fluchte, durchsuchte all seine Taschen, kehrte im Pressezimmer das Unterste zuoberst, ließ sich von Clay Petrovitch die Schlüssel für den Mietwagen geben und ging den ganzen Weg zurück zum Parkplatz ab. Nach einer fruchtlosen Suche marschierte er wütend zur Tribüne zurück und erwürgte im Geiste gnadenlos den lausigen, stinkenden Hurensohn, der ihm sein Geld gestohlen hatte. Er vermutete, daß es sich um einen erfahrenen Gauner handelte, wahrscheinlich sogar um einen alten Mann. Die jungen Schurken verließen sich mehr auf Muskeln denn auf Köpfchen.

Seine praktischen Probleme waren nicht allzu groß. Er brauchte wenig Bares. Clay Petrovitch würde ihn wieder mit in die Stadt nehmen, die Motelrechnung ging direkt an den *Manhattan Star,* und sein Flugzeugticket lag sicher verwahrt auf der Kommode in seinem Zimmer. Um das Nötigste bezahlen zu können, konnte er sich vielleicht zwanzig Mäuse von Clay oder anderen Leuten im Pressezimmer leihen.

Als er im Aufzug nach oben fuhr, dachte er, daß der Verlust seines Geldes wie ein himmlisches Zeichen war; kein Geld, kein Drink.

Blisters Schultz sorgte dafür, daß Fred Collyer den ganzen Nachmittag nüchtern blieb.

Pincer Movement, Salad Bowl und Crinkle Cut wurden aus ihren Ställen gebracht und durch die Unterführung unter den Autos und den Menschenmassen auf die Bahn vor der Tribüne geschleust. Sie gingen locker und unverkrampft, als wäre das alles nichts Besonderes; sie waren an das Rampenlicht gewöhnt, wußten aber aus Erfahrung, daß dies nur ein Vorgeschmack war. Der erste Anblick der Stars des Tages trieb die Menge wie einen Schwarm vielfarbiger Fische zum Totalisator.

Piper Boles ging mit den anderen Jockeys zu dem mit Maschendraht eingezäunten Führring, wo Pferde, Trainer und Besitzer aller Ställe in Grüppchen zusammenstanden. Er litt unter den ersten Auswirkungen eines Gefühls des Losgelöstseins und der Unwirklichkeit: Er konnte nicht glauben, daß er, ein im Grunde ehrlicher Jockey, drauf und dran war, das Kentucky Derby zu versauen.

George Highbury wiederholte ungefähr zum vierzigsten Mal die Taktik, auf die sie sich geeinigt hatten. Piper Boles nickte ernsthaft, als hätte er die Absicht, die Anweisungen zu befolgen. In Wahrheit hatte er kaum ein Wort davon mitbekommen; und er war ebenfalls taub für die lautstarken Bands und den Gesang, als die Derbystarter auf die Bahn geführt wurden. *My Old Kentucky Home* brachte die Gefühle der Menge in Wallung und ungezählte Taschentücher zum Vorschein, mit denen tränenfeuchte Augen abgetupft wurden, aber bei Piper Boles bewirkten die anrührenden Töne nicht mal einen Wimpernschlag.

Während der Parade, dem Kanter zum Start, ja sogar auf dem Weg in die Startboxen hielt das Gefühl der Losgelöstheit an. Erst dann, als sich die Anspannung auf den Gesichtern der anderen Reiter deutlich zeigte, kehrte Piper Boles ruckartig in die Wirklichkeit zurück. Seine Herzfrequenz verdoppelte sich fast, und die Energie flutete in sein Gehirn zurück.

Jetzt, dachte er. Genau jetzt, in der nächsten halben Minute, werde ich mir zehntausend Dollar extra verdienen und danach den Rest.

Er zog seine Brille herunter und nahm Zügel und Peitsche in die Hand. Er hatte Pincer Movement zur Rechten und Salad Bowl zur Linken, und als die Boxen aufsprangen, schoß er mit ihnen hinaus, verlagerte sein Gewicht augenblicklich nach vorne über den Widerrist und stand in den Steigbügeln, den Kopf beinahe so weit vorn wie Crinkle Cut selbst.

Den ganzen Weg vorbei an der Tribüne konzentrierte er sich darauf, in der Mitte des Hauptfeldes zu bleiben, so unauffällig wie möglich, und als es dann in die Kurve ging, war er immer noch mittendrin, ohne viel zu tun. Aber auf der Gegengerade, als er ungefähr an zehnter Stelle in einem Feld von sechsundzwanzig Tieren lag, verdiente er sich sein kleines Vermögen.

Niemand außer Piper Boles wußte genau, was wirklich geschehen war; nur er wußte, daß er seinen linken Zügel mit einer scharfen Wendung des Handgelenks verkürzt und Crinkle Cut den rechten Fuß in die Rippen gepreßt hatte. Das schnell galoppierende Pferd gehorchte diesen Anweisungen, schwenkte abrupt nach links und rammte das Pferd neben ihm.

Das Pferd neben ihm war immer noch Salad Bowl. Unter der Wucht des Aufpralls rammte Salad Bowl das Pferd zu seiner eigenen Linken, schwankte zurück, strauchelte, verlor komplett den Halt und stürzte. Die beiden Pferde direkt dahinter stürzten über ihn.

Piper Boles blickte nicht zurück. Das Ausschwenken und der Zusammenstoß hatten ihn um mehrere Plätze zurückgeworfen, die Crinkle Cut selbst im günstigsten Falle niemals würde aufholen können. Den Rest des Rennens ritt er streng seinen Anweisungen gemäß und ging an zwölfter Stelle durchs Ziel.

Von den einhundertvierzigtausend Zuschauern in Churchill Downs hatte nur eine Handvoll einen klaren Blick auf die Katastrophe auf der anderen Seite der Bahn. Die im Innenfeld gelegenen Bauten hatten den Zusammenstoß vor fast allen verborgen, die nicht erhöht standen, und vor den meisten auf der Tribüne. Nur die Presse von ihrem Ausguck hoch oben aus hatte etwas gesehen. Augenblicklich wurden einige Reporter ausgesandt, um die Tatsachen zu ermitteln, und im Pressezimmer summte es wie in einem aufgescheuchten Bienenstock.

Fred Collyer beobachtete vom Balkon aus, wie die Fotografen herbeiliefen, um Pincer Movements Ruhm festzuhalten, und überlegte mürrisch, daß nicht einer von ihnen Nahaufnahmen von dem zweiten Favoriten machte, von Salad Bowl, der da unten im Schmutz lag. Er sah zu, wie die Decke aus dunklen Rosen dem Gewinner übergelegt wurde, und beobachtete die triumphale Darbietung der Trophäen, dann ging er hinein, um sich die Wiederholung des Rennens im Fernsehen anzusehen. Der Zwischenfall mit Salad Bowl wurde von vorn, von hinten und von der Seite gezeigt und dann in eine Reihe von Standbildern zerlegt.

»Haben Sie das gesehen«, sagte Clay Petrovitch und zeigte über Fred Collyers Schulter auf den Bildschirm. »Crinkle Cut hat den Zusammenstoß verursacht. Man kann sehen, wie er Salad Bowl rammt... da!... Crinkle Cut, das ist der Joker.«

Fred Collyer schlenderte zu seinem Platz, setzte sich und starrte seine Schreibmaschine an. Crinkle Cut. Er wußte etwas über Crinkle Cut. Er dachte fünf Minuten lang angestrengt nach, konnte sich aber nicht erinnern, was er wußte.

Einzelheiten und Zitate drangen ins Pressezimmer hinauf. Alle gestürzten Jockeys erschüttert, aber unverletzt. Alle Pferde dito; die Stewards, in heller Aufregung, stellten augenblickliche Nachforschungen an und ließen den Film der Überwachungskamera wieder und wieder ablaufen. Sperre für Piper Boles unwahrscheinlich, da man für gewöhnlich bei rauhen Ritten im Derby ein Auge zudrückte. Piper Boles hatte dazu erklärt: »Crinkle Cut ist einfach plötzlich zur Seite ausgebrochen. Ich habe nicht damit gerechnet und konnte nicht verhindern, daß er Salad Bowl rammte.« Eine Vielzahl von Leuten glaubte ihm.

Fred Collyer überlegte, daß er ruhig erst mal ein paar Fakten zu Papier bringen konnte. Es würde den ersten Drink in greifbarere Nähe rücken – o Mann, wie er diesen Drink brauchte. Während er mit einem Ohr weiter auf neuere Informationen lauschte, tippte er einen mühsamen Ich-war-dabei-Bericht über einen Zwischenfall, den er kaum gesehen hatte. Als er ihn noch einmal durchlas, sah er, daß die ersten Worte, die er geschrieben hatte, wie folgt lauteten: »Das Ablenkungsmanöver auf Crinkle Cut stahl dem Sieger nach dem Rennen die wohlverdiente...«

Ablenkungsmanöver auf Crinkle Cut? Das hatte er gar nicht schreiben wollen ... oder jedenfalls nicht direkt. Er runzelte die Stirn. Und da waren noch andere Worte in seinen Gedanken, die genauso töricht klangen. Er legte die Hände wieder auf die Tasten und tippte drauflos.

»Das wird Sie was kosten... zehntausend in gebrauchten Scheinen... die Hälfte im voraus.«

Er starrte die Worte, die er geschrieben hatte, an. Die Phantasie ging offenbar mit ihm durch. Oder er hatte geträumt. Das eine oder das andere.

Ein Traum. Das war es. Jetzt erinnerte er sich wieder. Er hatte einen Traum von zwei Männern gehabt, die ein manipuliertes Rennen planten, und einer von ihnen war Marius Tollman gewesen, der schnaufend von einem Ablenkungsmanöver auf Crinkle Cut sprach.

Fred Collyer entspannte sich und lächelte bei dem Gedanken, und im nächsten Augenblick wußte er ganz plötzlich, daß es doch kein Traum gewesen war. Er hatte Marius Tollman und Piper Boles gehört, wie sie ein Ablenkungsmanöver auf Crinkle Cut planten, und er hatte es vergessen, weil er betrunken gewesen war. Na schön, beruhigte er sich mit einem gewissen Gefühl des Unbehagens, es war ja nichts passiert, es war ihm ja wieder eingefallen, nicht wahr?

Nicht ganz. Wenn Crinkle Cut eine Ablenkung war, *wovon* sollte er dann ablenken? Vielleicht würde er, wenn er ein wenig wartete, herausfinden, daß er auch das wußte.

Blisters Schultz gab Fred Collyers Geld für zwei Hot dogs, einen Julep und fünf erfolglose Wetten aus. Auf der Habenseite hatte er drei weitere Brieftaschen und eine Frauenhandtasche zu verbuchen: Nettogewinn einhundertvierundneunzig Dollar. Trübsinnig beschloß er, es für den Tag gut sein zu lassen und nächstes Jahr nicht wieder herzukommen.

Marius Tollman schleppte sich von einem Totoschalter zum anderen, und die Stewards baten die Jockeys, die in die Massenkarambolage um Salad Bowl verwickelt gewesen waren, zum Gespräch.

Die an den Rändern ausfransende Menschenmenge machte sich erhitzt und müde in dem vergilbenden Sonnenschein auf den Heimweg. Die Bands marschierten davon. In den Souvenirbuden packte man die Ware zusammen. Pincer Movement ließ sich zum tausendsten Mal fotografieren, und die Starter für das zehnte, letzte und uninteressanteste Rennen des Tages wurden von den Ställen hergeführt.

Piper Boles wartete darauf, daß er zu den Stewards hineingerufen wurde, während Marius Tollman, der über die höchstrangigsten Boten verfügte, ein Päckchen auf den Weg schickte, das ordnungsgemäß ausgeliefert wurde. Piper Boles nickte, ließ es in seine Tasche gleiten und lieferte den Stewards eine hollywoodreife Vorstellung.

Fred Collyer stützte den Kopf in die Hände und versuchte sich zu erinnern. Ein Drink, dachte er, würde vielleicht helfen. Ablenkung. Crinkle Cut. Amberezzio.

Er setzte sich ruckartig auf. *Amberezzio.* Und was zum Teufel sollte das nun wieder heißen? *Es muß Amberezzio sein.*

»Clay«, sagte er und beugte sich über die Lehne seines Stuhls nach hinten. »Kennst du ein Pferd namens Amberezzio?«

Clay Petrovitch schüttelte seinen kahlen Kopf. »Nie gehört.«

Fred Collyer fragte in dem allgemeinen Getöse noch mehrere andere: »Kennt ihr ein Pferd namens Amberezzio?« Und schließlich bekam er eine Antwort. »Amberezzio ist kein Pferd, sondern ein Lehrling.«

»Es muß Amberezzio sein. Er ist sauber.«

Fred Collyer warf beim Aufstehen seinen Stuhl um. Man hatte bereits das letzte Rennen ausgerufen.

»Leih mir hundert Dollar, sei so lieb«, sagte er zu Clay.

Clay, der von der verlorenen Brieftasche wußte, fand sich mit einem liebenswürdigen Lächeln bereit und machte sich langsam daran, seine Geldbörse hervorzuholen.

»Mach um Himmels willen schnell«, sagte Fred Collyer drängend.

»Okay, okay.« Er reichte ihm die hundert Dollar und wandte sich wieder seiner Schreibmaschine zu.

Fred Collyer schnappte sich sein Rennprogramm und drängte sich durch das Post-Derby-Geschnatter zum Totalisator ein Stück weiter den Presseflur hinunter. Er blätterte die Seiten um … zehntes Rennen, Homeward Bound, Verkaufsrennen, acht Starter … Sein Blick überflog die Liste und fand schließlich, was er suchte.

Philip Amberezzio, der ein Pferd ritt, von dem Fred Collyer noch nie etwas gehört hatte.

»Zwanzig auf Sieg für Nummer sechs«, sagte er schnell und nahm seinen Schein in Empfang, kurz bevor der Schalter dichtmachte. Mit einem leichten Zittern drängte er sich abermals durch die Menge und auf den Balkon hinaus. Er war der einzige Pressemann, der das Rennen beobachtete.

Diese Jockeys machten das wirklich erstklassig, dachte er bewundernd. Sie umringten Amberezzio und führten ihn über die Bahn und wählten schließlich den perfekten Augenblick, um ihm plötzlich eine klare Öffnung zu geben. Das war wahre Kunst. Man wäre nie drauf gekommen, wenn man es nicht gewußt hätte. Amberezzio gewann um eine halbe Länge, während alle anderen mit ihren Peitschen fuchtelten, als schlügen sie den letzten Zentimeter Boden aus ihren Reittieren heraus.

Fred Collyer lachte. Dieser arme kleine Niemand dachte wahrscheinlich, wunders was für ein Kerl er war, einen völligen Außenseiter als Sieger durchs Ziel zu bringen, während ihm all die großen Jungs dicht auf den Fersen folgten.

Fred Collyer ging wieder ins Pressezimmer, wo sich die allgemeine Aufmerksamkeit auf Harbourne Cressie richtete, der den Besitzer und den Jockey von Pincer Movement mitgebracht hatte. Fred Collyer machte sich pflichtschuldigst ein paar Notizen, um das Thema abzudecken, aber in Gedanken war er bei der anderen Story, der großen, dem Geschenk des Himmels.

Man mußte die Sache vorsichtig angehen, dachte er. Er würde sein Bestes geben und gleichzeitig vorsichtig sein müssen, keine direkten Anschuldigungen zu erheben, während er jedoch unmißverständlich klarmachte, daß die Sache eine Untersuchung erforderte. Ein Teil seiner alten Instinkte erwachte wieder zum Leben. Er war sogar aufgeregt. Er würde seinen Artikel in der Stille und Abgeschiedenheit seines Motelzimmers schreiben. Hier auf der Rennbahn ging das nicht, wo jeder Rennjournalist ihm über die Schulter blickte.

Unten im Umkleideraum der Jockeys verteilte Piper Boles gelassen die Wettscheine, die Marius Tollman ihm hatte überbringen lassen: Sie hatten jeweils einen Wert von dreitausend Dollar für jeden der sieben »erfolglosen« Reiter im zehnten Rennen; seiner war zehntausend Dollar wert. Jeder Jockey bat anschließend eine Ehefrau oder Freundin, die Gewinne abzuholen, und eine jede dieser Frauen hätte für Blisters Schultz, wäre der nicht bereits nach Hause gefahren, eine leichte Beute abgegeben.

Marius Tollmans Geld hatte die Quoten für Amberezzio verkürzt, aber er kassierte trotzdem noch mit zwölf zu eins ab. Marius Tollman schnaufte und keuchte von einem Schalter zum nächsten und sammelte seine Gewinne Stück um Stück ein. Er hatte in seinen Unterarmtaschen nicht genug Platz für das ganze Bargeld und verstaute einen Teil davon schließlich oberflächlich an leichter zugänglichen Stellen. Wirklich Pech für Blisters Schultz.

Fred Collyer holte sich eine gute Handvoll Geld am Auszahlschalter ab und zahlte Clay Petrovitch seine hundert Dollar zurück.

»Wenn du einen heißen Tip hattest, hättest du ihn ruhig weitergeben können«, brummte Petrovitch, der an all die Spesen dachte, die der alte Fred zweifellos für seine kostenlosen Fahrten zur Rennbahn in Rechnung stellen würde.

»Es war kein Tip, nur so eine Ahnung.« Er konnte Clay nicht sagen, worin die Ahnung bestanden hatte, da er für eine rivalisierende Zeitung schrieb. »Ich spendiere dir auf dem Heimweg einen Drink.«

»Das will ich dir aber auch geraten haben.«

Augenblicklich bereute Fred Collyer sein Angebot, das

er aus einem Instinkt heraus gemacht hatte. Er erinnerte sich, daß er erst nach dem Schreiben wieder etwas hatte trinken wollen. Nun ja, vielleicht einen... und er brauchte wirklich dringend einen Drink. Seit dem letzten am Mittwoch abend schien ein Jahrhundert vergangen zu sein.

Sie brachen gemeinsam auf, zusammen mit den letzten Überbleibseln der Menschenmenge. Die Rennbahn sah am Ende des Tages zerschunden und mitgenommen aus, und die scharlachroten Blätter der Tulpen lagen auf dem Boden verstreut, so daß die Narben verloren in die Luft ragten, und die leuchtenden Grasteppiche waren von staubigem Grau und bedeckt mit Abfall. Fred Collyer dachte nur an den Zaster in seiner Tasche und die Geschichte in seinem Kopf, und beide erfüllten ihn mit einem angenehm warmen Leuchten.

Ein Drink zur Feier des Tages, dachte er. Einen Dankeschöndrink für Clay und vielleicht noch einen einzigen darüber hinaus zur Feier des Tages. Es kam schließlich nicht oft vor, daß die Dinge sich auf so wunderbare Weise von selbst regelten.

Sie machten auf einen Drink halt. Der erste Doppelte schoß wie Feuer in einem verdorrten Wald durch Fred Collyers Adern. Beim zweiten fühlte er sich großartig.

»Zeit zu gehen«, sagte er zu Clay. »Ich muß meinen Artikel schreiben.«

»Nur noch einen«, sagte Clay. »Der geht auf meine Kappe.«

»Besser nicht.« Er kam sich sehr tugendhaft vor.

»Na, komm schon«, sagte Clay und bestellte. Mit einem Hauch von Unbehagen kippte Fred Collyer seinen dritten:

Aber konnte er nicht immer noch jeden Rennjournalisten im Geschäft an die Wand schreiben? Natürlich konnte er das.

Nach dem dritten brachen sie auf. Fred Collyer kaufte sich noch eine Literflasche für später, wenn er mit seiner Geschichte zu Ende war. In seinem Motelzimmer nahm er nur einen ganz winzigen Schluck davon, bevor er sich zum Schreiben hinsetzte.

Die Worte wollten einfach nicht kommen. Er knüllte nacheinander sechs Versuche zusammen und goß sich etwas Bourbon in ein Zahnputzglas.

Marius Tollman, Crinkle Cut, Piper Boles, Amberezzio... so einfach war das gar nicht.

Er nahm einen Drink. Er schien nicht dagegen anzukommen.

Der Sportchef würde ihm für eine solche Story eine Gehaltserhöhung geben, oder zumindest würde niemand mehr über irgendwelche Spesen meckern.

Er nahm einen Drink.

Piper Boles hatte sich zehntausend Dollar dafür verdient, daß er Salad Bowl gerammt hatte. Nur, wie zum Teufel schrieb man das auf, ohne sich eine Verleumdungsklage einzuhandeln?

Er nahm einen Drink.

Die Jockeys im zehnten Rennen hatten sich zusammengetan, um den einzig Ehrlichen unter ihnen gewinnen zu lassen. Wie zum Teufel konnte man das formulieren.

Er nahm einen Drink.

Die Stewards und die Presse hatten ihre gesamte Aufmerksamkeit auf den Zusammenstoß im Derby gerichtet und das zehnte Rennen buchstäblich ignoriert. Das zehnte Rennen war manipuliert worden. Von den Stewards hatte er keinen Dank zu erwarten, wenn er sie darauf hinwies.

Er nahm noch einen Drink. Und noch einen. Und so weiter.

Sein Termin für die telefonische Durchgabe seiner Story an das Büro lief um zehn Uhr am folgenden Morgen ab. Als diese Stunde schlug, lag er schlafend, schnarchend und voll bekleidet auf seinem Bett. Die leere Bourbonflasche lag auf dem Boden neben ihm, und seine Gewinne, die er zu zählen versucht hatte, waren über seine Brust verstreut.

Frühlingsfieber

Die Zeitschrift Women's Own *bat mich überraschend um eine Erzählung. (Fünftausend Worte, bitte.)*

Der Inhalt solle mir überlassen bleiben, hieß es, aber man ziehe doch eine Erzählung vor, die auf die Bedürfnisse der weiblichen Leserschaft zugeschnitten sei.

›Frühlingsfieber‹, das ich sehr gern geschrieben habe, war das Ergebnis.

Rückblickend konnte Mrs. Angela Hart genau sagen, wann sie sich gegen alle Vernunft in ihren Jockey verliebt hatte.

Angela Hart, dicklich, mütterlich und zweiundfünfzig, sah zu, wie der Vierundzwanzigjährige zu den Rennen von Cheltenham in den Führring marschierte. Er trug ihre leuchtenden Farben, rosa und weiß, und sie dachte: »Wie jung er ist, wie fit, wie schlank… wie kühn!«

Er kam über den hellen Rasen auf das übliche, kurze Geplauder zu ihr herüber, bevor er ihr Pferd über die zwei Kilometer Hürden jagte. Während sie versonnen betrachtete, wie sich seine wettergegerbte Haut über die Wangenknochen spannte, pflichtete sie ihm automatisch bei, ja, die Frühlingssonne sei herrlich und ja, das trockene Geläuf würde ihrem Billyboy wohl besser gefallen als der Regen der vergangenen Wochen.

Es war ein Tag wie so viele andere. Zwei Rennpferde hatten in Angelas Herz befriedigenden Ersatz für den verstorbenen und moderat beweinten Edward Hart geschaffen. Sie verbrachte ihre Zeit damit, Hindernisrennen zu besuchen, um ihre Lieblinge laufen zu sehen, schnitt die Artikel aus den Rennseiten der Zeitungen aus, in denen sie erwähnt waren, und rief ihren Trainer, Clement Scott, regelmäßig an, um sich nach der Gesundheit ihrer Pferde zu erkundigen.

Sie war eine liebenswürdige und gutmütige Frau, hing aber dem gefährlichen Glauben an, daß alle anderen im Grunde ebenso wohlmeinend waren wie sie selbst. Wie ein Kind, das einen Tiger streichelte, erwartete sie ein dankbares Schnurren als Gegenleistung für ihre freundliche Geste. Der Gedanke, daß ihr statt dessen der Arm abgebissen werden könnte, kam ihr nicht.

Der Jockey, Derek Roberts, sah in Mrs. Angela Hart prosaisch die Frau mittleren Alters und Eigentümerin von Billyboy und Hamlet. Er begegnete ihr gewohnheitsmäßig mit einer Höflichkeit, die daher rührte, daß er auf die Reitgelder von ihr angewiesen war. Die Zufriedenstellung der Kundschaft vor und nach dem Rennen gehörte für ihn genauso zu seinem Job wie die Notwendigkeit, während des Rennens selbst sein Bestes zu geben. Und da er schon vor langen Jahren entdeckt hatte, daß die meisten Besitzer geradezu mitleiderregend beglückt waren, wenn ein Jockey ihre Pferde pries, hatte er beinahe ohne Zynismus die Gewohnheit kultiviert, Optimismus zu versprühen, auch wenn er nicht ein einziges Wort davon glaubte.

Als er in den Führring von Cheltenham marschierte und

Mrs. Hart in ihrem grünen Tweedmantel und der braunen Fellmütze auf der anderen Seite des Rasens entdeckte, dachte er, da Billyboy in der heutigen Konkurrenz keine große Chance hatte, die alte Henne wohl besser auf die bevorstehende Enttäuschung vorzubereiten, um sich gleichzeitig dagegen abzusichern, daß man ihm die Schuld zuschob.

»Schöner Tag heute«, sagte er und schüttelte ihr die Hand. »Richtiges Frühlingswetter.«

»Wirklich schön.« Da sie nichts hinzufügte, versuchte er es nach einem kurzen Schweigen noch einmal.

»Viel besser für Billyboy, daß jetzt dieser Regen wegtrocknet.«

»Ja, da haben Sie bestimmt recht.«

Sie war nicht so redselig wie sonst, dachte er. Das gewohnte erregte Geplapper blieb heute aus. Er beobachtete Billyboy, der sich durch den Ring quälte, und sagte ermutigend: »Er müßte heute eigentlich gut laufen ... Obwohl die Konkurrenz natürlich ziemlich heiß ist.«

Mrs. Hart, die ein wenig geistesabwesend wirkte, nickte lediglich. Derek Roberts tat die Sache mit einem inneren Achselzucken ab, schenkte ihr ein routiniertes, halbechtes Lächeln und rechnete sich (fälschlicherweise) aus, daß das, was sie möglicherweise beschäftigte und worüber sie nicht reden wollte, schon nichts mit ihm zu tun haben würde.

Einen Schritt von ihnen entfernt stand Billyboys Trainer, Clement Scott, der sich ebenfalls auf das Pferd konzentrierte. Er war kräftig, ging auf die Sechzig zu und hatte – ein Leben lang ein Charmeur – seinen Erfolg eher seiner

Persönlichkeit zu verdanken als irgendwelchen besonderen Fähigkeiten im Umgang mit Pferden. Er kleidete sich gut. Und er konnte reden.

Unter seinem einnehmenden Äußeren verbarg sich eine Kälte, um die neben seiner zurückhaltenden Frau und seinen erwachsenen und verheirateten Kindern letzten Endes alle wußten, die ihn gut kannten. Er war eine angenehme Gesellschaft, aber es fehlte ihm an Mitgefühl. Die Gutmütigkeit war nur aufgesetzt: Darunter verbarg sich skrupellose Selbstsucht.

Clement Scott verstand sich auf Jockeys und Besitzer, und in beruflicher Hinsicht hielt er eine Menge von dem Paar, das da vor ihm stand: von Derek, weil er die Besitzer zufrieden machte und außerdem noch recht gut ritt, und von Angela, weil ihr Hauptinteresse den Pferden selbst galt und nicht den Preisgeldern.

Mütterliche Damen mit sentimentalen Neigungen waren seiner Meinung nach die unkritischsten und nachsichtigsten Besitzer, und er fand sich gerne mit ihren überschwenglichen Telefonanrufen ab, weil sie außerdem dazu neigten, seine Rechnungen prompt zu bezahlen. Angela gegenüber – einer wohlhabenden Dame mit einem Haus am Rand des Golfplatzes von Wentworth – gab er sich mit jener onkelhaften Schalkhaftigkeit, deretwegen so manche Witwe seinem Stall treu geblieben war, und das trotz der beharrlichen Gerüchte, daß er sie wahrscheinlich bei der erstbesten Gelegenheit übers Ohr hauen würde.

Angela war wie so manche andere Dame nicht geneigt, diesen Gerüchten Glauben zu schenken. Clement, der gute, schlimme Clement, unter dessen Obhut der Besitz eines

Rennpferdes zu einer so rundum erfreulichen Sache wurde, würde *sie* auf keinen Fall betrügen.

Angela stand neben Clement auf der Tribüne, um das Rennen zu beobachten, und verspürte eine ganz neue Dimension der Sorge: Nicht nur um die unbeschadete Rückkehr ihres Lieblings Billyboy, sondern auch und ganz besonders um die des Mannes auf seinem Rücken. Was für Risiken er eingeht, dachte sie, während sie ihn durch das Fernglas beobachtete. Bis zu diesem Tag hatte sie nur darauf geachtet, ob er das Tempo richtig einschätzte, eine sich bietende Lücke nutzte oder ein entschlossenes Finish hinlegte. Bei diesem Rennen aber beurteilte sie ihn nicht mehr objektiv, sondern emotional – ein Wechsel, den sie selbst zu diesem Zeitpunkt nur vage wahrnahm.

Derek Roberts gönnte dem Pferd, obwohl es schon geschlagen war, keine Ruhe und zwang Billyboy auf diese Weise kurz vor dem Ziel auf die vierte Position, denn er wußte, daß Angela ein vierter Platz besser gefallen würde als ein fünfter oder sechster oder siebter. Clement Scott lächelte bei sich. Ob vierter oder siebter Platz, das Pferd hatte kein Preisgeld gewonnen; aber dieser gutaussehende, mit allen Wassern gewaschene Junge wußte jedenfalls, wie man sich die Besitzer warmhielt.

Ihr Fernglas fest auf die Brust gepreßt atmete Angela Hart nach dieser pulstreibenden Anspannung erleichtert auf. Dankbar überlegte sie, daß der vierte Platz angesichts der starken Konkurrenz gar nicht schlecht und es ein gutes Zeichen sei, daß Billyboy bis zum Ende durchgelaufen war... und Derek Roberts hatte das Rennen ohne Schaden überstanden.

Zusammen mit dem Trainer eilte sie dem von der Bahn kommenden Paar entgegen, sah, daß Billyboy wie gewöhnlich, wenn er nach einem Rennen verschwitzt war, durch die Nüstern ausatmete, und hörte Derek zu, der über die Schulter mit ihr sprach, während er die Schnallen am Sattel löste.

»... ist nicht ganz fehlerfrei aufgesprungen nach der drittletzten, aber das hat ihn nicht aufgehalten ... Er sollte eigentlich recht bald mal ein Rennen gewinnen, würde ich sagen.«

Er lächelte sie auf seine spezielle Weise an, grüßte knapp und enteilte dann zum Zurückwiegen und Umziehen fürs nächste Rennen; unterwegs wickelte er die Gurte um den Sattel. Angela sah ihm nach, bis er verschwunden war, und fragte Clement, wann ihre Pferde die nächsten Rennen hatten.

»Hamlet hatte heute morgen eine leichte Entzündung in einem Bein«, sagte er, »und Billyboy braucht zwischen zwei Rennen mindestens zwei Wochen Pause.« Er blickte sie mit neckisch verdrehten Augen an. »Wenn Sie es bis dahin nicht ohne sie aushalten können, warum kommen Sie dann nicht einfach einmal morgens herüber und sehen sie sich beim Trainingsgalopp an?«

Der Gedanke gefiel ihr. »Reitet Derek den Galopp?«

»Manchmal«, erwiderte er.

Am folgenden Tag überlegte Angela, während sie verträumt durch ihr Haus streifte, ob sie nicht ein weiteres Pferd kaufen solle.

Sie suchte sich Derek Roberts' Nummer heraus und rief ihn an.

»Noch ein Pferd für Sie finden?« fragte er. »Jaa... Klar... Ich finde, ein weiteres Pferd ist eine großartige Idee, aber Sie sollten Mr. Scott fragen...«

»Wenn Clement ein Pferd für mich findet«, sagte Angela, »würden Sie mich dann begleiten, wenn ich es mir ansehe? Ich würde wirklich gern Ihre Meinung hören, bevor ich es kaufe.«

»Tja ...« Er zögerte, denn eine solche Nutzung seiner Freizeit erschien ihm wenig ersprießlich. Aber ihm war auch klar, daß ein weiteres Pferd für Angela mehr Reitgelder für ihn bedeutete. »Ja gut, ich komme natürlich mit, Mrs. Hart, wenn ich Ihnen behilflich sein kann.«

»Das ist nett«, sagte sie. »Ich werde gleich Clement anrufen.«

»Noch ein Pferd?« fragte Clement überrascht. »Ja, wenn Sie wollen, obwohl es ein bißchen spät in der Saison ist. Warum warten Sie nicht...?«

»Nein«, fiel Angela ihm ins Wort, »lieber Clement, ich will es jetzt.«

Clement Scott hörte den drängenden Unterton in ihrer Stimme durchaus, konnte sich aber keinen Reim darauf machen. Vier Tage später jedoch, als sie kam, um ihre beiden Pferde bei der Arbeit zu sehen – nachdem sie sich vorweg versichert hatte, daß Derek sie reiten würde –, verstand er sofort.

Die matronenhafte, nicht mehr ganz taufrische Angela hatte nur noch Augen für Derek Roberts. Sie beobachtete ihn aufmerksam, wenn er kam und ging – ganz gleich, ob hoch zu Roß oder zu Fuß –, und erforschte, während er sprach, unablässig sein Gesicht. Sie stellte ihm Fragen, um ihn in ihrer Nähe zu halten; ihr Interesse erlahmte merklich, wenn er nach Hause ging.

Clement Scott, der dergleichen oft genug mit angesehen hatte, gab sich ihr gegenüber noch galanter und verkniff sich jedes spöttische Lächeln. Er habe erfreulicherweise von einem Pferd gehört, das für sie in Frage käme, sagte er, und werde sie mitnehmen, damit sie es sich ansehen könnte.

»Eigentlich«, wandte Angela vorsichtig ein, »habe ich bereits Derek gebeten, mich zu begleiten... und er hat zugesagt.«

An diesem Abend rief Clement Derek an.

»In mich vernarrt?« fragte Derek erstaunt. »Das ist absoluter Blödsinn. Ich reite jetzt schon mehr als ein Jahr für sie. Sie werden mir doch nicht erzählen wollen, daß ich so etwas nicht gemerkt hätte.«

»Machen Sie doch mal die Augen auf, Junge«, sagte Clement. »Ich schätze, sie will dieses Pferd jetzt nur als Vorwand, um Sie öfter zu sehen; und deshalb, mein Junge, habe ich Ihnen einen kleinen Vorschlag zu machen.«

Er umriß den kleinen Vorschlag ziemlich ausführlich, und Derek mußte feststellen, daß dabei hinter der Aussicht auf einen schnellen, steuerfreien Profit Mrs. Harts Interessen weit abgeschlagen auf Platz zwei rangierten.

Einige Tage später fuhr er zu ihrem Haus in Wentworth; von dort aus ging es in ihrem Wagen, einem Rover, mit ihm am Steuer weiter. Das Pferd gehörte einem Mann in Yorkshire, so daß der Ausflug, wie Angela mit großer Zufriedenheit überlegte, den ganzen Tag dauern würde.

Sie hatte sich ihren Wunsch nach einem weiteren Pferd damit erklärt, daß ihr Interesse am Rennsport einfach zugenommen habe, und ihre Begeisterung für die Fahrt nach Yorkshire führte sie auf bloße Ungeduld zurück, sofort zu sehen, was Clement ihr als »tolle Gelegenheit für zwanzigtausend, genau das Richtige für Sie, meine liebe Angela« beschrieben hatte.

Sie konnte es sich gerade eben erlauben, dachte sie, wenn sie diesen Sommer nicht auf Kreuzfahrt ging und weniger Geld für Kleidung ausgab. Sie gestand sich aber keine Sekunde lang ein, daß es ein paar Stunden hier und da von Derek Roberts Leben waren, die sie sich für diesen Preis kaufte.

Ein Stück nördlich von Watford sagte Derek: »Mrs. Hart, hat Mr. Scott Ihnen schon viel von diesem Pferd erzählt?«

»Er sagte, Sie würden das übernehmen. Und nennen Sie mich doch Angela.«

»Ehm...« Er räusperte sich. »Angela...« Er sah sie an, wie sie da neben ihm saß, rundlich, entspannt und glücklich. Das konnte doch nicht wahr sein, dachte er. Leute wie Mrs. Hart unterlagen doch keinen Schwärmereien. Sie war viel zu alt: fünfzig... Ein unvorstellbares Alter für einen Vierundzwanzigjährigen. Er rutschte unbehaglich in seinem Sitz hin und her und empfand Scham (aber nur leichte) für das, was er im Begriff stand zu tun.

»Mr. Scott meint, das Pferd hätte ein unglaubliches Potential. Erst sechs Jahre alt. Hat letztes Jahr ein Hürdenrennen gewonnen...« Er redete weiter wie ein Verkäufer, flocht geschickt die wenigen Tatsachen ein, die sie anhand der Rennberichte überprüfen konnte, falls sie das wollte, und überzog alles andere mit einem zartrosa Hauch. »Im Winter ist er natürlich keine Rennen gelaufen, aber ganz unter uns gesagt ... äh, Angela ... Mr. Scott glaubt, er könne den Hengst sogar für das Whitbread melden. Und möglicherweise ist das genau seine Liga.«

Angela lauschte verzückt. Der Whitbread Gold Cup in sechs Wochen war das letzte große Rennen der Saison. Ein Pferd zu besitzen, das sie in dieses Rennen schicken konnte, noch dazu mit Derek Roberts als Jockey, das erschien ihr als ein solcher Gipfelpunkt in ihrem Rennleben, wie er bisher unvorstellbar gewesen war.

»Nein, wie wunderbar«, sagte sie begeistert. Derek Roberts wäre beinahe zusammengezuckt.

»Mr. Scott meinte, es wäre Ihnen vielleicht recht, wenn ich ein wenig für Sie feilsche«, sagte er. »Um den Preis etwas zu drücken.«

»Der liebe Clement denkt auch an alles.« Sie warf Derek ein leicht ängstliches Lächeln zu. »Aber feilschen Sie nicht so gründlich, daß ich das Pferd verliere, ja?«

Er versprach es ihr.

»Wie heißt es denn?« fragte sie, und er sagte es ihr:

»Magic.«

Magic stand in einem Hof, der Angela eigentlich hätte argwöhnisch machen müssen, aber sie hatte oft genug gehört, daß in Irland schon Meisterpferde in Schweineställen entdeckt worden waren, und den letzten Funken Vorsicht hatte sie bereits fallenlassen. Der gute Clement würde niemals ein schlechtes Pferd für sie kaufen, und mit Derek persönlich als ihrem Berater ... Sie betrachtete den nichtssagenden braunen Wallach, den man ihr vorführte, voller Vertrauen und sah nur ihre Träume – nicht den schlammigen Boden, nicht das verrottete Holz an den Stalltüren, nicht das brüchige Leder des Sattelzeugs.

Sie sah, wie Magic in dem unkrautüberwucherten Hof hin- und hergeführt wurde, und sie sah, wie man ihn in einem kleinen, ampferüberwachsenen Gehege am Führzügel etwas traben ließ; sie sah aber nicht den Ausdruck von Bestürzung auf Dereks Zügen, den er nicht hatte unterdrücken können.

»Was meinen Sie?« fragte sie Derek. Ihre Augen strahlten – ungeachtet all dessen, was sie sahen.

»Gute, starke Schulter«, sagte er abwägend. »Muß vielleicht ein bißchen aufgepäppelt werden, damit er mehr Kondition kriegt.«

»Aber er gefällt Ihnen?«

Derek nickte entschieden. »Genau das Richtige.«

»Dann nehme ich ihn.« Das sagte sie ohne jedes Zögern, und er unterdrückte die Übelkeit, die sich wie mit Zähnen in sein Inneres bohrte.

Während Derek mit Magics Besitzer feilschte, saß sie im Wagen und beobachtete die beiden Männer, die zusammen auf dem Stallhof standen, die Köpfe schüttelten, die Arme ausbreiteten, die Achseln zuckten und das Ganze wieder von vorn begannen. Endlich schüttelten sie sich zu Angelas Erleichterung die Hände, und Derek kam zu ihr rüber, um ihr zu sagen, daß sie das Pferd für neunzehntausend haben konnte, wenn sie wollte.

»Überlegen Sie es sich noch einmal«, sagte er in einem Tonfall, als sei dies dringend geboten.

Sie schüttelte den Kopf. »Ich habe mich entschieden. Wirklich. Soll ich dem Mann einen Scheck geben?«

»Nein«, sagte er. »Mr. Scott wird noch eine tierärztliche Untersuchung veranlassen und sich dann um Transport, Versicherung und so weiter kümmern. Er wird den ganzen Papierkram erledigen und die Rechnung für das Pferd begleichen; Sie können ihm dann alles zusammen bezahlen. Das ist einfacher.«

»Der liebe gute Clement«, sagte sie herzlich. »Immer so nett und aufmerksam.«

Der liebe gute Clement meldete Magic für den Whitbread Gold Cup in Sandown Park und außerdem für ein »Aufwärm«-Rennen, wie er es ausdrückte, drei Wochen vor dem großen Ereignis.

»Und zwar in Stratford-upon-Avon«, sagte er zu Angela. »Im Pragnell Cup, erste Aprilwoche.«

»Ach, wie wunderbar«, sagte Angela enthusiastisch.

Sie telefonierte mehrmals mit Derek – es waren lange, vertrauliche Unterredungen über Magics Aussichten – und sog seinen unbefangenen Optimismus auf wie das Wort Gottes. Derek erfüllte ihre Gedanken von Sonnenaufgang bis Sonnenuntergang: der liebe Derek, der so kräftig und charmant und freundlich war.

Clement und Derek nahmen Magic zu Hause mit zum Trainingsgalopp und stellten fest, daß die »tolle Gelegenheit« nicht bereit war, mit irgendeinem anderen Pferd des Stalls Schritt zu halten. Magic schlug mit dem Schweif, trat mit den Hinterbeinen aus und stellte alle Anzeichen von Bösartigkeit zur Schau. Sowohl Clement als auch Derek berichteten der hocherfreuten Angela jedoch, daß Magic ein vollendeter Gentleman sei und gut lief.

Als Angela eines Morgens – angemeldet – gegen zehn herauskam, um Magic bei der Arbeit zuzusehen, war er versehentlich mit dem ersten Lot schon um sieben Uhr draußen gewesen und ruhte sich infolgedessen gerade aus. Ihre Enttäuschung hielt sich dennoch in Grenzen, da Derek zur Stelle war, nicht hoch zu Roß, sondern als ihr Begleiter zu Fuß, stets lächelnd, fröhlich und freundschaftlich. Sie genoß es. Sie vertraute ihm völlig und zeigte das auch.

»Gut gemacht, Junge«, sagte Clement dankbar, als sie später davonfuhr. »Wenn Sie dabei sind, würde unsere Angela nicht einmal ein Erdbeben bemerken.«

Derek sah ihr mit Gewissensbissen und Bedauern nach. Es war wirklich nicht fair, dachte er. Sie war wirklich eine nette alte Henne. Sie hatte niemandem etwas zuleide getan. Mit einiger Verspätung begann er, sich selbst nicht mehr leiden zu mögen.

Sie fuhren mit den unterschiedlichsten Hoffnungen nach Stratford: Derek hoffte, daß Magic zumindest über die Runden kam, Angela, daß ihr Pferd gewann, und Clement, daß es nicht auf den ersten zweihundert Metern einfach stehenblieb.

Drei Kilometer. Schnelle Bahn. Fester Boden. Achtzehn Hindernisse.

Angela schlug das Herz bis zum Hals, als Magic sich zur Erleichterung beider Männer dazu herabließ, in normaler Manier vom Start zu gehen, und sich dann sogar bereitfand, im hinteren Teil des Feldes zügig mitzugaloppieren.

Nach fast zwei Kilometern dieser mittelmäßigen Vorführung entspannten sich beide Männer; sie wußten, daß sie Angela, wenn Magic die Puste ausgehen und er stehenbleiben würde – was bald der Fall sein mußte –, glaubhaft erklären konnten, er habe »das Rennen benötigt« und werde »für das Whitbread fit sein«.

Einen Kilometer vor dem Ziel gab Derek, einer unbewußten Gewohnheit folgend, Magic das Zeichen, Tempo zuzulegen, indem er die Beine in seine Flanken drückte, mit der Zunge schnalzte und die Zügel knallen ließ. Unerwarteterweise stürmte Magic auf das nächste Hindernis zu, schätzte die Entfernung falsch ein, sprang zu früh ab, schlug gegen die Birkenholzstange und ging zu Boden.

Das Pferd rappelte sich auf und galoppierte unbekümmert davon. Der Jockey lag bewegungslos am Boden.

»Derek«, rief Angela entsetzt.

»Verdammter Narr«, sagte Clement zornig und eilte von der Tribüne. »Hat ihn aus dem Gleichgewicht gebracht.«

Von schlimmsten Befürchtungen gequält beobachtete Angela durch ihr Fernglas, wie der reglose Derek langsam auf eine Bahre gehoben und zu einem Krankenwagen getragen wurde; dann ging sie unter Krämpfen zum Erste-Hilfe-Raum, um auf ihn zu warten.

Ich hätte das Pferd niemals kaufen sollen, dachte sie in ihrer Angst. Wenn ich das Pferd nicht gekauft hätte, würde Derek nicht... könnte Derek jetzt nicht...

Er lebte. Sie sah, daß seine Hände sich bewegten, sobald die blau uniformierten Männer die Krankenwagentüren öffneten. Ihre Erleichterung war beinahe ebenso gewaltig wie ihre Angst. Sie war einer Ohnmacht nahe.

Derek Roberts hatte sich das Bein gebrochen und war nicht in Stimmung, sich über Angelas Gefühle Gedanken zu machen. Er wußte, daß sie da war, weil sie in ihrer Aufregung ständig irgendwie versuchte, an seine Seite zu gelangen – vergebens, da die Sanitäter, die ihn auf der Bahre hinausbrachten, sie immer wieder daran hinderten –, und ihm immer wieder sagte: »Derek, oh, Derek, ist mit Ihnen alles in Ordnung?«

Derek antwortete ihr nicht. Seine Aufmerksamkeit galt seinem Bein, das schmerzte, und dem Problem, in den Sanitätsraum zu kommen, ohne dabei gegen irgendeine Tür oder Wand gestoßen zu werden. Am Eingang drängte sich immer eine teuflisch neugierige Menge. Er starrte in die ihm zugewandten Gesichter hinauf und haßte deren bohrendes Interesse an seinem Unglück. Es war für ihn – wie immer in solchen Fällen – eine Erleichterung, als er endlich durch die Tür getragen und diese vor den glotzenden Blicken geschlossen wurde. Während er auf den Arzt wartete und reglos auf der Bahre lag, überlegte er düster, daß er seine gegenwärtige mißliche Lage wahrlich verdient hatte.

Draußen lief Angela ziellos umher. Sie wußte, daß sie sich eigentlich um ihr Pferd sorgen sollte, brachte es aber nicht fertig; in ihren Gedanken war nur Platz für Derek.

»Keine Bange«, sagte eine aufmunternde Stimme. »Ihrem Magic geht's gut. Galoppiert da durch die Mitte und bringt alle, die ihn einfangen sollen, so richtig schön auf Trab. Machen Sie sich keine Sorgen.«

Erschrocken sah sie zu dem stämmigen Mann mit dem breiten Yorkshire-Akzent auf, der ihr selbstsicher im Weg stand.

»Gehörte nämlich meinem Bruder, dieses Pferd da«, sagte er. »Ich bin extra hergekommen, um ihn laufen zu sehen.«

»Oh«, sagte Angela vage.

»Ist mit dem Jungen alles in Ordnung? Ich meine den, der ihn geritten hat?«

»Ich glaube, er hat sich das Bein gebrochen.«

»O Jammer. Na, das ist wirklich Pech. Hat ganz schön mit meinem Bruder gefeilscht, dieser Junge.«

»Ach ja?«

»Und ob. Mein Bruder meinte, Magic sei ein Flieger, aber Ihr Junge da wollte ihn gar nicht haben, sagte, das Pferd tauge seiner Meinung nach für so ziemlich gar nichts. Mein Bruder wollte siebentausend, aber Ihr Junge hat ihn auf fünf runtergehandelt. Verstehen Sie, ich bin hergekommen, um rauszufinden, wer recht hatte.« Er strahlte förmlich vor Wohlwollen. »Ich sag Ihnen die Wahrheit, das Pferd hat nicht viel gebracht, wie? Schätze, Ihr Junge da hatte recht. Aber ärgern Sie sich nicht, noch ist nicht aller Tage Abend.«

Er nickte ihr zu, schenkte ihr ein letztes Strahlen und ging seines Weges. Angela rang um Luft, als habe er ihr einen Boxhieb versetzt.

Angela ging blindlings durch den Ausgang. Ihre Beine trugen sie automatisch zu ihrem Wagen. Zitternd setzte sie sich auf den Fahrersitz und fuhr mit einem Gefühl der Unwirklichkeit die ganzen hundertfünfzig Kilometer nach Hause.

»Der Mann muß da was falsch verstanden haben«, dachte sie. »Nicht sieben- und fünftausend, sondern siebzehn- und fünfzehntausend.« Als sie zu Hause ankam, schlug sie die Adresse von Magics früherem Besitzer nach und rief ihn an.

»So ist es«, sagte er. »Fünftausend, genau.« Die breite Yorkshire-Stimme schwappte fröhlich über viele Grafschaften hinweg zu ihr herüber. »Haben Ihnen wohl ein bißchen mehr in Rechnung gestellt, wie?« Er kicherte. »Ein paar Hundert vielleicht? Das können Sie ihnen nicht verübeln. Die müssen ja auch ihre Provision haben, sozusagen. So läuft das eben.«

Sie legte auf, setzte sich auf ihr einsames Sofa und starrte ins Leere. Zum erstenmal begriff sie, daß das, was sie für Derek empfunden hatte, Liebe war. Sie begriff auch, daß Clement und Derek das schon vor Wochen bemerkt haben mußten und daß sie sie deswegen auf eine Art und Weise ausgebeutet und manipuliert hatten, die fast genauso roh war wie eine Vergewaltigung.

All die Zuneigung, mit der sie sie überschüttet hatte, all die Freude und die liebevollen Gedanken und das Glück... die beiden hatten all das gesehen und es ausgenutzt und sich keinen Deut um sie geschert. »Sie mögen mich nicht einmal«, dachte sie. »Derek mag mich nicht einmal.«

Der Schmerz dieser Zurückweisung erfüllte sie mit Elend von einer Tiefe, wie sie es nie zuvor kennengelernt hatte. Wie konnte sie nur, dachte sie in ihrem Unglück, so dumm, so blind, so armselig unreif gewesen sein!

Für eine Weile streifte sie durch das große Haus. Seit Edward nicht mehr für Unruhe sorgen konnte, war es still geworden. Schließlich ging sie in die Küche. Sie machte sich eine Tasse Tee und weinte.

Nach einigen Tagen besuchte sie Derek im Krankenhaus. Er lag in der Mitte einer langen Reihe von Betten und hatte das Bein in einem Streckverband. Für einen Augenblick wirkte er wie ein Fremder: ein dünner junger Mann, den Kopf aufs Kissen gebettet, die Augen geschlossen. Nicht mehr wie ein starker junger Mann, dachte sie. Eher schon wie ein krankes Kind.

Aber auch das war eine Illusion.

Er hörte sie an sein Bett treten und öffnete die Augen, und da er ganz und gar nicht auf ihre Anwesenheit vorbereitet war, sah sie ganz deutlich die Verlegenheit, die ihn überfiel. Er schluckte und biß sich auf die Lippen; und dann lächelte er. Es war dasselbe Lächeln wie zuvor, das vordergründige Gesicht des Verrats. Angela verspürte leichte Übelkeit.

Sie zog sich einen Stuhl heran und setzte sich an sein Bett. »Derek«, sagte sie, »ich bin hier, um Ihnen zu gratulieren.«

Er war verwirrt. »Wozu?«

»Zu Ihrem großen Gewinn: der Differenz zwischen fünftausend Pfund und fünfzehntausend.«

Sein Lächeln verschwand, und er wandte den Blick ab. Er war also ertappt. Ärger und Scham überkamen ihn, und vor allem wünschte er sich, daß sie fortginge.

»Wieviel davon«, fragte Angela langsam, »haben Sie bekommen und wieviel Clement?«

Nach einem zähen Schweigen von mehr als einer Minute sagte er: »Halbe-halbe.«

»Vielen Dank«, sagte Angela. Sie erhob sich und schob den Stuhl zurück. »Das war dann alles. Ich wollte nur hören, wie Sie es zugeben.« Und um ganz sicherzugehen, dachte sie, daß sie geheilt war, daß ihr das Fieber nicht länger im Blut lag, daß sie ihn ansehen konnte, ohne etwas zu empfinden – und sie konnte es.

»War das alles?« fragte er.

Sie nickte. »Was Sie getan haben, war nicht illegal, nur... ekelhaft. Ich hätte geschäftsmäßiger sein müssen.« Sie entfernte sich einen Schritt. »Leben Sie wohl, Derek.«

Sie war noch ein paar Schritte weitergekommen, bevor er plötzlich hinter ihr her rief: »Angela... Mrs. Hart.«

Sie blieb stehen und kam ein Stück zurück.

»Bitte«, sagte er, »bitte hören Sie mich an. Nur einen Augenblick.«

Angela kehrte langsam zu seinem Bett zurück.

»Ich nehme nicht an, daß Sie mir glauben werden«, sagte er, »aber ich habe über dieses Rennen in Stratford nachgedacht... und ich habe so das Gefühl, daß Magic vielleicht doch noch zu etwas taugen könnte.«

»Nein«, sagte Angela. »Keine Lügen mehr.«

»Ich... Das ist keine Lüge. Das nicht.«

Sie schüttelte den Kopf.

»Hören Sie«, sagte er. »Magic hat in Stratford keine Show abgezogen, weil ihn niemand gefordert hat – außer ganz zum Schluß, als ich ihn wachgerüttelt habe. Und dann ist er gestürzt, weil ich es so dicht vor dem Hindernis getan habe... und weil er, als ich ihm das Signal gab, einfach wie elektrisiert losgeprescht ist.«

Angela hörte ungläubig zu.

»Einige Pferde«, sagte er, »wollen zu Hause einfach nicht galoppieren. Magic zum Beispiel. Also dachten wir, er könne auch nicht rennen. Aber jetzt bin ich mir da nicht mehr so sicher.«

Angela zuckte die Achseln. »Das ändert gar nichts. Aber wie dem auch sei, ich werde es rausfinden, wenn er im Whitbread läuft.«

»Nein.« Er wand sich unbehaglich. »Wir wollten ihn nie das Whitbread laufen lassen.«

»Aber er ist gemeldet«, sagte sie.

»Ja, aber... also, Mr. Scott wird Ihnen ein oder zwei Tage vor dem Rennen sagen, daß Magic Temperatur hat oder daß er sich den Fuß verstaucht hat oder sonst etwas in der Art und daß er nicht laufen kann. Er ... wir ... haben es so geplant. Wir dachten, Sie würden keine Schwierigkeiten wegen des Preises machen, wenn Sie glaubten, Magic sei Whitbread-Klasse... das ist alles.«

Angela stieß ein »Oh« aus wie einen tiefen Seufzer. Sie blickte auf den jungen Mann hinunter, der seine Decke ziellos mit den Fingern glattstrich und ihrem Blick auswich. Sie sah die Scham und die Müdigkeit und den Widerhall des Schmerzes in seinem Bein, und sie dachte, daß das, was sie für ihn empfunden hatte, für ihn genauso zerstörerisch gewesen war wie für sie selbst.

Zu Hause rief Angela Clement an. »Lieber Clement, wie geht es Magic?«

»Unverändert, Angela, wie ich zu meiner Freude sagen kann.«

»Das ist ja prachtvoll«, sagte sie herzlich. »Und jetzt können wir uns auf Whitbread freuen, nicht wahr?«

»Ja, tatsächlich.« Er kicherte. »Besser, Sie kaufen sich einen neuen Hut, meine Liebe.«

»Clement«, sagte Angela zuckersüß, »ich verlasse mich

darauf, daß Sie Magic in jeder Hinsicht fit und wohlgenährt und unverletzt halten. Ich verlasse mich darauf, daß er in Whitbread an den Start geht und uns zeigt, *wie* schlecht er ist.«

»Was?«

»Denn wenn er nicht startet, lieber Clement, könnte es sein, daß ich mit ein oder zwei Leuten plaudere... Sie wissen schon, mit jemandem von der Presse oder sogar einem von der Steuer... darüber, wie Sie Magic an einem Tag für fünftausend gekauft und ihn mir am nächsten für neunzehntausend verkauft haben.«

Angela horchte auf das Schweigen, das aus dem Hörer dröhnte, und lächelte voll gesunder Schadenfreude. »Und, lieber Clement, wir beide werden den neuen Jockey instruieren zu gewinnen, wenn er kann, nicht wahr? Denn es muß ein fairer Test werden, meinen Sie nicht auch? Und nur um Sie zu ermutigen, verspreche ich Ihnen, daß ich niemandem gegenüber werde verlauten lassen, was ich für Magic bezahlt habe, wenn ich zufrieden bin und er sein Bestes gegeben hat, ganz gleich, ob er gewinnt oder nicht. Und das ist ein Handel, lieber Clement, auf den Sie sich verlassen können.«

Clement warf den Hörer krachend auf die Gabel und fluchte laut. »Verdammte alte Hexe. Sie muß es überprüft haben.« Er rief in Yorkshire an und bekam bestätigt, daß sie genau das getan hatte. Zur Hölle mit ihr, dachte er. Er würde sich in den Augen der ganzen Rennwelt zum Narren machen, wenn er Ausschuß wie Magic in einem der wichtigsten Rennen starten ließ. Das würde seinem Ruf weiß Gott nicht guttun.

Clement Scott verspürte nicht den geringsten Stich der Reue. Er hatte schließlich eine ganze Reihe dummer Ladys auf gleiche Weise betrogen. Aber wenn Angela redete – und wenn es ihr gefiel, konnte sie stundenlang reden –, würde er bald erleben, daß die naiven verwitweten Schätzchen plötzlich alle argwöhnisch wurden und ihre Pferde von jemandem anderen kauften. Magic würde, wie er voller Zorn begriff, so gründlich wie nur möglich trainiert werden müssen, und er mußte den besten Jockey für das Pferd bekommen, der zu haben war.

Im Führring vor dem Whitbread war Angela dann wieder ganz die alte: vor Freundlichkeit überströmend und strahlend.

Sie sprach mit ihrem neuen Jockey, der sich angenehm von Derek Roberts unterschied. »Ich nehme an, Sie haben die Sache mit dem lieben Clement besprochen«, sagte sie fröhlich. »Wie auch immer, ich finde, es wäre das beste, nicht wahr, wenn Sie Magic nachher für den größten Teil der Strecke im Feld etwas zurückhalten würden und ihm dann, ungefähr einen Kilometer vor dem Ziel, sagen, es wäre an der Zeit zu gewinnen, wenn Sie verstehen, was ich meine? Und von da an liegt es natürlich an Ihnen beiden, alles zu geben. Ich habe mein Geld auf Sie gesetzt, wissen Sie.«

Der Jockey blickte verunsichert in das steinerne Gesicht von Clement Scott.

»Tun Sie, was die Dame wünscht«, sagte Clement.

Der Jockey, der sich auf sein Geschäft verstand, führte die Anweisungen buchstabengetreu aus. Einen Kilometer vor dem Ziel grub er Magic seine Fersen scharf in die Rippen und staunte über die Reaktion. Magic – jung und nur mit Mindestgewicht belastet – schnellte an mehreren älteren, müderen Mitstreitern vorbei und lag am letzten Hindernis an fünfter Stelle.

Clement traute seinen Augen kaum. Angela bekam kaum noch Luft. Magic flog über das letzte Hindernis, stürmte die Gerade entlang und ging als dritter ins Ziel.

»Na also«, sagte sie, »ist das nicht *wundervoll*?«

Da so gut wie niemand auf ihr Pferd gesetzt hatte, konnte Angela sich am Toto ein Vermögen an Platzgeld abholen; und ein paar Tage später verkaufte sie Magic genau zu dem Preis, den sie bezahlt hatte, an einen Schrotthändler aus Kent.

Angela schickte Derek eine Postkarte mit den besten Wünschen für eine baldige Genesung. Eine Woche später sandte sie ihm eine Kiste Champagner und die schlichte Botschaft: »Danke.«

»Ich habe eine Menge gelernt«, dachte sie, »und das habe ich ihm zu verdanken. Eine Menge über Gier und Leichtgläubigkeit, über Fassaden und Konsequenzen und die Vergänglichkeit der Liebe. Und über den Rennsport … zu viel.«

Sie verkaufte Billyboy und Hamlet und lernte töpfern.

Blindlings

Im Jahre 1979 ersann Julian Symons, Eminenz des Detection Club, *eine neue Masche, um Geldströme in den gähnend leeren Tresor des Clubs zu lenken. Er als Herausgeber lud eine Handvoll Kriminalschriftsteller ein, sich mit einer Erzählung an einem Band mit dem Titel* Verdict of Thirteen: A Detection Club Anthology (Der Urteilsspruch der Dreizehn: Eine Anthologie des Detection Club) *zu beteiligen.*

Da ich mich nicht auf Gerichtsszenen verstehe, steuerte ich statt dessen unter dem Titel ›Twenty-one Good Men and True‹ – *(›Einundzwanzig rechtschaffene, ehrliche Männer‹) – eine Rennbahngeschichte bei, die 1979 bei Faber in Großbritannien und bei Harper in den* USA *erschien. In England wurde die Erzählung auch von der Wochenzeitschrift* Women's Own *unter dem hier übernommenen Titel ›Blindlings‹ abgedruckt.*

Arnold Roper pfiff leise vor sich hin, während er seinen Kessel zum Kochen brachte und Instantkaffee aus dem Sparpack in die alte blaue Souvenirtasse aus Brixham löffelte. Sein Pfeifen war unmelodisch und ohne Rhythmus, aber dennoch ein Ausdruck der Zufriedenheit – sowohl mit den Dingen im allgemeinen als auch mit den unmittelbaren Aussichten. Arnold Roper ging wie gewöhnlich zum Rennen: Und wie gewöhnlich würde er, wenn er eine Wette plazierte, auch gewinnen. Ordentlich, methodisch, professionell würde er sein unschlagbares System zur Anwendung bringen und reicher werden, wobei das eine aus dem anderen so sicher folgte wie Hühner und Eier.

Arnold Roper war mit seinen fünfundvierzig Jahren ein eingefleischter Junggeselle, ein schlanker Mann, der es gewohnt war, für sich selbst zu sorgen, ein Mann, dem freundschaftliches Geplauder lästig war. Wie ein Matrose – obwohl er nie auf See gewesen war – hielt er seine Siebensachen blankpoliert und blitzsauber, führte ein ordentliches Leben zwischen Plastikmüllbeuteln und aufgewärmten Speisen aus dem Schnellimbiß.

Das einzige, kleine Problem, das sich an Arnold Ropers Horizont abzeichnete, war sein Wohlstand. Die Beschaffung von Geld war sein größtes Vergnügen. Das Ausgeben desselben war etwas, das er auf eine ferne und traumgleiche Zukunft verschob, in der er seine sterile Wohnung gegen eine warme, niemals endende Idylle unter tropischen Palmen eintauschen würde. Es war die Zwischenlagerung des Geldes, die ihm gegenwärtig wenn nicht direkt Sorgen machte, so doch zumindest gelegentliche Anflüge von Zweifel verursachte. Möglicherweise würde er, ging es ihm durch den Kopf, während er getrocknete Milchkörner in die bräunliche Brühe rührte, Platz für einen weiteren Schrank in seinem bereits überfüllten Schlafzimmer finden müssen.

Hätte irgend jemand Arnold Roper gesagt, er sei ein Geizhals, so hätte er dies entrüstet abgestritten. Nun gut, er lebte spartanisch, aber das war eher Angewohnheit als Besessenheit. Und er holte niemals seinen Reichtum hervor, nur um ihn anzusehen und zu zählen und sich daran zu ergötzen. Nie hätte er das warme Gefühl als Geiz erachtet, das ihn jede Nacht überkam, wenn er sich lächelnd zum Schlafen niederlegte, im Wissen, daß überall um ihn herum in zwei eichenholzfurnierten Schlafzimmern – Sonderangeboten – ein oder zwei Tonnen übertragbarer Papiere lagerten.

Es war nicht so, daß Arnold Roper Banken mißtraut hätte. Er wußte auch, daß man durch Wetten gewonnenes Geld nicht durch Steuern verlieren konnte. Er hätte seine wachsenden Gewinne nicht in seiner unmittelbaren Nähe aufbewahrt, wäre sein unschlagbares System nicht gleichzeitig auch ein prachtvoller Betrug gewesen.

Die besten Betrügereien können nur durch Zufall aufgedeckt werden, und Arnold konnte sich nicht vorstellen, daß ein solcher Zufall *ihn* treffen würde.

Jamie Finland erwachte in seiner gewohnten Dunkelheit, und binnen weniger Sekunden gingen ihm drei zusammenhanglose Gedanken durch den Sinn. »Die Sonne scheint. Es ist Mittwoch. Hier in Ascot findet heute ein Rennen statt.« Er streckte die Hand aus und legte die Finger vorsichtig auf den Kassettenrecorder auf seinem Nachttisch. Dort lag eine Kassette. Jamie lächelte, schob die Kassette in den Recorder und drückte auf den Abspielknopf.

Die Stimme seiner Mutter sprach zu ihm. »Jamie, vergiß nicht, daß heute um halb elf der Mann kommt, der den Fernseher repariert, und bitte, sei so lieb und leg die Wäsche in die Maschine, da ich heute morgen sehr knapp dran bin. Und macht's dir was aus, die Suppe von gestern heute mittag noch mal zu essen? Ich habe sie in einem Topf auf dem

Herd stehenlassen. Außerdem hoffe ich, daß du heute nachmittag nicht das ganze Geld verlierst, sonst schneide ich dir den Stecker von deiner Stereoanlage ab. Ich bin dann kurz nach acht wieder zu Hause – also bis dahin.«

Jamie Finlands achtunddreißig Jahre alte Mutter brachte sie beide mit ihrem Verdienst als Krankenschwester bei einem Sozialdienst durch, und sie hatte, überlegte ihr Sohn, die Erziehung eines Kindes, das nicht sehen konnte, wirklich gut bewältigt. Er war fünfzehn. Er absolvierte ein Heimstudium – in Blindenschrift – und bestand seine Prüfungen mit Auszeichnung.

Er erhob sich geschickt aus dem Bett und zog sich an: blaues Hemd, blaue Jeans. »Blau ist Jamies Lieblingsfarbe«, pflegte seine Mutter zu sagen, und ihre Freunde erwiderten darauf: »Ach ja?« Und sie konnte sehen, wie sie dachten: Woher wollte er das wohl wissen? Aber Jamie konnte die Farbe Blau genauso treffsicher identifizieren wie die Stimme seiner Mutter, und dasselbe galt für Rot und Gelb und jede andere Farbe im Spektrum, solange es Tag war.

»Ich kann im Dunkeln nichts sehen«, hatte er mit sechs Jahren gesagt, und nur seine Mutter, die beobachtete, wie sicher er sich tagsüber bewegte und wie unbeholfen er im Dunkeln wirkte, hatte ihn verstanden. Ein wandelndes Radargerät nannte sie ihn. Wie viele junge Blinde konnte er mühelos die Wellenlänge des Lichtes spüren und die unendlich winzigen Veränderungen von dessen Frequenz wahrnehmen, wenn es von farbigen Dingen in seiner Umgebung reflektiert wurde. Fremden war er unheimlich. Jamie war überzeugt, daß jeder so sehen konnte, wenn er wollte, und verstand nicht, was Augenlicht eigentlich bedeutete.

Er machte sich einen Toast zurecht, aß und öffnete schließlich dankbar dem Fernsehmonteur die Tür. »In meinem Zimmer«, sagte er und ging voran. »Wir haben Ton, aber kein Bild.«

Der Fernsehmonteur betrachtete die blinden Augen und zuckte die Achseln. Wenn der Junge ein Bild wollte, hatte er das Recht darauf, genauso wie jeder andere, der für sein Gerät bezahlte. »Ich muß den Apparat mit in die Werkstatt nehmen«, sagte er und drückte mit kritischer Miene auf ein paar Knöpfe.

»Heute finden die Rennen statt«, sagte Jamie. »Können Sie ihn bis dahin fertig haben?«

»Die Rennen? O ja. Hm... ich sag dir was, ich leihe dir einen anderen Apparat. Ich habe einen im Wagen...« Er taumelte mit dem defekten Apparat hinaus und kehrte mit dem Ersatzgerät zurück. »Zu wenig Radios hast du aber nicht, wie?« fragte er, während er sich umsah. »Wozu brauchst du sechs Stück?«

»Ich habe sie auf verschiedene Sender eingestellt«, sagte Jamie. »Das da...«, er zeigte genau auf das richtige Gerät, »empfängt Flugfunk, das da die Polizei; die drei da drüben sind auf gewöhnliche Radiosender eingestellt, und das da... auf Lokalradio.«

»Was du brauchst, ist ein Transmitter. Der würde dir Kontakt mit der ganzen Welt verschaffen.«

»Ich werde mich drum kümmern«, sagte Jamie.

Er schloß die Tür hinter dem Monteur und fragte sich, ob es schon ein Verbrechen war, auf einen sicheren Tip zu setzen.

Greg Simpson hatte solche Bedenken nicht. Er löste den Eintritt zum Führring von Ascot und schlenderte drauflos, um seinen gemütlichen Schmerbauch mit einem Bier und einem Sandwich zu verwöhnen. Zwei Jahre war es jetzt her, dachte er schmatzend, seit er zum ersten Mal einen Fuß auf den Turf gesetzt hatte. Zwei Jahre, seit er seine Prinzipien gegen Wohlstand eingetauscht und sich aus einer lähmenden Depression befreit hatte.

Sie erschienen ihm jetzt als ferne Erinnerung, diese fünfzehn fürchterlichen Monate; der schreckliche, demütigende Zusammenbruch seiner scheinbar sicheren, pensionsberechtigten Welt. Was nutzte es ihm zu wissen, daß Fusionen und Rationalisierungen wie ihn selbst zahllose andere Manager aus gehobenen Positionen aufs Alteisen warfen?

Mit zweiundfünfzig Jahren, nach langer Berufserfahrung, mit viel Erfolg und echter administrativer Begabung, war er davon ausgegangen, daß er zumindest mühelos einen neuen, passenden Posten finden würde; aber eine geschlossene Tür nach der anderen und ein bedauernder Refrain von »Tut mir leid, Greg«, »Tut mir leid, alter Knabe«, »Tut mir leid, Mr. Simpson, wir brauchen jemand Jüngeres« hatten ihn zu guter Letzt in qualvolle Verzweiflung gestürzt. Und gerade, als es soweit war, daß seine Frau trotz ihrer extrem vorsichtigen Haushaltsführung ihren beiden Kindern auch noch das Geld fürs Schwimmbad abschlagen mußte, hatte er die merkwürdige Annonce gelesen:

»Jobs für reife, respektable Personen, die ohne eigenes Zutun seit mindestens zwölf Monaten arbeitslos sind.«

Eine leise Stimme flüsterte ihm zu, daß dies eine Aufforderung zu einem Verbrechen sein mußte, aber er war dennoch zu dem schließlich vereinbarten Gespräch in einem Londoner Pub gegangen, und er war erleichtert gewesen, den überaus gewöhnlichen Mann kennenzulernen, der ihm Rettung anbot – ein Mann wie er selbst, in mittleren Jahren, mit mittlerer Ausbildung, mit Anzug und Krawatte und blasser Bürohaut.

»Gehen Sie oft zum Pferderennen?« fragte Arnold Roper ihn rundheraus und bedachte ihn mit einem durchdringenden Blick. »Spielen Sie überhaupt jemals um Geld? Verfolgen Sie die Rennen? Spielen Sie, um zu gewinnen?«

»Nein«, sagte Greg Simpson spröde, sah seine Aussichten auf den Job schwinden und fühlte sich trotzdem überlegen. »Ich fürchte nein.«

»Wetten Sie auf Hunde? Gehen Sie zum Bingo? Spielen Sie Lotto? Fühlen Sie sich zum Roulette hingezogen?« hakte der Mann nach. Greg Simpson schüttelte schweigend, aber nachdrücklich den Kopf und schickte sich an zu gehen.

»Gut«, sagte Arnold Roper munter. »Spieler nutzen mir nämlich nichts, nicht für diesen Job.«

Greg Simpson entspannte sich und gratulierte sich im Geiste zu seiner eigenen Tugendhaftigkeit. »Was ist das für ein Job?« fragte er selbstgefällig.

Arnold Roper fegte Simpson das Grinsen vom Gesicht. »Sie gehen zum Rennen«, sagte er barsch. »Sie setzen, wenn ich es Ihnen sage, und niemals sonst. Sie werden an fast allen Tagen der Woche zu Rennveranstaltungen gehen – wie zu irgendeinem anderen Job. Sie setzen auf sichere Sieger, und nach jedem Gewinn erwarte ich, daß Sie mir meinen Anteil schicken.« Er nannte eine sehr bescheidene Summe. »Alles, was Sie darüber hinaus gewinnen, gehört Ihnen. Es ist narrensicher und ungefährlich. Wenn Sie es nüchtern und geschäftsmäßig betreiben und nicht in die Narretei verfallen, nach Ihren eigenen Neigungen zu wetten, werden Sie sehr gut dabei fahren. Denken Sie drüber nach. Wenn Sie interessiert sind, sehen wir uns morgen hier wieder.«

Auf sichere Sieger setzen... jeder einzelne ein Gewinner: Arnold Roper hatte Wort gehalten, und Greg Simpsons Lebensstil hatte sich wieder normalisiert. Seine Bedenken hatten sich in Luft aufgelöst, sobald er erfuhr, daß er persönlich mit der Sache nichts zu tun haben würde, falls der Betrug doch einmal aufgedeckt werden sollte. Er wußte nicht, wie sein Arbeitgeber an seine unfehlbaren Informationen herankam, und wenn er auch darüber spekulierte, er fragte nicht danach.

Er kannte ihn nur als Bob Smith und hatte ihn nach diesen ersten beiden Begegnungen nicht wiedergesehen; aber er nahm die Warnung ernst, daß das Füllhorn versiegen würde, falls er je einmal bei den genannten Rennveranstaltungen nicht auftauchen oder die vereinbarten fünfundzwanzig Pfund nicht entrichten sollte.

Er aß sein Sandwich auf und mischte sich unter die Buchmacher, während die Pferde fürs erste Rennen zum Startpfosten galoppierten.

Von hoch oben auf der Tribüne blickte Arnold Roper durch sein starkes Fernglas und inspizierte seine Truppe Mann für Mann. Die perfekte Belegschaft, dachte er. Kein Krankenstand, keine Gewerkschaftsprobleme, keine Klagen.

Augenblicklich standen einundzwanzig Männer auf seiner Liste, die alle zufrieden seine Informationen entgegennahmen, die alle pflichtschuldigst ihre bescheidenen Abgaben entrichteten, und keiner von ihnen wußte von der Existenz der anderen. In einer durchschnittlichen Woche fügte er nach Abzug der Unkosten seinem Schlafzimmerhort einen Tausender in bar hinzu.

In den fünf Jahren, seit er in kleinem Stil begonnen hatte, sein System zur Anwendung zu bringen, hatte er mit seinen Männern nicht eine einzige Niete gezogen. Die Zeit zum Nachdenken gab den Furchtsamen und den Ehrlichen eine einfache Möglichkeit zum Rückzug; und wenn Arnold selbst Zweifel hatte, tauchte er selbst am zweiten Tag nicht wieder auf.

Die übrigen, die er einen nach dem anderen seiner Herde hinzugefügt hatte, lebten behaglich und mit ruhigem Gewissen und beteten, daß ihr Wohltäter nie entlarvt würde.

Arnold selbst konnte sich nicht vorstellen, warum so etwas jemals passieren sollte. Er legte das Fernglas beiseite und machte sich auf seine methodische Art und Weise an sein Tagewerk. Es gab immer eine Menge zu tun; er mußte Formulare ausfüllen, seine Ausrüstung überprüfen und feststellen, ob das Telefon neben ihm auch tatsächlich funktionierte. Arnold überließ niemals etwas dem Zufall.

Unten am Starttor ließen sich sechzehn Zweijährige bokkend und tänzelnd von den Trainern in die Startboxen führen. Zweijährige Hengste, dachte der Starter resigniert und mit einem Blick auf seine Armbanduhr, konnten sich benehmen wie eine Horde Primadonnen während einer Hitzewelle in Mailand. Wenn die sich mit diesem Fuchs nicht etwas beeilten, der im Augenblick wiehernd wieder einmal den Rückzug von der Startbox antrat, würde er die anderen ohne ihn loslaufen lassen.

Er war sich nur allzu deutlich der Tatsache bewußt, daß die Fernsehkameras auf ihn gerichtet waren und gnadenlos auf den kleinsten Fehler lauerten. Starter, die die Rennen mit Verspätung beginnen ließen, waren unbeliebt. Starter, die die Rennen zu früh beginnen ließen, forderten offiziellen Tadel und allenthalben Verwünschungen heraus, weil in der Vergangenheit oft genug aufgrund vorzeitiger Starts irgendwelche Schwindeleien eingefädelt worden waren.

Der Starter schloß den Fuchs vom Rennen aus und gab den Start mit einer Verspätung von drei Minuten und zwanzig Sekunden frei – eine Zahl, die er gewissenhaft in seine Unterlagen eintrug. Die Tore krachten auf, die fünfzehn noch verbliebenen Hengste schossen aus den Boxen, und die dicht geschlossenen Reihen der Ferngläser auf der Tribüne verfolgten ihren Lauf über tausend Meter.

Allein in seinem Turm beobachtete der Zielrichter das Rennen mit großer Aufmerksamkeit. Ein großes Feld von Zweijährigen über tausend Meter war immer schwierig und endete selbst für sein geübtes Auge gelegentlich als gleich mehrfach totes Rennen.

Er hatte die Namen aller Pferde auswendig gelernt – eine Pflicht, die er jeden Tag mit den Rennkommentatoren teilte – und kannte sämtliche Rennfarben, und aufgrund seiner langen Bekanntschaft mit den Jockeys konnte er die meisten von ihnen allein an ihrem Reitstil erkennen. Und dennoch huschte die Furcht, einen Fehler zu machen, immer noch beklemmend durch seine Träume.

Oben auf seinem Ausguck blickte der Fernsehkommentator durch sein starkes Fernglas, das felsenfest wie ein Teleskop auf einem Sockel montiert war, und sprach ohne Eile in sein Mikrofon.

»An der Spitze jetzt Breakaway und Middle Park, dicht gefolgt von Pickup, Jetset, Darling Boy und Gumshoe … Am Zweihundertmeterpfosten drängen sich die Pferde an der Spitze dicht zusammen, man sieht sowohl Jetset als auch Darling Boy und Breakaway … Noch zweihundert Meter, und immer noch scheinen Darling Boy, Jetset, Gumshoe, Pickup direkt Kopf an Kopf zu liegen … Auf den letzten hundert Metern … Jetset, Darling Boy …«

Die Hengste reckten die Hälse, die Jockeys hieben mit ihren Peitschen, die Zuschauer stellten sich auf die Zehenspitzen und stießen ein Gebrüll aus, das die Kommentatoren übertönte, und dem Zielrichter brannten in seiner Loge die Augen vor Anstrengung. Darling Boy, Jetset, Gumshoe und Pickup schossen Brust an Brust am Zielpfosten vorbei, und eine unpersönliche Stimme verkündete aus den überall verteilten Lautsprechern: »Zielfoto, Zielfoto.«

Einen halben Kilometer entfernt lauschte Jamie Finland in seinem eigenen Zimmer dem Rennen am Fernsehgerät und versuchte sich die Bilder auf dem Schirm vorzustellen. Rennen hatten für ihn etwas Nebulöses. Er kannte die Form von Pferden, weil er Spielzeug in der Hand gehabt hatte und ein Schaukelpferd besaß, aber ihre Größe und ihre Geschwindigkeit waren ihm ein Rätsel; er hatte nicht die geringste Vorstellung von der Weite der Kurven einer eingezäunten Rennbahn oder von der Größe oder dem Aussehen von Bäumen.

Während er älter wurde, kam Jamie immer mehr zum Bewußtsein, daß seine Mutter ein Glücksfall war, und als Teenager hatte er eher einen Beschützerdrang entwickelt als rebellische Aufsässigkeit, was seine leidgeprüfte Mutter bisweilen zu Tränen rührte. Ihretwillen hatte er den Fernsehreparateur willkommen geheißen, da er wußte, daß für sie Ton ohne Bilder fast genauso schlimm war wie für ihn Bilder ohne Ton.

Soviel Mühe er sich auch gab, er konnte mit seinen hyperempfindsamen Fingerspitzen dem Bildschirm nur wenig entnehmen. Elektronisch produzierte Farben vermittelten ihm nichts von den Vibrationen natürlichen Lichts.

Er saß gekrümmt vor Anspannung an seinem Tisch, das Telefon neben seiner rechten Hand und eins seiner Radios neben seiner linken. Man konnte nicht sagen, überlegte er, ob sich dieses bizarre Ereignis wiederholen würde; aber wenn ja, würde er bereit sein.

»Noch zweihundert Meter, und immer noch scheinen...«, sagte der Fernsehkommentator, und seine Stimme schwoll vor Aufregung zu einem schrillen Crescendo an. »Auf den letzten hundert Metern Jetset, Darling Boy, Pickup und Gumshoe... am Pfosten alle gleichauf... vielleicht hat es Pickup gerade noch geschafft, aber wir werden auf das Foto warten müssen. In der Zwischenzeit sehen wir uns den Schluß des Rennens noch einmal an...«

Der Ton des Fernsehers normalisierte sich wieder, und Jamie wartete angespannt ab, die Finger auf den Ziffern des Telefons.

Auf der Rennbahn schwirrte die Menge wie ein Schwarm aufgeregter Bienen um die Buchmacher herum, die jetzt

Geschäfte abschlossen, so schnell es nur ging. Entscheidungen nach Zielfotos erfreuten sich größter Beliebtheit bei echten Spielernaturen.

Einige Wetter glaubten wirklich an das, was ihre eigenen, schnellen Augen gesehen hatten, andere betrachteten es als eine Chance, sich gegen den Verlust ihrer Hauptwette abzusichern oder sogar einen feststehenden Verlust wieder wettzumachen. Ein Foto war die zweite Chance, der Rettungsring für den Ertrinkenden, die vorübergehende Gnadenfrist vor dem Augenblick zerrissener Wettscheine und tiefer Verzweiflung.

»Sechs zu vier auf Pickup«, rief der junge Billy Hitchins heiser von seinem erstklassigen Buchmacherstand in der ersten Reihe vor der Tribüne. »Sechs zu vier auf Pickup.« Eine Woge von Kunden, die die überfüllten Stufen hinunterkamen, stürzte sich auf ihn. »Ein Zehner, Pickup, jawohl, Sir. Fünf auf Gumshoe, jawohl, Sir. Zwanzig, Pickup, Sie sind dabei, Sir. Einhundert? Ja, wenn Sie wollen. Einhundert eins zu eins, Jetset, warum nicht...« Billy Hitchins, nach dessen Meinung Darling Boy das Rennen um eine Nasenlänge gewonnen hatte, nahm das Geld nur allzugern in Empfang.

Greg Simpson nahm Billy Hitchins' Wettschein über fünfzig eins zu eins auf Jetset entgegen und beeilte sich, seine Wette bei so vielen Buchmachern abzuschließen, wie er konnte. Man hatte nie viel Zeit zwischen der Übermittlung des Wissens und der Ankündigung des Siegers. Nie viel, aber immer genug. Mindestens zwei Minuten. Manchmal sogar ganze fünf. Ein entschlossener Zocker konnte in dieser Zeit fünf oder sechs Wetten plazieren, wenn er nur dicke Haut hatte und sich erbarmungslos seiner Ellbogen zu bedienen wußte.

Greg vermutete, daß er sich nach all diesen Jahren des Rush-Hour-Pendelns mit der U-Bahn auch durch die dichteste Menge wühlen konnte, und an diesem Tag in Ascot gelang es ihm, das ganze Bargeld auszugeben, das er mitgebracht hatte, alle vierhundert Pfund, alles auf Jetset.

Weder Billy Hitchins noch irgendeiner seiner Kollegen verspürten auch nur einen Anflug von Argwohn. Na schön, es hatte viel Unterstützung für Jetset gegeben; aber dasselbe galt auch für die drei anderen Pferde, und in einem Finish wie diesem wechselte immer eine ganze Menge Geld den Besitzer. Billy Hitchins selbst hieß solche Gelegenheiten immer willkommen, weil sie auch ihm die Gelegenheit boten, aus dem Rennen einen zusätzlichen Profit zu schlagen.

Greg bemerkte ein oder zwei andere Männer, die ebenfalls gutes Geld auf Jetset setzten, und fragte sich nicht zum ersten Mal, ob auch sie für Mr. Smith arbeiteten. Er war sicher, daß er sie oft bei anderen Veranstaltungen gesehen hatte, verspürte aber nicht die geringste Neigung, einen von ihnen anzusprechen und zu fragen. Die Sicherheit lag in der Anonymität – für ihn, für sie und natürlich für John Smith.

Der Richter in seinem Turm grübelte ernsthaft über dem Schwarzweißabzug und sortierte die Nasen; diese gehörte zu Darling Boy, jene zu Pickup. Er konnte den Sieger ohne weiteres ausmachen und hatte seine Nummer laut vor sich hin gemurmelt, während er sie sich auf dem Block zu seiner Rechten notierte.

Das Mikrofon, das mit den Platzlautsprechern verbunden war, wartete an seinem Ellbogen stumm darauf, daß er seine Entscheidung bezüglich des zweiten und dritten Platzes traf, eine Aufgabe von scheinbar zunehmender Schwierigkeit. Nummer zwei oder Nummer acht. Aber welches Pferd war welches? Die Sekunden tickten dahin.

Es war sehr still in seinem Turm, und das hektische Getriebe und die Schreie von den Buchmacherständen unter ihm konnten ihn durch das dicke Fensterglas kaum erreichen.

Hinter ihm stand, geduldig abwartend, ein Angestellter der Rennbahn, dessen Aufgabe ausschließlich darin lag, die offizielle Ankündigung zu machen, sobald die Entscheidung getroffen war. Mit einem hellen Licht und einem Vergrößerungsglas studierte der Richter die Nasen. Wenn er sie falsch zuordnete, würden tausend kenntnisreiche Fotointerpretatoren es ihn wissen lassen.

Er fragte sich, ob er sich eine neue Brille verschreiben lassen sollte. Früher waren ihm die Fotos schärfer vorgekommen.

Bedauernd dachte Greg Simpson, daß der Richter es mit der Verzögerung übertrieb. Wenn er gewußt hätte, daß er soviel Zeit haben würde, hätte er mehr Geld mitgebracht. Trotzdem, der schöne Gewinn (abzüglich Wettsteuer) war ein gutes Ergebnis für einen Nachmittag; und er würde Mr. Smith mit dankbarem Herzen seine mageren fünfundzwanzig schicken.

Greg Simpson lächelte zufrieden und berührte flüchtig, als handele es sich um einen glückbringenden Talisman, die winzige Hörhilfe, die er unauffällig unter seinem Haar und dem weichen Filzhut hinter dem linken Ohr trug.

Jamie Finland lauschte aufmerksam und mit gesenktem Kopf; sein gelocktes dunkles Haar fiel auf das Radio, mit dem er den Flugfunk abhörte. Das leise Rauschen der Trägerwelle drang unverändert an sein Ohr, aber während er wartete, beschleunigte sich sein Puls, und in seinem Magen machte sich flatternde Aufregung breit. Wenn es nicht passierte, dachte er flüchtig, wäre es tatsächlich sehr langweilig.

Obwohl er jeden Nerv seines Körpers angespannt hatte, hätte er es beinahe verpaßt. Aus dem Radio kam ein einziges Wort, fern, leise, ohne Betonung: »Elf.« Die Trägerwelle zischte weiter, als wäre sie niemals gestört worden, und Jamies Gehirn brauchte ganze zwei Sekunden, um sich in einem glücklichen Lachen zu erhellen.

Er wählte die Nummer des örtlichen Buchmachers. »Hallo? Hier Jamie Finland. Ich habe für heute nachmittag einen Zehn-Pfund-Kredit bei Ihnen vereinbart. Hm ... würden Sie bitte das ganze Geld auf das Fotofinish dieses Rennens setzen, das gerade in Ascot gelaufen ist? Auf Nummer elf, bitte.«

»Elf?« wiederholte eine nüchterne Stimme am anderen Ende. »Jetset?«

»Genau«, sagte Jamie geduldig.

»Elf. Jetset. Eins zu eins, richtig?«

»Richtig!« sagte Jamie. »Ich hab das Rennen in der Flimmerkiste gesehen.«

»Da bist du nicht der einzige, Kumpel«, sagte die Stimme

anstelle eines Abschiedsgrußes, dann wurde mit einem Klicken aufgelegt.

Jamie lehnte sich mit dem prickelnden Gefühl, eine wunderbare Schelmentat begangen zu haben, zurück. Wenn die Elf wirklich gewonnen hatte, bedeutete das, daß er den Buchmacher schlicht und einfach beraubte. Aber wer konnte das wissen? Wie konnte jemals irgend jemand davon erfahren? Er würde es seiner Mutter nicht erzählen, weil sie damit nicht einverstanden wäre und ihn vielleicht zwingen würde, seinen Gewinn zurückzugeben.

Er stellte sich ihre Stimme vor, wenn sie nach Hause kam und feststellte, daß er ihr Geld verdoppelt hatte. Und er stellte sich ihre Stimme vor, wenn sie herausfand, daß er das ganze Geld beim ersten Rennen verloren hatte, weil er auf das Ergebnis eines Fotofinishs gesetzt hatte, das er nicht einmal hatte sehen können.

Er hatte ihr nicht erzählt, daß die Zahlen im Radio der Grund waren, warum er überhaupt wetten wollte. Er hatte gesagt, er wüßte, daß Leute oft von zu Hause wetteten, während sie das Rennen im Fernsehen verfolgten. Er hatte gesagt, es wäre ein wunderbares neues Hobby für ihn, wenn er sich damit beschäftigen konnte, während sie arbeitete.

Er hatte sie ohne große Probleme überredet, ihm Geld für einen Einsatz zu leihen und die Sache mit dem Buchmacher zu regeln, und er hätte das Ganze nie eingefädelt, hätte es da nicht den Sicherheitsfaktor gegeben.

Als er das Radio bekommen hatte, mit dem man Flugfunk empfangen konnte, hatte er Stunden und Tage darauf verwandt, den Funksprüchen der Jetflugzeuge zu lauschen, die in Heathrow starteten und landeten; aber die Faszination hatte sich abgenutzt, und schließlich hatte er den Apparat immer seltener eingeschaltet.

Eines Tages hatte er ziellos am Einstellknopf herumgespielt, ohne einen interessanten Sender zu finden, und anschließend hatte er versehentlich vergessen, den Apparat abzuschalten. Als er dann am Nachmittag im Fernsehen die Rennen in Ascot verfolgte, kam aus dem Radio plötzlich ein Wort: »Dreiundzwanzig.«

Jamie schaltete den Apparat ab, schenkte dem Geschehnis aber kaum ernste Bedeutung, bis der Fernsehkommentator das Ergebnis des Fotofinishs bekanntgab und es sich fast wie ein Echo des Radios anhörte. »Dreiundzwanzig ... Swan Lake, Nummer dreiundzwanzig ist der Gewinner.«

»Wie merkwürdig«, dachte Jamie. Er ließ den Einstellknopf unangerührt und stellte den Flugsender am nächsten Samstag wieder ein, parallel zu der Fernsehübertragung der Rennen in Kempton Park. Es gab zwei Entscheidungen nach Zielfotos, aber keine Gottesstimme im Äther. Auch nichts aus Doncaster, Chepstow und Epsom, so daß er die Sache schon achselzuckend als Zufall abtun wollte. Aber als schließlich wieder eine Veranstaltung in Ascot anstand, beschloß er es noch einmal zu versuchen.

»Fünf«, sagte das Radio leise, und später: »Zehn.« Und tatsächlich lautete das Urteil des Richters einmal Startnummer fünf und einmal zehn.

Der Zielrichter kam zu dem Schluß, daß er den Augenblick nicht länger hinauszögern könne, und reichte dem wartenden Angestellten seine niedergeschriebenen Resultate, woraufhin dieser sich vorbeugte und das Mikrofon an die Lippen zog.

»Erster Nummer elf«, sagte er. »Ein totes Rennen um den zweiten Platz zwischen Nummer zwei und acht. Erster Jetset. Totes Rennen um den zweiten Platz, Darling Boy und Pickup. Der Abstand zwischen dem ersten und dem zweiten Platz ein kurzer Kopf. Das vierte Pferd war Nummer zwölf.«

Der Zielrichter lehnte sich auf seinem Stuhl zurück und wischte sich den Schweiß von der Stirn. Wieder ein Fotofinish hinter sich gebracht... aber sie waren zweifellos eine harte Probe für die Nerven.

Arnold Roper griff nach seinem Fernglas, um besser sehen zu können, wie die erfolgreichen Wetter bei den Buchmachern abkassierten. Seine einundzwanzig vertrauenswürdigen Männer hatten heute reichlich Zeit zum Absahnen gehabt. Vor allem Greg Simpson konnte reiche Beute einstreichen, aber andererseits war Greg Simpson mit seinen herausragenden Managerfähigkeiten Arnolds Meinung nach immer der Kandidat gewesen, der sich wahrscheinlich am besten halten würde. Gregs Erfolg freute Arnold genausosehr wie sein eigener.

Billy Hitchins reichte Greg ohne einen zweiten Blick seine Gewinne und zahlte auch fünf andere Männer aus, deren Transistorhörhilfen sicher unter ihrem Haar verborgen waren. Seiner Schätzung nach hatte er alles in allem bei dem Fotofinish draufgezahlt; aber was das ganze Rennen betraf, konnten sich seine Gesamteinnahmen durchaus sehen lassen. Billy Hitchins, der nicht unzufrieden war, wandte seine Aufmerksamkeit dem nächsten Rennen zu.

Jamie Finland lachte laut auf und schlug begeistert mit der Faust auf den Tisch. Irgend jemand sprach irgendwo durch ein offenes Mikrofon, und wenn Jamie das Glück hatte, die Übertragung aufzufangen, warum nicht? Warum nicht? Er betrachtete die Information als einen Zufall, nicht als Betrug, und er wartete mit naivem Vergnügen darauf, daß die nächste Traube von Pferden Nase an Nase durchs Ziel ging.

Das Wetten auf sichere Tips, versuchte er die Stimme seines Gewissens zu beruhigen, war kein Verbrechen, wenn man unschuldig an die Informationen herankam.

Nach dem vierten Rennen gab er telefonisch eine Wette auf Nummer fünfzehn durch und erhöhte seine Gewinne damit exponentiell.

Als Greg Simpson am Nachmittag nach Hause ging, hatte er fast ebenso große Probleme, das Geld zu transportieren, wie Arnold. Er stellte fest, daß es für die Unterbringung von Bargeld in einem gewöhnlichen Anzug Grenzen gab, und mußte das Geld zu guter Letzt in eine Zeitung einwickeln und unterm Arm nach Hause tragen wie eine Portion Fish and Chips.

»Zwei an einem Tag«, dachte er genüßlich. »Ein sauberer Schnitt. Ein denkwürdiger Tag.« Und dann die Aussichten: morgen wieder hier in Ascot, Samstag in Sandown und danach weiter nach der Liste, die ihn wie gewohnt anonym auf einer Postkarte erreicht hatte, Newbury und Windsor. Mit ein wenig Glück konnte er sich bald einen neuen Wagen leisten, und Joan konnte den Skiurlaub mit den Kindern buchen.

Billy Hitchins packte seinen Stand und seine Ausrüstung zusammen und trug die Sachen mit Hilfe seines Angestellten einen Kilometer die Straße runter zu seinem Buchmachergeschäft in der High Street von Ascot. Mit achtzehn Jahren hatte Billy seine Lehrer dadurch in Entsetzen gestürzt, daß er auf die Universität pfiff und seinen scharfen mathematischen Verstand in den Dienst eines Buchmachers stellte. Mit vierundzwanzig hatte Billy das Geschäft übernommen, und jetzt, drei Jahre später, stand er kurz vor einer Expansion.

Alles in allem hatte er einen guten Tag gehabt, und nachdem er die Gesamtsumme errechnet hatte, lud er seinen Geschäftsführer in den Pub ein.

»Schon komisch«, sagte der Geschäftsführer beim zweiten Bier. »Dieses neue Konto – Sie wissen schon, das, das Sie gestern für diese Krankenschwester eingerichtet haben.«

»O ja... die Krankenschwester. Hat mir zehn Dollar im voraus gegeben. Das passiert nicht oft.« Er trank seinen Scotch mit Wasser.

»Ja... also, dieser Finland hat vor der Flimmerkiste gesessen und zwei Wetten durchtelefoniert, beide auf die Ergebnisse der Fotos, und er hat beide Mal richtig getippt.«

»Nein, nicht möglich«, sagte Billy mit gespieltem Ernst.

»Er hat keine anderen Wetten plaziert, verstehen Sie? Schon ungewöhnlich.«

»Was sagten Sie noch, wie war der Name?« fragte er.

»Jamie Finland.«

Das Barmädchen beugte sich über die Theke; ihr freundliches Gesicht zeigte ein Lächeln, und ihr pinkfarbener Pullover überließ kaum etwas der Phantasie. »Jamie Finland?«

wiederholte sie. »Ein netter Junge, nicht wahr? Wirklich eine Schande, daß er blind ist.«

»Was?« fragte Billy.

Das Barmädchen nickte. »Er und seine Mutter, die beiden leben gleich die Straße runter in einer dieser neuen Wohnungen, sind Nachbarn von meiner Schwester. Er sitzt die meiste Zeit drin, lernt und hört seinen Radios zu. Und man sollte es nicht glauben, aber er kann Farben unterscheiden; kann er wirklich. Meine Schwester meint, es wäre richtig unheimlich, aber er hat ihr gesagt, sie trüge einen grünen Mantel, und das stimmte.«

»Ich fasse es nicht.«

»Es stimmt. So wahr Gott mein Zeuge ist«, sagte das Barmädchen gekränkt.

»Nein«, sagte Billy. »Ich kann nicht fassen, daß er, selbst wenn er einen grünen Mantel von einem roten unterscheiden kann, die Farben auf einem Fernsehschirm erkennt, wenn drei oder vier Pferde Brust an Brust die Ziellinie überqueren. Das kann selbst jemand mit guten Augen nur in den seltensten Fällen.«

Er saß da und dachte nach. Er hatte heute ziemlich viel bei diesen Fotos verloren.

Bei diesen Fotos hatten alle Verluste gemacht. Er hatte gehört, wie mehrere andere Buchmacher sich über den Zulauf beklagten, den Jetset hatte. Billy Hitchins runzelte die Stirn. ›Ich verstehe aber nicht, wie man so etwas einfädeln könnte.‹

Billy setzte sein Glas mit einem Krachen ab, das die ganze Bar aufschreckte. »Haben Sie gesagt, Jamie Finland hört Radio? Was für Sender hört er denn?«

»Woher soll ich das wissen?« fragte das Barmädchen verärgert.

»Er wohnt in der Nähe der Rennbahn«, sagte Billy und dachte fieberhaft nach. »Also, nur mal angenommen, er hätte die Fotoergebnisse irgendwie mitgehört, bevor sie über Lautsprecher bekanntgegeben wurden. Aber das erklärt noch lange nicht die Verzögerung... wieso er die Zeit dazu hatte – und wahrscheinlich nicht nur er, sondern eine ganze Reihe anderer Leute, die dasselbe gehört haben –, das Geld zu setzen.«

»Ich weiß nicht, wovon Sie reden«, sagte das Barmädchen.

»Ich glaube, ich springe mal bei Jamie Finland vorbei«, sagte Billy Hitchins. »Und frage, wen oder was er gehört hat... wenn er überhaupt etwas gehört hat.«

»Bißchen weit hergeholt«, wandte der Geschäftsführer ein. »Die einzige Person, die die Sache lange genug hinauszögern könnte, wäre der Zielrichter.«

»O mein Gott«, sagte Billy, den dieser Gedanke mit Schrecken erfüllte. »Wenn es der Zielrichter wäre...«

Arnold Roper wußte nichts von der langen Zündschnur, die in dem Pub angezündet wurde. Für Arnold war Billy Hitchins nur ein Name eines Buchmacherstands. Er konnte nicht ahnen, daß der gewitzte Billy Hitchins seinen Drink in einem Pub nahm, dessen Barmädchen eine Schwester hatte, die Tür an Tür mit einem blinden Jungen lebte, der über ein gedankenlos angelassenes Radio, mit dem man Flugfunk empfangen konnte, seine diskrete Übertragung mitgehört hatte.

Arnold Roper reiste in heiterer Gemütsverfassung nach Hause. Sein Walkie-talkie hatte er wie gewöhnlich in seiner inneren Jackettasche versteckt, und die kurze Antenne war nun wieder eingeklappt und unsichtbar.

Seine Anweisungen, die er nur mit schwächster Energie aussendete, waren seiner Meinung nach absolut sicher, da sie nur von einem vorüberfliegenden Flugzeug abgehört werden konnten, und kein Pilot auf Erden würde eine simple Zahl im Äther mit dem Gewinner eines Fotofinishs unten in Ascot oder Epsom oder Newmarket oder York in Verbindung bringen.

Vorhin auf dem Rennplatz hatte Arnold den extrem empfindlichen und teuren Apparat – Eigentum der Firma, in deren Diensten er stand – sorgfältig weggepackt und eingeschlossen. Arnold Roper war nicht der Zielrichter. Arnold Ropers Job bestand in der Bedienung der Fotofinishkamera. Er war derjenige, der zusah, wie die Abzüge entwickelt wurden; derjenige, der sich Zeit lassen konnte, bevor er sie zum Richter brachte; derjenige, der den Gewinner immer als erster kannte.

Winkelzüge

Der Weg zur Gerechtigkeit ist gewunden, lang, teuer und mühselig, und manchmal führt er nicht zum Ziel. ›Winkelzüge‹ führen dorthin, mehr oder weniger, und erteilen auf dem Weg die eine oder andere Lektion.

Die erste Lektion: Wenn du freundlich sein willst, dann nimm dich gut in acht.

Sandy Nutbridge stützte sich auf die weiß gestrichenen Rails einer privaten Rennbahn im amerikanischen Staat South Carolina und versuchte, sich ein Urteil über den unscheinbaren Mann neben sich zu bilden.

Beide waren Engländer. Sandy Nutbridge versuchte, dem anderen (Jules Reginald Harlow) die zweijährige, in South Carolina gezüchtete Vollblutstute zu verkaufen, die gerade in schnellem Kanter über die Bahn ging. Geritten wurde sie von dem erstklassigen Trainingsreiter, den Sandy Nutbridge jedesmal zu engagieren pflegte, wenn er einen Verkauf in vielstelliger Höhe tätigen wollte.

Sein Trara und das Gewese, das er um die Herkunft der Zweijährigen sowie die Tatsache machte, daß sie schon so früh Anlagen für hohes Tempo zeigte, waren diesmal ehrlich. Der Elan, mit dem er seiner Bewunderung ihres feinknochigen Schädels, ihrer freundlichen, schrägstehenden Augen und tiefen, voluminösen Brust Ausdruck verlieh, war in der Tat berechtigt. Die Zweijährige hatte im Augenblick jedes Kompliment verdient – nur die Zukunft, die ließ sich natürlich, wie bei allem im Leben, nicht sicher vorhersagen.

Jules Reginald Harlow sah sich den flüssigen Lauf der Zweijährigen an und hörte den echten Enthusiasmus in der Stimme des Verkäufers heraus. Er hielt Sandy Nutbridge für einen guten Verkäufer, verwandte den größten Teil seiner Aufmerksamkeit jedoch auf die über die Bahn jagende Zweijährige, die genau das zu sein schien, was er brauchte.

Der Trainingsreiter kam nach zwei Runden – eine in Schritt und Trab, eine in schnellem Kanter – zu den beiden Zuschauern an den Rails hinübergeritten.

»Danke, Pete«, nickte Nutbridge ihm zu.

»Auch ich danke«, fügte Jules Harlow hinzu. Dann wandte er sich an den Verkäufer. »Unter dem Vorbehalt, daß ein Tierarzt die Zweijährige für gesund befindet, nehme ich sie zu dem Preis, über den wir uns geeinigt haben.«

Die beiden Männer besiegelten den Handel mit einem Handschlag; dann stieg Jules Harlow ohne Eile in seinen dunkelgrünen Lincoln Town Car, den er in der Nähe geparkt hatte, und fuhr davon.

Sandy Nutbridge gab der Vollblutagentur telefonisch durch, für wen er tätig gewesen war, und meldete den erfolgreichen Verkauf. Sein Chef, Ray Wichelsea, dem die Agentur gehörte, hielt große Stücke auf Sandy Nutbridge, vor allem als Verkäufer, aber auch als Mensch. Für Ray Wichelsea waren Sandys gedrungene Gestalt, sein drahtiges, langsam ergrauendes Haar und seine erkennbar englische

Stimme vertrauensbildende Faktoren, die die Kunden für die Agentur einnahmen und sie ermunterten, ihr Geld aus der Tasche zu ziehen.

»Unser Mr. Harlow«, berichtete Sandy Nutbridge, »ist einer von der schweigsamen Sorte. Ich würde nicht sagen, daß er sehr viel von Pferden versteht. Er hat zwar den Kauf der Zweijährigen mit Handschlag bestätigt, aber ich habe ihn nicht, wie ich es Ihren Anweisungen gemäß ja auch nicht sollte, um eine Anzahlung gebeten.«

»Gut. Wie sah er aus?«

Verwirrt antwortete Sandy Nutbridge, so gut er konnte: »Also ... er ist etwas kurz geraten. Ich schätze, so um die Fünfzig. Durchschnitt. Aber doch mit so was wie einem erstklassigen englischen Akzent. Trug einen grauen Anzug mit Schlips. In einer Menschenmenge würde er nicht weiter auffallen.«

»Unser Mr. Harlow«, sagte Ray Wichelsea mit ruhiger Betonung, »der Mr. Harlow, den Sie gerade beschrieben haben, ist, dessen bin ich mir fast sicher, der Computererfinder Harlow. Ein schöpferischer Mensch. Ein Unternehmer.«

»Und was hat das für uns zu bedeuten?« fragte Nutbridge.

»Er kann sich einen ganzen Stall voller Zweijähriger leisten.«

Der ruhige Mr. Harlow hatte die prächtige Zweijährige als Verlobungsgeschenk für die lebenslustige Witwe gekauft, die beschlossen hatte, daß er ihr Ehemann Nummer drei werden sollte. Bei Nummer eins und zwei hatte sie spuren müssen, dann waren sie gestorben und hatten ihr große Vermögen hinterlassen. Jules Harlow war noch reicher, doch ihm machte es mehr Vergnügen, sie ihre Wege gehen zu lassen. Die Witwe himmelte ihn an.

Sie wußte alles über Pferde und verbrachte ganze Tage vergnügt auf der Rennbahn. Vor ihrer Bekanntschaft hatte Jules kaum je vom Kentucky Derby gehört. Seine Tage bestanden darin, Schaltkreise für Mikrochips zu ersinnen und zu entwickeln, und weil er meistens in Gedanken vertieft war, war er so still.

Nachdem die beiden zum ersten Mal miteinander zu Abend gegessen und geschlafen hatten, erwiesen sich ihre unterschiedlichen Interessen und Persönlichkeiten als harmonische Mischung. Und die Zeit hatte dann ein übriges getan, um ihren Zusammenschluß zu festigen.

In England packte Sandy Nutbridges Mutter erregt ihren Koffer und versuchte – ohne Erfolg –, die überschäumende Freude ihrer beiden Enkelkinder Bob und Miranda (zehn und acht) zu zügeln, die sie nach South Carolina begleiten sollten, um dort zwei Wochen ihrer Osterferien mit ihrem Vater zu verbringen.

Seit seiner Scheidung sah Sandy Nutbridge seine Kinder nur noch selten. Auf den bevorstehenden Besuch, auch seiner Mutter, freute er sich von ganzem Herzen. Zwei ganze Wochen! Er hatte Ray Wichelsea gebeten, ihn während dieser Zeit nicht in Anspruch zu nehmen.

Er hatte Geld geschickt, um die Reisekosten aller drei zu decken: Seine verwitwete Mutter lebte von einer mageren Pension, seine inzwischen wiederverheiratete Exfrau hatte gemeint, wenn er seine Kinder zu Besuch haben wolle, könne er auch für sie bezahlen. Er holte sie am Flughafen ab und fand inmitten der Umarmungen und Küsse, daß es jeden Dollar wert gewesen sei. Seine Mutter, die neue Kleider trug, wischte sich die Tränen aus den Augen, und die Kinder, die niemals zuvor aus England herausgekommen waren, bestaunten die überraschende Geräumigkeit Amerikas mit echter Ehrfurcht und offenen Mündern.

Sandy Nutbridge wohnte in einer Mietwohnung mit zwei Schlafräumen im vierten Stock eines Apartmenthauses – an einem See mit bezauberndem Blick auf Segelboote, Wälder, blaugraues Wasser und die untergehende Sonne. Eine einstündige Fahrt über breite Straßen brachte ihn ins Zentrum des Pferdelandes, wo er in Ray Wichelseas Büro regelmäßig die Füße auf den Schreibtisch legte und seinen Kaffee aus Pappbechern trank. Ray Wichelsea bezahlte ihm Kommissionen, kein Gehalt, und er strich diese Kommissionen in bar ein.

Sein Leben glitt an dem Tag, als seine Kinder ankamen, auf einem angenehm hohen Level von Wohlstand dahin: Das Leben eines in vernünftigen Grenzen ehrlichen Maklers ohne politische Ambitionen.

Die Kinder – und seine Mutter – waren trotz ihrer Müdigkeit nach dem Transatlantikflug ganz aus dem Häuschen angesichts eines Abendessens in einem echten amerikanischen Fast-food-Restaurant mit Burgern und Pommes und hatten sich schnell mit unschuldiger Freude den Ausdruck »Mayo Stop« angeeignet.

Das war am Dienstag. Zur Frühstückszeit am Mittwochmorgen zog Sandy Nutbridge einen dünnen Morgenrock über seinen Pyjama, ließ seine Familie allein bei der Entdeckung aller möglichen Sorten von Frühstücksgetreide zurück und ging in Schlappen hinunter in die Empfangshalle der Wohnanlage, so wie er es immer tat, um dort aus dem Verkaufsautomaten die Tageszeitung zu ziehen.

Hinter der Theke in der Empfangshalle saß das blau uniformierte, für vieles zuständige Faktotum der Wohnanlage, das sowohl als Sicherheitswache, als Empfangschef, als Anrufannahme und Übermittler von Botschaften tätig war. Sandy Nutbridge sagte im Vorbeigehen: »Hi, Bill«, so wie er es immer tat, und ging weiter zum Aufzug, ohne den beiden bewaffneten Polizisten, die sich auf Bills Theke lehnten, weiter Beachtung zu schenken.

Bill jedoch sagte zu den beiden Polizisten: »Das ist er«, und sie richteten sich wie elektrisiert auf und stürzten sich auf Sandy Nutbridge, warfen ihn mit dem Gesicht gegen die grüngemusterte Tapete und brüllten ihn an, die Hände hochzunehmen und seine Beine zu spreizen.

Sandy Nutbridge hatte lange genug in den Vereinigten Staaten gelebt, um zu wissen, daß jeder Protest vergebens sein würde. Die Polizisten mußten – dazu zwang sie ihre Angst – sichergehen, daß er in seinem Schlafanzug keine Handfeuerwaffen verborgen hielt. Sandy mochte es für absurd halten, daß sie ihm mit größter Grobheit die Handgelenke mit Handschellen auf den Rücken fesselten und »seine Rechte vorlasen«, die hauptsächlich aus der Drohung zu bestehen schienen, alles, was er sagte, vor Gericht gegen ihn zu verwenden. Nun, das schien in Amerika alles ganz normal zu sein.

»Was soll ich getan haben?« fragte er.

Die Polizisten wußten es nicht. Sie waren lediglich losgeschickt worden, um »Nutbridge zum Verhör herzuschaffen«.

Sandy Nutbridge fragte, ob sie ihn vielleicht nach oben begleiten könnten, damit er sich anziehen und auch seinen Kindern sagen könne, daß er für einige Stunden nicht da sei. Die Polizisten machten sich nicht einmal die Mühe, ihm zu antworten, sondern drängten ihn zur Tür und nach draußen.

»Sagen Sie meiner Mutter Bescheid, Bill«, rief Sandy noch über die Schulter zurück, aber er war sich nicht sicher, daß seiner Bitte entsprochen werden würde. Man konnte sich auf Bill nicht im geringsten verlassen.

Sandy Nutbridge nahm diese Farce einer Verhaftung immer noch nicht ernst und lachte, als die Polizisten im Kreis herumfuhren, weil sie den Weg zurück zur Hauptstraße in die Stadt nicht fanden. Aber wie lächerlich die Sache auch war, die Situation wurde schließlich ernsthaft besorgniserregend, als man ihn im Hauptquartier der Polizei ohne jede Umschweife in eine verriegelte Zelle drängte und dort einschloß.

Auf seinen energischen Protest hin gestattete man ihm schließlich ein Telefongespräch, das er darauf verwandte, einen Freund zu alarmieren, der Anwalt war, und ihn anzuweisen, ihm sofort zu Hilfe zu kommen, nachdem er seine zweifellos verängstigte Familie aufgeklärt und beruhigt hatte.

Sandy Nutbridge hatte niemals zuvor einen Anwalt in Anspruch genommen – er war eigentlich auch noch nie verhaftet worden – und war sich nicht darüber im klaren, daß sein Freund als Trinkkumpan besser war denn als Advokat. Und er war sich auch nicht darüber im klaren, daß er gerade diesem Freund seine Verhaftung verdankte – einem Freund, der absichtlich vor falschen Ohren das Maul aufgerissen hatte.

Patrick Green, der mit ihm befreundete Anwalt, sagte, er wolle versuchen herauszufinden, unter welchem Vorwurf Sandy festgehalten werde, kam aber zu keiner klareren Aussage als: »Die Steuerbehörde ist hinter dir her wegen einer Steuerangelegenheit, die mit der Einzahlung von Drogengeldern bei deiner Bank vor drei Jahren zu tun hat.«

Verwundert und inzwischen tief besorgt, sah sich Sandy Nutbridge am Donnerstagmorgen (nach einer üblen Nacht in der Zelle) vor Gericht einem Richter gegenüber, der sich gleichermaßen ungewiß zu sein schien, was seine Anwesenheit eigentlich zu bedeuten hatte, der aber für alles über eine Lösung verfügte. Auf Patrick Greens Einlassung hin, Sandy unverzüglich freizusetzen, erwiderte der Staatsanwalt, daß Nutbridge als britischer Bürger mit der *Greencard,* die ihm als Ausländer Aufenthaltsrecht gewährte, das Land möglicherweise verlasse, bevor die Steuerbehörde ihre Nachforschungen abgeschlossen habe. Der Staatsanwalt widersetzte sich daher der Freilassung Nutbridges gegen Kaution.

Der Richter, der bereits Jahre ermüdender Fälle hinter sich hatte, schlug mit dem Hammer auf den Tisch und setzte die Kaution auf einhunderttausend Dollar fest.

Damit hatte Patrick Green gerechnet, aber für Sandy Nutbridge war diese Summe eine Katastrophe. Er hatte keine einhunderttausend Dollar, und seine Bank würde sie ihm ohne weitere Sicherheiten auch nicht zur Verfügung stellen. Wenn er aber das Geld nicht aufbrachte, würde er hinter Gitter bleiben, bis es zur Verhandlung kam, und da nicht einmal jemand genau sagen zu können schien, wessen er eigentlich angeklagt war, konnte natürlich auch noch kein Verhandlungstermin feststehen.

Patrick Green versicherte seinem Freund Sandy, daß die Kaution schnell aufgebracht werden könne: Sie würde ja schließlich denen, die sie zur Verfügung stellten, zurückgezahlt, sobald das Datum für die Verhandlung festgelegt war und Sandy zum Termin vor Gericht erschien.

Sie überlegten, wie sie die Summe aufteilen konnten: Einen Teil konnte Sandy selbst beisteuern, einen Teil seine Mutter, die herumtelefonierte, bei Nachbarn borgte und ihre Pension bei einer mitleidigen Bank in England verpfändete; ein Teil sollte von Ray Wichelsea kommen, der Sandy sein eigenes Geld, nicht das der Firma lieh, weil er Vertrauen in dessen nachdrückliche Erklärung hatte, er sei unschuldig, und zwar jedes Verbrechens, das er sich denken könne.

Als sie dann am späten Donnerstagnachmittag alles zusammenrechneten, fehlten immer noch zehntausend Dollar. Das Geld, das per Kabelanweisung bereits von England unterwegs war, und die bereits in Barschecks in South Carolina zusammengesammelten Beträge würden noch am Abend dem Bezirksjustitiar übergeben werden, der die Haftentlassung Sandy Nutbridges nur autorisieren würde, wenn er die Hunderttausend buchstäblich in Händen hielt. Falls, hatte er nicht unfreundlich hinzugefügt, *falls* die noch fehlenden zehntausend Dollar bis Freitagmittag bei ihm wären, würde er dort Bescheid geben, wo Sandy Nutbridge einsaß, und falls seine Anweisungen dort bis zwei Uhr eintrafen, könne der notwendige Papierkram noch erledigt werden, um Nutbridge am gleichen Nachmittag wieder auf freien Fuß zu setzen, so daß er das Wochenende und den Rest des geplanten Urlaubs mit seiner Mutter und den Kindern verbringen könne.

Unter Tränen rief Mrs. Nutbridge Ray Wichelsea an, mit dem sie eigentlich gar nicht bekannt war, und bat ihn, Sandy aus dem Gefängnis zu holen. Ray Wichelsea konnte ihr nicht mehr als die beträchtliche Summe anbieten, die er bereits zur Verfügung gestellt hatte. »Aber ...«, sagte er langsam, »wenn es wirklich die allerletzte Rettung ist, dann könnten Sie es bei einem Mann versuchen, dem Sandy vor ein paar Wochen ein Pferd verkauft hat. Er ist reich, und er ist Brite. Vielleicht erfüllt er Ihre Bitte, man kann ja nie wissen.«

Also rief Mrs. Nutbridge Jules Reginald Harlow an und schüttete ihm in von Schluchzern durchsetztem, dialektgefärbtem Englisch ihr empfindsames Herz aus.

»Sandy sagte, ich dürfe Sie nicht belästigen«, kam sie verzweifelt zum Ende. »Er erlaube das auf gar keinen Fall, sagte er zu mir am Telefon. Er meint, Mr. Wichelsea hätte niemals vorschlagen dürfen, daß ich Sie darum bitte, aber die Kinder haben diese lange Reise von zu Hause gemacht, und sie haben jetzt *Angst* ... und *ich weiß nicht, was ich machen soll* ...« Verwirrung und überwältigender Kummer schnürten ihr die Kehle zu, und mit ihr, der geplagten Großmutter, hatte Jules Harlow Mitleid, nicht mit dem Händler, ihrem Sohn, der wahrscheinlich dessen schuldig war (so glaubte er), um dessentwillen man ihn verhaftet hatte – was immer es auch gewesen sein mochte. Jules Harlow hatte sich seinen Glauben an die Herrschaft der Gerechtigkeit bewahrt.

Er sagte Mrs. Nutbridge: »Ich kann nichts versprechen«, notierte sich aber die Adresse und Telefonnummer von Sandys Wohnung und versprach, sich noch einmal zu melden.

Harlow saß eine Weile mit dem Telefonhörer in der Hand da und vergegenwärtigte sich noch einmal die Verzweiflung, die er lindern konnte. Dann rief er Ray Wichelsea an und fragte ihn nach seiner Meinung.

»Wenn Sandy sagt, daß er zu gegebener Zeit zur Verhandlung erscheinen wird«, sagte Wichelsea, »dann wird er es tun. Ich vertraue ihm völlig. Darüber hinaus hat seine Mutter überall in England Geld für ihn geliehen, um diese schändlichen hunderttausend Dollar aufzubringen, und es ist völlig undenkbar, daß er zu seinem Gerichtstermin nicht erscheinen und sie dadurch in den Bankrott und in Schande stürzte. Wenn Sie Geld für diese Kaution aufbringen, werden Sie es auf jeden Fall zurückerhalten. Ich hätte meine eigenen persönlichen Ersparnisse nicht dafür aufgewendet, wenn ich mir dessen nicht sicher wäre.«

»Aber«, erwiderte Jules Harlow, »was hat er denn nun eigentlich getan?«

»Er sagte, er hätte nichts Verbotenes getan. Er sagt, vermutlich verdächtigten ihn die Steuermenschen, Drogengelder gewaschen zu haben, aber das habe er nicht.«

»Nun...«, Jules Harlow zögerte, »hat er es denn getan?«

»Wenn er nein sagt, dann hat er es nicht getan.«

Ray Wichelseas Sicherheit überzeugte Jules Harlow nicht ganz, aber da das Computergenie begriff, daß die wesentliche Frage nicht die nach Schuld oder Unschuld, sondern die war, ob Sandy Nutbridge termingemäß vor Gericht erscheinen würde oder nicht, telefonierte er mit seinem Finanzberater und fragte ihn, was er von der Sache halte.

»Wenn Sie es tun wollen, dann tun Sie es«, sagte der Finanzberater. »Es gibt keinen Grund, warum Sie es nicht tun sollten.«

Es war inzwischen an diesem Donnerstagnachmittag lange nach Büroschluß, und der regelmäßig für Jules Harlow tätige Anwalt war nicht mehr in seiner Kanzlei und würde erst Montag wieder in der Stadt sein, so daß er sich von ihm nicht beraten lassen konnte. Jules Reginald Harlow trommelte mit den Fingern auf den Schreibtisch, blickte aus dem Fenster und dachte an die arme Mrs. Nutbridge, bis er schließlich deren Nummer wählte und ihrem Elend ein Ende machte.

»Oh!« rief sie und rang um Luft. »Oh! Wollen Sie das wirklich? Tun Sie es wirklich?«

»Sie müssen mir sagen, was ich tun soll.«

»Oh. Oh...« Langsam erholte sie sich. »Sandys Anwalt«, sagte sie. »Er heißt Patrick Green. Also, er ist nach Texas gefahren.«

»Was hat er getan?«

»Er hat dort einen anderen Fall. Er sagte, er müßte heute abend dorthin. Aber er meinte, eine Art Kollege von ihm... Nun, jedenfalls jemand, der sich das Büro mit ihm teilt... werde sich um Sandys Kaution kümmern.« Ihre Stimme schwankte vor Unsicherheit und Zweifel, ein getreues Abbild der Gefühle, die in Jules Harlow vorherrschten. Er wünschte sorgenvoll, niemals die Zweijährige von Sandy

Nutbridge gekauft zu haben: ja, daß er überhaupt nicht erst die Idee gehabt hätte, seiner Verlobten ein Pferd zu schenken.

Mrs. Nutbridge sagte hastig: »Es ist alles in Ordnung, da bin ich mir ganz sicher. Sandys Freund sagt, wenn Sie mit einem Barscheck zeitig genug in seinem Büro sind, daß er ihn bis zwölf Uhr morgen mittag ins Büro des Distriktjustitiars bringen kann, wird Sandy am Nachmittag freigelassen werden.«

»Hm, wer ist denn dieser Freund?«

»Er ist ebenfalls Anwalt. Sein Name ist Carl Corunna. Er sagte, ich solle Ihnen seine Telefonnummer geben, und bittet Sie, ihn morgen kurz vor neun anzurufen; dann wird er in seinem Büro sein.«

Jules Harlow runzelte die Stirn, notierte sich die Telefonnummer und spürte, daß er sich nicht mehr in Ehren zurückziehen konnte, so gern er es auch getan hätte.

»Ich werde mich darum kümmern, Mrs. Nutbridge«, versicherte er ihr. »Haben Sie noch genug Geld für sich übrig, um etwas zu essen zu kaufen?«

»Mr. Wichelsea hat uns etwas gegeben. Er war wirklich sehr freundlich.«

Am Freitagvormittag rief Jules Reginald Harlow vor neun Uhr den Anwalt an, der sich die Büroräume mit Patrick Green teilte, und fragte ihn, was nun zu tun sei.

Dieser Kollege, Carl Corunna, gab gleichmütig einfache Anweisungen: Jules Harlow solle zu seiner Bank gehen und sich einen Barscheck über zehntausend Dollar ausstellen lassen. Dann solle Mr. Harlow in sein Büro kommen, das am Rand des Finanzzentrums lag. Er würde den Scheck in Empfang nehmen, Mr. Harlow eine Quittung dafür ausstellen und ihn unverzüglich zum Gericht bringen.

Kollege Corunna gab ihm noch eine genaue Wegbeschreibung zu seinem Büro und sagte, er sei sich sicher, daß alles gutgehen würde. Das Aufbringen einer Kaution sei etwas ganz Gewöhnliches, reine Routine.

»Hm«, sagte Jules Harlow, »lasse ich den Barscheck auf Sie ausstellen?«

»Nein, nein. Ich vertrete Patrick Green nur während dessen Abwesenheit. Lassen Sie den Barscheck auf ihn ausstellen. Und kommen Sie, sobald Sie können. Von Ihnen bis zu meinem Büro ist es eine gute Stunde Fahrt, und es kommt auf jede Minute an, wie Sie wissen.«

Mit einem Seufzer milden Unwillens folgte Jules Harlow all diesen Instruktionen und erreichte die durchaus normalen Büroräume einer Anwaltskanzlei in einem etwa einen Kilometer vom Stadtzentrum entfernt gelegenen Gebäude. Um 11.25 Uhr parkte er davor.

Eine geschäftige Empfangskraft wies Jules Harlow den Weg in die büchergesäumte Domäne Carl Corunnas, der sich als beleibter, etwa gleichaltriger Bartträger von fünfzig Jahren erwies.

Beruhigt schüttelte Jules Harlow ihm die Hand. Carl Corunna sah sich einem eher zierlichen, wenig beeindruckenden Mann gegenüber, dessen irgendwie flaumiges Haar ergraut war; und wie gewöhnlich hatte er keine Schwierigkeit, die Begegnung zu dominieren und ihren Verlauf zu bestimmen.

»Sie haben den Scheck dabei?« fragte er, winkte Harlow

zu einem Sessel und prüfte das teure Stück Papier, als er es in seinen großen Händen hielt, Zeile für Zeile und nickte zustimmend.

Er drückte ein paar Knöpfe auf seinem Telefon und erklärte Jules Harlow, daß er unverzüglich mit dem Büro des US-Bezirksjustitiars des Bundesbezirksgerichts sprechen würde.

»Ja«, sprach er in das Mundstück des Telefonhörers, »die letzten Zehntausend für Nutbridge sind hier. Ein Barscheck, ja. Ich werde ihn Ihnen sofort bringen. Und Sie stellen sicher, daß Nutbridge heute nachmittag auf freien Fuß gesetzt wird? Großartig. Vielen Dank.«

Er legte auf, rief seine Sekretärin, damit sie eine Fotokopie des Schecks machte, stellte eine Quittung aus, unterzeichnete sie und händigte sie Harlow aus.

»Und was passiert als nächstes?« fragte Harlow.

»Nichts«, erklärte Corunna ihm. »Wenn Sandy Nutbridge zu seiner Gerichtsverhandlung erscheint, erhalten Sie Ihr Geld zurück. Bis es soweit ist, warten Sie einfach.«

Mit dem Gefühl, daß der Sturm sich gelegt hatte, fuhr Jules Harlow ohne weitere Vorkommnisse heim. Sandy Nutbridge wurde um drei Uhr nachmittags aus der Zelle geholt und entlassen. Mrs. Nutbridge weinte vor Erleichterung, als er durch die Tür trat, und die Kinder verlangten zum Trost eine unendliche Menge Burgers und Pommes.

Mrs. Nutbridge rief Jules Harlow an, um ihm zu danken, und nach vergnüglichen Bootsfahrten auf dem See, mit denen sie den Rest ihrer Ferientage verbrachten, flog Sandys Familie sicher wieder nach England zurück. Sandy verkaufte weitere Pferde. Das Gericht kümmerte sich um andere Fälle, die Sache Nutbridge war nicht mehr so eilig. Und Jules Harlow, der von seiner Verlobten ganz hingerissen war, dachte nur noch dann an sein Abenteuer mit der Kaution, wenn die Zweijährige, die Sandy ihm verkauft hatte, ihre strammen, kleinen Beine fliegen ließ und wieder einmal ein Rennen gewann.

Drei Monate vergingen.

Gegen Ende dieser Zeit heiratete Jules Reginald Harlow seine wunderbare Rennsportlady und machte mit ihr eine Hochzeitsreise nach Paris. Während sie noch unterwegs waren, fand vor Gericht die Verhandlung gegen Sandy Nutbridge statt.

Sandy Nutbridge, der von dem ihm befreundeten Anwalt, Patrick Green (der inzwischen lange wieder aus Texas zurück war) unterstützt wurde, bewies vor Gericht erfolgreich, daß der Fiskus von falschen Voraussetzungen ausging und ihn irrtümlicherweise angeklagt habe. Der Richter pflichtete ihm bei und stellte den Fall ein. Da Nutbridge pünktlich zum Termin vor Gericht erschienen war, gab der Distriktjustitiar pflichtgemäß die seiner Obhut anvertrauten hunderttausend Dollar zurück.

Und das sollte eigentlich das Ende einer kaum bemerkenswerten Nichtkriminalgeschichte sein – wenn es nicht nur deren Anfang gewesen wäre.

Als Jules Harlow wohlgelaunt aus Frankreich zurückkam, rief er Ray Wichelsea an und beauftragte ihn, ein weiteres, gutes, junges Vollblut als Hochzeitsgeschenk für seine ihm frisch angetraute Frau ausfindig zu machen.

»Und übrigens«, fügte Jules Harlow hinzu, »gibt es irgendwelche Neuigkeiten von Sandy Nutbridge? Steht sein Verhandlungstermin schon fest?«

Ray Wichelsea erzählte ihm, daß die Anschuldigungen fallengelassen worden seien, und sagte, alles sei in bester Ordnung. Der US-Bezirksjustitiar habe ihm sein – Ray Wichelseas – Geld zurückgegeben, und Jules Harlow würde seins zweifellos ebenfalls in den nächsten Tagen erhalten, jetzt, da er wieder zu Hause sei.

Einige Tage vergingen, und es wurden drei Wochen daraus. Jules Harlow sandte Patrick Green, Sandys Anwalt, ein kurzes Schreiben und erklärte, daß er, da er nun wieder im Lande sei, seine zehntausend Dollar erwarte.

Eine Woche später erhielt er nicht seine zehntausend Dollar, sondern einen kurzen Brief in scharfem Ton:

Sehr geehrter Mr. Harlow,

ich werde Ihnen die zehntausend Dollar, die ich vom US-Bezirksjustitiar als ausschließlich an mich auszahlbar erhalten habe, nicht überweisen, da Sandy Nutbridge mir mitgeteilt hat, Sie wünschten, daß ich diese Summe für die Begleichung meiner Honorare aus Tätigkeit für ihn verwende.

Hochachtungsvoll
Patrick Green

Der sanfte Jules Harlow schnappte buchstäblich nach Luft. Er verlor nur sehr selten die Fassung, aber wenn, dann brach bei ihm kalter Zorn aus, kein rotglühendes, blindes Wüten. Angespannt kam er in Ray Wichelseas Büro und legte diesem den Brief vor.

Ray Wichelsea, der auf keinen Fall einen sehr guten Kunden verlieren wollte und durch Harlows Auftreten gewarnt war, las den Brief aufmerksam und wurde nun seinerseits bleich. Sandy Nutbridge, den man eiligst über ein Mobiltelefon herbeirief, sah sich zwei Männern mit steinernen, feindseligen Mienen gegenüber.

Er würdigte den Brief auf dem Schreibtisch kaum eines Blickes und zitterte selbst vor Wut, als er den Anschuldigungen zuvorkam.

»Das ist nicht wahr«, erklärte er heftig. »Ich habe niemals dergleichen gesagt. Und was noch mehr ist: Er hat einen solchen Brief auch meiner Mutter geschickt, und ich hatte sie am Apparat – sie ist *außer sich*. Sie hat sich das Geld ja selbst *geliehen*. Sie hat sich siebenundfünfzigtausend Dollar zusammengeliehen ... Und wie will sie ihre Schulden jemals zurückbezahlen, wenn Patrick Green dieses Geld behält? Sie hat ihre Pension, die ihr mein Vater hinterlassen hat, verpfändet. Sie hat von ihren Nachbarn und Freunden Geld geliehen und auf das Haus ihrer Schwester Geld aufgenommen... Und ich habe Green ins Gesicht geschrien, aber er grinst mich nur schleimig an und sagt, er werde mich wieder vor Gericht bringen, wenn ich jetzt Ärger mache...«

»Könnte er das?« unterbrach Jules Harlow ihn. »Könnte er Sie wieder vor Gericht bringen? Und unter welcher Anschuldigung?«

»Drogengelder gewaschen und Drogen verkauft zu haben«, erwiderte Sandy Nutbridge grimmig. »Was ich alles nicht getan habe. Aber wenn er Lügen erzählt, wird man ihm glauben.«

Patrick Green fühlte sich bei der Unterschlagung der siebenundfünfzigtausend Dollar von Mrs. Nutbridge und der zehntausend Dollar von Jules Harlow sicher, weil er sie beide für wehrlose Ausländer hielt, die von einem ersten aufgeregten Gekeife einmal abgesehen nicht viel unternehmen würden. Er würde ihnen einreden, daß er nicht in der Lage sei, weitere Anschuldigungen der amerikanischen Steuerbehörde gegen Sandy Nutbridge wegen Geldwaschens und Drogenverkaufs zu entkräften, solange seine Honorare für den ersten Fall nicht bezahlt waren. Die Steuerbehörde hatte seinen unbewiesenen Anschuldigungen das erste Mal geglaubt und danach gehandelt und würde, darauf vertraute er, schon aus dem gewohnheitsmäßigen Mißtrauen der Steuermenschen heraus wieder das gleiche tun.

Patrick Green, der an seinem schlauen Plan Vergnügen fand, verwandte die Nutbridge-Kaution, um seine eigenen bedrohlichen persönlichen Schulden zu begleichen. Er hatte sich zuviel Geld zu exorbitanten Zinsen von gefährlichen Leuten geliehen und war allzu nahe daran gewesen, mit deren Eintreibungsmethoden Bekanntschaft zu machen. Jetzt brauchte er endlich keine Angst mehr zu haben, in irgendeiner dunklen Nebenstraße zu Brei geschlagen zu werden. Selbst kein Mann, der zu Gewalttätigkeiten neigte, zuckte er schon bei dem Gedanken an Faustschläge zusammen. Er war regelrecht erleichtert, daß er das Geld dieser jämmerlichen Briten hatte stehlen und dadurch die ihm schon sicher bevorstehende Gewalt vermeiden können, und kein Hauch von Reue trübte seine Selbstgefälligkeit.

Patrick Green hatte sich zutreffenderweise ausgerechnet, daß Sandy Nutbridge seiner Mutter Monat für Monat Raten zur Zurückzahlung des Geldes, das sie für ihn geliehen hatte, schicken würde. Green wußte, daß es Sandy Nutbridge weit mehr kosten würde, als er sich leisten konnte, gute Anwälte zu engagieren und den Versuch zu unternehmen, das Geld seiner Mutter vor Gericht zurückzugewinnen. Was Patrick Green aber völlig übersehen hatte, war der Charakter des kleinen, stillen Mannes, dessen zehntausend Dollar er mit der Hilfe seines Kollegen Carl Corunna eingestrichen hatte.

Der schwere, bärtige Carl Corunna hatte ihm nach seinem Treffen mit Jules Harlow diesen als eine kraftlose Maus beschrieben, als unwissendes, leichtes Opfer. Carl Corunna hatte dann weiterhin darauf bestanden, daß er die Hälfte der unterschlagenen zehntausend Dollar verdient habe, für seine Anweisung, Harlow solle den Barscheck auf Patrick Green selbst ausstellen und nicht, wie es sicherer gewesen wäre, direkt auf den US-Distriktjustitiar. Patrick Green wehrte sich zwar erbittert dagegen, bot ihm aber schließlich eintausend Dollar an. Sie einigten sich schließlich auf zweitausend.

Wenn Jules Reginald Harlow sich in Angelegenheiten wie Kautionszahlungen auch nicht recht auskennen mochte, so besaß er doch einen unerschütterlichen Glauben an die Gerechtigkeit. Er machte sich daran, einen Anwalt von ausreichender Geistesschärfe zu suchen, um die Betrüger auszumanövrieren, und über bekannte Geschäftsleute, die etwas von dergleichen verstanden, traf er sich schließlich mit einem jungen, gutaussehenden Energiebündel namens David T. Vynn. »Mr. Harlow«, sagte Vynn, »selbst wenn

Sie Ihr Geld zurückerhalten, was, wie ich Ihnen sagen muß, zweifelhaft ist, wird Sie das vielleicht das Doppelte an Anwaltshonoraren kosten.«

»Ihr Honorar, meinen Sie?«

»Ja, mein Honorar. Ich rate Ihnen, den Verlust abzuschreiben und als Lehrgeld zu betrachten. Damit kommen Sie am Ende billiger davon.«

Eine gute Minute lang betrachtete Jules Harlow das kindische Ergebnis seiner Suche nach einem Anwalt. Er hatte von David T. Vynn mehr Substanz erwartet, sowohl was seine körperliche Erscheinung als auch sein Alter anbelangte: kurz, einen Mann wie den großen, bärtigen Carl Corunna. Er dachte aber auch daran, daß Physiker, Mathematiker, Dichter, Künstler, Komponisten und fast alle Erfinder (einschließlich seiner selbst) im Alter zwischen zwanzig und dreißig ihre göttlichen Inspirationen gehabt hatten. Und er hatte sich nach dem Besten erkundigt: Also sollte er darauf vertrauen, daß er ihn in David T. Vynn gefunden hatte.

Währenddessen ging David T. Vynn (neunundzwanzig) in dieser langen Minute durch den Kopf, was man ihm von Jules Harlow (einundfünfzig) gesagt hatte: daß eine Gemse auf einem Berghang nicht so schnell oder so weit springen konnte, wie es der Intellekt dieses unscheinbaren Mannes vermochte. Er hatte diesen – für ihn – unbedeutenden Fall nur aus Interesse an dem Computergenie angenommen.

»Mr. Vynn«, sagte der graue Mann, »es ist keine Frage des Geldes.«

»Sondern des Stolzes?« Die Frage war fast eine Beleidigung, aber der Anwalt wollte sich über die Kraft und den Ursprung der Motivation seines Klienten Klarheit verschaffen.

Jules Harlow lächelte. »Vielleicht eine Frage des Stolzes. Aber bestimmt eine Frage des Prinzips.« Er hielt kurz inne und fügte dann hinzu: »Ich kenne mich mit den Winkelzügen des amerikanischen Rechts nicht aus. Ich brauche jemanden, der sich meisterhaft darauf versteht. Ich will, daß Patrick Green den Tag verflucht, an dem er auf die Idee kam, mir etwas zu stehlen, und ich werde Sie gewähren lassen, bis Sie selbst aufgeben.«

Patrick Green hatte den falschen Mann bestohlen, dachte David T. Vynn trocken, aber nicht ohne eine gewisse Befriedigung.

Der Klient und der Anwalt trafen sich eine Woche später wieder.

David T. Vynn berichtete: »Um der Verschiebung großer im Drogengeschäft verdienter Geldbeträge zu begegnen, gibt es in Amerika ein Gesetz, das die Banken und andere Finanzinstitutionen verpflichtet, den IRS, die Steuerbehörde, zu informieren, falls Beträge von über zehntausend Dollar in bar an einem Tag auf ein Privatkonto entweder eingezahlt oder davon abgehoben werden.«

»Ja«, nickte Jules Harlow, »ich weiß.«

»Sandy Nutbridge ist verhaftet worden, weil er vor fast drei Jahren innerhalb von zwei Tagen drei große Summen in bar auf sein Konto eingezahlt hat. Die Zahlungen beliefen sich zusammen auf zweiundzwanzigtausend Dollar. Das Verfahren gegen ihn wurde eingestellt nicht aus Mangel an Beweisen, sondern aufgrund der eidesstattlichen Erklärungen Ray Wichelseas und anderer, daß mehrere ordnungsgemäße Kommissionen aus Pferdeverkäufen ihm zufällig in diesem Zeitraum in bar ausgezahlt worden seien. Er hat diese Barbeträge auch als Einkommen deklariert und ordnungsgemäß versteuert. *Daraufhin* wurde das Verfahren eingestellt.«

»Ende der Geschichte.«

»Nicht ganz.« David Vynn lächelte verhalten. »Der IRS hat Sandy Nutbridge in erster Linie aufgrund von Informationen verhaften lassen, die ein sogenannter Freund, dem er unklugerweise vertraut hatte, zu seinem Schaden hatte durchsickern lassen. Ein befreundeter Anwalt, dem kein Weg, Profit zu machen, verborgen blieb.«

Jules Harlow sagte: »Großer Gott.«

»Genau.« Sein Anwalt nickte. »Patrick Green hat zuerst dafür gesorgt, daß Sandy Nutbridge ins Gefängnis kam, dann dafür, daß er gegen Kaution frei kam, und nun ist er dabei, so erfahre ich, die Dinge weiter aufzurühren, um Nutbridge mit dem Vorwurf, Kokain verkauft zu haben, wieder hinter Gitter zu bringen. Das heißt, falls dieser nicht bereit ist, Green noch einmal fast dreißigtausend Dollar Honorar zu zahlen. Ich muß sagen, daß in Greens blutegelhaften Machenschaften Ihre Zehntausend nur Hühnerfutter sind.«

Ausdruckslos fragte Jules Harlow: »Was können wir unternehmen?«

»Es gibt zwei Wege, die wir beschreiten können.« David T. Vynn war heiteren Sinns: Er liebte einen guten Kampf. »Sie können ihn vor Gericht zur Rückzahlung des Geldes verklagen, und Sie können vor der Anwaltskammer von South Carolina eine Beschwerde gegen ihn erheben und damit versuchen, ihm die Zulassung für die Tätigkeit als Anwalt zu entziehen.«

»Und was schlagen Sie vor?«

»Beides.«

Nachdem er für geraume Zeit nichts von Jules Reginald Harlow gehört hatte, sagte Patrick Green sich selbstgefällig, daß er absolut richtig gelegen habe und der jämmerliche kleine Bursche aus England entdeckt haben müsse, daß es ihn zuviel kosten würde, große Scherereien zu machen. Er hatte sich gewiß mit seinem Verlust abgefunden und würde keine Schwierigkeiten mehr machen.

Patrick Green, der auf die Vierzig zuging, hatte viele Jahre lang die unscharfen Randbereiche des Rechts abgegrast und niemals die Anerkennung gefunden, die ihm seiner Meinung nach zustand. Er träumte von brillanten Verteidigungserfolgen in großen Mordprozessen, verlor aber bezeichnenderweise die von ihm vertretenen Fälle von Kleinkriminalität vor unbedeutenden Amtsgerichten. Der größte Teil seiner Tätigkeit bestand in diesem Stadium seiner unbefriedigenden Karriere darin, unehrliche Aufträge für andere unehrliche Anwälte auszuführen. »Geschenke« wie Sandy Nutbridge wurden ihm nur selten zuteil.

Daher war es ein häßlicher Schock für ihn, als er die Mitteilung erhielt, daß Jules Harlow ihn wegen Veruntreuung, Unterschlagung und Handelns gegen Treu und Glauben, was seine zehntausend Dollar anbelangte, verklagte. Und es gefiel ihm gar nicht, daß sein Anwalt, David T. Vynn, eine eidesstattliche Aussage von ihm verlangte. Der graue kleine Engländer, überlegte Green mit zusammengezogenen Brauen, hätte seine Lektion beherzigen und sich mit seinen Verlusten abfinden sollen. Er, Green, würde jetzt dafür sorgen, daß dieser Zwerg nicht nur seinen Prozeß verlor, sondern es als Unglück erachten würde, ihn überhaupt angefangen zu haben.

Patrick Green hatte keine Angst vor der eidesstattlichen Erklärung selbst: Er würde schwören, die Wahrheit zu sagen, und dann lügen, daß sich die Balken bogen. Das hatte er schon oft getan. Die Menschen neigten dazu zu glauben, was in einer eidesstattlichen Erklärung ausgesagt wurde, weil die Falschaussage unter Eid auf einen mit Gefängnisstrafe bewehrten Meineid hinauslief.

Patrick Green, der sich meisterhaft auf falsche Darstellung und Verschleierung verstand, präsentierte seit fast zwei Jahren bei seinen eidesstattlichen Erklärungen überzeugende Lügen, und zwar mit dem Anschein vollkommener Glaubwürdigkeit.

Jules Reginald Harlow traf seinen Anwalt, David T. Vynn, zu einem Frühstück in einem Hotel. David T. Vynn zog Speisesäle den Büros vor, zum einen, weil man dort vor »Wanzen« sicher sein konnte, und zum zweiten, weil er ständig Hunger hatte.

Über Müsli, Eiern und Speckscheiben schilderte er seinem Klienten, daß Patrick Green bei seiner eidesstattlichen Erklärung einschmeichelnd, treuherzig und glaubwürdig gewirkt habe, und bei Erdbeeren, Waffeln und Ahornsirup faßte er Greens Erwiderung auf Harlows Vorwürfe zusammen: Jules Harlow habe Green am Telefon gesagt, er solle die zehntausend Dollar für seine Honorare verwenden. Green könne nicht verstehen, warum Harlow jetzt noch einmal auf die Sache zurückkomme.

»Green wurde bei seiner eidesstattlichen Erklärung von einem Anwalt begleitet, der auch als sein Verteidiger fungiert«, sagte David Vynn. »Er nennt sich Carl Corunna. Ist das die Person, die Ihnen gesagt hat, Sie sollten Ihren Barscheck auf Green ausstellen lassen? Hat er den Scheck entgegengenommen und Ihnen dafür eine Quittung gegeben, der den Scheck zum Gericht befördert hat?«

»Ja.«

»Gut.«

»Wieso ist das gut?« fragte Harlow.

»Weil ich ihn als Vertreter des Beklagten für unzulässig erklären lassen kann. Hm ...«, erklärte er, als er Harlows Verwirrung bemerkte, »Carl Corunna ist doch auch ein Zeuge, nicht wahr? Wenn wir zu einem Richter gehen – das heißt, vor Gericht, aber nicht vor den Gerichtshof, sondern eine Nummer kleiner –, dann werde ich ihn wohl überzeugen können, daß Green sich für seine Verteidigung vor Gericht einen anderen Anwalt nehmen muß. Und *das* wird Mr. Patrick Green eine schöne Stange Geld kosten, die er nicht aufbringen kann, da er die gestohlenen Summen – wie man hört – bereits ausgegeben hat.«

»Es schien so eine einfache Sache zu sein«, seufzte Jules Harlow, »ein wenig Geld für eine Kaution zur Verfügung zu stellen.«

»Verzweifeln Sie nicht.«

David Vynn aß warme, englische, mit Apfelgelee bestrichene Muffins und beobachtete, wie der leicht düstere Ausdruck seines Klienten sich in strahlende Freude verwandelte, als eine lebenssprühende Frau sich ihnen zugesellte, die ihre Haute-Couture-Kleider so selbstverständlich trug wie andere einen Overall.

»Meine Frau«, sagte Harlow und stellte sie mit Stolz vor. »Sie meint, es sei verrückt von mir gewesen, auf die arme Mrs. Nutbridge zu hören, und dieser Patrick Green fasziniert sie.«

»Sie haben diese Zweijährige für Ihre Frau gekauft und dabei Sandy Nutbridge kennengelernt?« fragte David Vynn.

Jules Harlow nickte. David Vynn sah von einem zum anderen und dachte, daß Patrick Green sich nicht die geringste Hoffnung machen könne, solchen Leuten irgendwelchen Schmutz wie Drogenhehlerei anhängen zu können.

Obwohl der Richter, an den sie sich wandten, mit David Vynn übereinstimmte, daß Patrick Green einen anderen Anwalt zu seiner Verteidigung vor Gericht engagieren sollte, war es weiterhin Carl Corunna, der in seinem Auftrag tätig wurde, als er seinerseits eine eidesstattliche Erklärung von Jules Reginald Harlow verlangte.

»Ich werde neben Ihnen sitzen«, erklärte der junge David Vynn seinem Klienten, »aber es ist mir nicht gestattet, die Fragen für Sie zu beantworten. Das werden Sie tun. Vergessen Sie nicht, daß Sie unter Eid geschworen haben, die Wahrheit zu sagen. Denken Sie nach, bevor Sie antworten. Man wird versuchen, Sie in eine Falle zu locken. Mit raffinierten Fragen. Wenn es denen gelingt, Sie in Widersprüche zu verwickeln, werden wir vor Gericht den kürzeren ziehen.«

Wie beruhigend, dachte Jules Harlow. Er begab sich zusammen mit David Vynn in die Kanzlei Carl Corunnas und stand dort in einem Sitzungsraum zum ersten Mal Patrick Green von Angesicht zu Angesicht gegenüber. Er hatte eigentlich erwartet, die Verworfenheit in Person zu erblikken, aber Greens Erfolg in der Welt beruhte auf einem glaubhaft überzeugenden Äußeren.

Green betrachtete Harlow als einen Trottel, der gutes Geld in die Gosse warf; ihm fehlte jedes Verständnis für den Geist des Mannes, dem er gegenüberstand. Angesichts einer von Kriegen zerrissenen und von Hungersnöten geplagten Welt betrachtete Jules Harlow den strittigen Besitz der zehntausend Dollar als unwesentlich. Aber dennoch glaubte er daran, daß Gerechtigkeit wichtig war, ganz gleich, ob im großen oder im kleinen, und er würde bis zum Äußersten gehen, um die Gültigkeit seiner Überzeugung unter Beweis zu stellen.

Abgesehen von den vier Männern, die einander paarweise – Corunna und Green versus Harlow und Vynn – an einem Ende des langen, glänzenden Tisches gegenübersaßen, war eine Gerichtsprotokollantin anwesend, die jedes gesprochene Wort unverzüglich maschinenschriftlich festhielt. Außerdem nahm eine Videokamera die Befragung auf, so daß, sofern die Notwendigkeit dazu bestand, die maschinenschriftlichen Aufzeichnungen später mit dem Videoband verglichen werden konnten, um zu beweisen, daß es keine unzulässigen Änderungen darin gegeben hatte.

Jules Harlow legte einen Eid ab, die Wahrheit zu sagen,

und hielt sich daran. Carl Corunna versuchte ihn zu dem Eingeständnis zu nötigen, er sei damit einverstanden gewesen, daß Green die ihm vom Distriktjustitiar zurückgezahlte Kaution als einen Teil seines Honorars einbehielt.

»Auf keinen Fall«, sagte Jules Harlow.

»Sie haben den Barscheck auf Mr. Green persönlich ausstellen lassen, nicht wahr?«

»Ja. Weil Sie es mir gesagt haben.«

»Haben Sie sich auf dem Scheck ausbedungen, daß er für einen speziellen Zweck zu verwenden sei?«

»Sie wissen, daß er dazu bestimmt war, die Kautionssumme zu vervollständigen, damit Sandy Nutbridge freikam, um die Ferien mit der Familie zu verbringen.«

»Beantworten Sie die Frage«, wies Corunna ihn an. »Haben Sie auf dem Scheck festgesetzt, für welchen Zweck er zu verwenden war?«

»Also... Nein.«

»Haben Sie auf dem Scheck vermerkt, daß Sie erwarten, daß er Ihnen wiedergegeben würde?«

»Nein«, sagte Harlow. »Und warum«, fügte er bitter hinzu, »warum haben Sie als Anwalt mich nicht angewiesen, den Scheck direkt auf den Distriktjustitiar auszustellen? Ray Wichelsea hat es so gemacht, und er hat sein Geld ohne Schwierigkeiten zurückbekommen. Sie haben mir selbst gesagt, ich solle den Scheck auf Patrick Green persönlich ausstellen lassen. Wenn Sie wußten, daß das, was ich nach Ihren Anweisungen tat, nicht ratsam war, warum haben Sie mir diese Anweisungen dann gegeben?«

Carl Corunna weigerte sich zu antworten. *Er* sei es, sagte er, der hier die Fragen stelle.

Die Sitzung dauerte fünfundvierzig Minuten.

»Sie werden Ihre Erklärung vor Gericht nicht verwenden wollen«, sagte David T. Vynn nachher befriedigt. »Sie hören sich viel zu ehrlich an.«

»Ich habe die Wahrheit gesagt.«

»Es ist nicht immer die Wahrheit, der man glaubt.«

Die Mühlräder der Justiz schienen sich mit Schneckengeschwindigkeit zu drehen. Der Tag, da Jules Harlow die Zweijährige gekauft hatte, lag schon über zwei Jahre zurück, als er einen Anruf von David T. Vynn erhielt. Vynn teilte ihm mit, daß der Beschwerdeausschuß der Anwaltskammer von South Carolina bereit sei, seine Bitte, auf hinreichenden Verdacht zu erkennen, anzuhören. »Meine Bitte wonach?« fragte Jules Harlow verständnislos. Er hatte zu dieser Zeit den Kopf voll von Visionen, wie man Persönlichkeit und Gedächtnis auf implantierbaren Mikrochips speichern könne, um so in Unordnung geratene Gehirne wieder funktionsfähig zu machen. Seine geliebte Frau, die nach wie vor mit seinen Pferden glücklich war, führte ihn abends die Bürgersteige entlang, damit er in seiner Geistesabwesenheit nicht vor einen fahrenden Bus geriet.

David Vynn sagte: »Nächsten Dienstag in drei Wochen, abends um acht Uhr, in dem Hotel, wo wir uns zum Frühstück getroffen haben.«

»Ich dachte, wir gingen vor Gericht.«

»Nein, nein«, erklärte sein Anwalt ihm geduldig. »Wenn Sie sich erinnern, sagte ich Ihnen ganz zu Anfang, daß wir zwei Wege gehen. Der eine besteht darin, ein Verfahren anzustrengen, eine eidesstattliche Erklärung abzulegen und langsam den gewundenen Rechtsweg zu beschreiten; der andere ist eine Beschwerde vor der Anwaltskammer von South Carolina. Diese Beschwerde – Ihre Beschwerde gegen Patrick Green – steht dort jetzt endlich auf der Tagesordnung.«

»Die Doppelhelix«, murmelte Jules Harlow.

»Was? Ja, ich denke schon. Sie werden doch zur Anhörung vor der Anwaltskammer erscheinen, nicht wahr?«

Während dieser zwei Jahre war Sandy Nutbridge noch einmal verhaftet worden und wieder frei gekommen. Patrick Green, sein ehemaliger Freund, hatte wieder Informationen über ihn erfunden und in Umlauf gebracht und ihn mit einer Art Judaskuß hinter Gitter gebracht, aber diesmal hatte Sandy – seine Familie war sicher in England – keinen Versuch gemacht, die Kautionssumme aufzubringen, sondern sich statt dessen dafür entschieden, resigniert hinter Gittern auf den Termin seiner Verhandlung zu warten.

Er entschied sich außerdem dafür, sich nicht durch Green, sondern durch einen Anwalt, der vom Gerichtshof *pro bono* festgesetzt wurde, verteidigen zu lassen, und obwohl er das Verfahren verlor und kleinerer finanzieller Unregelmäßigkeiten im Zusammenhang mit seinen Pferdeverkäufen für schuldig befunden wurde, konnte ihm doch der weitaus schlimmere Vorwurf des Handels mit Kokain nicht angehängt werden. Er wurde zu einer Strafe verurteilt, die er mit der Untersuchungshaft bereits abgesessen hatte, und das bedeutete, daß er unverzüglich auf freien Fuß gesetzt wurde. Ray Wichelsea ließ ihn frohgemut weiter Pferde verkaufen, zahlte ihm seine Kommissionen jetzt aber per Verrechnungsschecks und nicht mehr in bar. Da Sandy

Nutbridge für seine Mutter ebenfalls eine Beschwerde vor der Anwaltskammer von South Carolina eingereicht hatte – mit der gleichen Begründung wie David T. Vynn –, hatte der Ausschuß entschieden, beide Beschwerden zusammen anzuhören. Mrs. Nutbridge, die auf ihre Weise ebenso eisern entschlossen war wie Jules Harlow auf seine, erleichterte ihr Sparschwein um die letzten Pfunde und kam mit Hilfe von Coupons für Freiflugkilometer aus ihrem Supermarkt noch einmal über den Atlantik.

Sie traf mit Jules Harlow zum ersten Mal im Warteraum der teuren Geschäftssuite des Hotels zusammen, das die Anwaltskammer von South Carolina für ihre Anhörung ausgewählt hatte. Niemand machte sie förmlich miteinander bekannt, aber sie gingen auch so vorsichtig aufeinander zu, bis Jules Harlow (wie immer im grauen Anzug) die grauhaarige Großmutter, die ihr bestes Kleid trug, fragte: »Sind Sie ... eh ...?«, und sie selbstbewußt erwiderte: »Mr. Harlow, nicht wahr?«

Ohne sich in Rage zu reden, schütteten sie einander ihr Herz aus. Sandy Nutbridge sandte ihr zuverlässig kleine Beiträge, um so ihre Schulden zurückzubezahlen, hatte allerdings zu diesem Zweck seine teure Wohnung am See aufgeben müssen. Sie hielt Patrick Green für einen unsäglichen Schurken. Jules Reginald Harlow mußte an den Tag denken, als er ihrem Seufzen nachgegeben hatte, und vermutete, daß er es wieder tun würde, wenn er sich noch einmal in der gleichen Situation befände.

Jules Harlows lebenslustige Frau – sie meinte, sie hätte das Treffen der Anwaltskammer nicht für alle Vollblüter Kentuckys missen mögen – war gleich voller Mitleid für

Mrs. Nutbridge und heiterte sie mit einigen munteren Scherzen auf. So kam es, daß die beiden Frauen in einer gleichförmigen Reihe langer Gesichter bald die einzigen Ausnahmen waren. Mrs. Nutbridge fand auch äußerlich sichtbar von ängstlicher Anspannung zu fester Entschlossenheit. Jules Harlows Frau sagte: »Ran an die Buletten!«

Es dauerte eine Weile, bis Jules Harlow begriff, daß der Beschwerdeausschuß seine Sitzung in dem großen Sitzungssaal gegenüber dem Empfangsbereich der Suite bereits begonnen hatte, und als David T. Vynn eintraf, bestätigte ihm dieser das.

Die vierzehn Anwälte, die zur Zeit dem Beschwerdeausschuß angehörten, hatten bereits seit fast einer Stunde den Lügen und Wahrheitsverzerrungen Patrick Greens gelauscht.

»Sie werden ihm glauben!« rief Jules Harlow niedergeschlagen.

David T. Vynn blickte von ihm zu Mrs. Nutbridge. »Es liegt an Ihnen, sie davon zu überzeugen, daß hinreichende Verdachtsgründe vorliegen.«

Jules Harlow fragte noch einmal: »Was sind hinreichende Verdachtsgründe?«

»Im Prinzip ist es so, daß, wenn der Ausschuß hinreichende Verdachtsgründe ausmacht, er zu einem späteren Termin gegen den betreffenden Kollegen verhandelt und ihn ausschließt, so daß er nicht mehr als Anwalt praktizieren kann – falls er oder sie zum Beispiel den ganzen Berufsstand in Verruf gebracht haben.«

»Wie bei den Ärzten?« fragte Mrs. Nutbridge.

David Vynn nickte. »Genau so.«

Zuerst rief der Ausschuß Mrs. Nutbridge allein auf. Jules Harlow wurde eine halbe Stunde später hineingerufen. Jeder von ihnen sah sich – einer nach dem anderen – in einem hell erleuchteten Raum vierzehn ernst dreinschauenden Anwälten gegenüber, die an einem langen Tisch saßen. Der Ausschußvorsitzende an einem Ende des Tisches bat Mrs. Nutbridge und später dann Jules Harlow, auf einem der wenigen leeren Stühle Platz zu nehmen und die ihnen gestellten Fragen zu beantworten.

Mrs. Nutbridge wurde ein Platz ungefähr in der Tischmitte zugewiesen; Jules Harlow sollte sich nach einem Wink des Ausschußvorsitzenden auf den einzig verbliebenen freien Platz am anderen Ende des Tisches setzen – zu seiner Bestürzung direkt neben Patrick Green. Auf Greens anderer Seite saß Carl Corunna. Eins schlimmer als das andere. Ausdruckslos nahm Jules Harlow seinen ihm zugewiesenen Platz ein und begann, recht hölzern, fast benommen wegen Greens körperlicher Nähe, die Fragen des Vorsitzenden zu beantworten. Die meisten davon setzten Greens Lügen als Tatsachen voraus.

Jules Harlow wußte, daß er seine Sache schlecht machte. Die versammelten Anwälte warfen sich angesichts seiner Antworten ungläubige Blicke zu, und Green neben ihm entspannte sich. Carl Corunna rümpfte die Nase.

Jules Harlow hörte im Geiste noch einmal David Vynns Stimme: »Es ist nicht immer die Wahrheit, der man glaubt.« Wenn man mir nicht glaubt, dachte er, ist es meine eigene Schuld.

Der Ausschußvorsitzende schaute in seine Notizen, die vor ihm auf dem Tisch ausgebreitet lagen, und fragte Jules

Harlow, an welchem Tag er Patrick Green am Telefon versprochen habe, daß er die zehntausend Dollar einbehalten könne, sobald sie vom Gericht zurückgegeben würden.

Der Vorsitzende, übergewichtig und mit chronischen Verdauungsstörungen geschlagen, fand die Verhandlung ermüdend. Die Hälfte der Ausschußmitglieder kämpfte gegen den Schlaf. Patrick Green lächelte.

Jules Harlow holte tief Luft und sagte laut: »Ich hätte niemals der Bezahlung irgendwelcher Honorare für Sandy Nutbridge zugestimmt.«

Einer der vor sich hin dösenden Anwälte riß weit die Augen auf und sagte: »Warum nicht?«

»Weil ich ihn nicht kannte.«

»Aber...«

»Als ich das Geld für seine Kaution zur Verfügung stellte, hatte ich ihn erst ein einziges Mal gesehen. Und zwar an dem Tag, als ich ein Pferd von ihm kaufte. Ein ganz gutes Pferd, wie sich herausstellte. Eine Stute. Vielleicht würden Sie gerne morgen im vierten Rennen auf sie setzen.«

Eine Welle der Erheiterung spülte jede Neigung zum Einschlafen davon.

»Wenn Sie Nutbridge nicht kannten...«, der Vorsitzende runzelte die Stirn, »... warum haben Sie dann Geld für seine Kaution zur Verfügung gestellt?«

»Wegen seiner Mutter. Ich habe es für sie getan.« Jules zeigte auf Mrs. Nutbridge. »Ich tat es, weil sie weinte. Ich tat es, weil sie Engländerin ist und ich Engländer bin. Sie in Ihrem Fall würden vielleicht die Hilfe eines amerikanischen Landmanns finden, wenn einer von Ihnen im Ausland darum bäte. Ich habe es einfach getan, weil ich es wollte.«

Einen kurzen Augenblick lang schwiegen alle erstaunt, bis sich eine Dame aus dem Ausschuß räusperte und mit einem Anflug von Humor bemerkte: »Wenn Sie mir die Frage gestatten, Mr. Harlow, sind zehntausend Dollar für Sie ein großer Batzen Geld?«

Jules Harlow lächelte. »Eigentlich nicht. Ich bitte Sie nicht, Patrick Green dazu zu bringen, mir zurückzugeben, was mir gehört, weil ich dieses Geld benötigte. Sondern wegen der Prinzipien, die hier auf dem Spiel stehen. Weil er Sie alle an der Nase herumführt.«

Harlow holte noch einmal tief Luft und sagte in das anhaltende Schweigen hinein: »Wenn ich es mir nicht hätte leisten können, zehntausend Dollar zu verlieren, dann wäre ich Mrs. Nutbridge nicht zu Hilfe gekommen. Aber ich hätte mich auf keinen Fall einverstanden erklärt, die Anwaltshonorare ihres Sohnes zu begleichen. Warum hätte ich das tun sollen? Ich habe kein einziges Mal mit irgend jemandem über irgendwelche Honorare geredet, nicht mit Patrick Green noch mit Carl Corunna noch mit Sandy Nutbridge. Ich habe darauf vertraut, daß Sandy Nutbridge seine Kaution durch termingerechtes Erscheinen vor Gericht auslösen würde, und das hat er getan. Ich habe einem Anwalt vertraut, daß er mir das Geld, von dem er wußte, daß ich es in gutem Glauben für eine Kaution gegeben habe, zurückgeben würde, und er hat es einbehalten. Ich habe einem Pferdehändler vertraut, und ich habe einem Anwalt vertraut. Wem von beiden hätten Sie *Ihr* Geld anvertraut?«

Der Beschwerdeausschuß verhandelte hinter geschlossenen Türen weiter und verkündete am nächsten Tag, daß er keinen »hinreichenden Verdacht« feststellen könne und daß der Fall damit abgeschlossen sei.

»Ich habe es vermasselt«, sagte Jules Harlow in der gleichen Woche bei einem Frühstück mit David Vynn düster.

»Das haben Sie bestimmt *nicht*«, versicherte David Vynn ihm. »Ich habe mir sagen lassen, daß der Ausschuß beinahe ausnahmslos *Ihnen* geglaubt hat und nicht Patrick Green.«

»Warum dann aber...?«

»Sie schließen fast nie einen Kollegen aus. Selbst wenn sie wissen, daß Green bis zum Hals in der Sache drinsteckt, lassen sie ihn gehen, wenn auch nur die geringste Möglichkeit eines Zweifels besteht. Der geringste Zweifel ist ausreichend, wußten Sie das nicht?«

Jules Harlow sah zu, wie David T. Vynn sich daranmachte, einen Stapel Buchweizenpfannkuchen mit Bananen zu vertilgen.

»Wie auch immer«, sagte Jules Harlow, »Patrick Green ist damit durchgekommen.«

David löffelte sich geschlagene Butter auf seine Pfannkuchen und nahm in Vorfreude auf den dramatischen Augenblick einen besonders großen Happen auf seine Gabel. »Patrick Green«, sagte er, »ist nichts dergleichen.«

»Er hat immer noch mein Geld.«

»Ich habe Ihnen von Anfang an gesagt, daß es unwahrscheinlich ist, daß Sie es zurückbekommen.«

»Aber wie ist es dann möglich, daß er nicht damit davongekommen ist?«

David Vynn widmete sich gedankenverloren seinem Pfannkuchen. »Ich habe unglaublich ergiebige Informationsquellen. Man erzählt mir so dies und das, wissen Sie. Man sagt mir, daß Sie den Beschwerdeausschuß in Erstaunen versetzt hätten. Sie gelten dort als ein makellos ehrlicher Zeuge.« Er hielt inne. »Sie alle wissen, daß Sie es sein werden, dem man glaubt, wenn vor Gericht gegen Patrick Green verhandelt wird.«

»*Wenn!*«

»Das ist der Punkt, über den ich mit Ihnen reden will. Der Weg zu einer Verhandlung führt von der Klageerhebung zur eidesstattlichen Erklärung, und danach ergeht ein Vermittlungsangebot für eine außergerichtliche Einigung. Nur wenn diese fehlschlägt, kommt der Fall zur Verhandlung. Nun, Patrick Green hat einer außergerichtlichen Schlichtung zugestimmt.«

»Ich verstehe nicht, warum Sie das so froh stimmt«, sagte Harlow.

»Das werden Sie schon noch.«

Mit schneckenhafter Langsamkeit drehten sich die Mühlen des Gesetzes weiter; aber endlich kam es zu einem Treffen zwischen David Vynn, seinem Klienten und einer Schlichterin, die sich als eine etwas gewitzigtere Version der großmütterlichen Mrs. Nutbridge erwies.

»Unser Ziel«, sagte sie, »besteht darin, die Bedingungen einer Einigung zwischen Mr. Green und Mr. Harlow zu klären, ohne dafür die Zeit oder die Kosten einer Gerichtsverhandlung in Kauf nehmen zu müssen.« Sie hielt inne. »Mit Mr. Green habe ich bereits gesprochen.«

Schweigen.

»Er ist gewillt zu verhandeln«, sagte sie.

David Vynn bemerkte ironisch: »Ich nehme an, das bedeutet, daß er willens ist, den Verlust seines Hauses und seines Wagens und seiner Kanzlei und seines gesamten sonstigen Eigentums zu vermeiden. Er ist gewillt, eine dreimal so hohe Geldstrafe zu vermeiden. Er ist gewillt, keinen Schadenersatz zu leisten. Wie großzügig von ihm!«

»Was kann er anbieten, das Sie akzeptieren würden?«

Heiliger Himmel, dachte Jules Harlow, dem es wie Schuppen von den Augen fiel, *Patrick Green gibt seine Schuld zu.*

Patrick Green hatte in der Tat – konfrontiert mit der nackten Wahl zwischen einer Verurteilung wegen Veruntreuung, Unterschlagung und Handelns gegen Treu und Glauben mit automatisch folgendem Verlust seiner Anwaltslizenz und der Rückzahlung wenigstens dessen, was er Jules Harlow und Mrs. Nutbridge vorenthalten hatte – ganz plötzlich entdeckt, daß man draußen in der Welt wirklich Geld verdienen konnte, selbst wenn das bedeutete, im Supermarkt die Regale einzuräumen.

Die Schlichterin sagte: »Mr. Green bietet Ihnen fünftausend Dollar: die Hälfte der Summe, die Sie für die Kaution aufgewendet haben.«

»Mr. Green«, sagte David Vynn vergnügt, »mag das mit zwei multiplizieren. Wenn mein Klient rachsüchtig wäre, könnte er es mit vier multiplizieren.«

»Mr. Green hat mit den Kautionsgeldern Gläubiger befriedigt, die ihn sonst hätten zusammenschlagen lassen.«

»Gleich kommen uns die Tränen«, sagte David Vynn. »Mr. Green hat Mrs. Nutbridge ihre Pension gestohlen.«

Jules Harlow hörte fasziniert zu.

»Sandy Nutbridge«, erwiderte die Schlichterin, »zahlt ihr zurück, was sie aufgewendet hat, um ihn frei zu bekommen. Mrs. Nutbridges Schulden sind die Angelegenheit ihres Sohnes.«

»Patrick Green hat Sandy Nutbridge zweimal bei der Steuerbehörde angeschwärzt«, meinte David Vynn trocken. »Und zwar von Anfang an mit der Absicht, sich ein Vermögen an unnötigen Anwaltshonoraren von seinem sogenannten Freund zusammenzustehlen. Mr. Harlows Kautionsanteil, diese zehntausend Dollar, waren dann nur noch ein nicht geplantes Zubrot.«

»Mr. Green wird die Hälfte von Mr. Harlows Einsatz zurückzahlen.«

»Nein«, sagte David Vynn ruhig. »Alles.«

»Er hat kein Geld.«

»Mr. Harlow wird warten.«

Die alten, erfahrenen Augen betrachteten den klugen David T. Vynn mit Vergnügen: jung genug, um ihr Sohn zu sein, zu jung, um Mitleid mit einem Gauner zu haben. Sie setzte einen Termin fest, zu dem die Schlichtung endgültig vereinbart werden sollte.

Als Jules seiner geliebten Frau zum dritten Hochzeitstag ein neues Pferd versprach, beschloß sie, sich an den Chef der Vollblutagentur, Ray Wichelsea persönlich, zu wenden, um ihn um Rat zu fragen

Ray Wichelsea, der sie als Kundin mehr als alle anderen schätzte, fand einen Zweijährigen für sie mit glänzenden Aussichten für das Triple Crown im folgenden Jahr.

Mrs. Harlow fragte, ob er irgendwelche Nachrichten von

Mrs. Nutbridge habe, die ihr bei ihrer Begegnung vor dem Beschwerdeausschuß spontan gefallen hatte. Sandy Nutbridge hatte mittlerweile genug Geld zusammengespart, um sich von David Vynn beraten zu lassen, erzählte Ray Wichelsea ihr, und so hatte Patrick Green eilig auch in ihrem Fall einer Schlichtung zugestimmt.

Als es Zeit war, zu Bett zu gehen, meinte Mrs. Harlow zu Jules: »Selbst wenn sie den größten Teil ihres Geldes zurückbekommt, wird Mrs. Nutbridge wohl niemals wieder für irgend jemanden eine Kaution aufbringen wollen.«

Ihr Mann ließ sich durch den Kopf gehen, was er gelernt hatte, und dachte an die Tausender, die er ganz frohgemut für Anwaltshonorare ausgegeben hatte, um Patrick Green eine Niederlage zuzufügen. »Ich habe gehört«, sagte er, »daß es die Möglichkeit gibt, jemanden auf Kaution frei zu bekommen, indem man sich lediglich zur Zahlung der Kautionssumme verpflichtet und sie nur dann und erst dann wirklich bezahlt, wenn der Angeklagte untertaucht. Aber auf die Art und Weise ist es teuer. Es mag besser sein, vielleicht aber auch schlechter. Ich muß bei Gelegenheit einmal unser Wunderkind, David Vynn, danach fragen.«

Es gab ein weiteres ruhiges Treffen an einem Sitzungstisch, in der gleichen Paarung wie schon zuvor: Patrick Green und Carl Corunna gegen Jules Reginald Harlow und David T. Vynn.

Die großmütterliche Schlichterin, die einen grauen Geschäftsanzug trug – er war ebenso förmlich wie der von Jules Harlow und ebenso gesichtslos wie der des Anwalts –, schüttelte ihnen allen kurz die Hand, nahm am Kopf des

Tisches Platz, teilte ein einfaches Dokument in mehreren Kopien aus und bat sie alle zu unterschreiben.

Jules Harlow fühlte sich trotz seiner Verluste von dem starken Gefühl erfüllt, daß die Gerechtigkeit gesiegt hatte. Hier hatten sie nun, dachte er bei der Unterzeichnung, einen Kampf auf Leben und Tod mit Stift und Papier und nicht mit Feuerwaffen ausgetragen. Patrick Green bestahl vielleicht andere, aber wenigstens erschoß er niemanden.

Patrick Green mußte sich düster eingestehen, daß er sowohl Jules Harlows Hartnäckigkeit als auch David Vynns meisterschaftlichen Umgang mit dem Recht unterschätzt hatte. Außerdem hatte der Vorsitzende des Beschwerdeausschusses furchterregende Drohungen von sich gegeben: Beim leisesten Gerücht eines Fehlverhaltens könne Green seine Lizenz in den Müll werfen. Aber mit der Zeit, dachte Patrick Green, mit der Zeit würde ihm wohl wieder etwas Neues einfallen, würde er irgendeinen anderen Trottel finden...

Verärgert unterzeichnete er das Dokument, das ihn verpflichtete, seine Schuld in vier Raten von jeweils zweitausendfünfhundert Dollar an Jules Harlow zurückzuzahlen.

Das Dokument kam im Ergebnis einem vollen Geständnis gleich.

Die Justiz wandte Patrick Green den Rücken zu und gab ihm nichts mehr zu tun.

Ein Jahr lang hatte er schlecht bezahlte Jobs und beglich lieber seine Raten bei Jules Harlow – widerwillig, aber pünktlich –, als sich vor Gericht wiederzufinden.

Vier weitere Jahre lang schuftete er, um das Mrs. Nutbridge gestohlene Geld zurückzuzahlen. Eine Verurteilung allerdings, das wußte er, wäre noch viel schlimmer gewesen.

Nachdem er schließlich von seinen Schulden frei war, nicht aber von der ihm innewohnenden Unehrlichkeit, zog er in einen anderen Staat und verkaufte dort kleingedruckte Versicherungen.

Ein Mann, den er dort betrog, wählte einen direkteren Weg, um sich Gerechtigkeit zu verschaffen, als Jules Reginald Harlow es getan hatte, und schlug Patrick Green in einer dunklen Nebenstraße zu Brei.

Der Tag der Verlierer

Zum Grand National geht man, um zu gewinnen: Jockeys, Spieler und, in unserem Fall, die Polizei.

Wenn es der Glückstag der Verlierer ist, dann haben vielleicht gerade die gewonnen, die verloren zu haben glauben, und diejenigen verloren, die gewonnen haben.

Es kommt ganz auf den Einsatz an.

Austin Dartmouth Glenn machte sich mit einem dicken Bündel neuer Banknoten in der Tasche und einer Mischung aus schlechtem Gewissen und gespielter Tapferkeit auf den Weg zum Grand National.

Austin Dartmouth Glenn war sich bewußt, daß er geschworen hatte, die Banknoten nicht vorzeitig in Umlauf zu bringen. Nicht in den nächsten fünf Jahren, hatte man ihm eingeschärft. In fünf Jahren würde sich der Wirbel gelegt haben und der Millionenraub Geschichte sein. Die Polizei würde mit der Aufklärung neuerer Verbrechen zu tun haben, und die heißen Seriennummern würden auf überholten Listen zu fliegendreckgesprenkelter Bedeutungslosigkeit verblaßt sein. In fünf Jahren konnte er gefahrlos das kleine Vermögen ausgeben, das er für seine Rolle bei der Befreiung des Chefs der Bankräuber aus dem Gefängnis erhalten hatte.

Das war ja alles gut und schön, überlegte Austin störrisch, während er aus dem Zugfenster blickte. Aber was war mit der Inflation? In fünf Jahren war sein kleines Vermögen in Scheinen vielleicht nicht mal mehr das Papier wert, auf dem diese gedruckt waren. Vielleicht hatte sich auch die Farbe und Größe der Banknoten bis dahin verändert. Er hatte von einem verzweifelten Safeknacker gehört, der nach zwölf abgesessenen Jahren nur noch einen Haufen alter Fetzchen vorgefunden hatte. All diese Zeit abgesessen für einen Haufen veralteten, uneinlösbaren Mülls. Austin Glenns Lippen zuckten mitleidig bei diesem Gedanken. Ihm würde das nicht passieren, o nein, ihm nicht.

Austin hatte seinen Zugfahrschein mit gewöhnlicher Währung bezahlt, ebenso wie die Bierdosen, die zellophanverpackten Sandwiches und die Ausgabe einer Rennzeitung. Die heißen neuen Scheine, die sicher in einer Innentasche verstaut waren, würde er nicht ausgeben, bevor er in der hektischen Anonymität der großen Menschenmenge auf dem Rennplatz Aintree untergetaucht war. Er war kein Narr, natürlich nicht, dachte er selbstgefällig. Ein sauberer Stapel von Banknoten, druckfrisch und fortlaufend numeriert, mochte selbst den Arglosesten neugierig machen. Aber niemand würde jetzt, nachdem er sie mit eigens zu diesem Zweck beschmutzten Händen gerieben und zerknittert hatte, einen zweiten Blick darauf werfen.

Er wischte sich mit dem Handrücken das Bier vom Mund; ein knochiger Mann von zirka vierzig Jahren mit ordentlich gekämmtem, dünnem, grauschwarzem Haar und rastlosen Augen, der ein unerschütterliches Selbstbewußtsein zur Schau stellte. Ein Leben an der Peripherie des Verbrechens hatte ihm Hunderte zweifelhafter Bekanntschaften beschert, einen weitverzweigten Fundus an Informationen und profunde Kenntnisse, wie man Bestechungsgelder kassierte, ohne unfein die Hand danach auszustrecken. Niemand mochte ihn besonders, aber Austin war nicht feinfühlig genug, um das zu bemerken.

Etwas weiter vorne im selben Zug saß Jerry Springwood und schwitzte aus drei Gründen. Zum einen war er den Aufenthalt im Freien gewohnt und fand die Hitze im Abteil erdrückend; zum anderen war er wegen übermäßigen Alkohol- und Sexkonsums schon sehr spät dran, und er würde sehr wahrscheinlich seinen Job verlieren, wenn er tatsächlich zu spät kam; aber vor allem schwitzte er aus Angst.

Jerry Springwood hatte mit seinen zweiunddreißig Jahren seinen Schneid verloren und versuchte das Gewerbe eines Jagdrennjockeys weiter zu betreiben, ohne irgend jemanden etwas davon merken zu lassen. Die alten Tage, da er mit kühlem Verstand zu reiten pflegte und gelegentliche Stürze ihm schlimmstenfalls lästig waren, lagen lange zurück. Seit Monaten reiste er jetzt mit lähmender Angst zu den Rennveranstaltungen, sah im Geiste scharfe Knochenenden aus seiner Haut ragen, ein zerschmettertes Gesicht oder ein verletztes Rückgrat... und erlebte die Schmerzen im Geiste. Seit Monaten war es ihm nicht mehr möglich, Risiken einzugehen, die ihm früher überhaupt nicht als Risiken erschienen wären. Seit Monaten war er außerstande, seine Pferde in Lücken zu führen, auch wenn nur das ihm den Sieg eintragen konnte; und seit Monaten konnte er sich einfach nicht mehr zurückhalten, seine Pferde vorm Sprung zu beruhigen, auch wenn nur ein Tritt das Richtige war.

Die Sorgfalt, die ihn an die Spitze gebracht hatte, verwandte er nun darauf, seine Unzulänglichkeiten zu verbergen, und sein seit langem bestehender, guter Ruf verhalf den Erklärungen, die er Besitzern und Trainern für seine Niederlagen lieferte, zu Glaubwürdigkeit. Nur die Scharfsichtigsten sahen die verhohlenen Zeichen des Nachlassens, und nur wenige von ihnen hatten ihre privaten Zweifel bisher in private Worte gefaßt. Für die breite Öffentlichkeit, die in der Teilnehmerliste des Grand National nach Anhaltspunkten für ihre Wetten suchte, war der alte Jerry Springwood als Jockey ein zusätzliches Plus zugunsten des dritten Favoriten Haunted House.

Vor einem Jahr, überlegte er düster, während er die vorbeifliegenden Felder betrachtete, wäre er nicht so dumm gewesen, in der Nacht vor dem großen Rennen in London eine Party zu besuchen. Vor einem Jahr wäre er irgendwo in der Nähe der Rennbahn geblieben und hätte vielleicht ein paar Bier getrunken, bevor er früh – und allein – zu Bett gegangen wäre. Er hätte nicht mal im Traum daran gedacht, nach dem Freitagsrennen eine Vier-Stunden-Fahrt nach Süden zu machen oder sich zu betrinken oder um zwei Uhr morgens mit einem Mädchen, das er erst drei Stunden kannte, ins Bett zu gehen.

Er hätte den Gedanken an die Anstrengung vom Samstagnachmittag nicht zu verdrängen brauchen, hätte ihr vielmehr entgegengefiebert, voller Eifer, Erregung und unauslöschlicher Hoffnung. O Gott, dachte er verzweifelt, was ist nur aus mir geworden? Er war klein und stark, mit drahtigem, mittelbraunem Haar, tiefliegenden Augen und einer Nase, die von zu häufigem und zu schnellem Kontakt mit dem Boden flach geworden war. Ein Bauernsohn, natürlich im Umgang mit Tieren und mit dem gesellschaftlichen Schliff, den der Erfolg bringt. Die Leute mochten Jerry Springwood für gewöhnlich, aber er war zu bescheiden, um es zu bemerken.

Das Publikum strömte fröhlich auf die Rennbahn Aintree, wohlausgestattet mit Hoffnung, Vertrauen und Bargeld. Austin blätterte den ersten der heißen Scheine am Drehkreuz hin und sah selbstzufrieden zu, wie er in der Anonymität der Eintrittsgelder versank. Für den nächsten bekam er in einer überfüllten Bar problemlos Wechselgeld, und genauso ging es mit einem dritten, für den er Rennberichte kaufte. Ein Kinderspiel, dachte er hämisch. Es war doch sinnlos, das Zeug fünf Jahre festzuhalten.

Der Toto hatte wie gewöhnlich seine Schalter eine Stunde vorm ersten Rennen geöffnet, um Wetten für das Grand National entgegenzunehmen, denn nach dem zweiten Rennen blieb nicht mehr genug Zeit, um die Nachfrage nach Wettscheinen für das große dritte Rennen zu befriedigen. Es hatten sich bereits lange Schlangen gebildet, als Austin zum Toto ging, um auf seinen Favoriten zu setzen. Genau wie er wußten auch die anderen aus Erfahrung, daß es am besten war, früh zu wetten, wenn man einen guten Platz auf der Tribüne haben wollte.

Er wartete in der Schlange eines Toto-Schalters und notierte seinen Tip auf seinem Rennprogramm. Als er an die Reihe kam, sagte er: »Einhundert auf Sieg, Nummer zwölf –

im National«, und zählte ohne Gewissensbisse die sorgfältig zerknitterten Scheine ab. Die vielbeschäftigte Frau hinter dem Schalter gab ihm seine Wettscheine, ohne ihm größere Beachtung zu schenken. »Der Nächste?« sagte sie und sah schon über seine Schulter hinweg den Mann hinter ihm an. Kinderleicht, dachte Austin selbstgefällig, während er seine Scheine in der Jackentasche verstaute. Einhundert auf Nummer zwölf, auf Sieg. Es hatte keinen Sinn, sich mit Platzgeldern abzugeben, sagte er immer. Und man durfte schließlich nicht vergessen, daß er ein ziemlich gutes Auge für die Form eines Pferdes hatte: Das war eine Fähigkeit, auf die er stets stolz gewesen war. Niemand in dem Rennen hatte bessere Chancen als der dritte Favorit, Haunted House, und einen besseren Jockey als Springwood konnte man sich nicht wünschen, oder? Selbstzufrieden schlenderte er wieder zur Bar und genehmigte sich noch ein Bier.

In der Umkleidekabine hatte Jerry Springwood keine Mühe, sowohl seinen Kater als auch seine Angst zu verbergen. Die anderen Jockeys litten wie gewohnt unter der nervösen Anspannung vorm National und stellten fest, daß ihre Münder ein wenig trocken waren, ihre Gedanken ein wenig zerstreut und daß der Strom ihrer zotigen Scherze zu einem Rinnsal vertröpfelte.

Zweimal über Becher's Brook, dachte Jerry hoffnungslos, dann der Kanal mit der Kehre, dann der Chair, wie in Gottes Namen soll ich das nur schaffen?

Während Jerry schwitzte, versuchte Chief Superintendent Crispin, Chef der Ortspolizei, sich in aller Eile über die Bedeutung einer Information klarzuwerden, die er soeben erhalten hatte. Er mußte sich, so stellte er schließlich fest, an den ersten Mann der Rennbahn wenden, wenn er ein möglichst befriedigendes Ergebnis erreichen wollte.

Der erste Mann der Rennbahn, der Senior-Steward des Jockey Clubs, hatte in einem privaten Speisezimmer eine Reihe wichtiger Besucher aus Übersee zum Mittagessen zu Gast, als Chief Superintendent Crispin ihnen in den gebratenen Lammrücken platzte.

»Ich muß Sie dringend sprechen, Sir«, sagte der Polizist und beugte sich über das höchste Ohr des Renngeschehens.

Sir William Westerlands ausdrucksloser Blick ruhte kurz auf der beträchtlichen Menge Messing auf der marineblauen Uniform. »Sie sind hier zuständig?«

»Ja, Sir. Können wir unter vier Augen sprechen?«

»Ich denke doch, wenn es denn so wichtig ist.« Sir William erhob sich, warf einen bedauernden Blick auf die noch übrige Hälfte seines Mittagessens und führte den Polizisten in den offenen Teil seiner Privatloge hoch oben auf der Tribüne. Die beiden Männer standen gebeugt in der kühlen Luft und unterhielten sich vor dem Hintergrundlärm der anschwellenden Menschenmenge und den Rufen der Buchmacher, die ihre Wetten für das bevorstehende erste Rennen feilboten.

Crispin sagte: »Es geht um den Bankraub von Birmingham, Sir.«

»Aber der liegt doch schon mehr als ein Jahr zurück«, protestierte Westerland.

»Einige der gestohlenen Geldscheine sind heute hier auf der Rennbahn aufgetaucht.«

Westerland runzelte die Stirn; es war überflüssig, ihm Einzelheiten zu erzählen. Die Sprengung des angeblich uneinnehmbaren Tresors, der Diebstahl von mehr als dreieinhalb Millionen Pfund, die gewaltsame Flucht der Diebe: Es war ein noch größeres Spektakel gewesen als seinerzeit der Tod Nelsons.

Vier Männer und ein kleiner Junge waren bei der Explosion außerhalb der Mauern der Bank getötet worden, und zwei Hausfrauen und zwei junge Polizisten waren später niedergeschossen worden. Die Diebe waren, noch bevor das Echo der einstürzenden Wände verklungen war, in einem Feuerwehrwagen vorgefahren und in den Ruinen verschwunden, um den Inhalt des Tresors in »Sicherheitsverwahrung« zu nehmen; dann waren sie einfach mit der Beute davongefahren. Im allerletzten Augenblick schöpfte ein verwirrter Constable Verdacht; seine Aufforderung anzuhalten war mit einem Hagel von Maschinengewehrkugeln beantwortet worden. Nur ein Mitglied der Bande hatte man identifiziert, gefangengenommen, vor Gericht gestellt und zu dreißig Jahren verurteilt; und von diesen hatte der Gangster genau dreißig Tage abgesessen, bevor ihm eine spektakuläre Flucht gelang. Ihn wieder einzufangen und seine Komplizen ebenfalls dingfest zu machen hatte bei der Polizei Dringlichkeitsstufe eins.

»Es ist die erste Spur seit Monaten«, sagte Crispin ernst. »Wenn wir denjenigen verhaften können, der mit dem heißen Geld hierhergekommen ist...«

Westerland blickte auf die brodelnde, aus Tausenden Menschen bestehende Menge hinab. »Ziemlich hoffnungslos, würde ich meinen«, sagte er.

»Nein, Sir.« Crispin schüttelte seinen ordentlich frisierten, ergrauenden Kopf. »Ein besonders scharfsichtiger Prüfer beim Toto hat einen der Geldscheine entdeckt, und jetzt haben sie noch neun weitere gefunden. Eine der Verkäuferinnen des Fünf-Pfund-Schalters erinnert sich daran, daß sie Wettscheine im Wert von hundert Pfund an einen Mann verkauft hat, der mit Scheinen bezahlte, die sich neu *anfühlten,* obwohl sie stark zerknittert und zerknautscht waren.«

»Aber trotzdem ...«

»Sie erinnert sich daran, daß er nur auf ein Pferd gesetzt hat, und zwar auf Sieg, was beim Grand National ungewöhnlich ist.«

»Welches Pferd?«

»Haunted House, Sir. Und daher, Sir, wird unser Mann, wenn Haunted House gewinnt, mit seinem Bündel Wettscheine für hundert Pfund zum Zahlschalter kommen, und dann haben wir ihn.«

»Aber«, wandte Westerland ein, »was ist, wenn Haunted House *nicht* gewinnt?«

Crispin sah ihn mit ruhiger Miene an. »Wir möchten, daß Sie dafür sorgen, daß Haunted House gewinnt. Wir wollen, daß Sie das Grand National manipulieren.«

Unten im Tattersall reichte Austin Dartmouth Glenn einem Buchmacher zwei heiße Banknoten; dieser stopfte sie eifrig und ohne sie näher zu betrachten in seine Tasche. Einen Zehner auf Sieg für Spottled Tulip zu einem Kurs von acht zu eins. In dem Lärm, der Hast und der Aufregung der letzten fünf Minuten vor dem ersten Rennen kämpfte Austin sich zur Tribüne hinauf, um sich den besten Ausblick auf sein Geld auf vier Hufen zu sichern. Aber diese vier Hufe schienen lahm zu sein und waren die letzten im Ziel. Angewidert zerriß Austin seinen Wettschein und warf die Schnipsel in den Wind.

Im Umkleideraum stieg Jerry Springwood widerstrebend in seine dünne, weiße Reithose und mühte sich mit den Knöpfen seiner leuchtenden, rot-weiß gestreiften Rennfarben ab.

Sein Kopf füllte sich wie ein Brunnen mit Panik, und der furchtbare Wunsch, Hals über Kopf zu fliehen, wurde mit jeder Minute, die verging, tiefer und tödlicher. Er hatte Schwierigkeiten, sich zu konzentrieren, und nahm nicht wahr, daß jemand ihn ansprach.

Seine Hände zitterten. Ihm war kalt. Es mußte noch eine ganze Stunde überstanden werden, bevor er sich würde zwingen müssen, in den Führring zu treten, aufs Pferd zu steigen, zu den Startboxen zu reiten und dann weiter über diese schwierigen sechs Kilometer und über dreißig gewaltige Hindernisse.

Ich schaff's nicht, dachte er wie betäubt. Ich halte es einfach nicht aus. Wo kann ich mich nur verstecken?

Die vier Stewards, die für die Veranstaltung verantwortlich waren, saßen mit düsteren Mienen um ihren großen Tisch und reagierten mit verschiedenen Abstufungen der Ungläubigkeit und Beklommenheit auf das Drängen von Chief Superintendent Crispin.

»So etwas ist noch nie dagewesen«, sagte einer. »Es kommt gar nicht in Frage. Wir haben nicht mehr genug Zeit«, sagte ein anderer. Ein dritter sagte: »Sie werden die

Trainer nie dazu kriegen, sich mit etwas Derartigem einverstanden zu erklären.«

»Und was ist mit den Besitzern?« fragte der vierte.

Crispin hatte vor dem Rennsport genausowenig Achtung wie vor schurkischen Politikern und fand, daß die Verhaftung dieses Abschaums aus Birmingham von weit größerer gesellschaftlicher Bedeutung war als die Frage, welches spezielle Pferd als erstes durchs Ziel ging.

Seine innere Empörung angesichts der sturen Haltung der Stewards nahm unmißverständlich von seiner Stimme Besitz.

»Die Diebe von Birmingham haben neun Menschen ermordet«, sagte er mit Nachdruck. »Jeder hat die öffentliche Pflicht, der Polizei zu helfen, diese Leute dingfest zu machen.«

Aber die gehe doch gewiß nicht so weit, dafür das Grand National zu ruinieren, beharrten die Stewards.

»Ich habe mir sagen lassen«, bemerkte Crispin, »daß es bei Jagdrennen im allgemeinen kaum um Zuchtwerte geht, und in dem diesjährigen National sind die Teilnehmer allesamt Wallache. Es ist nicht so, als bäten wir Sie darum, mit der Manipulation des Derbys das Zuchtbuch zu verderben.«

»Trotzdem, es wäre unfair gegenüber der wettenden Öffentlichkeit«, sagten die Stewards.

»Die Leute, die in Birmingham gestorben sind, waren Teil der wettenden Öffentlichkeit. Die nächsten, die bei dem nächsten gewalttätigen Banküberfall sterben, werden ebenfalls zur wettenden Öffentlichkeit gehören.«

Sir William Westerland lauschte den Argumenten mit unverändert ausdrucksloser Miene. Er hatte es im Leben weit gebracht, indem er mit seiner Meinung hinterm Berg hielt, bis alle anderen ihre Herzen, ihre Ansichten und ihre Schwächen bloßgelegt hatten. Die milden Bemerkungen, die er dann schließlich abzugeben pflegte, wurden meist als eine Art göttliche Offenbarung aufgenommen, obwohl es sich im Grunde genommen nur um gesunden, von Gefühlen unbeeinträchtigten Menschenverstand handelte. Er beobachtete Crispin und seine Kollegen, die anderen Stewards, die sich langsam in Rage redeten und in Vorbehalt und Feindseligkeit zu verfallen drohten. Er seufzte innerlich, warf einen Blick auf seine Uhr und räusperte sich vernehmlich.

»Meine Herren«, sagte er gelassen und deutlich. »Bevor wir zu einer Entscheidung kommen, meine ich, sollten wir die folgenden Punkte bedenken. Erstens Möglichkeit. Zweitens Geheimhaltung. Drittens Konsequenzen.«

Die Stewards und die Polizisten sahen ihn gleichermaßen erleichtert an.

»Springjockeys«, sagte Westerland, »sind Individualisten. Was glauben Sie, wie man die davon überzeugen kann, daß sie das Rennen manipulieren sollen?«

Keine Antwort.

»Wer kann garantieren, daß Haunted House nicht stürzen wird?«

Keine Antwort.

»Was glauben Sie, wie lange es dauern würde, bis jemand die Presse verständigt? Wollen wir wirklich den Aufruhr, der daraus entstehen würde?«

Keine Antwort, aber gewaltiges Kopfschütteln auf seiten der Stewards.

»Aber wenn wir Chief Superintendent Crispin seine

Bitte abschlügen, wie würden wir uns fühlen, wenn wieder eine Bank in die Luft gesprengt würde, wenn weitere unschuldige Menschen getötet würden und wir wüßten, daß wir nichts getan haben, um es zu verhindern?«

Die ganze Versammlung sah ihn schweigend und in Erwartung seiner Führung an.

Jerry Springwoods Kopf fühlte sich an wie ein Ballon, der irgendwo oberhalb seines unkoordinierten Körpers schwebte. Der Ruf: »Die Jockeys bitte auf die Bahn«, hatte ihn ereilt, während er immer noch außerstande war, einen Fluchtweg zu ersinnen. Zu viele Leute kannten ihn. Wie kann ich weglaufen, dachte er; wie kann ich zum Tor taumeln und mir ein Taxi suchen, wo alle wissen, daß ich rausgehen sollte, um Haunted House zu reiten? Kann ich in Ohnmacht fallen, dachte er? Kann ich sagen, ich wäre krank? Ohne sein eigenes Zutun, wie es schien, ging er mit den anderen hinaus; seine bleiernen Beine stapften automatisch weiter, während sein Geist in sich zusammensank. Er stand mit trockenem Mund im Führring, und seine Augen fühlten sich wie griesige Löcher in seinem Schädel an. Das auf nervöse Art herzliche Geplapper, in das Besitzer und Trainer vor jedem Rennen verfielen, hörte er nicht. Ich kann nicht, dachte er. Ich kann nicht.

Der Senior Steward des Jockey Clubs, Sir William Westerland, trat neben ihn, während er stocksteif in seiner Hölle ohne Hoffnung steckte.

»Jerry, eine Kleinigkeit unter uns«, sagte er.

Jerry Springwood sah ihn ausdruckslos an, und seine Augen waren wie glatte, graue Kieselsteine. Westerland, der diesen Ausdruck auf anderen Gesichtern gesehen hatte und wußte, was er bedeutete, wurde jäh von bösesten Ahnungen heimgesucht. Trotz Chief Superintendent Crispins Einwänden hatte er die einträchtige Meinung der Stewards bestätigt. Das National konnte nicht manipuliert werden – nicht einmal, um Mörder zu fangen. Er kam zu dem Schluß, daß dies sowohl praktisch wie auch moralisch unmöglich war. Die Polizei mußte eben in Zukunft die Rennveranstaltungen schärfer im Auge behalten, und eines nicht mehr allzu fernen Tages würden sie vielleicht ihren Fisch fangen, wenn er wieder zum Toto schwamm.

Aber dennoch fand Westerland, daß es nicht schaden konnte, wenn er Jerry Springwood Erfolg wünschte; aber jetzt wurde ihm klar, daß Crispin keine Chance hatte, heute seinen Mann zu schnappen. In diesem Zustand starrer Angst konnte kein Jockey das National gewinnen. Die Leute, die auf Haunted House gesetzt hatten, würden von Glück sagen können, wenn ihr Pferd sich einen halben Kilometer im Rennen hielt, bevor es einfach haltmachte, die Bahn verließ oder sich unter dem starren Würgegriff seiner Zügel weigerte zu springen.

»Viel Glück«, sagte Westerland lahm und mit Bedauern.

Jerry gab keine Antwort; selbst ganz gewöhnliche Höflichkeit überstieg heute seine Kräfte.

Oben auf seinem Ausguck auf der Tribüne sah Austin Glenn zu, wie die lange Reihe von Startern die Bahn hinunterging. Noch zehn Minuten bis zum Rennen, die Buchmacher schrien sich die Kehlen wund, und die gedrängte Menschenmenge summte vor Erregung. Austin, der sein im ersten Rennen auf Spotted Tulip gesetztes Geld und einen weiteren, noch dickeren Batzen im zweiten Rennen an Buchmacher verloren hatte, biß sich wegen Haunted House auf die Knöchel.

Jerry Springwood saß mit zusammengesunkenen Schultern wie ein Sack im Sattel. Das Pferd, das empfänglich für die Stimmung seines Reiters war, stampfte verwirrt weiter und wußte nicht recht, ob es statt dessen auf die Menge reagieren sollte. Für Austin und viele andere sahen Pferd und Reiter aus, als hätten sich hier zwei zusammengefunden, die beide gar nicht anders konnten als verlieren. William Westerland schüttelte bedauernd den Kopf, und Crispin fragte sich gereizt, warum ausgerechnet dieses spezielle Pferd aussah, als schliefe es gleich ein.

Jerry Springwood stellte sich zum Start auf, indem er jeden anderen Gedanken ausblendete. Der Brunnen der Panik war voll und wollte überlaufen. Jerry, bleich und von klebrigem Schweiß überzogen, wußte, daß er in ein paar Minuten würde absteigen und weglaufen müssen. Müssen.

Als der Starter ihn freigab, stand Haunted House zuerst wie angewurzelt da. Da er kein Zeichen aus dem Sattel bekam, lief er nur zögernd hinter dem entschwindenden Feld her. Das Pferd kannte seinen Job – es war hier, um zu laufen und zu springen und seinen Kopf vor den des nächsten Pferdes zu bringen. Aber der Wallach fühlte sich ruderlos ohne die Hilfe und die Anweisungen, an die er gewöhnt war. Sein Jockey blieb instinktiv oben, die Praxis langer Jahre kam ihm zu Hilfe, die trainierten Muskeln arbeiteten nach einem Schema, das keines bewußten Gedankens bedurfte.

Haunted House sprang als letzter über das erste Hindernis und war fünf Hindernisse später, als sie sich Becher's Brook näherten, immer noch letzter. Jerry Springwood sah das Pferd direkt vor sich stürzen und erinnerte sich dumpf, daß er genau auf ihm landen würde, wenn er geradeaus weiterritt. Fast ohne nachzudenken, schnippte er mit der rechten Hand am Zügel, und Haunted House, der von diesem winzigsten Lebenszeichen Feuer fing, schwenkte einen Meter zur Seite, ließ die Hufe trommeln und widmete seine großartige Pferdeseele der Aufgabe, sich und seinen Reiter außer Gefahr zu bringen. Haunted House kannte das Geläuf: Es hatte dort gewonnen, mit Jerry Springwood im Sattel, bei kürzeren Rennen. Sein plötzlicher Satz über Becher's Brook erfüllte die scheinbar unwandelbare innere Leere seines Jockeys erneut mit frischer, lebhafter Angst.

O Gott, dachte Jerry, während Haunted House ihn unausweichlich dem Kanal und der Kehre näherbrachte, wie soll ich das schaffen? Wie soll ich das schaffen? Er saß da und kämpfte gegen seine Panik, während Haunted House ihn trittsicher um die Kehre trug, dann über Valentine's Brook und den ganzen Weg bis zum Chair. Später glaubte Jerry felsenfest, daß er die Augen geschlossen hatte, als sein Reittier die letzten Meter auf das schwierigste Hindernis der Welt zu galoppierte, aber Haunted House nahm das Hindernis perfekt, ohne auch nur im mindesten zu straucheln. Über das Wasserhindernis und vorbei an der Tribüne, dann wieder raus Richtung Becher's Brook – das ganze Geläuf mit allen Sprüngen noch einmal von vorn. Wenn ich es jetzt anhalte, dachte Jerry, habe ich genug erreicht. Neben ihm wurden Pferde müde, blieben stehen oder glitten aus und stürzten, aber Haunted House galoppierte mit stetigen fünfzig Stundenkilometern voran, ohne sich im geringsten um das Schicksal seines Reiters zu scheren.

Austin Glenn auf der Tribüne und William Westerland in seiner Privatloge und Chief Superintendent Crispin, der angespannt vor einem Fernsehbildschirm saß – sie alle sahen mit beschleunigtem Pulsschlag zu, wie Haunted House sich durch das Feld nach vorn kämpfte. Als er Becher's Brook im zweiten Durchgang erreichte, lag er an zehnter Stelle, an der Kanalkehre an siebter und nach dem drittletzten Hindernis zwei Kilometer vorm Ziel an fünfter Stelle.

Jerry Springwood sah eine Lücke am Innenrail und stieß nicht hinein. Er zügelte sein Pferd vor dem vorletzten Hindernis, so daß sie sicher hinüberkamen, aber zwei Längen einbüßten. Auf der Tribüne stieß William Westerland ein lautes Stöhnen aus, und auf Haunted House krampften sich Jerrys Gedärme zusammen angesichts seiner eigenen jämmerlichen Feigheit. Es ist sinnlos, dachte er. Ich wünschte, ich wäre tot.

Der Anführer des Feldes war ein gutes Stück vorausgegangen, und als Jerry ihn über das letzte Hindernis setzen sah, lag Haunted House gute vierzig Längen zurück. Noch eines, dachte Jerry. Nur noch ein Hindernis. Ich werde nie wieder ein Rennen reiten. Nie wieder. Er biß die Zähne zusammen, und Haunted House spannte die Muskeln an und warf seine halbe Tonne Gewicht dem grün gestrichenen Birkenholz entgegen. Wenn er mich unter sich begräbt, dachte Jerry ... wenn ich stürze und er in mich hineindonnert... o Gott, dachte er, bring mich sicher über dieses Hindernis.

Das Pferd an der Spitze, das hoch im Kurs stand und mit hohem Handicap ritt, nahm den letzten flachen Kilometer in scharfem Galopp. Jerry Springwood und Haunted House, die immer noch auf den Beinen waren, hatten für einen ernsthaften Versuch, es einzuholen, zu lange gezögert, aber mit einem gewaltigen Kraftakt, der, wie Jerry sehr wohl wußte, nichts anderes als die Erlösung aus dem Fegefeuer war, stürmten sie an allen anderen vorbei dem Zielpfosten entgegen.

Austin Glenn sah, daß Haunted House mit zwanzig Längen als zweiter ins Ziel ging. Er haderte ein wenig mit sich, daß er sich nicht mit Platzgeldern abgegeben hatte, nahm seine Wettscheine aus der Tasche, riß sie mit philosophischer Miene entzwei und ließ die einzelnen Stücke in alle vier Himmelsrichtungen davonflattern. William Westerland rieb sich das Kinn und fragte sich, ob Jerry Springwood hätte gewinnen können, wenn er es früher versucht hätte. Chief Superintendent verfluchte voller Verbitterung die zwanzig Längen, um die ihm seine Beute entfliehen würde.

Sir William nahm seine berühmten ausländischen Besucher mit hinunter, damit sie sich die Szenen des Jubels, die den Gewinner im Absattelring umgaben, ansehen konnten, und wurde von aufgescheuchten Funktionären mit entsetzten Gesichtern in Empfang genommen.

»Der Sieger kommt nicht durch die Waage«, sagten sie.

»Was soll das heißen?« fragte Westerland.

»Der Sieger hat nicht das richtige Gewicht getragen! Der Trainer hat die Bleidecke in der Sattelbox hängenlassen, als er den Sattel auf sein Pferd legte. Der Sieger hat das ganze Rennen mit zehn Pfund weniger Gewicht bestritten, als er hätte tragen müssen... und wir werden ihn disqualifizieren müssen.«

Es geschah gar nicht so selten, daß die Bleidecke vergessen wurde – aber im National! William Westerland holte tief Luft und wies die entsetzten Funktionäre an, die Öffentlichkeit über Lautsprecher von den Tatsachen in Kenntnis zu setzen. Jerry Springwood hörte die Neuigkeit, während er auf der Waage saß und zusah, wie der Zeiger auf die richtige Markierung zuschwang. Er empfand keine Freude, sondern überwältigende Scham, als hätte er den Preis durch einen Betrug gewonnen.

Crispin stationierte seine Männer an den strategisch wichtigen Stellen und verständigte sämtliche Auszahlschalter des Totos. Oben auf der Tribüne suchte Austin Glenn in einem Wutanfall nach den Papierfetzen und hob jedes abgerissene und zertrampelte Stückchen Papier auf und beäugte es ängstlich.

Der Boden war mit ganzen Wagenladungen zerrissenen Papiers bedeckt. Zwischen den grellen Farben der Wettscheine der Buchmacher war das Gelbbraun der Totoscheine schlecht auszumachen, so daß die Suche der nach einer Nähnadel im Heuhaufen glich; Austin Glenn hatte es mit dem Bodensatz nicht nur der Verlierer des Grand National, sondern auch der Vorrennen zu tun. Irgendwo lagen beispielsweise auch die Schnipsel seines Wettscheins auf Spotted Tulip. Seinen Wettschein zu zerreißen und die Fetzen dem Wind zu überlassen war alles, was ein geschlagener Spieler dem Schicksal entgegenzusetzen hatte.

Austin Glenn suchte und fluchte, bis ihm der Rücken vom Bücken schmerzte. Er war nicht der einzige, der die eherne Regel der Wetter, keinen Wettschein fortzuwerfen, bis die Ergebnisse durch das Zurückwiegen bestätigt waren, verletzt hatte, aber es machte ihm durchaus keine Freude, daß andere ebenso verzweifelt suchten wie er selbst. Wenn nun jemand anders die Fetzen seines Wettscheins aufhöbe und seinen Gewinn damit einstrich? Der Gedanke erzürnte ihn. Und was noch schlimmer war: Er konnte nicht unbegrenzt auf der Bahn bleiben, weil er seinen Zug bekommen mußte. Eine Verspätung konnte er sich nicht leisten; er hatte in dieser Nacht Dienst.

Crispins Männer traten von einem Fuß auf den anderen, während die Zeit verstrich, und wurden immer auffälliger, während die Menschenmenge sich verlief und durch die Tore zwängte. Als der Toto für den Tag dichtmachte, rief der Chief Superintendent sie in frustriertem Zorn ab und mußte einräumen, daß sie wohl doch auf eine andere Gelegenheit würden warten müssen, daß sie aber kaum wieder auf eine so gute rechnen konnten.

Im Waageraum nahm Jerry Springwood, so gut er konnte, die Glückwünsche entgegen und erklärte den überraschten Millionen vor den Fernsehschirmen, daß er seine Stiefel nach diesem Höhepunkt seiner Laufbahn umgehend an den Nagel hängen würde.

Er begriff nicht, daß er das tapferste Rennen seines Lebens geritten hatte. Als der Applaus verklungen war, schloß er sich im Waschraum ein und weinte um den Verlust seines Mutes.

Austin Dartmouth Glenn fuhr mit leeren Händen und übelster Stimmung nach Hause. Er beschimpfte seine Frau und trat die Katze, und nach einem hastigen Abendessen zog er seine ordentliche marineblaue Uniform an.

Dann ging er mit Zornesfalten auf der Stirn aus dem Haus, um seine gewohnte Nachtschicht als Wärter in dem nahegelegenen Hochsicherheitsgefängnis anzutreten.

Der Tod von Christopher Haig

Was wäre, wenn? – Das ist der Beginn allen Erzählens. Was, wenn Haig in einem Augenblick sterben würde, da er nicht sterben durfte?

Es hätten sich hunderterlei miteinander verquickter Wellen kräuseln können; hier waren es drei.

Ohne zu wissen, daß es das letzte Mal war, lenkte Christopher Haig seinen summenden Elektrorasierer über die Konturen seines Kinns und beobachtete im Badezimmerspiegel gleichgültig das Ergebnis.

Christopher Haigs Bart war starkwüchsig und schwarz; übertrieben männlich, überlegte er, während zugleich sein Scheitel gnadenlos lichter wurde.

Seufzend begradigte er die Linie zwischen Bart und Kopfhaar vor beiden Ohren und pustete die abrasierten Enden der Barthaare sorgfältig in einen Plastikbeutel, den er stets zu diesem Zweck bereithielt.

Mit zweiundvierzig Jahren, nachdem das mittlere Alter und ein moderater Bauch sich zuerst angeschlichen und dann vollends von ihm Besitz ergriffen hatten, war in Christopher Haig zum ersten Mal der Wunsch erwacht, er hätte mehr gewagt. Er hätte zum Beispiel in einem Heißluftballon um die Welt fliegen wollen, oder er hätte gerne einen Sommer damit zugebracht, in der Antarktis Pinguine zu fotografieren oder mit einem Kanu den Orinoko bis zu den Angel Falls hinaufzufahren. Aber statt dessen hatte er Tag für Tag verläßlich seine Arbeit als Berater für Tierernährung getan und seine Abenteuerlust allerhöchstens als Zielrichter bei Pferderennen ausgelebt.

An diesem Freitagmorgen erfüllte ihn tiefe Vorfreude auf das bunte Treiben des ersten Tags der Frühjahrsrennen in Winchester. Er genoß die Fahrt dorthin – sein Heim erschien ihm, seit seine Frau mit einem zigeunerhaften Fernsehtechniker durchgegangen war, immer etwas leer. Voll Freude sah er den Sonnenschein auf den frischgrünen Knospen der sich wiederbelebenden Bäume glänzen. Recht zufrieden ohne seine Frau (erleichtert, um die Wahrheit zu sagen) überlegte er, wie man es eigentlich anstellte, zum Hundeschlittenfahren nach Alaska zu kommen oder eine Fahrt quer durch die wüsten, staubig roten Ödflächen Australiens zu unternehmen: Würde ein ganz normales Reisebüro so etwas arrangieren?

Da er von Natur aus pedantisch war, begann er, imaginäre Koffer für seine Phantasiereisen zu packen, und fragte sich, ob Schneeschuhe wohl auch für feinpudrigen Wüstensand geeignet wären, und bedachte auch die Frage, welche Hörbücher er für die langen Nächte mitnehmen würde. Träume und Tagträume füllten die leeren Stellen seines verdienstvollen Arbeitslebens aus.

Er war einer von den fünfzehn Zielrichtern, die regelmäßig in Anspruch genommen wurden, um den Sieger bei den Rennen zu ermitteln. Da es fünfzehn Zielrichter, aber nicht jeden Tag fünfzehn Rennen gab (es gab selten mehr als vier, außer an den allgemeinen Feiertagen), war die Tätigkeit als Zielrichter für Chris Haig eher ein sporadisches, unvorhersagbares Vergnügen als eine Beschäftigung. Er wußte nie lange im voraus, zu welchem Rennen er geschickt wurde: Keiner der Zielrichter amtierte immer auf der gleichen Rennbahn.

Christopher Haig trauerte einer Vergangenheit nach, in der das Wort des Zielrichters Gesetz gewesen war: Wenn der Richter sagte, der und der habe das Rennen gewonnen, dann *hatte* er es verdammt noch eins gewonnen, selbst wenn die Hälfte der Besucher es anders gesehen hatten. Heutzutage waren durch die Zielkamera auch die knappen Ergebnisse unstrittig entscheidbar; der Zielrichter brauchte sie dann eigentlich nur noch bekanntzugeben. Gerechter, das erkannte Chris Haig an, aber nicht mehr so unterhaltsam.

Die Zielkamera der Rennbahn von Winchester war beim letzten Mal defekt gewesen; allerdings hatte sich mit diesem Problem (man hatte vornehm von einer Fehlfunktion gesprochen) ein anderer Zielrichter herumschlagen müssen, nicht Christopher Haig. Inzwischen war die Zielkamera, wie man hörte, nicht nur repariert, sondern auch umfangreichen Tests unterzogen worden. Wirklich schade, dachte Haig.

Er parkte seinen Wagen (zum letzten Mal) auf dem Parkplatz »Nur für Mitarbeiter« und ging von da aus frohgemut zur Waage; auf dem Weg bedachte er im Vorbeigehen Türsteher und hereinkommende Jockeys mit einem »Guten Morgen«.

Der Zielrichter fühlte sich an diesem Tag besonders wohl.

In ihm wie um ihn herum war Frühling, und er beschloß wie so oft – aber dieses Mal doch entschiedener –, angesichts der noch vor ihm liegenden dreißig oder mehr Lebensjahre, auf die er sich realistischerweise freuen konnte, seinen Weg recht bald zu ändern. Der Drang war deutlich, das Ziel lag noch im Nebel. Er wäre sehr erstaunt gewesen zu erfahren, daß es bereits zu spät war.

Christopher Haig wurde wie immer mit einem Lächeln von den Stewards begrüßt, vom Rennvereinsekretär, vom Starter, vom Abwieger und von allen anderen, die mit der Organisation des Rennens zu tun hatten und irgendwann in der Waage auftauchten. Der Richter war beliebt, nicht nur, weil er seine Aufgabe fehlerfrei erfüllte, sondern auch wegen seiner ungezwungenen Großzügigkeit, seiner Gutmütigkeit und seiner Ruhe in Krisensituationen. Denjenigen, die ihn für langweilig hielten, fehlte jeder Einblick in den Schmelzofen seiner inneren Leidenschaft. Was zum Beispiel, überlegte er, wenn ich mich einer Löschtruppe für Ölquellenbrände anschließen würde?

Vor jedem Rennen saß der Richter an einem Tisch in der Nähe der Waage und prägte sich die Farben ein, die die Jockeys trugen, wenn sie abgewogen wurden. Er prägte sich außerdem die Namen der Pferde ein und überprüfte, ob die Jockeys auf ihrer Nummerndecke die auf der Rennkarte ausgewiesene Nummer trugen. Chris Haig versah diese Aufgabe nach jahrelanger Übung gut und schnell.

Die ersten drei Rennen stellten ihn vor keinerlei Probleme. Es gab keine Zieleinläufe, die knapp genug waren, um einen Entscheid durch Foto nötig zu machen, und so war es ihm möglich gewesen, jeweils den Sieger und die plazierten Pferde völlig sicher bekanntzugeben. Er genoß seine Tätigkeit.

Das vierte Rennen, das Cloister Handicap Hurdle, war das große Ereignis des Tages. Chris Haig versicherte sich sorgfältig, daß er jeden der elf Teilnehmer auf Anhieb identifizieren konnte. Es war immer entsetzlich peinlich, wenn ein Richter zögern mußte.

Nummer eins, notierte er sich: Lilyglit, Höchstgewicht.

Nummer zwei, Fable.

Nummer drei, Storm Cone.

So arbeitete er die Liste von oben nach unten ab. Die Namen der Pferde waren ihm alle von anderen Rennen her vertraut, aber die ersten drei auf der Karte für das Cloister Handicap waren auf eine Weise in seine nächste Zukunft verwoben, die er sich nicht hätte vorstellen können.

Nummer eins. Lilyglit

Etwa zu derselben frühen Stunde am Freitagmorgen, als Christopher Haig sich noch vor seinem Badezimmerspiegel rasierte und seinen Träumen nachhing, saß Wendy Billington Innes auf dem niedrigen, bequemen Ankleideschemel und starrte ihr Spiegelbild in dem dreiteiligen Spiegel ihrer Ankleidekommode an. Sie sah nicht die blasse, reine Haut, das glatte, mittelbraune Haar und auch nicht die dunkleren Schatten unter ihren graublauen Augen; sie sah nur eine Katastrophe, die sie nicht verstand und mit der sie nicht zurechtkam. Vor einer Stunde noch, dachte sie, war ihr das Leben so einfach und sicher erschienen.

Ihre vier Kinder mit ihrer im Haus wohnenden Kinderfrau hatten ihre Zimmer oben, ein Stockwerk über ihr: drei

Töchter und ein Sohn von einem Jahr. Das Erdgeschoß war das Reich ihres Koches, eines Hausmeisters und eines Butlers, und im Torhaus ihres Anwesens wohnte der Chauffeur, der gleichzeitig Gärtner war, mit seiner Frau, die als Hausmädchen bei ihnen arbeitete, und einer Tochter. Wendy Billington Innes leitete ihr Personal mit freundlicher Achtung, so daß sie alle ohne große Reibungen miteinander leben konnten. In ähnlich verwöhnter Sorglosigkeit aufgewachsen, war sie aufs Innigste vertraut damit, welche Anstrengung man von jedem einzelnen Bediensteten erwarten konnte und, was noch wichtiger war, welche Bitte von wem als unerhörte Beleidigung aufgefaßt werden würde.

Das Haus selbst war ein großartiges Relikt noch großartigerer Zeiten: Es bot für alle reichlich Platz, war aber unrettbar von Trockenfäule befallen. Eines nicht allzu fernen Tages, hatte sie friedlich überlegt, würde sie mit allen zusammen ein neues Haus beziehen müssen.

Sie hatte eine schwere Börse von Aktien und Anleihen mit in die Ehe gebracht und, wie es ihre Mutter vor ihr getan hatte, die Verwaltung dieses Vermögens ihrem Mann überlassen.

Mit ihren siebenunddreißig Jahren hatte sie einen Zustand heiterer Gleichmut, wenn auch nicht überwältigenden Glücks erreicht. Sie konnte sich selbst eingestehen (aber niemandem sonst), daß Jasper, ihr Ehemann, ihr schon seit ihrer Hochzeit gelegentlich untreu gewesen war, aber da sie auf seine Freundschaft angewiesen war, hatte sie beschlossen, den wahren Grund für seine gelegentliche Abwesenheit über Nacht zu ignorieren – es waren Nächte, von denen er immer in blendender Laune zurückkehrte und sie zum

Lachen brachte, sie mit Blumen oder anderen Geschenken überhäufte. Wenn er im Morgengrauen mit leeren Händen heimkehrte, was häufiger der Fall war, bedeutete das bloß, daß er die ganze Nacht über in dem von ihm bevorzugten Spielclub gespielt hatte. Er war ein fast überall gut gelittener, gutmütiger Nichtsnutz.

Um sieben Uhr fünfundvierzig am Morgen des Rennfreitags in Winchester nahm Wendy Billington Innes, die noch gemütlich im Bett lag und ihren Tag plante, das Telefon auf ihrem Nachttisch ab und hörte die Stimme des Steuer- und Finanzberaters der Familie, der dringend darum bat, Jasper sprechen zu dürfen.

Jaspers Hälfte des großen Himmelbettes war leer, aber da er oft in seinem Ankleideraum nebenan schlief, wenn er spät heimkam, ging seine Frau unbesorgt hinüber, um ihn zu wecken.

Unbenutzte Laken; kein Jasper.

»Er ist nicht hier«, teilte seine Frau mit, als sie wieder am Telefon war. »Er ist in der letzten Nacht nicht nach Hause gekommen. Sie wissen ja, wie er ist, wenn er Backgammon oder Black Jack spielt. Das geht dann die ganze Nacht durch.« Sie entschuldigte seine Abwesenheit leichthin, wie sie es immer tat. »Wenn er heimkommt, soll ich ihm dann etwas ausrichten?«

Der Finanzberater fragte matt, da er die Antwort im voraus kannte, ob Wendy – Mrs. Innes – schon die Finanznachrichten in der Zeitung gelesen habe. Nein, hatte sie nicht.

Hellhörig geworden, verlangte Wendy Billington Innes zu wissen, was eigentlich los sei, und wünschte, als sie die Antwort vernommen hatte, sie hätte nicht danach gefragt.

»Im Kern«, sagte der Finanzberater bekümmert, »geht es darum, daß über die Firma von Stemmer Peabody das Konkursverfahren eröffnet worden ist, das bedeutet... Es fällt mir schwer, es zu sagen..., aber es bedeutet, daß Jaspers Vermögen – und das einiger anderer – ernstlich gefährdet ist.«

Wendy sagte wie betäubt: »Was genau bedeutet ›ernstlich gefährdet‹?«

»Es bedeutet, daß der Finanzmanager, dem Jasper und andere ihre Angelegenheiten anvertraut haben, ihr ganzes Geld als Sicherheit für eine Unternehmung verpfändet und... eh... es verloren hat.«

»Das kann doch nicht sein!« protestierte Wendy.

»Ich hatte ihn gewarnt«, sagte der Finanzberater traurig, »aber Jasper traute diesem Experten und unterzeichnete Verträge, die ihm zuviel Verfügungsgewalt einräumten.«

»Aber wir haben ja immer noch *mein* Geld«, rief Wendy. »Selbst wenn Jasper einiges von seinem verloren hat, können wir von *meinem* Geld durchaus gut leben.«

Auf eine bestürzende Pause folgte die schlimme, lähmende Nachricht.

»Mrs. Innes... Wendy... Sie haben Jasper Ihre Angelegenheiten ganz anvertraut. Auch Sie haben ihm vielleicht zu sehr freie Hand gelassen. Ihr Geld ist mit seinem dahin. Ich hoffe, daß es uns möglich sein wird, so viel zu retten, daß Sie noch recht gut davon leben können, obwohl natürlich nicht mehr so, wie Sie es jetzt können. Es sind ja noch die Treuhandvermögen der Kinder da und dergleichen. Ich muß mit ihm über seine Pläne sprechen.«

Als sie wieder ein Wort hervorbringen konnte, fragte Wendy: »Weiß Jasper davon?«

»Er hat es gestern erfahren, als die Neuigkeit in der Stadt die Runde machte. Er ist ein ehrenhafter Mann. Man sagt, daß er seitdem versuche, Geld aufzutreiben, um seine Spielschulden zurückzuzahlen. Ich weiß zum Beispiel, daß er versucht, sein Rennpferd Lilyglit zu verkaufen.«

»Lilyglit! Das wird er niemals tun! Er betet das Pferd an. Es läuft heute in Winchester.«

»Ich fürchte... daß Jasper in Zukunft nicht mehr in der Lage sein wird, Rennpferde trainieren zu lassen.«

Wendy Billington Innes brachte es nicht über sich zu fragen, was alles sonst er sich zu leisten nicht in der Lage sein würde.

Jasper Billington Innes hatte es bereits erfahren. Wie so viele andere in der Vergangenheit, die ohne eigene Schuld durch den Zusammenbruch des Versicherungssyndikats bei Lloyd's of London furchtbar verarmt waren, war er zuerst nicht in der Lage, den Grund für seine Verluste und das Ausmaß derselben zu erfassen.

Er war nicht dumm, allerdings auch nicht besonders scharfsinnig. Er hatte ein bedeutendes Vermögen geerbt, hatte aber kein Talent fürs Geschäft. »All das« hatte er einem Burschen bei Stemmer Peabody überlassen, dem er vertraute – ein Vorgehen, das am Vorabend zu einer Krisensitzung zusammen mit anderen geführt hatte, die der Bankrott von Stemmer Peabody in den gleichen Abgrund gestürzt hatte. Frauen hatten gewütet und geweint, Männer hatten geschrien oder waren aschfahl geworden. Jasper Billington Innes war es übel geworden.

Ehrenhaft in fast allen Dingen, sah er es selbst in der Lawine dieses Unglücks als seine Pflicht an, sofort seine privaten Schulden zu begleichen. Er stellte seinem Schneider und seinem Weinhändler Schecks aus, auch seinem Klempner, nicht über Summen, die in jedem Fall die gesamten ausstehenden Beträge gedeckt hätten, aber doch mehr als genügend, um seine gute Absicht zu zeigen. Er konnte seine normalen Haushaltsausgaben noch für einen Monat bestreiten, wenn er dem gesamten Personal sofort kündigte. Übrig blieben die hohen Schulden bei seinem Buchmacher und dem Besitzer seines Spielclubs, dessen zur Zeit noch verständnisvolles Entgegenkommen sich in Luft auflösen würde, sobald die schlechten Neuigkeiten bekannt wurden.

Das einzig wirklich Wertvolle, was ihm noch blieb, dachte er in seinem Jammer, war sein ungemein schnelles Hindernisrennpferd Lilyglit. Seine anderen drei Hindernispferde waren inzwischen alt und nicht mehr viel wert. Am Donnerstag gegen Mitternacht hatte er beim glücklosen Versuch, sich durch Spiel aus der Katastrophe zu retten, ein weiteres kleines Vermögen am Spieltisch eingebüßt. Um vier Uhr am Morgen, nachdem er einen Teil seiner Verluste wieder zurückgewonnen hatte, schloß er mit seinen Spielgläubigern einen Handel über Lilyglit ab, den selbst die als das Ergebnis von unkluger Panik ansahen. Sie hatten inzwischen von seiner extremen Zwangslage gehört. Dennoch akzeptierten sie ernst seine Unterschrift und, da sie ihn mochten, wünschten sie ihm wirklich alles Gute.

Nummer zwei. Fable

Während sich Christopher Haig am Freitagmorgen rasierte, befanden sich die Brüder Arkwright in ihren Stallungen hundert Kilometer weiter nördlich und widmeten sich Fable, dem Pferd, das für sie im Cloister Handicap Hurdle laufen sollte.

Im langsam zunehmenden Licht der Morgendämmerung flochten sie säuberlich die Mähne des Pferdes und bürsteten seinen Schwanz und umwickelten ihn dann sorgfältig mit Bandagen, damit er beim Rennen immer noch ordentlich und sauber wirkte. Sie strichen seine Hufe mit kosmetischem Öl ein und gaben ihm eine Schüssel mit Hafer zu fressen, um ihm Ausdauer und Wärme für die Fahrt nach Süden zu geben.

Vernon Arkwright, Jockey, und sein zehn Jahre älterer Bruder Villiers, Trainer, begrüßten den Hufschmied, der gekommen war, Fables Allzweckhufeisen gegen dünne, schnelle Renneisen auszuwechseln. Der Hufschmied gab acht, daß seine Nägel dem Pferd nicht in die Hufe stachen: Die Arkwrights waren bekannt dafür, daß sie einem jedes Mißgeschick mit derben Scherzen heimzahlten.

Die Brüder Arkwright, Vernon und Villiers, waren so aufrecht wie ein schiefer Winkel: Alle wußten es, aber Beweise waren Mangelware und pflegten sich stets zu verflüchtigen. Fable hatte die Nummer zwei für das Cloister Hurdle auf einem Zickzackweg verlorener und gewonnener Rennen erreicht, der so verdächtig war wie die Fußspuren eines Geistes. Beide Brüder waren vor die Stewards zitiert worden, um »Unstimmigkeiten bei den Rennen« zu erklären. Beide hatten engelgleich – die Hand auf dem Herzen – erklärt, daß Pferde eben keine Maschinen seien. Mehr aufgrund von Verdachtsmomenten als von Beweisen hatte man Villiers eine Geldstrafe auferlegt und Vernon in einen kurzen Zwangsurlaub geschickt. Beide hatten öffentlich protestiert und die verletzte Unschuld gespielt, privat aber vor Erleichterung Freudentänze aufgeführt. Die Stewards warteten nur darauf, sie einmal auf frischer Tat zu ertappen und dann von den Rennen auszuschließen.

Der Besitzer des Pferdes, ein Vetter der Arkwrights, hatte die Nachforschungen erschwert, indem er bei jedem der Rennen Wetten auf sein Pferd abgeschlossen hatte, und zwar stets den gleichen Betrag, ob es nun letzten Endes gewann oder verlor. Er hatte den Jockey und den Trainer gebeten, ihm nicht zu verraten, mit welchem Ergebnis sie rechneten, damit seine Freude oder seine Enttäuschung echt wäre und vor allem echt wirkte.

Im Laufe der Jahre hatte das verschworene Trio von Besitzer, Trainer und Jockey meistens mit schlechteren Pferden als Fable eine hübsche Ernte steuerfreien Einkommens eingefahren.

Am Freitag der Frühjahrsrennen von Winchester waren sie als Team immer noch für Vorschläge offen. Sie hatten noch nicht entschieden, ob Fable nun versuchen sollte, das Rennen zu gewinnen oder zu verlieren. Sie bezweifelten, daß das Pferd schnell genug war, Lilyglit überhaupt schlagen zu können, aber unangenehmerweise hatte ihnen bisher noch niemand Geld dafür geboten, es das Pferd überhaupt erst versuchen zu lassen. Es machte ganz den Anschein, als würde Fable sein Bestes geben müssen und versuchen, das Preisgeld für den zweiten oder dritten Platz heimzubringen.

Diese Geradlinigkeit lief allen Instinkten der Arkwrights zuwider.

Nummer drei. Storm Cone

Am Freitagmorgen der Frühjahrsrennen in Winchester, wenigstens zwei Stunden bevor Christopher Haig sich in seinem Badezimmer konzentriert zu rasieren begann und seine Träume träumte, löste sich Moggie Reilly von der schweißglänzenden Nacktheit der jungen Frau in seiner Umarmung und ließ seine Hand auf den Wecker fallen, um dessen Klingeln abzustellen.

Moggie Reillys Kopf dröhnte von einem mächtigen Kater, und sein Mund war trocken und klebrig als Folge einer allzu sorglosen Mischung alkoholischer Getränke. Moggie Reilly, Hindernisjockey, mußte am gleichen Nachmittag auf der Rennbahn in Winchester eine athletische Spitzenleistung vollbringen – zwei Hürdenrennen und ein Jagdrennen von fünf Kilometern. Aber zunächst einmal erwartete der Trainer, für den er ritt – John Chester –, lediglich, daß er zumindest nüchtern genug zum Morgentraining erschien, um aufrecht im Sattel zu sitzen.

Am Freitagmorgen wurde normal gearbeitet, und das bedeutete, daß die Pferde ihre Muskeln bei einem vollen Trainingsgalopp schulten. Erfahrene Kräfte wie Moggie Reilly – so geschmeidig wie eine Katze mit seinen vierundzwanzig Jahren – absolvierten solche Ritte auch im Halbschlaf. An diesem Freitag blinzelte er in seinen Badezimmerspiegel, während er versuchte, seinen Gaumen mit einer Zahnbürste wiederzubeleben, bis er schließlich ein schwaches Echo des leichtsinnigen Grinsens zuwege brachte, das die junge Frau in seinem Bett so hinreißend fand. Eigentlich hätte sie in der Sicherheit ihres eigenen Bettes am anderen Ende der Pferderennstadt Lambourn schlafen sollen...

Sarah Driffield. Ja, *das* war ein Mädchen. Und nun lag Sarah Driffield unzweifelhaft in seinem Bett. Und ebenso unzweifelhaft war er während der wenigen in horizontaler Lage zugebrachten Stunden dieser Nacht nicht völlig untätig gewesen. Was für eine Verschwendung, dachte er bekümmert, daß er sich an so wenig davon klar erinnern konnte.

Als er sein Reitzeug angezogen und sich eine Tasse starken Kaffees gekocht hatte, war Sarah Driffield ebenfalls aufgestanden, hatte sich angekleidet und fragte: »Was mache ich bloß hier? Mein Vater wird mich umbringen. Wie zum Teufel komme ich ungesehen nach Hause?«

Mit der Morgendämmerung erwachten auch die neugierigen Augen von Lambourn. Und am Abend brodelte die Gerüchteküche. Sarah Driffield konnte als Tochter der amtierenden Nummer eins der Hindernistrainer für ihre ungeplante Eskapade mit diesem so boshaft überzeugenden Jockey *kein* öffentliches Aufsehen gebrauchen. Denn er ritt für John Chester, den bedrohlichsten Rivalen ihres Vaters.

Grinsend, aber voller Verständnis für ihr Problem, gab Moggie Reilly ihr die Schlüssel seines Wagens und riet ihr, die Wohnung nicht zu verlassen, bevor die vierbeinigen Einwohner der Stadt alle zum Trainingsgelände bewegt worden seien. Er sagte ihr, wo sie den Wagen abstellen und die Autoschlüssel verstecken solle, und beschloß, durch die Stadt zu John Chesters Stallungen zu joggen. Ein wenig Bewegung und frische Luft konnten ihm bei seinem Kater nur guttun.

Sarah Driffield! Er bog sich innerlich vor Lachen.

Alles hatte angefangen am letzten Abend bei dieser Geburtstagsfeier in The Stag, einer der besten Kneipen in der Gegend. Sie waren beide als Gäste dort gewesen. Es hatte sich in der sorglos ausgelassenen Atmosphäre und vor allem nach der letzten Runde von Drinks so ergeben. Diese Drinks waren mit dem zuvor genossenen Lagerbier und Whisky eine katastrophale Verbindung eingegangen. *Der Tequila-Hammer.* Nie wieder, schwor sich Moggie Reilly. Er trank nur selten zuviel und haßte den Kater am nächsten Morgen. Er erinnerte sich noch, daß er Sarah Driffield angeboten hatte, sie nach Hause zu bringen. Aber wieso waren sie dann bei *ihm* zu Hause gelandet, fünf Kilometer von The Stag entfernt, und nicht bei ihr, deren Heimweg nur einen Kilometer lang war? Nach seinem Alkoholkonsum zu schließen, mußte Sarah Driffield gefahren sein.

Moggie Reilly gehörte zwar zu den zehn besten Hindernisjockeys, hätte aber dennoch normalerweise Sarah Driffield nicht als geeignetes Material zum Küssen und Knutschen angesehen – was, zugegebenermaßen, an der Macht, dem Status und den legendären Fäusten ihres Vaters lag. Percy Driffields Ansichten, welche Gesellschaft für seine sorgfältig erzogene, neunzehnjährige Tochter, sein einziges Kind, annehmbar sei, waren wohlbekannt. Sie schlossen jeden aus, der sich erhoffte, durch eine Heirat mit ihr seinen Rennstall zu erben. Man sagte, er habe bereits ganze Heerscharen von Verehrern abgeschreckt, und seine Tochter, die nicht dumm war, benutzte seine generelle Mißbilligung als Schutzschild gegen unwillkommene Annäherungsversuche. Wie hatte es angesichts all dessen nur geschehen können, daß die hinreißende Miss Driffield, die ungekrönte Miss Lambourn, die Stufen zum Hause Reilly ohne Widerspruch erklommen hatte? Dieses Rätsel ließ Moggie Reilly beim Joggen nicht los.

John Chester bemerkte wohl, daß seinem Jockey jeder Schritt weh tat, als er ankam, zuckte aber nur die Achseln. Die schnellen Galopps wurden zu seiner Zufriedenheit absolviert (nur darauf kam es an), und danach lud er zu einem Frühstück mit Besprechung der Taktik für die Rennen von Winchester ein.

Kurz nach acht Uhr dreißig, während Wendy Billington Innes dreißig Kilometer weit entfernt immer noch wie erstarrt und in hilfloser Ungläubigkeit auf ihrem Ankleideschemel saß, erklärte der massige und aggressive John Chester seinem Jockey, daß Storm Cone das vierte Rennen, das Cloister Hurdle, um jeden Preis gewinnen müsse. Moggie müsse es irgendwie schaffen.

John Chester hatte genau nachgerechnet; das Preisgeld des Cloister Hurdle würde ihn auf der Liste der erfolgreichsten Hindernistrainer (nach der Summe gewonnener Preisgelder) an die erste Stelle bringen. Hohe Preisgelder waren zu dieser Jahreszeit rar, da die Hindernisrennsaison fast vorüber war: Das letzte Rennen fand am folgenden Tag, am Samstag, statt, aber dafür hatte Percy Driffield kein passendes Pferd. Mit etwas Glück konnte John Chester das Cloister gewinnen und würde ein paar Wochen lang vor Percy Driffield liegen.

John Chester *lechzte* förmlich danach, der beste Trainer zu sein und Percy Driffield zu demütigen.

»Finden Sie eine Möglichkeit«, sagte er seinem Jockey, »diesen verreckten Lilyglit zu schlagen. Er muß doch irgendeine Achillesferse haben.«

Moggie wußte alles über Lilyglit, denn er war dem hellen Fuchs zweimal bei anderen Gelegenheiten durch die Zielpfosten hinterhergeritten. Er bezweifelte, daß Storm Cone Lilyglit jemals schlagen würde, war aber taktvoll genug, keine diesbezügliche Bemerkung zu machen. Er aß trockenen Toast, um sein Gewicht niedrig zu halten, und ließ John Chesters Phantastereien über sich hinwegschwappen.

Sarah Driffield fuhr Moggie Reillys Wagen zurück, um ihn vor The Stag zu parken, wie er es erbeten hatte, und verstaute die Wagenschlüssel in einer versteckt angebrachten Magnethaftbox. Jetzt bei Tageslicht nahm sie den kürzeren Weg nach Hause, der durch die Felder führte und den sie in der vergangenen Nacht gescheut hatte. Als ihr Vater vom Trainingsgalopp der Pferde zurückkam, saß sie geduscht und umgezogen in der Küche und frühstückte gerade.

Percy Driffield legte sein Jackett und seinen Helm ab und fragte sie bloß, ob sie sich auf der Geburtstagsfeier gut amüsiert habe.

»Ja, danke«, antwortete sie. »Moggie Reilly war so freundlich, mich heimzufahren.«

Ihr Vater runzelte die Stirn. »Ermutige ihn nicht.«

»Nein.«

Der Tequila-Hammer, dachte sie. Eine Prise Salz auf die Zunge, darüber eine Meßkelle reinen Tequila und dann eine Limettenscheibe lutschen. Sie hatte sich befreit gefühlt. Mit Moggie Reilly zu schlafen war einfach ein Vergnügen nach dem Motto »Warum nicht?« gewesen. Sie forschte in ihrem Gewissen nach Schuldgefühlen, fand aber nichts als ein Lächeln.

Percy Driffield kam geradezu zwanghaft immer wieder auf Lilyglit zurück. »Dieser verdammte Trottel von Besitzer will ihn verkaufen. Ich habe ihm gesagt, er müsse ihn *versichern,* aber er will nichts davon wissen. Warum versichern die wirklich reichen Leute niemals etwas? Die Bewertung ist eine Einladung für Betrüger, sagte er. Jasper Billington Innes mag ja wirklich ein netter Kerl sein, aber er ist dämlich. Du hast ihn ja oft genug gesehen. Ich habe ihm gesagt, Lilyglit habe alle Aussichten, das beste Hürdenpferd zu werden, wenn wir ihm noch ein Jahr Zeit geben. Ich begreife einfach nicht, was in den Mann gefahren ist. Er schien gestern abend am Telefon in heller Panik zu sein und sagte mir, ich solle mich sofort um einen Käufer bemühen. Warten Sie wenigstens, bis er das Cloister Hurdle gewonnen hat, riet ich ihm, aber er hat wegen dessen besseren Ausgleichs Angst vor Storm Cone. Er schien zu glauben, ich könnte Storm Cones Jockey eine Art Vorschlag machen. Nie im Leben. Ich habe ihm gesagt, er soll's selbst versuchen.«

Seine Tochter zog über ihren Cornflakes die Augenbrauen hoch. Wenn Moggie sich bestechen ließ, war sie mit ihm fertig, dachte sie.

Moggie Reilly hielt sich wie viele andere Jockeys durch regelmäßiges Laufen fit, und viele ließen auch abends ihren Wagen lieber vor einem Pub stehen, als mit Alkohol am Steuer erwischt zu werden. Daher fiel es niemandem weiter auf, daß Moggie zu The Stag joggte, seine Schlüssel aus der Magnethaftbox nahm und dann mit seinem Wagen heimfuhr.

Als er gerade durch die Tür kam, begann das Telefon zu läuten; er nahm ab und hoffte, daß es ein kurzes Gespräch werden würde. Ihm war kühl, die Wärme vom Laufen verflüchtigte sich langsam. Er wollte heiß duschen, sich dann einen warmen Wollpullover überziehen, in Ruhe Kaffee trinken und die Zeitung lesen.

Eine hochgradig nervöse, gehetzte Stimme sagte: »Ich möchte Reilly sprechen. Hier ist Billington Innes. Jasper... eh... Billington Innes. Mir gehört Lilyglit... eh... Wissen Sie, welches Pferd ich meine?«

Moggie Reilly wußte es genau. Er sagte, er selbst sei Reilly.

»Ja. Nun ... eh ... Ich verkaufe mein Pferd.« Billington Innes holte tief Luft und versuchte dann langsamer zu sprechen. »Ich habe einen Verkauf eingefädelt... zu einem Höchstpreis natürlich... Wirklich ein exzellenter Verkauf...«

Moggie Reilly sagte kurz: »Meine Glückwünsche.«

»Ja, aber nun, wissen Sie, es ist ein Verkauf *unter Vorbehalt.*«

»Hm?« murmelte Moggie Reilly, »unter *welchem* Vorbehalt?«

»Nun... im Grunde unter dem Vorbehalt, daß er heute nachmittag gewinnt. Das Cloister Hurdle gewinnt, um genauer zu sein...«

»Ich verstehe«, sagte Moggie mit Bedacht, und in der Tat verstand er.

»Ja... nun, Percy Driffield hat sich geweigert, mit diesem Vorschlag an Sie heranzutreten, aber...« Er sprach wieder schneller. »Es ist keine Bestechung, die ich Ihnen anbiete, keinesfalls. So etwas würde ich nie tun, absolut nicht.«

»Nein«, sagte Moggie.

»Was ich Ihnen anbiete, sehen Sie«, kam Jasper Billington Innes endlich verlegen zur Sache, »ist eher etwas von der Art einer *Kommission.* Wenn mein Pferd Lilyglit das Cloister Hurdle gewinnt, kann ich den Verkauf zu besseren Bedingungen realisieren, und... eh, nun, wenn Sie und Storm Cone auf irgendeine Weise dazu haben beitragen können, dann hätten Sie sich doch eine Kommission verdient, sehen Sie?«

Was ich sehe, dachte Moggie Reilly im stillen, ist der kürzeste Weg zum Verlust meiner Lizenz. Jasper Billington Innes erwiderte er beruhigend: »Ihr Pferd Lilyglit ist gut genug, um ohne Hilfe zu gewinnen.«

»Aber denken Sie doch an den Ausgleich. Das ändert alles. Und beim letzten Mal hat Lilyglit mit gleichem Gewicht Storm Cone um nur zwei Längen geschlagen ...« Seine Stimme wurde besorgt lauter.

»Mr. Billington Innes«, sagte Moggie Reilly geduldig – er zitterte jetzt beinahe –, »im Cloister laufen elf Pferde. Theoretisch kann jeder das Rennen machen, wegen des Ausgleichs, und wenn Storm Cone seinen Weg an die Spitze findet, dann sollte ich ihn nicht aufhalten.«

»Soll das heißen, daß Sie mir nicht helfen wollen?«

»Es soll heißen, daß ich Ihnen viel Glück wünsche.«

Plötzlich war die Leitung tot. Moggie Reilly zog sich aus, machte sich auf den Weg zur Dusche und dachte, daß Jasper Billington Innes wohl einer der letzten war, von denen er den Versuch, durch Betrug zum Sieg zu kommen, erwartet hätte.

Natürlich wußte Moggie auch nichts von dem Finanzmanager bei Stemmer Peabody.

Jasper Billington Innes saß am Telefon und starrte blicklos auf die Tapete des kleinen Hotelzimmers, das er sich direkt neben seinem Spielclub genommen hatte. Der Handel mit seinem Buchmacher und dem Clubbesitzer schien ihm jetzt nicht mehr so glänzend wie um vier Uhr in der Frühe, aber er mußte zugeben, daß sie fair und sogar freundlich gewesen waren. Allerdings hatte er zu spät begriffen, daß Lilyglit das Cloister Hurdle gewinnen *mußte,* damit für ihn genug übrigblieb, um in der Stadt noch den Kopf hochtragen zu können. Wenn Lilyglit gewann, würde das Preisgeld reichen, um seine Schulden zu bezahlen. Lilyglits Wert würde sich weiter gesteigert haben und sein Verkauf einen brauchbaren Überschuß erzielen. Falls Lilyglit verlor, würde das Ergebnis des Verkaufs von seinen Schulden aufgezehrt werden. Wenn der Hengst das Rennen verlor, würde er weniger wert sein, als er es im Moment war. Jasper stand so unter Druck, daß er sich damit einverstanden erklärt hatte, den Verkaufspreis mit jeder Länge, mit der das Pferd geschlagen wurde, zu reduzieren.

Jasper sah einen Ausweg darin, auf Lilyglits Sieg zu wetten, aber sein Buchmacher hatte abgewunken und sich geweigert, ihm noch größeren Kredit einzuräumen. Jasper Innes stellte eine hoffnungslose Liste seiner anderen verkäuflichen Besitztümer auf – denen er allerdings die nicht gerade lebensnotwendigen Antiquitäten und Portraits der Familie nicht zurechnete. Er und Wendy waren beide umgeben von wertvollen Dingen aufgewachsen, die für alle Zeiten der nächsten Generation bestimmt waren. Selbst sein altes Haus, das langsam an Fäule zugrunde ging, gehörte seinem Sohn und *dessen* Sohn und *dessen* Sohn für alle Zeit.

Jasper Billington Innes wäre bis zu diesem Morgen niemals auf die Idee gekommen, einen Jockey zu bestechen. Er war sich auch nur vage bewußt, mit wieviel Takt Moggie ihn zurückgewiesen hatte; er konnte an nichts anderes denken als an seine eigene Verzweiflung.

Er las noch einmal, wie die fürs Cloister Hurdle gemeldeten Pferde von der Zeitung eingeschätzt wurden, die vor ihm auf seinem Frühstückstablett lag.

Nr. eins, Lilyglit. Würdiger Favorit, muß seinen Weg mit Höchstgewicht gehen.

Nr. zwei, Fable. Wird er in den guten, starken Händen Arkwrights in der Lage sein mitzumischen – oder nicht?

Nr. drei, Storm Cone. Jockey Mr. Reilly »mit den neun Leben«. Sie werden es auf alle Fälle versuchen, und der Ausgleich begünstigt sie; aber werden sie fürs Finish schnell genug sein?

Jasper schluckte und rief einen Freund an, der wissen mußte, wie er mit den Arkwrights in Verbindung treten konnte. Dann erreichte er schließlich Vernon Arkwright, der ihm unaufgeregt zuhörte.

Jasper fand es beim zweiten Mal leichter, eine *Kommission* anzubieten. Er glaubte es beinahe selbst.

»Ich soll für Sie also Storm Cone daran hindern, Lilyglit zu schlagen«, sagte Vernon, der die Dinge unverblümt klar aussprach.

»Eh...«

»Und ich bekomme nichts dafür, wenn nicht Lilyglit gewinnt und ich auf irgendeine Weise dazu beigetragen habe. Ist das richtig?«

»Eh... Ja.«

Vernon Arkwright seufzte. Es war kein großartiger Vorschlag, aber der einzige, den man ihnen gemacht hatte.

»Okay«, sagte er, »ich mache es. Aber wenn Sie sich nicht an die Vereinbarung halten, werde ich Ihr Angebot der Rennleitung melden.«

Jasper war nicht an Drohungen gewöhnt. Vernon Arkwrights direkte Art zwang ihn zu begreifen, wie weit er sich auf dem Weg zur blanken Unehrlichkeit vorgewagt hatte. Er fühlte sich gedemütigt, und ihm war jämmerlich zumute. Er zögerte. Aber er kehrte nicht um.

Er rief Percy Driffield an und bat ihn, für ihn eine große Summe auf Lilyglits Sieg zu setzen. Driffield, der dergleichen schon zuvor getan hatte, erklärte sich ohne Widerrede einverstanden und rief seinen eigenen Buchmacher an, der die Wette akzeptierte.

Christopher Haig lächelte jedem Jockey zu, während er an seinem Tisch in der Waage die Rennfarben und die Nummerndecken überprüfte.

Lilyglit, der Favorit, wurde wie gewöhnlich von dem schon lange amtierenden, besten Jagdrennjockey geritten: Er war verheiratet, hatte drei Kinder, sein Gesicht war überall bekannt. Trainer Percy Driffield war bei ihm, um bei irgendwelchen Problemen gleich zur Stelle zu sein.

Der nächste auf der Liste des Richters war Vernon Arkwright, der mit Fable ins Rennen gehen sollte. Vernon Arkwright war zwar ein Gauner vom Scheitel bis zur Sohle, aber dennoch gefiel er Christopher Haig, der sich bemühen mußte, sein Grinsen innerhalb der Grenzen des offiziell Zulässigen zu halten. Die Rennleitung hatte in Christopher

Haigs Anhörung geschworen, im Cloister Hurdle jeden Schritt Fables per Bahnkamera aufzuzeichnen, um ihn so bei einer etwaigen Unregelmäßigkeit zu ertappen. Chris Haig überlegte, ob er den Jockey warnen solle, aber als er Arkwrights freche, siegesgewisse Miene sah, dachte er, daß er es wahrscheinlich schon wisse.

Der nächste war Storm Cones Jockey: Moggie, »die Katze«, Ire der zweiten Generation, schnell in Reaktion und Auffassungsgabe, eine angenehme Falle für gutaussehende Frauen und ebenso wahrscheinlich ein zukünftiger Botschafter seines Sports.

Als er sich alle Teilnehmer des Rennens eingeprägt und sie abgehakt hatte, stand Christopher Haig noch eine Weile im Führring, um sich völlig mit den Pferden und ihren Reitern vertraut zu machen. Er sah zu, wie die Jockeys hinaus auf die Bahn ritten; sah ihnen zu – jung, dünn, unbeschwert jeder Gefahr gegenüber – und beneidete sie sehr. Was wäre, dachte er, was wäre gewesen, wenn ich mit sechzehn zu einem Rennstall gegangen wäre statt zur Schule und auf die Universität? Was, wenn es noch nicht zu spät wäre, Stunt-Fliegen zu lernen? Es einmal mit einem Spaziergang auf einer Tragfläche zu versuchen?

Aber es war bereits zu spät.

Die Richterkammer befand sich auf der Rennbahn von Winchester im Hauptteil der Haupttribüne, ein Stockwerk über dem Raum der Rennleitung und (natürlich) in direkter Linie mit den Zielpfosten.

Auf manchen Bahnen, vor allem auf kleinen, ländlichen Bahnen, lag die Richterbox zu ebener Erde und markierte selbst die Ziellinie, aber Christopher Haig zog den hohen

Platz auf einer Bahn wie Winchester vor, wo man auf die Bahn hinabschauen und die dahingaloppierenden Pferde leichter voneinander unterscheiden konnte.

Er erstieg seinen Aussichtsposten für das Cloister Hurdle und breitete seine Notizen auf dem Regalbrett aus, das eigens für diesen Zweck am Fenster angebracht war. Er hatte einen Feldstecher, um die weiter entfernten Strecken der anderthalb Kilometer langen Bahn einzusehen, und einen Assistenten, dessen Aufgabe darin bestand, über Lautsprecher »Zielfoto, Zielfoto« auszurufen, wenn der Richter ihm dazu die Anweisung gab; und der Richter gab ihm diese Anweisung immer dann, wenn die führenden Pferde mit einem Vorsprung von nur einer halben Länge oder weniger durchs Ziel gingen. Die Zielkamera in Winchester wurde von Technikern in einem über der Richterbox gelegenen Raum bedient.

Christopher Haig zählte die Pferde, während diese an den Start kanterten. Elf, alles korrekt. Durch seinen Feldstecher sah er, wie die Pferde im Kreis ritten und sich zum Start aufstellten. Lilyglit nahm die Position an den Innenrails ein und setzte sich, als das Startband hochflog, mühelos mit weitem Abstand an die Spitze.

Percy Driffield und Sarah beobachteten Lilyglit von der Tribüne aus. Weder Jasper Billington Innes noch Wendy hatten den Mut aufgebracht, auf der Rennbahn zu erscheinen. Driffield hoffte, Moggie Reilly würde sich als so ehrlich erweisen, wie er es seinem Ruf nach war: Seine Tochter warf ihre Zukunft dafür in die Waagschale.

Wendy saß zu Hause vor dem Fernseher in ihrem kleinen persönlichen Wohnzimmer, die Fäuste geballt, das Haar zerrauft und Tränenflecken auf den Wangen. Jasper hatte sie noch nicht angerufen; sie wußte nicht, wo er war. Sie hatte es bei den Buchmachern versucht, beim Spielclub und im Hotel. Sie hatte versucht, ihn über sein Autotelefon zu erreichen. Jasper hatte nirgendwo eine Nachricht hinterlassen, und langsam bekam seine Frau Angst.

Lilyglit, der immer sofort die Führung übernahm, wenn er nur konnte, jagte über die erste Folge von Hürden, als gebe es für ihn wie für eine vor einem Löwen fliehende Impalaantilope keine Schwerkraft. Storm Cone lag an fünfter Stelle, Fable hinter ihm.

Von der Tribüne aus schauten die Arkwrights – der Trainer und dessen Vetter, der Besitzer – fröhlich zu, wie Vernon sich in Moggie Reillys Schatten ans Werk machte: Er hatte den Plan gefaßt, Storm Cones Chancen zunichte zu machen, indem er seinen Jockey über die Rails warf. Wenn Storm Cone aus dem Rennen war, hatte Lilyglit die besten Aussichten zu gewinnen. Vernon Arkwright hatte nicht die Absicht zuzulassen, daß irgend etwas anderes Lilyglits Weg zum Ziel behinderte – außer vielleicht, wenn Fable selbst unerwarteterweise Flügel wachsen sollten ... nun dann ... Was das Preisgeld anbelangte, so war jeder sich selbst der nächste.

Storm Cones Besitzer stand zusammen mit John Chester, dem Trainer des Pferdes, auf dem Balkon der Besitzerloge oben im gleichen Stockwerk, in dem auch der Ausguck der Rennleitung lag, wo niemand ihren Ausblick behindern konnte. Der Besitzer, der fast so wohlhabend war wie Jasper noch vor ein paar Tagen, hatte mehrere Jahre lang versucht, sich in der Rangliste der erfolgreichsten Besitzer bis an die Spitze hochzukaufen, aber wie so viele vor ihm mußte er erkennen, daß man den ersten Platz dort mit Geld ebensowenig kaufen konnte wie in der Liebe.

John Chester hatte all sein Können darauf verwandt, Storm Cone in Bestform in diesen Wettbewerb zu schicken. Wenn Moggie Reilly unnötigerweise auch nur einen Zoll verschenkte und er, John Chester, seine beste und wahrscheinlich einzige Chance einbüßte, die Trainerliste anzuführen, dann, dachte er, würde er ihn wahrscheinlich umbringen.

Unten auf dem Turf waren die Emotionen weniger vielschichtig. Für den Jockey des Favoriten, der mit seinem regelmäßigen Partner Lilyglit gut vertraut war, war es lediglich ein weiteres Rennen, das er gewinnen würde, wenn alles gut ging. Er ritt gerne Pferde, die von Anfang an die Führung übernahmen. Lilyglit ging sauber über die Hürden.

Für Moggie Reilly war es ebenfalls ein Rennen wie jedes andere, obwohl er sich anstrengen würde, um John Chester zum erfolgreichsten Trainer der Saison zu machen, falls Lilyglit auch nur die geringste Schwäche zeigen sollte. Storm Cone ließ ihn über die Zügel seine Energie und seine Zuversicht spüren; das war das beste, was sein Reiter erwarten konnte. Die elf Pferde kamen zum ersten Mal an der Tribüne vorbei und gingen in die Kurve am Ausgang der Geraden, um den letzten Kilometer zu machen. Christopher Haig beobachtete sie, zählte sie und stellte fest, daß Lilyglit an der Innenseite immer noch führte.

In der Kurve an der Spitze des langen Bogens, wo die Pferde der Rennleitung die Hinterteile zuwenden und von den weißen Rails halb verdeckt sind, griff Vernon Arkwright unter Moggie Reillys Stiefel und hievte ihn mit aller Kraft nach oben.

Moggie Reilly verlor sofort die Balance und spürte, daß sein Fuß aus dem Steigbügel flog, während sein Kopf unaufhaltsam einen Bogen über den Widerrist des Pferdes und hinab in Richtung auf die stampfende Schulter und den Grund darunter beschrieb. Moggies Finger verkrampften sich in der Mähne des Pferdes. Sein Gewicht lag jetzt ganz auf einer Seite des großen Geschöpfes, das unter ihm dahinschoß. Er hatte seine Peitsche verloren. Vor ihnen, direkt hinter dem Ausgang der Kurve, lag eine Folge von Hürden.

Vernon Arkwright konnte es nicht glauben, daß Moggie Reilly technisch gesehen immer noch im Sattel saß, selbst wenn er sich mit den Fingernägeln festgekrallt hatte und sein Schwerpunkt fast einen Meter seitwärts verschoben war. Moggie, die Katze, überließ es Storm Cone, sich selbst soweit als möglich in die richtige Position zu bringen, um die vor ihnen liegenden Hürden zu nehmen, und fand sich schicksalsergeben damit ab, daß er wahrscheinlich abgeworfen und den anderen halbtonnenschweren Pferden direkt vor den Hufen landen würde, Pferden, die alle darum kämpften, bei fünfzig Stundenkilometern ihre Positionen zu behaupten.

Nachher sagte er, er habe sich nur dank der Angst, unter die mörderischen Hufe zu geraten, an Storm Cones Hals halten können, in seine Mähne gekrallt, an der jetzt buchstäblich sein Leben hing. Sie waren nur noch zehn Galoppsprünge von der tödlichen Reihe der Hürden aus Holz und Birkenflechtwerk entfernt, als sich plötzlich eine Hand nach ihm ausstreckte. Sie bekam das leuchtende Nylontuch seines scharlachrot und orange gestreiften Trikots zu fassen und zog ihn nach oben.

Moggie Reillys heldenhafter Retter, der einen der letztlichen Verlierer ritt, tat seine Hilfe nachher mit den Worten ab: »Du hättest für mich das gleiche getan, Kumpel.« Jedenfalls verschaffte sein Eingreifen Moggie Reilly wertvolle Sekunden, in denen er den Sattelbaum umgreifen, sich wieder rittlings auf Storm Cone schwingen und taumelnd eine Art Gleichgewicht finden konnte. Dann spannte sein Pferd die Hinterbacken an und schoß wie von Raketen getrieben über die gefährlichen Hürden.

Moggie Reilly hatte keine Zügel in der Hand und seine Füße waren nicht in den Steigbügeln, aber sein Siegeswille war ungebrochen. Storm Cone hatte vielleicht zehn Längen auf Lilyglit verloren, aber sowohl das Pferd als auch sein Reiter mochten sich mit der Niederlage nicht abfinden, machten sich flach, um wenig Luftwiderstand zu bieten, und legten auf der Gegengeraden entschlossen an Tempo zu. Moggie bekam endlich wieder die Zügel in die Hände und nahm sie kurz, und das Pferd war dankbar für die Kontrolle. In der Zielkurve galoppierten sie beherzt in eine klare zweite Position; nur noch Lilyglit lag vor ihnen.

Vernon Arkwright fluchte gewaltig, da er keine Hoffnung mehr hatte, Storm Cone für eine weitere Schandtat noch einmal einzuholen. Oben im Raum der Rennleitung schlugen sich die drei wichtigen Herren gegenseitig auf die Schulter und hüpften vor Freude beinahe umher. Sie alle hatten Vernon Arkwrights Übergriff auf Moggie Reilly deutlich gesehen, obschon er am äußersten Ende der Bahn stattgefunden hatte. Die Bahnkamera mußte ihn gefilmt haben, die Bilder würden nicht lügen. Dieses Mal, *dieses eine Mal* hatten sie Vernon Arkwright bei einer für alle gut sichtbaren Missetat ertappt. Es würde eine weitere Anhörung geben, und dieses Mal würde man den Gauner ausschließen.

Ein Stockwerk über ihnen wunderte sich Christopher Haig, daß sich Moggie Reilly, ohne die Füße in den Steigbügeln zu haben, immer noch im Sattel hielt. Aber Lilyglit ging mit beruhigender Führung bereits die letzte Hürde an, so daß Storm Cone sich keine Hoffnung mehr auf einen Sieg machen konnte. Mit nachlassenden Kräften würde Storm Cone es sogar schwer haben, seinen zweiten Platz zu behaupten, dachte Chris Haig aufgrund seiner langen Erfahrung als Richter. Die zwei Pferde, die er überholt hatte, kamen ihm wieder näher.

Diese klare Einschätzung war Christopher Haigs letzter zusammenhängender Gedanke.

Er sah Lilyglit auf die letzte Hürdenfolge zujagen. Er sah, daß das Pferd zu früh absprang, um die andere Seite ohne Straucheln zu erreichen – ein seltener Fehler. Er sah Lilyglits Nase sich im klassischen Muster eines stürzenden Pferdes nach unten neigen... Und bevor Lilyglit mit hoher Geschwindigkeit auf dem Boden aufschlug, hatte sein eigenes Herz aufgehört zu schlagen.

Der Assistent des Richters verfügte über keinerlei medizinische Kenntnisse und war auch nicht sonderlich schnell von Begriff. Als Christopher Haig neben ihm zu Boden sank, die Beine von sich gestreckt, beugte der Assistent sich entsetzt über ihn und wußte nicht, was er tun sollte.

Er hatte gehört, daß Chris Haigs Kopf auf den Dielenbrettern aufschlug, und er hörte auch das kurze Rasseln, mit dem die letzte Luft aus den Lungen entwich. Er sah, daß Chris Haigs Gesicht plötzlich ein gräuliches dunkles Blau annahm. Dann sah er die Dunkelfärbung verschwinden und die Haut zu einem fahlen Weiß erbleichen. Unter Schock und zitternd löste er Christopher Haigs abenteuerliche Krawatte und rief ihn wiederholt beim Namen.

Christopher Haigs Lider waren halb offen, aber weder er noch sein völlig aus der Fassung gebrachter Assistent nahmen den knappen Zieleinlauf des Cloister Hurdle wahr. Niemand rief: »Zielfoto, Zielfoto«, über den Lautsprecher. Und niemand gab den Sieger bekannt.

Der geistesgegenwärtigste der Stewards lief die Treppe zur Richterbox hinauf, um sich bitterböse über dieses Schweigen zu beschweren. Der Anblick von Chris Haigs reglosem Körper ließ ihm vorübergehend das Wort im Mund ersterben. Er hatte genug Erfahrung, um einen endgültigen Tod als solchen zu erkennen, wenn er ihm begegnete. Und nachdem er sich vergewissert hatte, daß an Haigs Hals kein Puls mehr zu fühlen war, schickte er den Assistenten fort, einen Arzt zu holen, und eilte dann mit der unglaublichen Nachricht wieder die Treppe hinunter.

»Wir, als Rennleitung«, erklärte er seinen Kollegen, »werden den Sieger anhand der Zielfotos ermitteln müssen. Wie Sie wissen, steht das in unserer Satzung.« Über die Gegensprechanlage forderte er von den Technikern einen Fotoabzug an, der denjenigen Augenblick festhielt, als das führende Pferd die Ziellinie überquerte, und er fügte hinzu, daß er ihn schnell benötige.

Ein Techniker erschien auch schnell, aber mit gerötetem Gesicht und leeren Händen. In äußerster Verlegenheit erklärte er, daß die früheren Schwierigkeiten sich wieder eingestellt hätten und die Fotoanlage sich selbst blockiert habe, noch bevor der führende Lilyglit die letzte Hürde erreicht hatte. Als er also noch etwa vierhundert Meter vom Ziel entfernt gewesen war.

Die verblüfften Stewards wurden von dem Stipendiary Steward – dem bei einem Renntag offiziell die Auslegung der Rennordnung oblag – belehrt, daß bei Abwesenheit des Richters (und Christopher Haig, der ja tot war, konnte als abwesend gelten) und bei Fehlen eines Beweises durch ein Zielfoto (die Anlage hatte nicht funktioniert) die Rennleitung selbst feststellen könne, wer gewonnen habe.

Die Stewards sahen einander an. Einer von ihnen war sich sicher, daß Storm Cone um eine Nase vorn gelegen habe. Ein anderer glaubte, Moggie Reilly hätte keine Kraft mehr gehabt, und Storm Cone sei mit den letzten beiden Galoppsprüngen zurückgefallen. Ein dritter hatte auf die Bahn geschaut, um festzustellen, ob Lilyglit sich das Genick gebrochen hatte.

In ihrer Verwirrung gaben sie über das Lautsprechersystem bekannt, daß es eine Untersuchung durch die Rennleitung geben werde.

Da kein Gewinner bekanntgegeben worden war, verweigerte der Toto jede Auszahlung. Die Buchmacher boten Wetten auf jeden Rennausgang außer auf den richtigen an. Die Fernseh- und Rundfunkleute eilten mit bereitgehaltenen Mikrophonen umher.

Die in der Nähe des Dachs der Tribüne angebrachten

Fernsehkameras hatten leicht verschwommene Bilder gezeigt, die auf ein totes Rennen schließen ließen.

Die beiden anderen Jockeys, die an dem knappen Zieleinlauf beteiligt gewesen waren, glaubten, daß Storm Cone sie um ein paar Zentimeter besiegt hatte, aber nach ihrer Meinung fragte niemand.

Moggie hatte den größten Teil des Rennens bewältigt, ohne die Füße in den Steigbügeln zu haben (so wie es Tim Brookshaw einst im Grand National gemacht hatte). Er hatte auf Storm Cones Widerrist gekniet, sich mit den Waden festgeklammert und es geschafft, bei den Sprüngen über die Hürden sein gefährdetes Gleichgewicht zu wahren. Das war als Ritt eine Bravourleistung, und er verdiente den Jubel, mit dem er bei seiner Rückkehr begrüßt wurde. Er war sicher, trotz allem gewonnen zu haben, und er würde persönlich eines Tages, überlegte er, seine Rechnung mit diesem gefährlichen Irren Arkwright begleichen.

John Chester, Storm Cones Trainer, der sich nicht vorstellen konnte, warum die Richter kein Zielfoto verlangt hatten, hatte nicht die geringsten Zweifel, daß sein Pferd gewonnen hatte. Der Besitzer führte seinen erregten Sieger und dessen erschöpften Jockey stolz in den für den Sieger abgesperrten Bereich und nahm dort vorläufige Glückwünsche entgegen. John Chester genoß die exquisite Freude, endlich einmal Percy Driffield von seinem mit Arroganz behaupteten Gipfelplatz als Spitzentrainer verdrängt zu haben. John Chester spreizte sein Gefieder.

Percy Driffield selbst waren im Augenblick John Chester und sein Rang als Spitzentrainer völlig gleichgültig. Sein noch benommener Jockey war ohne Verletzungen vom Sanitätswagen aufgesammelt worden, aber Lilyglit lag immer noch unglücksverheißend flach auf der Aufsprungseite der letzten Hürdenflucht, und während der Trainer die Bahn entlang auf das Pferd zulief, erfüllte ihn nichts als Kummer. Kein Pferd in seinem Stall liebte er so wie den schnellen und eleganten Lilyglit.

Von der Tribüne aus sah Sarah, wie furchtbar es ihren Vater getroffen hatte, und war hin und her gerissen zwischen Mitleid für ihn und Bewunderung für Moggies Können. So wie alle anderen, die etwas von Pferderennen verstanden, hatte sie die leeren Steigbügel wild hin und her baumeln sehen, während Storm Cone über die Hürden ging und zum Endspurt ansetzte.

Percy Driffield erreichte den der Länge nach hingestreckten Lilyglit und ging neben ihm auf die Knie. Ihm stockte selbst der Atem, als er feststellte, daß der glänzende Fuchs noch lebte, und begriff, daß der Aufprall auf den Grund so heftig gewesen war, daß es dem Pferd praktisch die Luft aus den Lungen getrieben hatte. Der Ausdruck »Atemnot« klang relativ harmlos: Die dazugehörige Realität konnte jedoch erschreckend sein. Lilyglit brauchte etwas Zeit, bis seine geprellten Brustmuskeln wieder zu ihrem Atemrhythmus zurückfanden, und während Percy Driffield ihm den Hals streichelte, zog das Pferd plötzlich Luft ein, und einen Augenblick später stand es bereits wieder auf den Füßen, unverletzt.

Es kam Beifall von der weit entfernten Tribüne. Lilyglit war beinahe eine Art Idol.

Wendy Billington Innes, die in ihrem Wohnzimmer ein nasses Taschentuch in der Faust zusammenknüllte, hatte

Lilyglit bereits für tot gehalten, obwohl der Rennkommentator vom Fernsehen immer noch entschlossen die Sendezeit füllte und »Atemnot« als einen letzten möglichen Hoffnungsschimmer ins Feld führte. Als Lilyglit sich erhob, brach Wendy Billington Innes erneut in Tränen aus, diesmal vor Erleichterung. Wo immer Jasper steckte – sie hatte ihn noch nicht erreicht –, er würde sich freuen, daß sein vergöttertes Hürdenpferd überlebt hatte.

Vernon Arkwright dachte noch auf der Rennbahn voller Ärger darüber nach, daß die ganze Cloistersache reine Zeitverschwendung gewesen sei. Ja, er hatte Storm Cone daran gehindert, Lilyglit zu besiegen, aber Lilyglit hatte sowieso nicht gewonnen. Seine Chancen, seine »Kommission« von Jasper Billington Innes ausgezahlt zu bekommen, tendierten wohl gegen null, überlegte Vernon, und das war ungerecht, wenn man die damit verbundenen Risiken berücksichtigte.

Vernon hatte die Kurve für seinen Angriff ausgewählt, weil dort die Rails und die Pferde, die sich hinter ihm drängten, seinen raschen Angriff auf Moggie verdeckten. Er wußte nicht und hatte auch nicht damit rechnen können, daß die hinter ihm laufenden Pferde sich unerwarteterweise wie ein Vorhang geteilt und ihn ungeschützt der rührigen Linse der Bahnkamera ausgesetzt hatten.

Die Rennorganisatoren lechzten schon seit Jahren nach einem eindeutigen, klaren Beweis für Arkwrights Gaunereien. Jetzt hatten sie beinahe genug beisammen, um ihn wegen versuchten Totschlags hinter Gitter zu bringen. Sie konnten ihr Glück kaum fassen.

Bei der Rennleitung flimmerten Filme verschiedener anderer Bahnkameras über den Bildschirm. Eilig sahen die Stewards die Frontbilder durch, die die Rempeleien auf den letzten zweihundert Metern vor dem Ziel zeigen sollten. Bei diesem Rennen hatte es keine gegeben, aber ein brauchbares Indiz dafür, welches Pferd zuerst über die Ziellinie gegangen war, lieferte der Film auch nicht.

Die am nächsten am Zielpfosten angebrachte seitliche Bahnkamera zeigte Storm Cone wahrscheinlich einen kurzen Kopf in Führung, aber da diese Kamera einige Meter vor dem Ziel angebracht war, konnte man aufgrund dieser Bilder keine Entscheidung bezüglich des Zieldurchgangs treffen.

Anscheinend stand in der Rennordnung nichts, was den eigentlich für die Überwachung von Zwischenfällen gedachten Bahnkameras die letzte Autorität in der Feststellung des Siegers gegeben hätte.

Der Arzt, der auf die ängstliche Anforderung der Rennleitung hin herbeizitiert worden war, bestätigte Christopher Haigs Tod; er war nach Aussage des Richterassistenten gestorben, bevor Storm Cone oder irgendein anderes Pferd die Ziellinie erreicht hatte. Die genaue Todesursache würde eine Autopsie klären müssen.

Der Stipendiary Steward erklärte, nachdem er sowohl die hohen Tiere des Jockeyclubs in London als auch sein eigenes Gewissen gründlich befragt hatte, den drei amtierenden Stewards, daß sie das Rennen für ungültig erklären mußten.

Ungültig

Es wurde bekanntgegeben, daß das Rennen in erster Linie wegen des Todes des Zielrichters für ungültig erklärt worden sei. Alle Wetten seien ausgesetzt. Die eingezahlten Gelder würden zurückerstattet.

Das Wort »ungültig« hallte auf der Rennbahn wider; John Chester stürmte wütend wie ein Bulle in die Waage, bestand darauf, daß sein Pferd gewonnen habe, verlangte, Storm Cones Preisgeld angerechnet zu bekommen, und stellte dogmatisch fest, daß er Driffield von der Spitze der Trainerliste verdrängt habe.

Es tut uns leid, es tut uns leid, sagte man ihm. Ungültig hieß ungültig. Ungültig hieß, daß das Rennen als nicht stattgefunden galt. Niemand hatte irgendwelche Preisgelder gewonnen, und das bedeutete, daß Percy Driffield die Liste weiter anführte.

John Chester verlor die Selbstbeherrschung und brüllte vor Zorn.

Moggie Reilly, der glaubte, er habe mit Storm Cone am Ziel klar vorn gelegen, tat den Verlust seines Anteils am Preisgeld mit einem philosophischen Achselzucken ab und dachte an den armen, alten Christopher Haig. Er konnte an diesem Freitag nicht wissen, daß sein erstaunlicher Ritt und seine Vertrauenswürdigkeit ihn einen gewaltigen Schritt vorangebracht hatten – sowohl in seiner Berufslaufbahn als auch bei der göttlichen Sarah Driffield, der Königin von ganz Lambourn – seiner zukünftigen Frau.

Das übelste Zähneknirschen hörte man von der Rennleitung selbst. Es war ja nicht zu fassen! Man hielt einen klaren, scharfen Film in Händen, auf dem Vernon Arkwright mit der Hand unter die Hacke von Moggie Reillys Stiefel griff und ihn mit aller Kraft nach oben riß. Man sah, mit welcher Gewalt dies geschah. Man sah, wie sich Moggie

Reilly in die Luft erhob und dann über die Schulter seines Pferdes abrutschte und mit aller Kraft kämpfte, um oben zu bleiben und sein Leben zu retten.

Alle konnten sie sehen... Und jetzt erklärte ihnen der Stipendiary Steward – der unanfechtbare Ausleger der Rennordnung –, daß sie weder die Filme der Bahnkameras noch das, was sie mit eigenen Augen gesehen hatten, verwerten konnten. Sie konnten Vernon Arkwright keiner wie immer gearteten Missetat anklagen, weil das Cloister Handicap Hurdle als niemals stattgefunden galt. Wenn das Rennen ungültig war, dann waren es auch seine Sünden.

Ungültig hieß ungültig, in jeder Hinsicht.

Böse Geschichte. Aber da konnte man nichts machen. Die Rennordnung war unumstößlich.

»Großer Gott, Christopher«, dachte der fähigste der Stewards und sprach damit seinen Freund, den Zielrichter, an, »warum konnte dein Herz nicht fünf Minuten länger schlagen?«

Haigs Tod verhinderte, daß John Chester Spitzentrainer wurde (für alle Zeiten).

Haigs Tod bewahrte Vernon Arkwright (in diesem Frühjahr) davor, von weiteren Rennen ausgeschlossen zu werden. Verblüfft über sein Glück »vergaß« er klugerweise den Grund für seinen (nun ja ungültigen) Angriff auf Moggie. Es war definitiv nicht der geeignete Augenblick, um zu melden, daß er sich habe bestechen lassen.

Durch seinen Tod rettete Christopher Haig Jasper Billington Innes seinen makellosen Ruf.

Als das vierte Rennen von Winchester begann, stand Jasper selbst von tiefem Elend erfüllt vor einer ganzen Batterie rechteckiger Fernsehschirme in einem Geschäft, das Fernseher verkaufte. Ob klein, ob groß zeigten die Bildschirme die gleichen Bilder, aber alle waren sie stumm. Im Laden bevorzugte man Popmusik, um den Umsatz zu steigern: laute Musik, völlig ohne Bezug zu den kühlen Bildern der Pferde und Reiter im Führring, die ohne jeden Kommentar für sich sprechen mußten.

Jasper fragte einen Angestellten des Ladens, ob er den Ton für die Rennübertragung einstellen könne. Kein Problem, sagte man ihm, aber die Musik ging trotzdem weiter.

Mit dem Gefühl, neben sich zu stehen, sah Jasper, wie die Pferde zum Cloister Handicap Hurdle an den Start gingen. Sein eigener schöner Lilyglit bewegte sich anmutig; er strotzte vor Kraft. Jasper wurde von seinen eigenen durcheinandergeratenen Gefühlen zerrissen. Wie hatte er jemals bezweifeln können, daß sein Pferd gewann? Wie hatte er auf den Gedanken verfallen können, ihn unehrlich gewinnen zu lassen? Jasper hätte sich gern eingeredet, daß es seinen Anruf bei Vernon Arkwright nie gegeben habe. Er versuchte, sich weiszumachen, daß Arkwright gar nicht in der Lage sein würde, irgend etwas zu unternehmen, um Storm Cone aufzuhalten. Weder Storm Cone noch irgendein anderes Pferd. Lilyglit würde ohne Hilfe gewinnen ... Er *mußte* gewinnen, damit er, Jasper, die Schulden zurückzahlen konnte ... Aber der Ausgleich begünstigte Storm Cone ... Und wenn Moggie Reilly sich nicht kaufen ließ, dann mußte man ihn aufhalten ...

Jaspers Gedanken pendelten zwischen Selbstverachtung

und Selbstrechtfertigung hin und her, zwischen Vertrauen in Lilyglit und einer Vision von Armut. Er hatte nie in seinem Leben auch nur das Geld für einen Busfahrschein verdient – er fuhr selten mit dem Bus –, und er war für nichts ausgebildet worden. Wie konnte er für eine Frau und vier Kinder sorgen? Und wie sehr konnte er auf seine eigene Ehrlichkeit bauen, wenn diese sich bei der ersten Bewährungsprobe in nichts aufgelöst hatte? Wenn seine erste Rettung aus einer finanziellen Zwangslage der Versuch gewesen war, einen Jockey zu bestechen?

Auf den zahlreichen stummen Bildschirmen stellten sich die Pferde am Start auf und liefen los – Lilyglit lag sofort weit vorn und bestimmte wie gewöhnlich das Tempo.

Nichts Böses würde geschehen, sagte sich Jasper. Lilyglit würde die ganze Strecke über in Führung bleiben. Er sah in Nahaufnahmen, wie sein Liebling in der ersten Runde an den Zielpfosten vorbeiflitzte und danach in die Kurve zum Ausgang der Geraden ging, so daß nur noch sein Hinterteil den Bildschirm füllte.

Die Fernsehkamera blieb auf Lilyglit gerichtet und zeigte daher nicht Vernon Arkwrights Übergriff auf Storm Cone, sondern – mit einem wilden Schwenk – erst den Augenblick, als Moggie Reilly aus dem Sattel flog. Obwohl die weißen Rails, Storm Cone selbst und andere Pferde ihn größtenteils verdeckten, konnte man doch erkennen, wie Moggie Reilly in seinem scharlachrot und orangefarbenen Trikot kämpfte und schließlich mit unverhoffter Hilfe seinen Kampf gegen die Schwerkraft gewann. Die Batterie von Fernsehschirmen zeigte, wie er, ohne Zügel in der Hand, ohne die Stiefel in den Steigbügeln zu haben, über die nächste Hürdenflucht ging. Dann – Ende der Geschichte – schwenkte die Kamera wieder zurück zum führenden Pferd, zu Lilyglit, der jetzt seine Führung um einige Längen ausgebaut hatte.

Jasper brach am ganzen Körper kalter Schweiß aus. Sein Bewußtsein wollte nicht akzeptieren, was seine Augen gesehen hatten. Er konnte doch nicht ... Er *konnte* doch nicht veranlaßt haben, daß Moggie Reilly in furchtbare Gefahr gebracht und verletzt wurde ... Das war unmöglich.

Aber Moggie Reilly hielt sich immer noch auf seinem Pferd, zwar nicht mit den Füßen in den Steigbügeln, aber immer noch entschlossen, verlorenes Terrain wiedergutzumachen, immer noch willens, die fünf oder sechs vor ihm liegenden Pferde einzuholen, auch wenn er sich keine Hoffnung mehr auf den Sieg machen konnte.

Vernon Arkwright war zurückgefallen und auf den Fernsehbildern nicht mehr zu sehen; er hatte seine Aufgabe erfüllt. Jetzt wurde wieder Lilyglit allein gezeigt, der dahingaloppierte und sich uneinholbar mit langen Galoppsprüngen der letzten Hürde näherte.

Ich habe gewonnen, dachte Jasper und empfand wenig Freude dabei.

Lilyglit stürzte.

Lilyglit lag schlaff auf dem grünen Gras.

Die Fernsehkamera schwenkte zum Zieleinlauf um. Storm Cones grelle Farben blitzten an der Linie auf, ohne daß man Genaueres hätte erkennen können, und einen Augenblick später wandte sich die Kamera wieder Lilyglit zu, der sich immer noch nicht bewegte, der wie tot dalag.

Jasper Billington Innes wäre in dem Laden beinahe bewußtlos geworden.

Irgendwo in den Tiefen des Geschäftes wurde ein Knopf gedrückt und wechselte vom Rennprogramm zu einer ausgelassenen Kindersendung. Auf drei Wänden krabbelten identische Zeichentrickfiguren simultan über die Bildschirme, gaben ungehört ihr Geschnatter, ihr Gequieke und ihre Platitüden von sich. Sie zogen ein lachendes Publikum an (was das Rennen nicht vermocht hatte), und das betäubende Bumm-bumm der Hintergrundmusik dröhnte weiter.

Benommen verließ Jasper den Laden und bewegte sich mit zuckenden Beinen auf das vielgeschossige Parkhaus zu, wo er seinen Wagen abgestellt hatte, nachdem er entschieden hatte, wo er sich das Cloister anschauen wollte.

Er schloß den Wagen auf, setzte sich wie betäubt auf den Fahrersitz und ließ noch einmal sein furchtbares Unglück vor seinem inneren Auge vorbeiziehen.

Lilyglit – er konnte es nicht ertragen – war tot. Tot und unversichert, nichts wert: Und er stand nun mit seiner letzten verzweifelten Wette schwer in der Schuld von Percy Driffield.

Vernon Arkwright würde vor die Stewards zitiert werden und bezeugen, daß Jasper ihn bestochen hatte, Moggie Reillys Leben in Gefahr zu bringen.

Jasper begriff, daß er vielleicht selbst Rennbahnverbot erteilt bekommen würde, daß dieser Gipfel der Erniedrigung ihm nicht erspart bleiben würde. Er versank in Schulden, die er nicht bezahlen konnte, und er hatte das Vermögen seiner Frau verloren. Aber es war das Bewußtsein seiner Unehrenhaftigkeit, das seiner Selbstachtung den schwersten Schlag versetzt hatte.

Nicht zum ersten Mal dachte er daran, sich umzubringen.

Wendy Billington Innes hatte ihre Tränen getrocknet und straffte beim Anblick von Lilyglit, der unverletzt von der Bahn kam, ihren Rücken. Kurze Zeit später hörte sie halb erleichtert und halb entsetzt Percy Driffield am Telefon zu.

»Sie verstehen doch, oder?« fragte er, als sie stumm blieb.

»Ich bin mir nicht sicher«, sagte sie.

»Sagen Sie Jasper, daß alles an diesem Rennen ungültig ist. *Alles.* Einschließlich seiner Wette.«

»Gut.«

»Ein ungültiges Rennen dürfte Lilyglits Wert eigentlich nicht sehr beeinflussen... Und sagen Sie Jasper, daß ich unter den Besitzern, deren Pferde ich betreue, einen Käufer für Lilyglit gefunden habe. Ich möchte dieses Pferd einfach nicht verlieren.«

»Ich werde es ihm sagen«, sagte Wendy, beendete das Gespräch und versuchte zum dritten Mal, ihren Mann überall dort zu erreichen, wo er ihrer Meinung nach hätte sein können.

Niemand hatte ihn seit dem Frühstück gesehen. Die Angst, die sie den ganzen Tag über erstickt hatte, machte sich mit aller Schärfe bemerkbar und ließ sie beinahe in Panik geraten.

Sie kannte Jaspers unbeugsamen Stolz. Hinter seinem reizenden Äußeren verbarg sich ein ehrenhafter Mann. Schließlich war es gerade seine Aufrichtigkeit gewesen, die sie für ihn eingenommen hatte.

Stemmer Peabody hatte Jaspers Stolz zertrümmert. Dieser Bankrott würde Jasper schier unerträglich sein, gerade so, als hätte er selbst etwas Schändliches getan. Er würde vielleicht zu dem Schluß kommen, daß er das alles nicht ertragen konnte.

Sie hatte zweimal versucht, Jasper über sein Autotelefon zu erreichen, aber er hatte nicht zurückgerufen. Das Autotelefon gab hinterlassene Nachrichten automatisch über Lautsprecher wieder, sobald die Zündung eingeschaltet war. Trotzdem waren ihre flehentlichen Bitten an Jasper, sie zurückzurufen, unbeantwortet geblieben. Das hieß nicht unbedingt, daß er ihre Nachrichten nicht abgehört hatte. Sie fürchtete, er könne sie ignoriert und einfach abgetan haben.

Da es sonst nicht die geringste Hoffnung gab, versuchte sie es noch einmal über sein Autotelefon.

»Sie können eine Nachricht hinterlassen...«

Sie verfluchte die körperlose Stimme und ließ ihr Herz sprechen.

»Jasper, wenn du mich hören kannst, hör zu... *Hör zu.* Lilyglit lebt, er ist gestürzt, aber ihm war nur die Luft weggeblieben. Er ist unverletzt... *Hör zu*... Und Percy Driffield hat einen Käufer. Und das ganze Rennen wurde für ungültig erklärt, weil der Zielrichter vor dem Zieldurchgang gestorben ist. Nichts, was während des Rennens geschehen ist, zählt. *Nichts,* verstehst du? Percy Driffield meinte, das solle ich dir vor allem sagen. Alle Wetten sind ungültig. Also, Jasper ... mein Liebling, mein Liebling, komm nach Hause... Wir kommen schon klar... Ich koche ganz gerne und kümmere mich um die Kinder... Aber wir brauchen dich... Komm nach Hause... Bitte, komm nach Hause...« Sie hielt jäh inne, weil sie das Gefühl hatte, ins Leere zu sprechen, sinnloserweise.

Jasper hörte sie in der Tat nicht. Da die Zündung des Wagens nicht eingestellt war, blieb das Autotelefon stumm.

Jasper konnte sich mit einem Anflug von schwarzem Humor nicht entscheiden, *wie* er sich umbringen sollte. Er hatte keinen Schlauch, um Kohlenmonoxyd ins Wageninnere zu lenken. Er kannte keine Felsen, von denen er sich stürzen konnte. Er hatte kein Messer, um sich die Handgelenke aufzuschneiden. Das Sterben schien nicht so leicht zu sein. Da er nie praktisch veranlagt gewesen war, stand er jetzt vor einem Problem und bemühte sich vergebens, einen Weg zu finden. Dabei fand er in einer Türablage des Wagens einen alten Briefumschlag und schrieb darauf völlig verzweifelt, aber ohne Eile seine Abschiedsbotschaft.

Ich schäme mich.

Vergebt mir.

Danach beschloß er, sich irgendwo einen guten, festen Baum zu suchen und dann zu einem tödlichen Frontalzusammenstoß zu beschleunigen.

Er steckte den Wagenschlüssel in die Zündung, um den Motor anzulassen... Und der Infoservice des Autotelefons spielte ihm laut Wendys Worte vor, so als säße sie neben ihm.

Völlig fassungslos hörte sich Jasper Billington Innes die Nachricht seiner Frau dreimal an.

Nach und nach begriff er, daß Lilyglit lebte, daß seine Wette, die er über Percy Driffield plaziert hatte, ungültig war und daß weder er noch Vernon Arkwright eines Bruchs der Rennordnung angeklagt werden würden.

Minutenlang zitterte er, bevor er sich langsam entspannte.

Er begriff, daß er, ohne es verdient zu haben, eine zweite Chance erhielt und daß es keine dritte geben würde.

Er zerriß den Umschlag und fuhr langsam nach Hause.

Offiziell war bei dem Cloister Handicap Hurdle nichts von alledem, was sich dort ereignet hatte, wirklich geschehen.

Nichts… außer dem Tod von Christopher Haig.

Bitte beachten Sie
auch die folgenden Seiten

Dick Francis im Diogenes Verlag

»Die Bücher von Dick Francis haben die Grenzen des Krimis längst überschritten.«
Jürgen Busche / Süddeutsche Zeitung, München

»Dick Francis schreibt Thriller, die sich aus der breiten Masse hervorheben. Immer wieder überrascht dieser Autor, dessen glänzende Karriere als Jockey durch einen Unfall beendet wurde, durch seine klugen und humorvollen Geschichten, seinen Sinn für Atmosphäre und für zum Teil köstliche Charaktere.«
Margarete von Schwarzkopf / Norddeutscher Rundfunk, Hamburg

»Dick Francis ist der Meister des Thrillers.«
Der Spiegel, Hamburg

Todsicher
Roman. Aus dem Englischen von Tony Westermayr

Rufmord
Roman. Deutsch von Peter Naujack

Nervensache
Ein Sid-Halley-Roman. Deutsch von Tony Westermayr

Blindflug
Roman. Deutsch von Tony Westermayr

Schnappschuß
Roman. Deutsch von Norbert Wölfl

Hilflos
Roman. Deutsch von Nikolaus Stingl

Peitsche
Roman. Deutsch von Nikolaus Stingl

Rat Race
Roman. Deutsch von Michaela Link

Knochenbruch
Roman. Deutsch von Michaela Link

Gefilmt
Roman. Deutsch von Malte Krutzsch

Schlittenfahrt
Roman. Deutsch von Jobst-Christian Rojahn

Zuschlag
Roman. Deutsch von Ruth Keen

Versteck
Roman. Deutsch von Malte Krutzsch

Galopp
Roman. Deutsch von Ursula Goldschmidt und Nikolaus Stingl

Handicap
Ein Sid-Halley-Roman. Deutsch von Jobst-Christian Rojahn

Reflex
Roman. Deutsch von Monika Kamper

Fehlstart
Roman. Deutsch von Malte Krutzsch

Banker
Roman. Deutsch von Malte Krutzsch

Gefahr
Roman. Deutsch von Malte Krutzsch

Weinprobe
Roman. Deutsch von Malte Krutzsch

Ausgestochen
Roman. Deutsch von Malte Krutzsch

Festgenagelt
Roman. Deutsch von Malte Krutzsch

Gegenzug
Roman. Deutsch von Malte Krutzsch

Unbestechlich
Roman. Deutsch von Jobst-Christian Rojahn

Außenseiter
Roman. Deutsch von Gerald Jung

Comeback
Roman. Deutsch von Malte Krutzsch

Sporen
Roman. Deutsch von Malte Krutzsch

Lunte
Roman. Deutsch von Malte Krutzsch

Zügellos
Roman. Deutsch von Malte Krutzsch

Favorit
Ein Sid-Halley-Roman. Deutsch von Malte Krutzsch

Verrechnet
Roman. Deutsch von Malte Krutzsch

Rivalen
Roman. Deutsch von Malte Krutzsch

Risiko
Roman. Deutsch von Michaela Link

Winkelzüge
Dreizehn Geschichten. Deutsch von Michaela Link

Mammon
Roman. Deutsch von Malte Krutzsch

Georges Simenon in der Diogenes Neuedition

Seit 1977 betreut der Diogenes Verlag das Gesamtwerk Georges Simenons in einer Werkausgabe. Im Laufe der Jahre erschienen über 200 Bände. Seit 1995 werden Simenons Werke im Rahmen einer Neuedition in zum Teil neuen oder überarbeiteten Übersetzungen wieder aufgelegt.

»Allmählich gibt es wieder Simenon zu kaufen, und gerade wer ihn noch nicht kennt, der hat jetzt die Möglichkeit, sich Zug um Zug und auf ganz übersichtliche Weise in Simenon einzulesen.«
Rolf Vollmann / Südwestfunk, Baden-Baden

Romane

Bellas Tod
Roman. Aus dem Französischen von Elisabeth Serelmann-Küchler

Der Schnee war schmutzig
Roman. Deutsch von Willi A. Koch

Drei Zimmer in Manhattan
Roman. Deutsch von Linde Birk

Der Mann mit dem kleinen Hund
Roman. Deutsch von Stefanie Weiss

Die Großmutter
Roman. Deutsch von Linde Birk

Der große Bob
Roman. Deutsch von Linde Birk

Die Wahrheit über Bébé Donge
Roman. Deutsch von Renate Nickel

Der kleine Heilige
Roman. Deutsch von Trude Fein

Die Glocken von Bicêtre
Roman. Deutsch von Magda Kurz

Tropenkoller
Roman. Deutsch von Annerose Melter

Der Mörder
Roman. Deutsch von Lothar Baier

Die Komplizen
Roman. Deutsch von Stefanie Weiss

Die Verlobung des Monsieur Hire
Roman. Deutsch von Linde Birk

Der Mann, der den Zügen nachsah
Roman. Deutsch von Walter Schürenberg

Die Fantome des Hutmachers
Roman. Deutsch von Eugen Helmlé

Der Tod des Auguste Mature
Roman. Deutsch von Anneliese Botond

Die Witwe Couderc
Roman. Deutsch von Hanns Grössel

Der Bürgermeister von Furnes
Roman. Deutsch von Hanns Grössel

Antoine und Julie
Roman. Deutsch von Eugen Helmlé

45 Grad im Schatten
Roman. Deutsch von Angela von Hagen

Der Zug aus Venedig
Roman. Deutsch von Liselotte Julius

Wellenschlag
Roman. Deutsch von Ulrich Hartmann

Schlußlichter
Roman. Deutsch von Stefanie Weiss

Das Testament Donadieu
Roman. Deutsch von Eugen Helmlé

Die Katze
Roman. Deutsch von Angela von Hagen

Die Marie vom Hafen
Roman. Deutsch von Ursula Vogel

Das Haus am Kanal
Roman. Deutsch von Ursula Vogel

Maigret-Romane und -Erzählungen

Maigret und die alte Dame
Roman. Deutsch von Renate Nickel

Maigret und der Mann auf der Bank
Roman. Deutsch von Annerose Melter

Maigret und Pietr der Lette
Roman. Deutsch von Wolfram Schäfer. Mit einer Nachbemerkung des Autors

Maigret und die junge Tote
Roman. Deutsch von Raymond Regh

Maigrets erste Untersuchung
Roman. Deutsch von Roswitha Plancherel

Maigret und der gelbe Hund
Roman. Deutsch von Raymond Regh

Maigret als möblierter Herr
Roman. Deutsch von Wolfram Schäfer

Maigret und die Bohnenstange
Roman. Deutsch von Guy Montag

Maigret bei den Flamen
Roman. Deutsch von Claus Sprick

Maigret und die widerspenstigen Zeugen
Roman. Deutsch von Wolfram Schäfer

Maigret und der Gehängte von Saint-Pholien
Roman. Deutsch von Sibylle Powell

Maigret und der verstorbene Monsieur Gallet
Roman. Deutsch von Roswitha Plancherel

Maigret und die Keller des ›Majestic‹
Roman. Deutsch von Linde Birk

Maigret zögert
Roman. Deutsch von Annerose Melter

Maigrets Nacht an der Kreuzung
Roman. Deutsch von Annerose Melter

Maigret und der Verrückte von Bergerac
Roman. Deutsch von Hainer Kober

Maigret und das Schattenspiel
Roman. Deutsch von Claus Sprick

Maigret und das Dienstmädchen
Roman. Deutsch von Hainer Kober

Maigret in der Liberty Bar
Roman. Deutsch von Angela von Hagen

Maigret regt sich auf
Roman. Deutsch von Wolfram Schäfer

Maigret und der einsame Mann
Roman. Deutsch von Ursula Vogel

Maigret und der Spitzel
Roman. Deutsch von Inge Giese

Weihnachten mit Maigret
Erzählung. Deutsch von Hans-Joachim Hartstein

Biographisches

Als ich alt war
Tagebücher 1960–1963. Deutsch von Linde Birk

Brief an meine Mutter
Deutsch von Trude Fein

Außerdem erschienen:

Meistererzählungen
Deutsch von Wolfram Schäfer, Angelika Hildebrandt-Essig, Gisela Stadelmann, Linde Birk und Lislott Pfaff

Über Simenon
Essays, Aufsätze und Zeugnisse von André Gide bis Alfred Andersch. Mit Lebensdaten, Bibliographie und Filmographie. Herausgegeben von Claudia Schmölders und Christian Strich. Zweite, erweiterte und verbesserte Auflage

Simenon auf der Couch
Fünf Ärzte verhören den Autor sieben Stunden lang. Deutsch von Irène Kuhn. Mit einer Vita in 43 Bildern, einer Bibliographie und Filmographie

Stanley G. Eskin
Simenon
Eine Biographie. Mit zahlreichen Fotos, Lebenschronik, Bibliographie, ausführlicher Filmographie, Anmerkungen, Namens- und Werkregister. Aus dem Amerikanischen von Michael Mosblech

Carissimo Simenon
Mon cher Fellini
Der Briefwechsel zwischen Federico Fellini und Georges Simenon. Mit einem Vorwort von Claude Gauteur und einem Gespräch von Georges Simenon mit Federico Fellini. Aus dem Italienischen und Französischen von Linde Birk. Herausgegeben von Claude Gauteur und Silvia Sager

Robert J. Courtine
Simenon und Maigret bitten zu Tisch
Die klassischen französischen Bistrorezepte der Madame Maigret. Aus dem Französischen von Pierre F. Sommer

Eric Ambler im Diogenes Verlag

Seit 1996 erscheint eine Neuedition der Werke Eric Amblers in neuen oder revidierten Übersetzungen.

»Die Neuübersetzungen, stilistisch viel näher am Original, offenbaren viel deutlicher die Meisterschaft von Eric Ambler, der nicht nur politisch denkt, klar analysiert, präzise schreibt, sondern bei alledem auch noch glänzend unterhält.«
Karin Oehmigen/SonntagsZeitung, Zürich

»Eric Amblers Romane sind außergewöhnlich, weil sie Spannung und literarische Qualität verbinden. Die neuen und überarbeiteten Übersetzungen im Taschenbuch sind vorbehaltlos zu begrüßen.«
Bayerisches Fernsehen, München

Im Rahmen der Neuedition bisher erschienen:
(Stand Frühjahr/Sommer 2000)

Der Levantiner
Roman. Aus dem Englischen von Tom Knoth

Die Maske des Dimitrios
Roman. Deutsch von Matthias Fienbork

Eine Art von Zorn
Roman. Deutsch von Malte Krutzsch

Topkapi
Roman. Deutsch von Elsbeth Herlin und Nikolaus Stingl

Der Fall Deltschev
Roman. Deutsch von Mary Brand und Walter Hertenstein

Die Angst reist mit
Roman. Deutsch von Matthias Fienbork

Schmutzige Geschichte
Roman. Deutsch von Günter Eichel

Der dunkle Grenzbezirk
Roman. Deutsch von Walter Hertenstein und Ute Haffmans

Bitte keine Rosen mehr
Roman. Deutsch von Tom Knoth

Anlaß zur Unruhe
Roman. Deutsch von Dirk van Gunsteren

Besuch bei Nacht
Roman. Deutsch von Wulf Teichmann

Waffenschmuggel
Roman. Deutsch von Tom Knoth

Ungewöhnliche Gefahr
Roman. Deutsch von Matthias Fienbork

Mit der Zeit
Roman. Deutsch von Matthias Fienbork

Das Intercom-Komplott
Roman. Deutsch von Dietrich Stössel

Außerdem lieferbar:

Doktor Frigo
Roman. Deutsch von Tom Knoth und Judith Claassen

Schirmers Erbschaft
Roman. Deutsch von Harry Reuß-Löwenstein, Th. A. Knust und Rudolf Barmettler

Nachruf auf einen Spion
Roman. Deutsch von Peter Fischer

Ambler by Ambler
Eric Amblers Autobiographie
Deutsch von Matthias Fienbork

Die Begabung zu töten
Deutsch von Matthias Fienbork

Wer hat Blagden Cole umgebracht?
Lebens- und Kriminalgeschichten
Deutsch von Matthias Fienbork

Über Eric Ambler
Zeugnisse von Alfred Hitchcock bis Helmut Heißenbüttel. Herausgegeben von Gerd Haffmans unter Mitarbeit von Franz Cavigelli. Mit Chronik und Bibliographie. Erweiterte Neuausgabe

Patricia Highsmith im Diogenes Verlag

»Die Highsmithschen Helden, gewöhnt an die pflaumenweiche Perfidie und hämisch-sanfte Tücke des Mittelstandsbürgertums, trainiert aufs harmlose Lügen und Verstellen, begehen Morde so, als wollten sie mal wieder Ordnung in ihre unordentlich gewordene Wohnung bringen. Da gibt es keine moralischen Skrupel, die bremsend eingreifen, da herrscht nur die Logik des Faktischen. Meist sind es Paare, enttäuschte Liebhaber, Beziehungen, die in der Sprachlosigkeit gestrandet sind, sich nur noch mittels Mißverständnissen einigermaßen arrangieren, ehe das scheinbar funktionierende Getriebe einen irreparablen Defekt bekommt. Diese ganz normalen Konstellationen sind es, übertragbar auf alle Gesellschaften, die die Autoren und Filmer im deutschsprachigen Kulturraum so faszinieren. Denn Patricia Highsmith findet für ihre seelischen Offenbarungseide immer die schauerlichsten, alptraumhaftesten Rahmen, die ihren ›Beziehungskisten‹ den rechten Furor geben.
Die Highsmith-Thriller sind groteske, aber präzise Befunde unserer modernen bürgerlichen Gesellschaft, die an Seelenasthma leidet.«
Wolfram Knorr/Die Weltwoche, Zürich

Der talentierte Mr. Ripley
Roman. Aus dem Amerikanischen von Barbara Bortfeldt

Ripley Under Ground
Roman. Deutsch von Anne Uhde

Ripley's Game
oder Der amerikanische Freund
Roman. Deutsch von Anne Uhde

Der Junge, der Ripley folgte
Roman. Deutsch von Anne Uhde

Ripley Under Water
Roman. Deutsch von Otto Bayer

Venedig kann sehr kalt sein
Roman. Deutsch von Anne Uhde

Das Zittern des Fälschers
Roman. Deutsch von Anne Uhde

Lösegeld für einen Hund
Roman. Deutsch von Anne Uhde

Der Stümper
Roman. Deutsch von Barbara Bortfeldt

Zwei Fremde im Zug
Roman. Deutsch von Anne Uhde

Der Geschichtenerzähler
Roman. Deutsch von Anne Uhde

Der süße Wahn
Roman. Deutsch von Christian Spiel

Die zwei Gesichter des Januars
Roman. Deutsch von Anne Uhde

Kleine Geschichten für Weiberfeinde
Eine weibliche Typenlehre in siebzehn Beispielen. Deutsch von Walter E. Richartz. Zeichnungen von Roland Topor

Kleine Mordgeschichten für Tierfreunde
Deutsch von Anne Uhde

Der Schrei der Eule
Roman. Deutsch von Gisela Stege

Tiefe Wasser
Roman. Deutsch von Eva Gärtner und Anne Uhde

Die gläserne Zelle
Roman. Deutsch von Gisela Stege und Anne Uhde

Ediths Tagebuch
Roman. Deutsch von Anne Uhde

Der Schneckenforscher
Elf Geschichten. Deutsch von Anne Uhde. Mit einem Vorwort von Graham Greene

Leise, leise im Wind
Zwölf Geschichten
Deutsch von Anne Uhde

Ein Spiel für die Lebenden
Roman. Deutsch von Anne Uhde

Keiner von uns
Elf Geschichten
Deutsch von Anne Uhde

Leute, die an die Tür klopfen
Roman. Deutsch von Anne Uhde

Nixen auf dem Golfplatz
Erzählungen. Deutsch von Anne Uhde

Suspense
oder Wie man einen Thriller schreibt. Deutsch von Anne Uhde

Elsie's Lebenslust
Roman. Deutsch von Otto Bayer

Geschichten von natürlichen und unnatürlichen Katastrophen
Deutsch von Otto Bayer

Meistererzählungen
Deutsch von Anne Uhde, Walter E. Richartz und Wulf Teichmann

Carol
Roman einer ungewöhnlichen Liebe. Deutsch von Kyra Stromberg

›Small g‹ – eine Sommeridylle
Roman. Deutsch von Christiane Buchner

Drei Katzengeschichten
Deutsch von Anne Uhde

Zeichnungen

Patricia Highsmith – Leben und Werk
Mit Bibliographie, Filmographie und zahlreichen Fotos. Herausgegeben von Franz Cavigelli, Fritz Senn und Anna von Planta

Außerdem erschienen:

Anthony Minghella
Der talentierte Mr. Ripley
Drehbuch mit zahlreichen Filmfotos sowie einem Vorwort. Nach dem Roman von Patricia Highsmith. Aus dem Englischen von Christa Seibicke und Sebastian Wohlfeil

Ray Bradbury im Diogenes Verlag

»Bradbury ist ein Schriftsteller, für den ich Dankbarkeit empfinde, weil er uns eine Freude zurückgibt, die immer seltener wird: die Freude, die wir als Kinder empfanden, wenn wir eine Geschichte hörten, die unglaublich war, aber die wir gerne glaubten.«
Federico Fellini

»Einer der größten Visionäre unter den zeitgenössischen Autoren.« *Aldous Huxley*

Der illustrierte Mann
Erzählungen. Aus dem Amerikanischen von Peter Naujack

Fahrenheit 451
Roman. Deutsch von Fritz Güttinger

Die Mars-Chroniken
Roman in Erzählungen. Deutsch von Thomas Schlück

Die goldenen Äpfel der Sonne
Erzählungen. Deutsch von Margarete Bormann

Medizin für Melancholie
Erzählungen. Deutsch von Margarete Bormann

Das Böse kommt auf leisen Sohlen
Roman. Deutsch von Norbert Wölfl

Löwenzahnwein
Roman. Deutsch von Alexander Schmitz

Das Kind von morgen
Erzählungen. Deutsch von Christa Hotz und Hans-Joachim Hartstein

Die Mechanismen der Freude
Erzählungen. Deutsch von Peter Naujack

Familientreffen
Erzählungen. Deutsch von Jürgen Bauer

Der Tod ist ein einsames Geschäft
Roman. Deutsch von Jürgen Bauer

Der Tod kommt schnell in Mexico
Erzählungen. Deutsch von Walle Bengs

Die Laurel & Hardy-Liebesgeschichte
und andere Erzählungen
Deutsch von Otto Bayer und Jürgen Bauer

Friedhof für Verrückte
Roman. Deutsch von Gerald Jung

Halloween
Roman. Deutsch von Dirk van Gunsteren

Lange nach Mitternacht
Erzählungen. Deutsch von Christa Schuenke

Geisterfahrt
Erzählungen. Deutsch von Monika

2.8. 1